U0139815

Raymond Chandler

THE
LONG
GOODBYE

漫长的告别

［美］雷蒙德·钱德勒 著　叶如兰 陈宁阳 译

人民文学出版社
PEOPLE'S LITERATURE PUBLISHING HOUSE

Raymond Chandler
The Long Goodbye

图书在版编目(CIP)数据

漫长的告别/(美)雷蒙德·钱德勒著;叶如兰,
陈宁阳译. —北京:人民文学出版社,2024
ISBN 978-7-02-018304-3

Ⅰ.①漫… Ⅱ.①雷… ②叶… ③陈… Ⅲ.①长篇小
说-美国-现代 Ⅳ.①I712.45

中国国家版本馆 CIP 数据核字(2023)第 195910 号

责任编辑 李　娜　刘佳俊
封面设计 钱　珺

出版发行　人民文学出版社
社　　址　北京市朝内大街 166 号
邮政编码　100705

印　　刷　山东临沂新华印刷物流集团有限责任公司
经　　销　全国新华书店等

字　　数　296 千字
开　　本　890 毫米×1240 毫米　1/32
印　　张　12.875
版　　次　2024 年 1 月北京第 1 版
印　　次　2024 年 1 月第 1 次印刷

书　　号　978-7-02-018304-3
定　　价　69.00 元

如有印装质量问题,请与本社图书销售中心调换。电话:010-65233595

1

　　我初见泰瑞·伦诺克斯是在舞者酒吧露台外，他醉醺醺地坐在一辆劳斯莱斯银色幽灵里，这是我第一次见到他时的情形。停车场服务生把车子开出来后，扶着敞开的车门仍旧等着，因为泰瑞·伦诺克斯的左脚还悬在车外，仿佛他已经忘了这条腿的存在。他长相年轻，却一头灰白头发。看他那醉眼迷离的眼神就知道他已经烂醉，除此之外，他跟那些穿着晚宴装、在纸醉金迷的地方挥霍无度的年轻人没什么两样。

　　他身边有一位女孩，长着一头迷人的暗红色头发，嘴角挂着冷漠的微笑，肩上披着一件蓝色貂皮大衣，几乎让劳斯莱斯车变了个风格。当然还没到那个程度，也不可能。

　　服务生是个不太耐得住性子的家伙，他身穿白外套，胸前绣有红色的饭馆名字。他有些不耐烦了。

　　"您瞧，先生，"他尖刻地说，"能否劳驾您把腿挪进车里，我好关门？还是我应该把车门打开，好让您掉出来呢？"

　　那个女子看了他一眼，眼神足以刺穿他的身体，并在他后背透出不下四英寸①，他却丝毫没有芒刺在背的感觉。也许你以为花大把的钱打高尔夫球有助于人格的熏陶，但在舞者酒吧就有那么一种人会给你泼上一大盆冷水。

一辆外国敞篷跑车减速驶入停车场，一个男人下了车，用点烟器点了长长的一支香烟。他身穿套头格子衬衫、黄色休闲裤和马靴，在袅袅烟圈中慢慢走远，根本不屑于去看一眼劳斯莱斯，许是觉得毫无新意吧。在通往露台的阶梯前，他停住脚步，戴上了一个单眼镜片。

姑娘突然神情妩媚地说："亲爱的，我有个好主意。我们不如搭出租车到你那儿，把你的敞篷车开出来？今晚那么美，沿着海岸开车到蒙蒂塞托一定很棒。我知道有些人在那儿开池畔舞会呢。"

白发年轻人彬彬有礼地说："很抱歉，那辆车已经不是我的了。我迫不得已把它卖了。"听他的口气和语调，你会以为他最多喝了点橙汁，没喝过酒。

"卖了？亲爱的，什么意思？"她在座位上挪了挪身子，坐得离他远远的，声音就挪得更远了。

"我的意思是不得不卖，"他说，"为了饭钱。"

"哦，我明白了。"语气之冷淡，就是放一块意式冰淇淋在她身上都不会化。

服务生将这位白发年轻人视为与自己相差无几的低收入阶层。"嗨，伙计，"他说，"我有辆车要停，改天再见——如果有机会的话。"

他任凭车门这么敞开，醉汉立即从座位上滑下来，一屁股跌坐

---

① 1英寸约为2.54厘米。

在柏油马路上。于是我想过去帮他一把。也许干涉酒鬼的事永远是一个错误，就算他认识你而且喜欢你，还是会随时出手朝你嘴巴打上一拳。我搂着他的胳膊扶他站起身。

"非常感谢。"他客气地说。

女孩已经悄悄把身子移到了驾驶座上。"他一喝醉就是一副讨厌的英国腔，"她的声音就像不锈钢一样冰冷刚硬，"谢谢你扶他。"

"我把他扶到后座上。"我说。

"非常抱歉，我有个约会要迟到了。"她把车子挂上挡，劳斯莱斯开动了，"他只是一条迷路的狗，"她冷冷地微笑着补充道，"也许你可以帮他找个家。他不会随地大小便，基本就这样了。"

劳斯莱斯呼的一声沿车道驶入日落大道，一个右转后就在视线中消失了。正当我眼睁睁看着她离去的时候，服务生回来了，我仍然扶着那个男人，他已经呼呼大睡了。

"好吧，这也是个办法。"我对白外套说。

"当然，"他冷嘲热讽地说，"何必为一个酒鬼浪费时间？他们只会制造麻烦。"

"你认识他？"

"我听那个女人叫他泰瑞，除此之外，我完全不认识他。再说我来这儿才两个礼拜。"

"把我的车子开过来，谢谢！"我把停车券交给他。

等他把我的奥兹车开过来时，我觉得自己仿佛扛着一袋子的铅块。白外套帮我把他扶上前座，这家伙睁开一只眼睛向我们道了声谢，又睡着了。

"他是我见过的最有礼貌的醉鬼。"我对白外套说。

"各种体型、相貌和举止的酒鬼都有，"他说，"不过，全是游手好闲之人。这人像是做过整容手术。"

"是啊。"我递给他一元小费，他表示感谢。他说得没错，在我这位新朋友的脸上，右侧肌肉僵硬泛白，几道淡淡的细疤依稀可见，疤痕周围的皮肤发亮，他的确做过整容手术，还不是一般的小手术。

"你打算拿他怎么办？"

"带他回我家。等他酒醒了，再问他住哪儿。"

白制服咧嘴笑着对我说："好吧，傻瓜。如果是我，就把他扔进水沟，继续干自己的事。帮这种酒蒙子就是自找烦恼，自讨没趣。这些人让我得出一个观点，如今的竞争那么激烈，得省着点力气，在紧要关头保护好自己。"

"看得出来，你因此收获巨大。"我说。

他先是一脸困惑，接着就发起脾气来，不过那时我已经开动车子了。

当然，他说得有点道理。泰瑞·伦诺克斯给我惹来不少麻烦，不过这毕竟是我工作范围内的事。

那年，我住在月桂谷的丝兰大道上的一幢小房子里，房子建在山坡上，在一条死巷子里。房子的正门前有长长的红杉木台阶，对面是一小片桉树林。房子是装修好的，房主是个女的，她去了爱达荷州，陪她丧夫的女儿住一阵。这里租金很低，一来是因为房主希望随时能搬回来住，二来是因为她年事渐高，每次回来看着那些台阶都觉得体力不支。

我总算是把这个醉鬼从台阶上抬了上来，他很想自己出点力，但两条腿如橡胶般不听使唤，他昏昏欲睡，连一句抱歉的话都说不连贯。我打开房门，费尽力气把他拖进房间，扶他躺到长沙发上，给他盖了条厚毯子，让他继续睡。他鼾声如雷，整整一个小时打个不停；随后他突然醒来，说要去洗手间。从洗手间出来后，他眯着眼睛盯着我，想知道他究竟在哪里。我告诉了他。他说他叫泰瑞·伦诺克斯，住在西木区的一间公寓里，晚上家里没人等着他回去。他说话声音清晰，毫不含糊。

他说他能喝一杯清咖，于是我端了一杯给他。他用杯碟托着杯子，一口一口细细地呷。

"我怎么会到这儿来？"他环顾着四周，问道。

"你在舞者酒吧前的一辆劳斯车里喝得醉醺醺，你的女友丢下你走了。"

"的确，"他说，"她完全有理由这么做。"

"你是英国人？"

"我在那儿住过，但不是在那儿出生的。如果能叫到出租车，我就告辞了。"

"有现成的车候着呢。"

下台阶他是自己走的。在去西木区的一路上，他没怎么说话，只是感谢我的好意，并为自己造成的麻烦表示歉意。可能是因为这样的话他经常说，并对很多人说过，所以他几乎是不假思索脱口而出的。

他的寓所又小又闷，感觉冷冰冰的，仿佛是当天下午刚搬进去的。硬邦邦的绿色坐卧两用沙发前有一张茶几，上面放着半瓶苏格兰威士忌，一只碗里盛着冰块化成的水，另外还有三个空的苏打水瓶子、两个酒杯和一个堆着烟蒂的玻璃烟灰缸，有些烟蒂上有口红印子。房里没有一张照片、没有一件私人物品，仿佛酒店的客房似的，是用来幽会、话别、小酌、聊天或调情的场所，而不像是供人居住的地方。

他要给我斟一杯酒，我谢绝了，没有久留。在我告辞的时候，他又说了几句感谢我的话，感激的程度既不像我对他恩重如山那样强烈，也不像我什么也没为他做那样轻描淡写。他仍有些颤颤巍巍，略显得不好意思，但非常客气。他站在门口，陪我等电梯上来，目送我进了电梯。不管他有什么欠缺，他至少很有礼貌。

他没再提起那女孩，也不说自己没有工作，前途渺茫，在舞者酒吧为一个靓女几乎花光了最后一块钱，而她却不肯多留一会儿，确保他不被巡逻的警察关进牢房，或被粗暴的出租车司机抢尽财物后扔到荒地里。

乘电梯下楼的时候，我有一种回去把那瓶苏格兰威士忌收走的冲动，但这事跟我无关，对我也没有任何好处。酒鬼要喝的话，总有办法弄到酒。

我咬着嘴唇，开车回家。我本是个硬汉，但是这个家伙触动了我柔软的心弦，如果不是他的白发、带伤疤的脸、清澈的嗓音和彬彬有礼的态度，我想不出还有其他什么原因，也许这些就足够了。没有理由让我再去见他，就像那个女孩说的，他只是一条迷路的狗。

2

感恩节后的那个星期，我再次见到了他。好莱坞大道上的商店已经开始堆满高价的圣诞物件，每天的报纸也开始大肆渲染不趁早进行圣诞大采购的诸多糟糕的情况，反正不管怎样都是很糟糕的，向来都是这样。

在离我办公楼三个街区的地方，我看到一辆警车停在路边，两个穿制服的警察正盯着路边商店橱窗旁的什么东西，目光的聚焦点竟是泰瑞·伦诺克斯——或者说是他尚且残存的身体——那样子可不好看。

他倚在一家商店门口，不得不靠着东西才能站稳。衬衫脏兮兮的，领口的扣子没扣，衬衫的一部分露在夹克外，他看起来四五天没刮胡子了，鼻子皱着，皮肤惨白得连那细长的疤痕都几乎看不出来了，他的眼睛像雪堆里戳出的两个洞。巡逻警车里的警察显然准备下车逮捕他，我迅速走上前，抓住他的手臂。

"直起身子走路，"我严厉说着，侧身向他眨了一下眼睛，"你能行吗？是不是喝高了？"

他眼神茫然地看了看我，然后歪着嘴露出一丝微笑。"我能行，"

他深吸了一口气，"我觉得我现在只是有点——饿。"

"好，但你得走起来。你的一只脚已经跨进酒醉拘留所了。"

他努力挪开步子，让我扶他穿过人行道上无聊的看客，走到路边。那儿停着出租车，我拉开车门。

"那辆先走，"出租车司机用拇指指着前面的出租车说，他转过头看了看泰瑞，又补充道，"如果他可以过去的话。"

"情况紧急，我朋友病了。"

"是啊，"出租车司机说，"他在其他地方也会生病。"

"五元钱，"我说，"就这样愉快地成交吧。"

"好吧！"他说着，把一本火星人封面的杂志塞到镜子后面，我伸手从里面打开车门，把泰瑞·伦诺克斯扶进车里。这时，警车的影子遮住了出租车的另一侧车窗，一个灰白头发的警察从车里下来，走了过来。我从出租车旁绕过去见他。

"等一下，老兄。这是谁？这位衣着邋遢的先生果真是你的好朋友？"

"要好得很，我知道他需要朋友，他没喝醉。"

"肯定跟钱有关。"警察说着伸出手，我把我的执照递给他。他看了看还给我："哦，原来是私家侦探出来找客户啊，"他的语气变得严厉起来，"马洛先生，这是你的个人信息。那他呢？"

"他叫泰瑞·伦诺克斯，在影视公司工作。"

"很好，"警察讥讽地说着，俯身把头伸进出租车里，盯着靠在后座一角的泰瑞，"我敢肯定，他最近没工作过；我敢肯定，他最近没在屋里睡过觉；我还敢肯定，他是个盲流。所以我们要把他带回去。"

"你的逮捕记录不可能那么低吧？"我说，"这在好莱坞是不可行的。"

他仍旧盯着泰瑞："哥们儿，你朋友叫什么名字？"

"菲利普·马洛，"泰瑞的语速很慢，"他住在月桂谷丝兰大道。"

警察直起身子，转身做了个手势："可能是你刚才告诉他的。"

"确实可以，但我没那么做。"

他凝视了我一会儿。"我信你一次，"他说，"把他从街上弄走。"他上了警车，驱车离去。

我坐进出租车，车子大约驶过三个街区，到了我停车的地方，我把他移到我车里。我递给出租车司机五元钞票，他用不容商量的眼神看了我一眼，摇摇头。

"兄弟，按计价器上的价钱付，你愿意的话，付一块钱整数也行。我自己也有过落魄的时候，在弗里斯科，当时也没有出租车肯载我。就是有这样铁石心肠的城市。"

"圣弗朗西斯科。"我机械地说。

"我叫它弗里斯科①，"他说，"少数族裔聚集的鬼地方。谢谢。"他接过钱，开车走了。

我们来到一家汽车餐馆，这家店汉堡的味道不至于连狗都不愿吃。我喂泰瑞·伦诺克斯吃了几口，还买了瓶啤酒，继续开车把他带回我家。爬台阶对他来说还是有点费劲，但他咧嘴一笑，喘着气还是上去了。一小时后，他剃好胡须，洗了澡，恢复了正常人的样子。我们坐下喝了些低度数的酒。

"幸好你记得我的名字。"我说。

———————

① 弗里斯科（Frisco），旧金山（San Francisco）旧时的别称，含有轻蔑的意味。

"我特地留了个心眼，"他说，"我还查了你的一些资料，这对我来说是小事。"

"为什么不打个电话给我？我一直住在这里，还有间办公室。"

"我有什么理由来麻烦你？"

"看样子你不得不麻烦别人。看样子你朋友不多。"

"嗨，我有朋友，"他说，"某一类朋友。"他转动着桌上的玻璃杯。"求别人帮忙不是那么容易启齿的——尤其是当错在你自己的时候，"他抬头露出疲惫的微笑，"也许有一天我能戒酒。大家都这么说，不是吗？"

"大约要花上三年时间。"

"三年？"他很诧异。

"通常是的。那是个不一样的世界，你得习惯趋于单调的色彩，趋于安静的声音。你还得考虑到复发的可能。你曾经熟识的朋友将会变得有点陌生，你甚至不会再喜欢他们之中的大部分人了，他们也不会太喜欢你。"

"那样的变化不算大，"他转身看了看钟，"我有个价值两百美元的手提箱寄存在好莱坞汽车站，如果能把它取回来，我就能把它抵押出去，再买个便宜的，剩下的钱还够我坐车去拉斯维加斯，我能在那儿找到工作。"

我什么也没说，只是点了点头，坐在那儿喝我的酒。

"你在想我早该有这样的想法吧？"他低声说。

"我在想这一切必定事出有因，但与我无关。工作是确有把握，还是有希望？"

"确有把握。我有个在部队结识的好朋友，他在那儿开了一家规模很大的俱乐部——水龟俱乐部。当然啦，他是地痞流氓，干他们这行的都这样——但除去这一点，他是个好人。"

"我能帮你弄到车费之类的钱，但我希望不要有什么变数。最好先和他通个电话。"

"谢谢，不过没这个必要。兰迪·斯塔尔不会让我失望的，他从来没让我失望过。根据我的经验，那个手提箱能当五十美元。"

"这样吧，"我说，"你需要的东西由我来提供。我可不是什么心软的傻瓜，所以你最好乖一点，给你什么，你就收下。我希望你不要再来烦我，因为我对你有一种预感。"

"真的吗？"他低头盯着玻璃杯，抿了一小口，"我们只见过两次，你帮了我两次。是什么预感？"

"觉得下次遇见你的时候，你会陷入更大的麻烦，连我也帮不了你。我不知道为什么会有这样的预感，但我就是有这种感觉。"

他用两根手指的指尖轻轻摸了摸右脸颊："也许是因为这个，它确实让我看起来有些阴险，但这是个光荣的伤痕——至少是光荣负伤留下的印记。"

"跟这没关系，我根本没在意。我是个私家侦探，你是一个我不必解决的问题，但问题还是在那儿。就是一种预感，说得客气点，就是对性格的感知。在舞者酒吧的那个女孩弃你而去，也许不只是因为你喝醉了，她或许也有一种预感。"

他微微一笑："我和她结过一次婚。她叫西尔维娅·伦诺克斯，我是为了钱和她结婚的。"

我站起来，皱着眉头怒视他："我去给你弄些炒鸡蛋，你要吃点东西。"

"等一下，马洛。你在想虽然我潦倒了，落魄了，但西尔维娅那么有钱，我为什么就不能问她要几个小钱呢？你知道自尊是什么吗？"

"笑死我了，伦诺克斯。"

"是吗？我说的自尊不一样，这是除了自尊一无所有的人的自尊。很抱歉，如果惹你生气了。"

我去厨房做了一些加拿大培根、炒蛋、咖啡和烤面包。我们在早餐间吃了东西，这房子造的时候，早餐间的设计很普遍。

我说要去办公室，回来的时候去取他的手提箱。他把寄存单给了我。现在他的脸上有了些血色，深陷到脑袋里、你得苦苦搜寻才能找到的眼睛浮显了一些。

出门前，我把威士忌酒瓶放在沙发前的桌子上。"把你的自尊用在这上面，"我说，"给拉斯维加斯那儿打个电话，就当帮我一个忙。"

他只是笑了笑，耸耸肩。我下台阶的时候仍然有些恼火，我不知道为什么，就像我不知道为什么一个人宁愿流浪街头挨饿，也不愿把衣物拿去典当。不管出于什么原因，总之他有自己的道理。

那个手提箱绝对是你见过的最不同寻常的东西，它是用漂白猪皮做的，新的时候应该是淡淡的奶油色，配件是金子做的，英国制造。即使在这里能买到，价格大概不会少于八百元，而不是两百元。

我砰的一声把箱子放在他面前，看了眼茶几上的瓶子，他一下都没碰过，和我一样清醒。他正在抽烟，但似乎并不太享受。

"我给兰迪打过电话了，"他说，"他很恼火，怪我不早跟他联系。"

"结果让陌生人帮你，"我说，然后指着手提箱问，"是西尔维娅给你的礼物？"

他凝视窗外："不是，我遇见她以前，在英国的时候别人给我的。很久以前的事了。如果你能借我一个旧的，我想把这个留在你这里。"

我从钱包里取出一百美元，放在他面前："我不需要你抵押东西。"

"我不是这个意思。你不是开典当店的，我只是不想带着它去拉斯维加斯。另外，我也不需要这么多钱。"

"行啊，钱你拿着。我会替你保管手提箱，不过这房子很容易被盗。"

"不要紧，"他冷漠地说，"一点都不要紧。"

他换好衣服，大约五点半的时候，我们一起到莫索餐厅吃了晚餐，没喝酒。他在卡文加乘上公车走了。我开车回家，一路上思绪不断。我给了他一个轻便箱子，他已经把他箱子里的东西全都挪了过来。他的空箱子留在我床上，其中一个锁孔里插着一把金钥匙，我锁好手提箱，钥匙扣在箱子的把手上，把它放在我衣柜的上层。手提箱感觉并不是空的，但里面有什么与我无关。

这是一个宁静的夜晚，房子比平日更显得空荡荡的。我摆出一副国际象棋的棋盘，用法兰西防御① 与斯坦尼茨对弈，他用四十四步赢了我，但我让他冒了好几次冷汗。

电话铃在九点半的时候响起，电话那头的声音有点耳熟。

---

① 法兰西防御是国际象棋开局中的一个古老的开局体系。

"是菲利普·马洛先生吗?"

"是,我是马洛。"

"马洛先生,我是西尔维娅·伦诺克斯,有天晚上我们在舞者酒吧门口见过一面。后来我听说,你还特意送泰瑞回家了。"

"没错。"

"我想你大概知道我们已经不是夫妻了,但我始终有些担心他,他让出了西木区的公寓,似乎没人知道他在哪儿。"

"我见到你的那天晚上,已经注意到你有多担心了。"

"马洛先生,我曾经是这个男人的妻子,但我不同情醉鬼。也许当时我是有点无情,也许我有一些比较重要的事情要做。你是私家侦探,如果你愿意,可以按行业的标准计算费用。"

"不必了,伦诺克斯夫人。他正在一辆开往拉斯维加斯的汽车上,他的朋友会在那里给他安排一份工作。"

她的情绪突然好了起来:"哦,去拉斯维加斯了?他竟然那么多愁善感,那是我们结婚的地方。"

"我想他应该是忘了这一点,"我说,"否则他会去别的地方。"

她没有挂我电话,反倒是笑了起来,这是一阵可爱的笑声。"你对你的客户总是那么粗鲁吗?"

"伦诺克斯夫人,你不是我的客户。"

"也许有一天会是,谁知道呢?那就算是对你的女性朋友吧。"

"答案是一样的。上次那家伙潦倒落魄、整个人脏兮兮的,一个钱也没有。如果你认为值得花这个时间,你或许可以找到他。当时他没求你帮忙,现在也许依然不会。"

"这件事"她冷冷地说,"你根本不可能知道。晚安。"她挂断了电话。

当然，她说得完全正确，我则大错特错了，但我并没有觉得自己错了，只是有点恼火。如果她的电话早打来半小时，怒火足以让我把斯坦尼茨打得惨败——只可惜他已经死了五十年了，棋局是一本书里看来的。

3

圣诞节的三天前，我收到了拉斯维加斯一所银行寄来的一百美元支票，还附了一张用酒店便笺纸写的便条。他对我表示感谢，祝我圣诞快乐，祝我好运，还说希望很快能再见到我。关键的内容在附言里："西尔维娅和我开始第二次蜜月了。她说，请不要生气，她想再试一次。"

我在报纸社交版的一个势利专栏看到了关于他们的其他细节。我很少看这类专栏，除非找不到讨厌的东西才会看。

记者获悉泰瑞和西尔维娅·伦诺克斯在拉斯维加斯重结连理，社交界一片哗然。西尔维娅是旧金山和圆石滩的亿万富翁哈兰·波特的小女儿，她请来马塞尔和让娜·杜豪克斯两位设计师，将位于恩西诺的整栋宅子重新装修，从地下室到屋顶，改头换面成流行时尚前沿的风格。亲爱的读者，你们也许还记得，这栋共有十八间房的木屋是西尔维娅的上一任丈夫柯特·韦斯特赖姆送给她的结婚礼物。想知道柯特的情况吗？到法国圣特洛佩兹就能找到答案了。据说他将在那里永久定居，已与一位纯贵族血统的法国女公爵养育了两个可爱至极的孩子。你们还想知道哈兰·波特对女儿再婚有什么看法吗？波特先生从来不接受采访，我们只能靠猜了。亲爱的读者，你们还能找到这样独家的报道吗？

我把报纸扔到角落，打开电视机。看过社交版的烂文章，连摔跤手看起来都是赏心悦目的。不过事实很可能差不了多少；在社交版发文章，最好是真有其事。

我的脑子里浮现出那种有十八个房间、配得上波特百万财富的木屋，以及杜豪克斯的具有生殖崇拜象征的室内设计；但我想象不出泰瑞·伦诺克斯穿着百慕大短裤在其中的一个游泳池边闲逛，用无线电话吩咐管家准备好冰镇香槟和烤松鸡的样子。我就是想象不出来。如果这家伙想成为别人的长毛熊玩具，与我没有丝毫关系。我不想再见到他，但我知道这不可能——就为了他那该死的镀金猪皮手提箱，我们必然要再见面。

这是一个潮湿的三月，傍晚五点，他走进了我所在的破旧的商业大楼。他看上去变了很多，显得更加沧桑、冷静严肃、沉稳有度，看起来似乎深谙了以柔克刚的道理。他穿着牡蛎白的雨衣，戴着手套，没戴帽子，他的白发光滑得犹如鸟儿胸口的羽毛。

"你有空的话，我们找个安静的酒吧喝一杯。"他说话的口气仿佛他十分钟前就来过了。

我们没握手，从来没握过。英国人不像美国人那么爱握手，虽然他不是英国人，但还是沾染了那儿的一些习惯。

我说："顺路去我那儿，把你那只漂亮的手提箱拿走。放在我那儿，我还得为它操心。"

他摇摇头："你能替我保管的话，我将不胜感激。"

"为什么？"

"我觉得应该这样。你介意吗？它可以让我想起我还不是一无是处的废物的那段时光。"

"胡扯，"我说，"不过，这是你自己的事。"

"如果让你操心的是担心它被偷——"

"那也不关我的事。我们去喝一杯吧。"

我们去了维克多酒吧。他开车带我过去，那是一辆铁锈色的乔维特 ① 丘比特跑车，配了薄薄的防雨帆布软顶，车内空间刚好容下我们两个人，车内饰用了浅色真皮和银质的配件。我对汽车不太讲究，但这玩意确实让我垂涎。他说这车一秒钟能提速到六十五码 ②，车内的变速手柄是粗短设计，高度刚刚及膝。

"四速的，"他说，"他们还没为这类家伙发明自动变速。其实根本不需要，连上坡都可以三挡起步，在任何交通状况下，这是最高的变速了。"

"结婚礼物？"

"是一个'我碰巧在橱窗里看到这个小玩意'的随意礼物，我养尊处优惯了。"

我说："撇开代价不说，真是不错。"

他迅速看了我一眼，又把目光转回湿漉漉的路面。一对雨刮器轻

---

① 乔维特（Jowett），英国的一家汽车公司。
② 1 码约为 0.91 米。

轻地刷着小挡风玻璃。"代价？什么都要讲代价的，朋友。你也许觉得我不开心？"

"抱歉，恕我冒昧了。"

"我有钱，去他妈的快乐。"他的语气中有一丝我不曾听过的苦涩。

"你喝酒怎么样？"

"特别文雅，老兄。由于某种奇怪的原因，我似乎能够控制得很好。但这也说不准，对吗？"

"也许你根本就不是酒鬼。"

我们坐在维克多酒吧的一个角落，点了螺丝锥子鸡尾酒①。"这酒做得不地道，"他说，"在青柠或柠檬汁和金酒里掺些糖和比特酒，这是他们所谓的螺丝锥子。一杯真正的螺丝锥子是一半金酒加一半罗斯牌青柠汁，没有任何其他添加，味道远胜于马提尼。"

"我对酒从不挑剔。你和兰迪·斯塔尔相处得怎么样？他在我那个圈子里名声不好，人称恶棍。"

他靠到椅背上，看起来若有所思。"我想确实是这样，我想他们都是这样，但从他的外表看不出来。我能举出几个在好莱坞也同属一类的家伙。兰迪不给别人惹麻烦，在拉斯维加斯，他是个合法的商人。你下一次去那儿的时候可以找他，他会成为你的朋友。"

"不太可能，我不喜欢流氓。"

"马洛，那只是一个词而已。我们的世界就是那样，两次大战使我们的世界变成那个样子，我们会这样继续下去。兰迪、我，还有另

①　螺丝锥子鸡尾酒（gimlet），鸡尾酒的一种，用杜松子酒或伏特加酒加酸橙汁调制而成。

一个朋友曾共同遭遇过困境，这使我们之间建立了某种联系。"

"既然这样，你有需要的时候，为什么不请他帮忙？"

他喝完了杯中的酒，示意服务员再来一杯。"就因为他不会拒绝我。"

服务员送来新做的酒。我说："那只是跟我说的话。如果他恰好欠你的情，从他的角度想想，他一定希望找机会报答你。"

他慢慢地摇了摇头。"我知道你说得没错。当然，我确实向他要了一份工作，但我有了工作就卖力干，没有马虎过。至于要谋得别人的恩惠和施舍，我可不干。"

"但你可以向陌生人谋求这两样东西。"

他直视着我的眼睛。"陌生人可以不理我，假装没听见。"

我们两个人一共喝了三杯螺丝锥子，对一个百分百的酒鬼来说，这么两杯酒下肚，酒兴刚好起来，但对他一点影响都没有，所以我猜他已经把酒瘾戒了。

接着，他开车送我回办公室。

"我们通常八点十五分开始晚餐，"他说，"只有百万富翁花得起这钱，如今也只有百万富翁的仆人能容忍这样的做法。会来很多有意思的人。"

从那时起，五点来我这儿拜访成了他的一种习惯。我们并不固定去一个酒吧，但相比之下，去维克多的次数更多，他与那个地方或许有些不为我所知的联系。他从来不多喝，对此他自己也感到吃惊。

"酒瘾大概和间日疟差不多，"他说，"发作时是很糟糕的，瘾没上来的时候，你就像是个没事的人似的。"

"我弄不明白，像你这样一个家势雄厚的人为什么要找一个寒酸的私家侦探喝酒？"

"你是在自谦吗？"

"不是。我就是弄不明白。我为人确实友善，但我们是两个世界的人，除了恩西诺，我连你平时在哪里出没都不知道。我猜你的家庭生活很充实美好。"

"我没有家庭生活。"

我们还是点了螺丝锥子。酒吧里几乎是空的，和往常一样稀稀拉拉，只有几个好酒成瘾的酒徒坐在吧台凳子上，他们酒兴刚起，慢慢伸手拿第一杯酒，小心地看着自己的双手，以免打翻。

"我不明白你的意思。能说明白些吗？"

"就像电影摄制场的人说的那样，大制作，没情节。我猜即使不和我在一起，西尔维娅也一定很开心，这在我们的圈子里不太重要。如果你不用工作，也不需要考虑花费，总有事可做，但没有真正的乐趣可言。不过有钱人并不知道，他们从来没有体验过真正的乐趣，也许除了别人的妻子，他们对其他任何东西都没有什么强烈的需求。和一个水管工的老婆想为客厅换新窗帘相比，他们的欲望极其苍白。"

我一言不发，任由他滔滔不绝地说。

"我几乎整天都在消磨时间，"他说，"但总还是有消磨不完的时间。打打网球，打打高尔夫，游游泳，骑骑马，看西尔维娅的朋友直到午餐的时候才从宿醉中清醒过来，挺有乐趣的。"

"你去拉斯维加斯那天晚上，她说她不喜欢酒鬼。"

他歪着嘴笑。我已经看惯了他脸上的疤痕，只有当他表情变化，半边脸显得僵硬时，我才会又注意到这一点。

"她指的是没钱的酒鬼。一旦有了钱，他们就是爱喝酒的人，如果他们吐在阳台上，自会有管家来打扫。"

"你没必要和他们一样。"

他一口喝光了杯中的酒，站起身。"我得走了，马洛。我让你感觉无聊了。上帝啊，连我自己都觉得无聊。"

"你没让我觉得无聊，我可是训练有素的倾听者。迟早我会弄明白为什么你愿意当一条被人养着的贵宾犬。"

他用指尖轻轻地摸了摸脸上的疤痕，露出一丝冷漠的微笑。"你应该想想她为什么要把我留在身边，而不是为什么我要在那里，耐心地坐在绸缎椅垫上等着她来拍我的头。"

"你喜欢绸缎坐垫，"我一边说，一边站起来和他一起离开，"你喜欢丝绸床单，喜欢按响铃铛，看着面带恭顺微笑的管家过来听候吩咐。"

"也许吧。我是在盐湖城一所孤儿院长大的。"

我们出了酒吧，走进疲惫的暮色中，他说他想散散步。来的时候，他坐了我的车。这次我动作够快，抢着买单。我看着他在我的视线中慢慢走远，一家商店的橱窗灯光照到他的白发上，反射出闪光，不一会儿他就消失在淡淡的迷雾之中。

我更喜欢喝醉时的他，虽然落魄潦倒、又饿又沮丧，却表现出强烈的自尊心。果真这样吗？也许我只是喜欢高高在上的感觉。他做事的理由令人难以捉摸。干我这一行的有时候可以提问题，有时候则给客户时间，让他在勃然大怒前酝酿一番，每一个好警察都知道这一点。这颇像国际象棋和拳击，有些人你必须步步紧逼，让他不知所措；有些人你只需出拳头，他们最终会将自己打败。

如果我问他，他会把他的人生故事都讲给我听，但我连他的脸是怎么被毁的都没问过。如果我问了，他也告诉我了，那就很可能会挽救几条人命。不过这只是可能而已。

4

五月的一天，我们最后一次一起去酒吧喝酒。刚过四点钟，他来得比平时早。他变瘦了，显得很疲惫。他四下环顾，渐渐地，脸上浮现出愉悦的笑容。

"我喜欢傍晚刚开门营业的酒吧，因为里面的空气还是清新凉爽的，所有一切都闪耀着光芒。酒保在镜子前看了最后一眼，检查领带系得直不直，头发梳得光不光。我喜欢吧台上排列整齐的酒瓶、闪着迷人光芒的酒杯，还有一份期待的心情。我喜欢看着调酒师调出晚上的第一杯酒，酒杯放在干净的杯垫上，旁边有叠好的小餐巾。我喜欢慢慢品酒，在没有喧闹的酒吧里静静地喝第一杯酒——太棒了！"

对此，我有同感。

"酒像爱情，"他说，"第一个吻是奇幻的，第二个吻是亲密的，第三个吻则变成例行公事了。接下来，你就会脱下姑娘的衣服。"

"这有问题吗？"我问道。

"这是激情的高级阶段，但这种情绪不纯粹——从美学的角度看是不纯粹的。我并不是嗤笑性爱，这是必要的东西，它并不一定是丑陋的；但性爱必须不断经营，要让它够刺激是个数十亿元的宏大事业，并且要耗尽每一分钱。"

他看看周围，打了个哈欠。"我没睡好。这里感觉不错，但过不了多久就会挤满大声说笑的酒鬼，该死的女人们开始挤眉弄眼，挥手舞臂，手镯发出讨厌的叮当声。她们用化妆精心包装自己，但到晚些时候就会散出一股淡淡的汗味。"

"凡事看开些，"我说，"她们都是凡人，人都会出汗，都会变脏，她们都得上洗手间。你期待什么呢——在玫瑰色迷雾中盘旋的金色蝴蝶吗？"

他喝光杯子里的酒，把酒杯底朝天举起，看着一滴水珠慢慢在杯口边缘凝聚，颤了几下，滴落下来。

"我为她感到难过，"他慢吞吞地说，"她是个彻头彻尾的娼妇。或许我喜欢与她相忘于江湖的感觉。有一天她会需要我，我将是她身边唯一一个没有心怀不轨的人；到那个时候，我很可能会退出。"

我只是看着他。过了一会儿，我说："你很会推销自己。"

"是的，这我知道。我性格软弱，没有胆量和野心，我抓了那枚铜戒指，发现它不是金的，大吃一惊。像我这样的人在一生中只有一个辉煌的时刻，那就是在秋千上完成一次完美的摇曳；余生全都花在避免从人行道跌进水沟里。"

"什么意思？"我拿出一个烟斗，往斗里填烟丝。

"她害怕，害怕极了。"

"怕什么？"

"我不知道，我们已经不怎么说话了。也许怕那个老头吧。哈兰·波特是个冷酷无情的混蛋，表面上一副维多利亚式的尊贵，内心却像盖世太保一般残忍。西尔维娅是个放荡的女人。他知道这一点，也恼恨这一点，对此他无能为力；但他静观其变，一旦西尔维娅惹出大丑闻，他就会把她劈成两半，分别埋到千里之外去。"

"你可是她的丈夫啊。"

他举起空杯子，用力把它往桌边砸去，哐当一声砸得粉碎。酒保瞪大了眼睛，但没说话。

"像这样，朋友，就像这样。没错，我是她丈夫，记录上是这么写的。我是那三级白色台阶、绿色大门和铜门环，你一长两短地敲打门环，女佣就会让你进百元青楼。"

我站了起来，扔了些钱在桌子上。"他妈的，你说得太多了，"我说，"都他妈的谈你自己的事。再见。"

我走了出去，留下他一个人惊讶地坐在那里，借着酒吧的灯光我能看到他一脸惨白。他在我身后喊着什么，但我没有停住脚步。

十分钟后，我后悔了。但十分钟后我已经到了另一个地方。他没再来我办公室，再也没有来，一次也没来过。我触及了他的痛处。

整整一个月，我都没见到他。再见他时，是一个清晨的五点钟，天刚蒙蒙亮。连续的门铃声硬是把我从床上拽了起来。我懒洋洋地穿过门厅，到了客厅，开了门。他站在门口，看样子仿佛有一个星期没睡过觉。他穿着轻便大衣，衣领竖起，身子似乎在发抖。头上的黑毡帽压得很低，遮住了眼睛。

他手里拿着一把枪。

5

　　枪没有对着我，他只是拿在手里。这是一把中等口径自动手枪，外国制造，肯定不是柯尔特或萨维奇 ①。惨白的脸、脸上的疤痕、竖起的衣领、压低的帽檐和手里的枪，使他看起来像是老式黑帮暴力电影中走出来的人物。

　　"你开车送我去蒂华纳 ②，我要坐十点十五分的飞机，"他说，"我有护照和签证，除了交通工具，我全都安排好了。由于某些原因，我不能从洛杉矶坐火车、巴士或飞机。五百块钱算是出租车费，可以吗？"

　　我站在门口，没让他进屋。"五百元再加一把手枪怎么样？"我问。

　　他心神不定地低头看着手里的枪，然后把它放进口袋。

　　他说："也许可以防身用，为了你，而不是我。"

　　"那就进来吧。"我侧过身子，他拖着疲乏的步子走进门，一屁股坐到椅子上。

---

① 柯尔特（Colt）和萨维奇（Savage）为美国两家著名的制枪厂商生产的枪械。
② 蒂华纳（Tijuana）为墨西哥西北边境的自由市。

客厅里仍然很昏暗，这是因为屋子的主人疏于修剪窗外长得密密麻麻的灌木丛。我打开一盏灯，抽出一支烟点上。我低头盯着他，伸手抓了抓乱蓬蓬的头发，脸上露出常有的疲倦的笑容。

"我到底怎么回事——这么美好的早晨竟用懒觉打发了？十点十五分？好吧，时间还很充裕，我们到厨房去，我煮些咖啡。"

"侦探先生，我遇上大麻烦了。"侦探，这是他第一次这么称呼我，不过这似乎和他进门的方式、穿着以及手里的枪显得很协调。

"今天将是非常美好的一天，微风和煦，你能听到马路对面遒劲的老桉树交头接耳低声细语，谈论以前在澳大利亚时小袋鼠在树枝间跳跃、树袋熊互相驮在对方背上的时光。是的，我大致能感觉到你遇上麻烦了。让我喝两杯咖啡，然后和你谈谈。我刚起床时总是有点头晕。让我们先跟哈金斯先生和杨先生商量一下。"

"听我说，马洛，这不是时候……"

"老兄，别害怕。哈金斯先生和杨先生是最好的两位，他们制作了哈金斯-杨咖啡，这是他们毕生的心血，他们为此感到骄傲和喜悦。总有一天我会看到他们得到应得的赞许。到目前为止，他们赚的只是钱。他们不会就此满足的。"

闲聊了几句后，我到后面那间厨房，打开热水，从架子上取下咖啡壶。我把标尺打湿，顶盖里放了些咖啡粉。正在这时，水开始冒蒸汽了。我把咖啡壶下半截装满，放在火上，接着把上半截放上去，旋了一下，与下面扣住。

这时，他已经跟到了厨房。他在门口探头张望了片刻后，拖着缓慢的步子走到厨房那头的早餐桌前，身子滑进椅子里。他还在发抖。

我从架子上取下一瓶"老祖父"威士忌①，给他倒了一小杯。我知道他需要一个大酒杯。即便如此，他不得不用双手捧着才能送到嘴边，他一口喝干了杯里的酒，砰的一声放下酒杯，身子猛地往后靠到椅背上。

"都快昏过去了，"他喃喃地说，"像是一个星期没睡似的。昨晚一夜没睡。"

咖啡快煮沸了。我把火调小，看着水往上升，在玻璃管底部悬了一会儿。接着，我把火调大，让水没过咖啡粉，立刻再把火调小。我搅了搅咖啡，把盖子盖上。我把定时器设定为三分钟。马洛是个做事井井有条的人，任何事都不能干扰他煮咖啡，哪怕一个亡命之徒手里拿着枪过来都没用。

我又倒了一杯酒给他。"就坐那儿，"我说，"什么也别说，坐着就行。"

他用一只手端起了第二杯酒。我匆匆在盥洗室洗漱完，回到厨房，这时定时器的闹铃声刚好响起。我关了火，把咖啡壶放在桌上的一块草垫上。我为什么要对此逐一详述呢？因为高度紧张的气氛使每一件细小的事变成了一场表演，变成一个独特的、重要的动作。所有不自觉的动作，无论多么习惯成自然，在这个高度敏感的时刻，全都变成一个个相互分离的意志行为。你就像一个患过小儿麻痹症后学着走路的人，没有一件事是理所当然的，绝对没有。

咖啡全到下面的壶里了，涌入的空气发出与往常一样的嘶嘶声，咖啡冒着泡，然后就安静了。我把咖啡壶的上半截取下，把它放在盖子卡槽的沥水板上。

---

① 老祖父（Old Grand-Dad）是美国最具代表性的波本威士忌的一个知名品牌。

我倒了两杯咖啡，在他那杯里倒了一点酒。"给你一杯清咖啡，泰瑞。"我给自己这杯加了两块方糖和一些奶。现在我渐渐没了睡意。刚才我都没意识到自己是怎么打开冰箱取出奶精盒子的。

我在他对面坐下。他一动不动，身子僵硬地靠着早餐桌的一角，然后没有一点征兆，他突然倒头趴在桌上抽泣起来。

我伸手把他口袋里的枪拿走，他一点也没察觉到。这是一把七点六五毫米口径的毛瑟手枪 [①]，很漂亮。我闻了闻，推开弹匣，子弹是满的，枪没有用过。

他抬起头看见咖啡，慢慢喝了几口，没朝我看。"我没开枪杀人。"他说。

"嗯——至少最近没有，否则你还得将这把枪擦干净。我认为你不太可能用它杀人。"

"我把情况告诉你。"他说。

"等一下。"杯里的咖啡很烫，我尽快喝完，又倒了一杯。"是这样的，"我说，"对于要告诉我的事，你务必非常小心。如果你真的想让我送你去蒂华纳，有两件事情千万别告诉我。第一——你在听吗？"

他微微点点头，眼神茫然地盯着我头顶后方的墙壁。今天早上他脸上的疤痕青紫得厉害，皮肤几乎是惨白的，但疤痕依然是发亮的，很显眼。

"第一，"我慢慢地重复道，"如果你犯了罪，或做了任何法律界定为犯罪的行为——我是指重大的罪行，不要告诉我。第二，如果你

---

① 德国毛瑟（Mauser）7.65 毫米口径手枪由德国奥伯恩多夫·毛瑟有限公司（Mauser-Werke Oberndorf GmbH, DE）生产，设计精良。

有他人犯了这样的罪行的确凿信息，也请不要告诉我。如果你想让我开车送你到蒂华纳的话，千万别说。明白了吗?"

他看着我的眼睛，视线集中，但毫无生气。他将咖啡喝下肚，脸上没有血色，但身子不再颤抖。我又给他倒了一些。

"我刚才告诉你我遇上麻烦了。"他说。

"我听到了，但我不想知道是什么样的麻烦。我需要挣钱谋生，我得保全我的执照。"

"我可以用枪逼你啊。"他说。

我笑了笑，把枪放在桌上推到他面前。他低头看着它，但没有伸手去碰。

"泰瑞，你不可能用枪把我押到蒂华纳，过不了边境，也登不上飞机。我是个偶尔会用枪的人。我们不要再提枪的事了。假如有什么能告诉警察的话，我会说我害怕得要命，不得不按你的意思去做。当然我不知道会怎样。"

"听着，"他说，"到中午或再晚些时候才会有人敲门。她睡懒觉的时候，用人知道规矩，不会去打扰她；但大约中午时分她的女仆会敲门进去。她不会在她的房间里。"

我呷着咖啡，没说什么。

"女仆会发现她的床没有睡过，"他继续说，"然后，她会想到去另一个地方找她。距离主屋后很远处有一栋大房子，供客人住，配有私家车道和车库等。西尔维娅在那儿过的夜。女仆最终会在那儿找到她。"

我皱起了眉头。"泰瑞，看来我向你提问得格外小心。难道她不会没在家里过夜吗?"

"她的衣服总是扔得房间里到处都是，她从来不把东西挂好。女仆应该知道她在睡衣外披了件袍子，然后就出去了，所以她只可能去客房。"

"不见得。"我说。

"一定是去客房。见鬼，你难道以为他们不知道客房都发生些什么事？仆人总是会知道。"

"不说这个了。"我说。

他的一根手指在没有疤痕的半边脸上用力划了一下，留下一道红印。"而且，在客房，"他慢慢地继续说，"女仆会发现——"

"发现西尔维娅烂醉如泥，瘫倒在那里，狼狈不堪，浑身冰冷蔓延到了眉尖。"我厉声说。

"哦。"他想了想，考虑了很久。"当然，"他补充说，"可能会是那样的情况。西尔维娅不胜酒力，她一旦喝过了头，情况会很严重。"

"这故事基本可以收尾了，"我说，"基本就是这样了。让我来即兴分析一下。如果你还记得的话，上次我们一起去喝酒的时候，我对你有点粗暴，然后我自己一个人走了。事后我又琢磨了一下，我看得出你是在自嘲，以此让自己摆脱大祸临头的感觉。你说你有护照和签证，要弄到墨西哥的签证得花一点时间才行，他们不会随便让人入境，由此可见，你的计划已经盘算了一段时间了。我之前还在想你能忍多久。"

"我隐隐觉得有义务留在她身边。除了为避免她家老头到处查她，把我当作一个掩护她的幌子外，我觉得她可能还需要我。对了，我半夜给你打过电话。"

"我睡得很沉，没听见电话铃。"

"然后我去了一家土耳其浴场，在那儿待了几个小时，洗了一个蒸汽浴，到浴池泡了个澡，又做了个喷雾淋浴和擦身按摩，在那儿打了几个电话。我把车停在拉布雷亚大道和喷泉大道的交界处，再从那里步行过来，没有人看到我拐进你这条街。"

"那些电话跟我有关吗？"

"一个是打给哈兰·波特的。这老头昨天飞去帕萨迪纳处理一些事情。他没回家。我费了一番工夫才联系上他，不过他最后还是和我谈了。我向他表达了歉意，告诉他我要走了。"他说这些话的时候，侧眼看着水槽上方的窗户和撩拨着窗纱的金钟花灌木。

"他听了有什么反应？"

"他觉得很遗憾，祝我好运，问我需不需要钱，"泰瑞放声笑了起来，"钱，这是他的字典里排在首位的字。我说我有很多钱。然后我打给了西尔维娅的姐姐。情况差不多就是这样了。"

"我想知道的是，"我说，"你到底有没有发现过她和男人在那栋客房里？"

他摇摇头。"我从来没有查过。要查并不困难，根本没难度。"

"你的咖啡快凉了。"

"我不想喝了。"

"有很多男人，是吧？但你还是回头和她再婚了。我知道她的确秀色可餐，但是——"

"我跟你说过，我一无是处。天哪，我第一次为什么离开她？为什么之后我每次见到她就会醉得不成人样？为什么我宁可在穷困潦倒中挣扎，也不伸手问她要钱？她结过五次婚，不包括和我的婚姻。只要她勾勾手指，她的任何一个前夫都会回到她身边，不只是为了百万财富。"

"她是个美人儿，"我说着，看了一眼手表，"为什么要在十点十五分前赶到蒂华纳？"

"那个时间的航班上总有空位。从洛杉矶出发可以乘'康妮'①，七个小时就可以到达墨西哥城，有谁还愿意坐途中要穿越高山的DC-3②。另外，'康妮'不在我要去的地方停靠。"

我站了起来，身子靠着水槽。"现在，让我把所有因素综合起来，不要打断我的思路。今天早晨你刚来见我时处于高度情绪化的状态，你想让我送你去蒂华纳赶早班飞机。你口袋里有枪，但是没必要让我看到。你告诉过我，你能忍则忍，但昨晚你终于爆发了。你发现你的妻子烂醉如泥，有个男人曾和她在一起。你出来后到一间土耳其浴室打发时间，直到早晨，你打电话给你妻子的两位至亲，告诉他们你在做什么。你去了哪里不关我的事；你有进入墨西哥必要的文件，至于你怎么进去也不关我的事。我们是朋友，你有求于我，我会按你的意思做，不会多考虑的。我为什么要这样？我得不到任何好处。你有车，但你心烦意乱到了无法自己开车的地步，那也是你自己的事。你很情绪化，你在战争中伤得不轻。我想我应该去找个车库，把你的车存放起来。"

他把手伸进衣服，掏出一个皮质钥匙包放在桌上，推到我面前。

"听起来合理吗？"他问。

"这取决于谁在听。我还没有说完，你带了什么？除了你身上的衣服和你岳父给的一点钱，你什么也没带。你放弃了她给你的一切，

---

① 康妮（Connie）是美国飞机制造商洛克希德公司生产的洛克希德超级星座客机的昵称。
② 美国道格拉斯飞机公司制造的客机。

包括你停在拉布雷亚大道和喷泉大道路口的那辆漂亮家伙。你想尽可能一干二净地离开，义无反顾地离开。好吧，我信了。现在我去刮胡子，换件衣服。"

"你为什么要帮我，马洛？"

"在我刮胡子的时候，你可以给自己弄些喝的。"

我走出去，留他独自一人弓着背坐在角落。他仍旧戴着帽子，穿着薄外套，但显得有活力多了。

我走进盥洗室刮胡子。等我回卧室打领带的时候，他走过来站在门口。"为了以防万一，我把杯子洗了，"他说，"但我想了一下，你最好还是报警。"

"要报你自己报，我没什么要跟他们说的。"

"你要我报警？"

我猛地转过身，狠狠瞪了他一眼。"他妈的！"我几乎是吼着对他说的，"看在上帝的分上，你能不能别惹事了？"

"抱歉。"

"你当然应该感到抱歉。你们这种人永远在抱歉，却永远为时已晚。"

他转过身，沿着门廊走回客厅。

我穿戴完毕，把屋子的后门锁好。当我回到客厅的时候，他已经靠在椅子上睡着了，头歪在一边，面无血色，他的整个身体疲惫得像散了架似的。他的样子看上去挺可怜的。我拍拍他的肩膀，他慢慢醒来，仿佛从一个与我相距遥远的地方走回来。

他注意到我时，我说："带个手提箱怎么样？那个白色的猪皮箱还在我衣柜顶层的架子上。"

"它是空的，"他对此显得没什么兴趣，"再说，它太显眼了。"

"不带行李会更显眼。"

我走回卧室，站在衣柜里的梯子上，把白色猪皮箱从架子顶层拉下来。方形天花板活门就在我头顶上，我把门推起来，手尽可能往里伸，把他的皮钥匙包扔在一根积了厚厚灰尘的系梁后面。

我拿着手提箱爬下来，拂去上面的灰尘，在里面胡乱塞了些东西：一套从未穿过的睡衣、牙膏、备用牙刷、几条便宜的毛巾和浴巾、一包棉手帕、一管十五美分的剃须膏，还有配套的剃须刀和一包刀片——全是新的，没有做过任何记号，没有任何显眼之处，当然，如果是他自己的东西就更好了。另外我在里面放了一瓶一品脱的未拆封的波旁威士忌。我锁好手提箱，把钥匙插在一个锁眼里，提到客厅。他又睡着了，我轻轻打开门，没有吵醒他，把手提箱提到车库，放在敞篷跑车前排座位的背后。我把车开出来，锁好车库，顺着台阶走到屋里把他叫醒。把门窗锁好后，我们就出发了。

我开得很快，但还不至于到吃罚单的程度。一路上我们几乎没说话，途中也没有停下来吃饭，因为没那么多时间。

边境的人没跟我们说什么。到了位于多风台地的蒂华纳机场，我把车停在机场大楼附近，泰瑞去买票的时候，我坐在车里等他。DC-3 的螺旋桨已经缓缓地转动起来，开始暖机。一个身穿灰色制服、高大英俊的飞行员正在和四个人聊天，其中一个身高大约六英尺[①]四英寸，提着一个枪弹箱，他身旁是一个穿着休闲长裤的女孩，一个个头颇小的中年男子和一个身材高挑得让站在一旁的男子显得孱弱的灰

---

① 1 英尺约为 0.3 米。

白头发的女人。另外还有三四个墨西哥相貌特征明显的人站在附近。看来乘客就这么多了。登机扶梯已经架在飞机舱门口，但似乎没有人急着上飞机。这时，一位墨西哥乘务员从飞机里出来，走下扶梯，站着等候。那儿似乎没有任何扩音设备。墨西哥人登机了，但飞行员还在和那几个美国人聊天。

我旁边停了一辆帕卡德大车。我探出头去看了一眼那辆车的车牌，也许哪一天我能学会不管别人的闲事。我把头伸出去时，看到那个高个子的女人正盯着我这边看。

随后，泰瑞踏着满是尘土的砂石路走过来。

"都办好了，"他说，"就在这里和你道别了。"

他伸出手来，我和他握了握手。他现在看起来很好，只是疲惫，疲惫至极。

我从奥兹车里拿出猪皮手提箱，把它放在砂石地上。他愤愤地盯着它。

"我说过我不要。"他急躁地说。

"泰瑞，里面有一品脱的好酒，还有些睡衣之类的东西，都没有署名标记。如果你不想要，可以寄存，或者扔掉。"

"我有我的理由。"他的语气很生硬。

"我也有。"

他突然笑了，一只手提起箱子，另一只手捏捏我的手臂。"好吧，朋友，你说了算。请记住，如果事情变得棘手，你可以全权决定怎么做。你什么也不欠我。我们在一起喝过几次酒，已经像朋友一样了，我聊了太多关于自己的事。我在你的咖啡罐里放了五张一百块。别生我的气。"

"我宁愿你没这么做！"

"我的钱连一半都花不完。"

"祝你好运，泰瑞。"

那两个美国人正顺着扶梯上飞机。一个宽脸、面色灰暗的矮胖男人从机场大楼走出来，挥手指示。

"登机吧，"我说，"我知道你没杀她，这是我来这里的原因。"

他打起精神，整个身体变得僵硬，他慢慢地转过身，然后回头看了看。

"很抱歉，"他平静地说，"可惜你错了。我会以很慢的速度走向飞机，你有足够的时间阻止我。"

他迈出了步子，我看着他。站在办公楼门口那人正等着，但不见他心急，墨西哥人少有没耐心的时候。他俯身拍拍猪皮手提箱，咧嘴朝泰瑞笑，然后他侧身站到一旁，让泰瑞穿过门口。不一会儿泰瑞从另一边的门出来，海关人员就在那儿。他仍然步伐缓慢，踩着砂石路走向登机扶梯。他停在那里朝我这儿看，没有挥手示意，我也没有。接着他上了飞机，登机梯随即被撤走。

我钻进奥兹，发动，倒退，掉头，穿过半个停车场。高个子女人与矮个子男人仍然在停车坪上，女人拿着手帕伸手挥动。飞机往停机坪末端滑行，扬起大量尘土，在停机坪尽头转弯，飞机引擎加速发出隆隆的轰鸣声。飞机开始向前移动，渐渐提速。

机尾扬起大片尘埃，随后飞机升空了。我注视着它慢慢升起，飞进刮着阵阵大风的空中，消失在东南方向的蓝天中。

随后，我离开那里。边境大门口没人看我一眼，仿佛我的面孔如同钟表上的指针一样不起眼。

6

从蒂华纳返回的路程漫长，也是全州最无聊的车程之一。蒂华纳没有什么值得称道的地方，钱是那儿的人唯一的追求，怯生生地来到你车旁的孩子睁大了眼睛，渴求地看着你说："先生，行行好，赏一毛钱吧。"紧接着就开始推销他的姐妹。蒂华纳不等同于墨西哥，没有一个边境小镇仅仅是一个边境小镇，就如同没有一个海滨仅仅是海滨而已一样。圣地亚哥？世上最美丽的港口之一，除了海军部队和几条渔船，其他什么都没有。到了夜里，那儿倒成了人间仙境，浪涛声如同老太太唱赞美诗一般柔和。但马洛必须赶回家，看家里有没有少东西。

往北的路途如同水手的船歌一般单调，你穿过一个小镇，下山坡，途经一段海滩，再穿过一个小镇，下山坡，途经一段海滩。

我回到家已是下午两点，他们坐在一辆深色轿车里等我，车上没有警车标志，没有红色警灯，只有一对天线，天线不止警车有。我台阶刚爬到一半，他们就从车里出来，大声对着我喊，两个穿着普通制服的普通人，动作是一如既往的懒散，仿佛整个世界都在寂静和沉默中等待着，听候他们的差遣。

"你是马洛吗？我们想和你谈谈。"

他在我眼前闪了一下警徽，基本看不清，只觉得像是虫害防治所的。他的头发是金灰色，看起来黏糊糊的。他的搭档身材高大，相貌英俊，长得干净利落，却又透出一丝令人不悦的感觉，仿佛一个受过教育的杀手。他们的眼神中有警戒和守候、耐心和谨慎、冷静和倨傲，是警察特有的眼神，是在警校毕业典礼游行时就有的眼神。

"我是格林警司，中央凶杀组的。这位是戴顿警探。"

我继续往上走，打开门锁。你不会和大城市的警察握手，那样的距离显得太亲近。

他们在客厅坐下。我打开窗户，微风低吟。格林开口说话了。

"有个叫泰瑞·伦诺克斯的男人，你认识他，对吗？"

"我们偶尔一起喝酒。他住在恩西诺，娶了个有钱人。我从来没去过他住的地方。"

"偶尔？"格林说，"是多久一次？"

"这是大概的说法。偶尔就是偶尔，有时每周一次，有时两个月一次。"

"见过他妻子吗？"

"见过一次，一面之缘，在他们结婚前。"

"你最后一次见到他是什么时候，在哪里？"

我从茶几上拿了一把烟斗，塞上烟丝。格林身子前倾凑近我。高个小伙子坐在后面，手握圆珠笔悬在红边便笺本上。

"现在我该说'这到底是怎么回事'，而你会说'我们才可以提问'。"

"所以你只要回答问题，好吗？"

我点燃了烟斗，烟丝太潮湿，我颇费了一些时间才把烟丝点燃，用了三根火柴。

"我有时间，"格林说，"但我已经花了很多时间在这附近等你，所以赶紧吧，先生，我们知道你是谁，你也知道我们不会没事来找茬。"

"我是在想，"我说，"我们之前常去维克多酒吧，不常去绿灯笼和牛熊酒吧——那地方在拉斯维加斯大道的尽头，弄得像个英式客栈——"

"不要拖延时间。"

"谁死了？"我问。

戴顿警探开口了，他的声音严厉、成熟，透着一丝不容别人愚弄的味道。"马洛，你只需要回答问题。我们在进行例行调查，其他的你不需要知道。"

也许是我疲惫烦躁，也许是我感到一丝愧疚，我甚至可以恨一个我根本不认识的人，隔着一个咖啡厅宽度的距离看他一眼，我就有把他的牙踢爆的冲动。

"得了，老兄，"我说，"这些废话留给青少年犯罪调查署吧，连他们都会觉得好笑。"

格林咯咯地笑了。戴顿的脸上没有变化，似乎你把手指放上去都不会变，但他突然显得老了十岁，卑微了二十岁，他呼吸时鼻子里嘶嘶作响。

"戴顿已经通过律师资格考试，"格林说，"你糊弄不了他。"

我不紧不慢地站起身，走到书架前，取出《加州刑法法典》合订本，伸手递给戴顿。

"能否麻烦你找出我必须回答这些问题的条款吗？"

他一动不动。他想狠狠地给我一拳，我们彼此都知道，但他在等待时机。看来他并不确定如果他做出出格的行为，格林会不会帮他说话。

他说："每个公民都有义务和警方合作，全面配合，甚至以实际行动配合，特别是回答警方认为有必要提问的任何非定罪性质的问题。"他说这话时的语气严厉、响亮、流畅。

"能达到那样的结果，大多用了直接或间接的威胁手段，"我说，"在法律中不存在这样的义务，任何人在任何时候、任何地点都不必告诉警察任何事情。"

"哦，闭嘴，"格林不耐烦地说，"你是心虚吧，你自己心里明白。坐下！伦诺克斯的妻子惨遭杀害，案发地点在恩西诺他们家的一间客房内。伦诺克斯逃了，反正目前不明去向。所以，我们正在搜寻一起谋杀案的犯罪嫌疑人。这样你满意了吗？"

我把书扔在一把椅子上，回到沙发上，和格林隔着桌子。"为什么来找我？"我问，"我说过，我从来没有去过他们的房子。"

格林拍着自己的大腿，手一上一下，一上一下。他不说话，咧嘴盯着我笑。戴顿一动不动地坐在椅子上，眼神仿佛想吃了我似的。

"因为在过去的二十四小时内，你的电话号码出现在他房间的便笺本上，"格林说，"是一本带日历的便笺，昨天那页被撕了，但在今天那页上可以看到笔记的印子。我们不知道他是什么时候给你打的电话，我们不知道他去了哪里，为什么要走，什么时候走的，我们当然必须要问。"

"为什么在客房？"我问。没期待他回答，他居然回答了。

他有点脸红："她似乎经常去那里，通常在晚上，有客人。用人可以透过树丛看到那儿的灯光。汽车进进出出，有时很晚，有时非常晚。说得够多了吧？别自欺欺人了。伦诺克斯是我们的目标。凌晨一点左右，他正往那儿走，管家碰巧看到，大约二十分钟后，他一个人回来。此后的情况就不知道了，灯一直亮着。今天早上伦诺克斯不见了。管家经过客房，看见那位贵妇人躺在床上，像美人鱼一样赤身裸体，告诉你，他都认不出她的脸了。事实上，她几乎没有脸了，被人用一尊猴子青铜雕像打得血肉模糊。"

"泰瑞·伦诺克斯不会做出这样的事，"我说，"当然，她背叛了他，但这不是什么新鲜事，她一直这样。他们离婚又再婚，我觉得对于这样的事，他一定高兴不起来，但他为什么到现在才爆发呢？"

"没有人知道答案，"格林耐心地说，"这种事一直在发生，男人和女人都不例外，一个人起先选择忍受，忍受，再忍受，终于有一天他忍无可忍了，可能连他自己都不知道为什么会爆发，为什么在那一时刻突然爆发，总之他爆发了，接着就有人死了。于是我们有事可做了，于是我们来问你一个简单的问题。别再和我们绕圈子，否则我们把你抓进去。"

"警司，他不会告诉你的，"戴顿尖酸地说道，"他读过那本法律书，他和很多人一样，读了一本法律书就以为法律全在里面了。"

"你做好记录，"格林说，"少费脑筋，如果你真有能耐，我们会让你在警局聚会上唱《慈母颂》的。"

"去他妈的，警司，我没有冒犯你官衔的意思。"

"你和他打一架，"我对格林说，"他摔倒时我来扶。"

戴顿小心翼翼地把便笺本和圆珠笔放到一边，站起身，眼里闪着光。他走过来站在我面前。

"站起来，机灵鬼。我上过大学，但这并不意味着我会容忍你这种蠢货的胡扯。"

我站起身，还没等我站稳，他的拳头就过来了。他用一记干脆的左勾拳打中了我，接着是右勾拳。这时铃声响了，但不是吃饭的铃声。我重重地坐下，摇了摇头。戴顿还在那里，现在他面带微笑。

"让我们再试一次，"他说，"刚才你没准备好，不算。"

我看看格林，他正在端详自己的大拇指，好像在研究指甲边上的倒刺。我没有动，也没说话，等他抬起头来。如果我再站起来，戴顿的拳头又会向我挥来，总之，不管怎样他都会再动手。但如果我站起来，他出拳了，我会打得他屁滚尿流。刚才那两拳证明他是个十足的拳击手，他落拳的位置很准，但想把我打倒可不是一拳两拳那么简单的事。

格林心不在焉地说："干得漂亮，比利小子①。他敬酒不吃吃罚酒，让他尝尝你拳头的滋味。"

然后，他抬起头来，温和地说："马洛，我再问一次，你最后一次见到泰瑞·伦诺克斯在什么地方，怎么见的面，说了些什么，你刚才从哪里回来？说——还是不说？"

戴顿怡然自得地站在那儿，站得稳稳的，他眼中闪着柔和愉快的光。

"另一个家伙呢？"我问，并不理会他的问题。

"什么另一个家伙？"

---

① 墨西哥一名职业摔跤手 José Roberto Islas García 的绰号。

"客房的床上，一丝不挂。你该不会告诉我她是一个人去那儿玩单人跳棋的吧？"

"那是以后的事——等我们找到她丈夫以后。"

"好吧。如果不麻烦的话，就等你找到一个替罪羊再说。"

"马洛，你不说，我们就带你回警局。"

"作为重要证人？"

"你开什么玩笑，当然是把你当作嫌犯带走，你有谋杀案从犯的嫌疑，帮助犯罪嫌疑人逃跑。根据我的猜测，你把那家伙送到了某个地方。我现在要做的就是猜测。组长最近管得特别严，他懂法律，但有点心不在焉，这样你可就惨了。我们会用一切办法让你交代的。越是难办，我们就越肯定这是有必要的。"

"跟他说这些都是废话，"戴顿说，"他懂法律。"

"对每个人来说都是一堆废话，"格林平静地说，"但还是挺有效的。马洛，想明白了，我可以告你。"

"好啊，"我说，"告吧。泰瑞·伦诺克斯是我的朋友，我和他的交情不会因为一个警察的几句话就被毁了。你有案子要告他，也许情况远远比我从你口中得到的复杂，动机、时机，以及他潜逃的事实。动机是陈年旧事，早就没了火气，几乎是交易的一部分。我不喜欢那样的交易，但是他就是那样的人——有那么点软弱，但非常温厚。如果他知道她死了，他一定清楚自己会成为你们追查的目标，仅此而已。如果举行审讯，我被传讯了，那我必须回答问题，但我没有义务回答你们的问题。格林，看得出你是个好人，我也看得出你的搭档是一个爱炫警徽、浑身透着该死的权利情结的家伙。如果你真想找我麻烦，就让他再打我，我他妈的倒要杀杀他的威风。"

格林站起身，用遗憾的眼神看着我。戴顿没有动，他的爆发力很强，但一拳就用完了，他需要时间休息，拍拍后背。

"我要用一下电话，"格林说，"但我知道会得到什么样的答案。你病了，马洛，病得不轻。给我让开。"最后一句是对戴顿讲的，戴顿转身走回去，拿起便笺本。

格林到电话旁，慢慢拿起话筒，为了这个吃力不讨好的苦差事，他相貌平平的脸上都起皱了。这就是和警察打交道的麻烦之处，当你开始痛恨他们的无礼时，你却突然遇到一个人情通达的人。

组长要求把我带走，不留情面。

他们给我铐上手铐，没有搜查房子，对于警察来说似乎疏忽了一点。可能他们认为我经验老到，不可能把对自己不利的东西放在家里，可他们错了。他们一旦搜查，就会发现泰瑞的汽车钥匙，等他们找到车子——这是迟早的事，把车钥匙和那辆车一对应，就知道泰瑞·伦诺克斯曾和我在一起。

事实上，这没有任何意义，警察永远找不到那辆车，因为它在夜里被人偷走了，很可能被开到埃尔帕索，配了新的钥匙，伪造了文件，最后流入墨西哥城的市场。整个程序有一套惯例。大多情况下钱变成海洛因流回来。在黑道看来，这是睦邻政策的一部分。

7

那年的凶杀组组长是格里高里警监，他是那种越来越少见但还没有绝迹的警察，办案爱用强光、软警棍、踢人腰子、用膝盖撞人大腿根、用拳头打腹部、用警棍击打尾椎。半年后，他被指控在一个大陪审团面前作伪证罪，未经审讯就被逐出了警局，后来在怀俄明州的农场被一匹种马踩死了。

现在我是他案板上的鱼肉。他脱下外套，坐在自己的办公桌前，衣袖几乎卷到了肩头。他的脑袋像板砖一样光秃，赘肉堆积在腰头，就像所有肌肉结实的人到了中年的样子；他的眼睛鱼皮灰色，大鼻子上布满了破裂的毛细血管。他喝着咖啡，喝得很大声。他那粗壮的手背上长着浓密的毛发，几撮灰白耳毛从他的耳朵里伸出来。他摩挲着办公桌上的一个东西，眼睛看着格林。

格林说："头儿，他什么也不肯说。我们因为那个电话号码去查他，他开车出去，不肯说去了哪里。他和伦诺克斯很熟，但不肯说他最后一次见到他是什么时候。"

"以为自己是硬汉，"格里高里冷漠地说，"我们可以改变他。"他说话的样子好像毫不在乎，他可能真的不在乎，没有人让他伤过脑筋。"关键是大量头条新闻让地方检察官嗅到了这个案子的气味。不能怪他，看看那女孩的老爹是谁吧，我想我们最好为他把这家伙的嘴撬开。"

他看看我，仿佛我是一根烟蒂，或一把空椅子，总之只是他视线中某个不起眼的东西，他根本没当回事。

戴顿恭敬地说道："很显然，他整个态度就是想制造一个他可以拒绝交代的局面。他跟我们引用法律条款，惹我出手打他。组长，我当时的行为有点出格。"

格里高里冷冷地看了他一眼："如果这个小混混能让你那样，说明你很容易受刺激。谁松了他的手铐？"

格林说是他干的。"把手铐铐回去，"格里高里说，"铐紧点，好让他打起精神。"

格林正准备把手铐套回我手上，格里高里大吼一声："往背后铐！"格林就把我的手反到背后铐住。我坐在一张硬椅子上。

"铐紧点，"格里高里说，"咬紧他的手。"

格林把手铐扣紧，我的手开始发麻。

格里高里终于看我了："你现在可以说话了。快说。"

我没有应他的话。他身体往后靠，咧嘴笑了起来，手慢慢伸向他的咖啡杯，握住杯子，身子向前倾。只见杯子向我飞来，我侧身躲开，从椅子上摔下来，肩膀重重着地，翻了个身，慢慢站起来。现在我的手已经麻得没感觉了，靠近手铐的一段胳膊开始疼痛。

格林扶我坐回椅子上。咖啡溅到椅背和椅子的某些地方，但大部分都洒到地上去了。

"他不喜欢咖啡，"格里高里说，"他手脚敏捷，动作迅速，反应很快。"

其他人没说话。格里高里用他的鱼眼打量了我一番。

"先生，侦探执照在这里还不如一张电话卡。我们现在要你的口供，先口头陈述，然后我们会做笔录。说得完整些。比如说，详细陈述你从昨晚十点起的所有行踪，我说的是全部行踪。我们正在调查一宗谋杀案，主要嫌疑人不知去向。你跟他有联系。这家伙的妻子背叛他，被他抓了个现形，他把她的头打得血肉模糊，头发都泡在血里了。凶器是一个青铜雕像，虽然是赝品，当凶器可不赖。在这个案子上，如果你认为随便一个该死的私家侦探还要在我面前引用法律条文，先生，那就有你苦头吃了。国内没有一支警力可以靠着一本法律书办案的。你有信息，我需要你的信息；你可以说不知道，我也可以不相信，但你什么也不说。朋友，别跟我装傻，你这样毫无意义。我们开始吧。"

"能把我的手铐解开吗，长官？"我问，"我的意思是，如果我说的话。"

"也许可以。长话短说。"

"如果我告诉你，我在过去的二十四小时内没见过伦诺克斯，没有跟他说过话，也不知道他可能会在哪里——这样你满意吗，长官？"

"也许——如果我相信的话。"

"如果我告诉你，我见过他，并告诉你见他的地点和时间，但不知道他杀人的行为和犯下的任何罪行，也不知道他此刻可能在哪里，你根本不会满意，对吗？"

"我需要听到更多细节，诸如何地、何时、他看起来如何、你们谈了什么、他去了哪里等等，从中可以分析出一些东西。"

"经你一分析，"我说，"很可能把我分析成从犯。"

他下巴的肌肉鼓了起来，眼睛像污浊的冰块。"所以呢？"

"我不知道，"我说，"我需要法律顾问。我愿意与你们合作。是否可以请地方检察官办公室派个人来？"

他发出一声短促沙哑的笑声，然后立刻收住了声音。他慢慢站起身，绕过办公桌走过来，俯身靠近我，一只大手撑在桌子上，朝我微笑。然后，他仍然保持着这个表情，而拳头突然像重磅铁锤砸向我脖子的一侧。

拳头送出最多不超过八至十英寸的距离，但几乎要把我的脑袋打下来。胆汁返流到我嘴里，我尝到里面还混着血的腥味。我什么也听不到，只感到脑子里隆隆作响。他仍然面带微笑，低头看着我，左手仍然按着桌面。他的声音仿佛从遥远的地方传来。

"我过去毫不手软，但我现在老了。先生，你吃了狠狠的一拳，也是我给你的唯一一拳。市立监狱有几个应该在畜牧场干活的伙计，也许我们不该用他们，因为他们不像这位戴顿警探有一手干净漂亮的棉花拳，他们也不像格林那样有四个孩子和一个玫瑰园。他们生活在不同的娱乐活动中。监狱各种类型的人都需要，现在劳动力稀缺。你还有什么有趣的主意要说吗？不妨说来听听。"

"长官，戴着手铐可没法说。"说这么一句我都觉得疼。

他弯下身子再凑近我一些，我闻到了他身上的汗味和呼出的臭气。然后他直起腰，回到办公桌前，结实的屁股重重地落在椅子上。他拿起一把三角尺，拇指顺着尺的一边滑动，仿佛那是一把刀。他看着格林。

"警司先生，你还在等什么？"

"等你的命令。"格林咬着牙说，好像他讨厌听到自己的声音似的。

"要等别人来告诉你怎么做？从你的记录看，你是一个经验丰富的警司，我要这个人在过去二十四小时中所有活动的详细供述。也许要查更长的时间范围，不过先查二十四小时。我要知道他在那段时间每一分钟的行动，我需要这份口供签字确认，找证人证明，并查证核实。两小时后我要看到结果。然后我要他干干净净、毫发无损地回到这里。警司，还有一点——"

他停顿了一下，瞪了格林一眼，这个眼神足以将一个刚出炉的烤土豆冰冻起来。

"下次在我审问嫌犯一些礼貌问题的时候，我不希望你站在那里，一副好像我要把他耳朵扯下来的样子。"

"是的，长官。"格林转向我，"走吧。"他硬生生地说。

格里高里龇着牙看着我，它们需要清洗——非常需要。"朋友，让我们来说句退场白吧。"

"好的，长官，"我礼貌地应道，"你也许并不想这样，但你帮了我一个忙，还有戴顿警探的协助。你们为我解决了一个难题。没有人想出卖朋友，而我连敌人都不肯出卖，不愿让他落入你们手中。你块头那么大，居然那么无能，你连一个简单的调查都不会。我站在刀刃上，随你把我往哪一边推，但在我无力抵抗的情况下，你们虐待我，往我脸上泼咖啡，往我身上砸拳头。从现在开始，让我把你墙上钟的时间告诉你，我都不干。"

出于某种奇怪的原因，他居然坐在那里一动不动，任凭我说。然后，他笑着说："朋友，你只是一个痛恨警察的无名小卒，你不过如此，仅仅是一个痛恨警察的无名小卒。"

"长官，有些地方的警察并不讨人厌；不过，在那些地方，你当不上警察。"

他还是没发火，我估计这话对他来说还不算重，他很可能听过很多更难听的话。这时他办公桌上的电话铃响了。他看了一眼，做了个手势。戴顿利落地走到桌旁，拿起听筒。

"格里高里警监办公室。我是戴顿警探。"

他听着电话，眉头微皱，把两道俊俏的眉毛并拢在一起。他轻声说："长官，请稍等。"

他把电话递给格里高里："长官，是奥尔布赖特局长。"

格里高里露出了不悦的神色。"哦？那个自以为是的混蛋想干吗？"他接过听筒，停顿了片刻，脸上的愁容渐渐舒展开了。"局长，我是格里高里。"

他听着电话。"是的，局长，他在我的办公室。我正在审问他，他不配合，一点也不配合……怎么又那样？"突然他脸上怒气冲天，面孔扭作阴沉沉的一团，额头发黑，但他说话的语气一点没有变，"局长，如果这是直接命令，应该通过警探长……当然，我会去办，直到证实为止。当然……见鬼，没有，没有人动他一根汗毛……是的，长官。马上。"

他把电话放回去，我觉得他的手有点发颤，他抬起眼睛，目光从我的脸上扫过，随即转到格林。"把手铐打开。"他用平淡的语调说。

格林打开手铐，我揉搓着双手，等待血液流通后双手针扎似的麻痛感。

"把他带到县监狱，"格里高里慢慢地说，"谋杀嫌疑犯。地方检察官已经把这个案子从我们手里抢走了。我们这儿的制度可真不错。"

没有人动。格林离我很近，他在用力呼吸。格里高里抬头看了看戴顿。

"还在等什么，没胆的家伙？是要冰淇淋甜筒吗？"

戴顿差点闷得说不出话来。"你还没给我下命令啊，头儿。"

"叫我'长官'，真他妈的混蛋！我是警司以上级别的头儿，可不是你的头儿，伙计，不是你的头儿！给我出去。"

"是的，长官。"戴顿迅速走到门口出去了。格里高里站起来，走到窗前，背对着房间。

"来吧，我们走。"格林在我耳边咕哝道。

"在我还没把他的脸踢烂前，带他离开这里。"格里高里对着窗子说。

格林走到门口，打开门。我刚准备踏出门口，格里高里突然吼道："等一下！把门关上！"

格林关上门，身子靠在门上。

"你，过来！"格里高里对着我吼道。

我没动，站在原地看着他。格林也没动。片刻压抑的沉默后，格里高里非常缓慢地从房间那头走过来，紧贴着与我面对面站着。他把他那双坚硬的大手插在口袋里，重心放在脚跟上，摇晃着身子。

"没动他一根汗毛。"他低声说，仿佛自言自语似的。他的眼神冷漠，面无表情，嘴巴抽搐着。

接着，他在我脸上吐了一口唾沫。

他向后退了几步："到此为止，谢谢你。"

他转身又回到窗前，格林重新打开门。

我一边往外走，一边掏手帕。

8

在重犯牢房区的三号牢房有两个床铺，类似火车卧铺车厢的样子。重犯牢房没住满，三号牢房就我一个人。重犯牢房的待遇很好，有两条毯子，不脏，也算不上干净，金属板条上放着一个凹凸不平、两英寸厚的床垫，另外，牢房里面配有一个抽水马桶、一个洗脸台盆、卫生纸，还有灰白色的老肥皂。整个牢房区很干净，没有消毒药水的气味。模范囚犯负责打扫工作，监狱里从来不缺模范囚犯。

狱警们会从头到脚打量你，他们的眼睛很厉害。只要你不是醉鬼、精神病患者或行为有类似倾向的，你可以保留火柴和香烟。开庭前，你还是穿着自己的衣服，开完庭就要换上监狱服，没有领带，没有裤带，没有鞋带。你坐在床铺上，除了等，没有别的事情可做。

醉汉的牢房就没那么好了，没有床铺，没有椅子，没有毯子，什么都没有。你躺在水泥地上，坐在马桶上，呕吐在自己的大腿上，那是悲惨到了极致，我算见识过了。

虽然是白天，天花板上的灯仍然亮着。牢房区的钢门内有一个窥视孔，周围用钢条框罩着。灯的开关在门外面，晚上九点熄灯，没有人从那扇门进来，或者说一声。你也许看报纸杂志看到一个句子的一半，没有咔嚓声或任何预告——突然一片漆黑。在夏天的晨曦来临前，你在牢房里没什么可做的，除非你能睡觉，或者有烟可抽，另外想想是否有什么事要考虑，比你什么都不想感觉要好些。

在监狱里，一个人没有人格可言，他只是个需要处理的小问题，是在报告中的几个条目而已。没人在乎谁爱他或恨他、他长什么样子、他人生中发生了什么事；除非他惹麻烦，没人会理他，没人欺负他。监狱对他的要求就是静静地走到对应的牢房，并静静地在里面待着。没有什么可反抗的，没有什么可生气的。狱卒皆沉默寡言，不发怒，不施虐。你在新闻报道中可能看到犯人大喊大叫、敲打牢房铁栅栏、偷汤勺、看守拿着棍子冲进牢房的描述——所有这些都是发生在大型监狱的情形。一个好监狱是世界上最安静的地方之一，晚上你穿行于普通牢房区，隔着牢房铁栅栏会看到一团棕色毯子、一缕头发或一双茫然的眼睛，你也许会听到鼾声，偶尔会听到有人做噩梦说的梦话。在监狱里的日子是生活的中止，没有目标或意义。在另一个牢房里你也许会看到一个无法入睡的犯人，即便做了任何尝试都睡不着，他无所事事地坐在自己的床铺边，看着你，或者不看你。你看着他，他什么都不说，你也什么都不说。没有什么可交流的。

在牢房区的角落也许还有一道钢门通往罪犯指认间，它的一面墙是漆成黑色的铁丝网，后墙上是测身高的格子线，顶上有泛光灯。早上在夜班队长下班前，你要按规矩进入那里，贴着格子线站好，灯照着你。铁丝网后面没有灯，但那儿有很多人：警察、侦探、遭抢劫的人、受攻击的人、遭欺诈的人、被持枪歹徒踢出车外的人、被骗走了毕生积蓄的人。你看不见他们，也听不到他们的声音，你只能听到夜班队长的声音，他的声音响亮清晰，他把你当作一条表演狗似的跟你交代要做什么。他疲惫、玩世不恭，但很称职。他是史上延续时间最长的一出戏的舞台总监，但他自己对这出戏已没了兴趣。

"好吧，你，站直，收腹，下巴往里收，挺胸，头摆正，正视前方，向左转，向右转，转回正面，双手伸起，手掌向上，手掌向下，袖子卷起，没有明显疤痕，深褐色头发，掺杂白发，棕色眼睛，身高六英尺二分之一英寸，体重约一百九十磅[①]，姓名菲利普·马洛，职业私家侦探。好了，好了，很高兴见到你，马洛。可以了，下一个。"

非常感谢，长官，谢谢你花费的时间。你忘了让我张开嘴巴，我嘴里有几颗镶得很好的牙，还有一个高档的烤瓷牙套，值八十七美元。长官，你也忘了看我鼻子，里面有很多瘢痕组织，我做过鼻中隔手术，为我做手术的那家伙是个屠夫！那时手术足足花了两个小时，听说现在只要二十分钟了。长官，我打过橄榄球，在拦截一个凌空长球的时候，算偏了一点，拦到了那家伙的脚上——在他把球踢出后，就这样受了伤。罚了十五码点球，手术第二天他们从我鼻子里一英寸一英寸地缓缓拉出硬邦邦、血迹斑斑的棉线带，长度差不多也是十五码。长官，我不是吹牛，我只是告诉你，小事情关系重大。

第三天一大早，一个副监狱官打开了我的牢门。

"你的律师来了。把烟蒂熄灭——别弄在地上。"

我把烟头丢到马桶里。他带我到会议室，一个身材高大、面色苍白的黑发男子站在那里，看着窗外。桌上放着一个塞得鼓鼓的棕色公

---

① 1磅约为 0.45 千克。

文包。他转过身来，等门关上。随后他在一张年代久远、斑疤累累的橡木桌那头靠近公文包的地方坐下，那桌子仿佛买来的时候就是个旧东西。律师打开一个锻银烟盒，放在他面前，打量了我一番。

"马洛，请坐。抽烟吗？我叫恩迪科特，休厄尔·恩迪科特。我被指派担任你的代理律师，你无须支付任何费用。你应该很想离开这里，对吗？"

我坐下，拿了一支烟，他用打火机帮我点上。

"很高兴再次见到你，恩迪科特先生。我们见过面，当时你是地方检察官。"

他点点头。"我不记得了，不过很可能见过，"他微微一笑，"那个职务不太适合我，我想我不够狠。"

"谁派你来的？"

"我不能说。如果你同意我担任你的律师，费用你不必操心。"

"我想这意味着他们已经抓到他了。"

他只是盯着我看。我吸了一口烟，这烟是带过滤嘴的那种，味道如同棉絮滤过的浓雾。

"如果你指的是伦诺克斯，"他说，"显然，你说的就是他。不，他们没抓到他。"

"谁派你来的？为什么搞得那么神秘，恩迪科特先生？"

"我的委托人要求匿名，这是他的特权。你接受我吗？"

"我不知道，"我说，"如果他们没有抓到泰瑞，为什么把我关在这儿？没有人问过我一句话，没有人接近过我。"

他皱着眉头低头看自己纤长白皙的手指。"地方检察官斯普林格亲自负责此案。他可能是太忙了，还没时间审问你，但你有权接受庭审并要求预审听证。我可以通过人身保护令程序把你保释出来，你也许知道这个法律规定。"

"我被指控涉嫌谋杀。"

他不耐烦地耸耸肩："这只是一个笼统的说法，你本该被转押到匹兹堡，或是用十几项罪名中的任何一个来指控你。他们大概是指事后从犯。你带伦诺克斯去了某个地方，是吗？"

我没回答，把淡而无味的香烟丢在地板上，一脚踩在上面。恩迪科特又耸耸肩，皱起了眉头。

"假设你做了，这只是为了论证。如果以从犯罪指控你，他们必须证明你有这样的意图。在这个案子里，这个意图指的是你预先知道犯罪行为的发生，并且知道伦诺克斯是逃犯。无论什么情况，这项罪名都可以保释。当然，你其实是一个重要证人。除非有法院命令，这个州不允许以重要证人的名义把人关押进监狱，另外只有法官有权认定一个人是否能算作重要证人。但执法人员总是有办法做得随心所欲。"

"是啊，"我说，"一个叫戴顿的警探对我下重手，一个名叫格里高里的凶杀组组长朝我泼咖啡，用力打我的脖子，都快把我动脉打破了——你看这里还是肿的。警察局长奥尔布赖特打来电话，使得他没能把我交给一群破坏分子，他就朝我脸上吐唾沫。你说得对，恩迪科特先生，执法人员总有办法随心所欲。"

他特意看了一眼手表。"你到底想不想被保释出狱？"

"谢谢，我看不必了。一个被保释出狱的人在公众心中已经是半个有罪的人了，如果他后来能洗脱罪名，只能说他等到了一个聪明的律师。"

"这是愚蠢的想法。"他不耐烦地说。

"好吧，是愚蠢，我是犯傻，否则我就不会在这里。如果你和伦诺克斯有联系，让他别再为我操心了。我不是因为他进来的，是因为我自己，我没有怨言。这是交易的一部分，我的工作遇到的都是带着麻烦来找我的人，有大麻烦，有小麻烦，反正都是那些他们不希望让警察来解决的麻烦。如果一个戴着警徽的彪形大汉就能把我弄得心惊胆战、勇气全无的话，还有哪个客户会来？"

"我明白你的意思，"他慢慢地说，"但是，让我纠正你一件事，我和伦诺克斯没有联系，我几乎不认识他。和所有律师一样，我是法院官员。如果我知道伦诺克斯在哪里，我不能对地方检察官隐瞒信息，我所能做的最多是在与他谈话后，在指定的时间和地点把他交出来。"

"没有其他人会费心派你来帮助我。"

"你想说我是骗子？"他伸手把烟蒂在桌子背面按灭。

"恩迪科特先生，我记得你好像是弗吉尼亚人，我们对弗吉尼亚人有一种历史性的定位，认为他们是南方骑士精神与荣誉之花。"

他笑了。"说得真好，希望这是事实。但我们在浪费时间，如果你稍微有一点常识，你就应该告诉警察你一个星期没见过伦诺克斯了。不见得要是事实，宣了誓，你可以说实情。没有法律规定欺骗警察是有罪的。他们料到会有谎言，比起拒绝和他们谈话，骗他们会让他们觉得舒服些。拒绝交代是对他们权威不留情面的挑战。你想通过这种行为得到什么呢？"

我没有回答，真的没什么可答。他站起来，伸手去拿帽子，啪的一声合上烟盒，放进口袋。

"你何必给自己惹麻烦，"他冷冷地说，"什么维护自己的权利，什么讲法律。马洛，一个人能天真到什么程度？像你这样的人应该明白得很。法律不等于正义，这是一个非常不完善的机制。如果你按对了按钮，也够幸运的话，正义也许会在答案中显现。有史以来一切法律的目的就是建立一套机制而已。看来你根本不想接受帮助，那我就告辞了。如果你改变主意的话，随时可以联系我。"

"我会再坚持一两天。如果他们抓到泰瑞，不会关心他是怎么逃走的，他们只关心如何将审讯弄得引人注目，哈兰·波特女儿的谋杀案是全国各地新闻头条的好素材，像斯普林格这种哗众取宠的人可以在那场演出秀中平步青云，轻松晋升为首席检察官，继而坐上州长的位子，然后……"我没有往下说，让剩下的话飘散在空中。

恩迪科特慢慢露出了一丝嘲讽的笑容，他说："我想你并不太了解哈兰·波特先生。"

"如果他们没抓到伦诺克斯，他们更不会想要知道他是怎么逃走的，恩迪科特先生，他们只想尽快把整件事忘了。"

"你把所有情况都盘算过了，是吗，马洛？"

"我有时间啊。关于哈兰·波特，我所了解的就是他身价上亿，还拥有九到十家报纸。目前舆论怎么样？"

"舆论？"他的声音冷冰冰的。

"是啊，没有记者采访我。我指望靠这件事在报纸上造点声势，为自己多招揽些业务。私家侦探宁可去坐牢，也不愿出卖朋友。"

他走到门口，手刚放到门把手上，又转过身。"马洛，你真逗，在某些方面你的确很天真。确实，一亿美元可以买到大量宣传，但是，我的朋友，如果用得聪明，同样可以买来一片沉默。"

他打开门，走了出去。随后，一个警官进来把我带回重犯监狱区的三号牢房。

　　"有了恩迪科特，我想你不会在我们这儿待很久了。"他一边愉快地说，一边把我的牢门锁好，我对他说但愿如此。

9

上早夜班的警官是一个金发碧眼的大块头，肩膀粗壮，笑容友善，他已人到中年，早已被岁月磨平了棱角，不太容易对人同情或发怒了。他想做的就是轻松地上八小时班，看起来好像没有解决不了的烦心事。他打开我的牢门。

"有人找你。地方检察官办公室来人了。没睡是吧？"

"这个时间对我来说有点早。现在几点？"

"十点十四分。"他站在门口，扫视着牢房。一条毯子摊在床的下铺，另一条折起来当枕头用。垃圾篓里有几张用过的纸巾，洗脸台盆边上有一小团卫生纸。他认可地点点头："里面有私人物品吗？"

"只有我。"

他没关牢门。我们沿着一条安静的走廊走向电梯，下楼到办理登记的地方。一个穿灰色西服的胖子站在桌旁吸玉米粟烟斗，他的指甲很脏，身上的味道很重。

"我是地方检察官办公室的斯布兰克林，"这人语气粗暴地对我说，"格伦茨先生要你到楼上去。"他把手伸到屁股后面，拿出一副手铐。"来试试大小。"

狱警和资料登记文员乐呵呵地冲着他笑。"怎么了，斯布兰克林？怕他在电梯里攻击你？"

他吼着说："我不希望惹麻烦。有个家伙曾经从我手里逃跑，他们为此火冒三丈。走吧，小子。"

登记文员把一张表格推到他面前，他用花体字签了名。"我从来不会冒不必要的险，"他说，"谁也料不到在这个城市会遇到什么事。"

一位巡警带进来一个耳朵上血淋淋的醉汉。我们走向电梯。"小子，你有麻烦了，"斯布兰克林在电梯里对我说，"一堆麻烦。"这话似乎让他产生一种隐隐的满足感。"在这个城市，一个人很容易给自己惹上一堆麻烦。"

管电梯的人转过头，冲我眨眨眼睛。我咧嘴一笑。

"小子，别耍花招，"斯布兰克林严肃地对我说，"我曾开枪打死过一个人，他想逃跑。他们气疯了。"

"你怎么做都不对，是吗？"

他想了想说："是啊，不管怎么做都惹他们生气，在这个城市做人真难，得不到尊重。"

我们出了电梯，穿过两扇门，来到地方检察官办公室。电话总机是断的，线路插着，晚上接通。候客椅上没有人，有几个办公室亮着灯。斯布兰克林打开一间亮着灯的小办公室的门，里面放着一张办公桌、一个档案柜、一两张硬板凳，还有一个虎背熊腰的男人，长着线条生硬的下巴和一双目光呆滞的眼睛，他的脸色发红，正把什么东西塞进办公桌抽屉。

"你不会敲门吗？"他对斯布兰克林怒吼道。

"对不起，格伦茨先生，"斯布兰克林结结巴巴地说，"我就想着把犯人带过来。"

他把我推进办公室："要把手铐打开吗，格伦茨先生?"

"我真不明白你为什么要给他戴上手铐。"格伦茨语气刻薄地说，他看着斯布兰克林把我手上的手铐打开，手铐的钥匙在一串形同柚子的钥匙串上，他找得很费工夫。

"行了行了，你出去，"格伦茨说，"在外面等着把他带回去。"

"我要下班了，格伦茨先生。"

"我说你下班的时候你才下班。"

斯布兰克林脸涨得通红，识趣地挪着他的肥屁股出去了。格伦茨眼神凶恶地看着他离开，门一关上，他把同样的眼神转到了我这儿。我拉了一把椅子坐下来。

"我没让你坐下。"格伦茨大吼一声。

我从口袋里拿出一支松松卷起的香烟塞到嘴里。

"我没有说你可以抽烟。"格伦茨继续吼着。

"在牢房里我可以抽烟，为什么在这里不可以?"

"因为这是我的办公室，这里的规矩由我定。"从办公桌那儿飘来一股醇浓的威士忌酒味。

"赶快再来一杯，"我说，"那样会让你平静下来。我们进来的时候打扰到你了。"

他的背重重地靠在椅背上，脸色变成深红。我划了一根火柴，点燃香烟。

漫长的一分钟沉默后，格伦茨轻声说："好，你这小子，无法无天，你以为自己是条汉子，是吗? 你知道吗? 他们进来的时候各种样子都有，但出去的时候都变成一个尺码——全变得很小，都是一个体型——勾着腰。"

"你找我有什么事，格伦茨先生？如果你想喝酒，我不介意。我疲劳、紧张、过度工作的时候也会喝一杯。"

"你似乎并没有感觉到自己已经深陷麻烦之中。"

"我不觉得我有什么麻烦。"

"那我们走着瞧吧。现在，我需要一份你的完整口供。"他用一根手指轻轻拍了拍办公桌旁架子上的录音机，"我们现在就开始，明天就会转成笔录。如果副警长对你的供述满意，只要你保证不离开本市，他也许会把你放了。我们开始吧。"他按下录音键。他的声音冷漠、果断，透着非常不友好的感觉，但他的右手慢慢朝办公桌抽屉伸去。像他这个年纪，鼻子上不应有红血丝，但他已经有了，他眼白的颜色也很糟糕。

"我对此已经非常厌烦了。"我说。

"厌烦什么？"他厉声问。

"冷酷的小人在刻板的办公室说着刻薄的毫无意义的话。我在重犯牢房待了五十六个小时，没有人对我呼来喝去，没有人试图证明自己的厉害，他们不需要那样做，他们存着能量到需要的时候再用。为什么把我关在牢里？因为我被扣上了嫌犯的罪名，因为某些警察没能找到某个问题的答案，就把人强行关押到重犯牢房，这算是什么该死的法律制度？他有什么证据？不过是便条上的一个电话号码。他把我关起来想证明什么？不过是想证明他有权利这么做。现在你在干相同的勾当——在这间你称之为办公室的雪茄烟盒大小的斗室里，你想让我觉得你拥有很大的权力。深夜你派这个失魂落魄的保姆把我带到这里，你以为让我一个人坐着沉思五十六个小时就可以让我的脑子变成糊糊吗？你以为我在这座硕大的监狱孤寂难耐，会跑来抱着你的腿大哭，求你抚摸我的头？别来这一套了，格伦茨。喝你的酒，人情通达一点；我愿意相信你只是在完成你的工作，但请先把铜指虎摘下。如果你够厉害，根本就不需要这种东西；如果你需要，那就证明你还没有强悍到可以摆布我的程度。"

他坐在那里听着，眼睛盯着我看。接着，他咧开嘴酸溜溜地笑了。"精彩的演讲，"他说，"现在你已经把要说的废话都说完了。让我们开始录口供吧。你是想回答具体的问题，还是按你自己的方式说？"

"我在跟鸟儿说话，"我说，"只想听听微风的声音。我不录口供。你是一名律师，你知道我不必这么做。"

"没错，"他冷冷地说，"我懂法律，我清楚警察的工作。我给你机会让你证明自己的清白。如果你不领情，那也没关系，我可以安排明天上午十点提审你，对你进行庭前审查。虽然我不同意，但你也许还是能得到保释。如果这样，事情就弄僵了，你也会因此花很多钱。当然我们可以选择这种处理方式。"

他低头翻阅办公桌上的文件，然后把它底朝天翻了过来。

"以什么罪名指控我？"我问他。

"第三十二条，事后从犯，重罪。在昆丁州立监狱可以判处五年有期徒刑。"

"最好先抓到伦诺克斯。"我谨慎地说。格伦茨掌握了一些东西，我从他的态度中能觉察到，但我不知道他掌握了多少，但他手上一定是有东西的。

他往后靠到椅背上，拿起一支笔，放在两个掌心间慢慢地捻转。

然后他笑了，一副满心欢喜的样子。

"伦诺克斯想躲起来可不容易，马洛。对大多数罪犯的指认，你需要一张照片，并且是一张高清晰度的照片。但对于一个半边脸布满疤痕的人就不需要了，更不用说不到三十五岁的年纪就满头白发了。我们找到了四名目击证人，也许还有更多。"

"什么目击证人？"我尝到了嘴里一丝苦涩的味道，就像格里高里警监重拳打我时喷到嘴里的胆汁味，这时我想起脖子还疼得厉害，肿得厉害，我轻轻地揉了揉。

"别犯傻了，马洛。一个圣地亚哥高等法院的法官和他的妻子送他们的儿子和儿媳上那架飞机，他们四个人都看到了伦诺克斯，法官的妻子还看到他坐的车和送他去的人。你没希望的。"

"很好，"我说，"你怎么找到他们的？"

"在电台和电视上播出特别公告，一个完整的描述就足够了。法官打电话给我们。"

"听起来不错，"我态度公正地说，"但是还差那么一点，格伦茨。你必须抓到他，并证明他犯了谋杀罪，然后你要证明我是知情的。"

他用手指弹了弹电报稿的背面。"我想我要喝上一杯，"他说，"连着加班太多天了。"他拉开抽屉，把一个酒瓶和一个小酒杯放在办公桌上，把杯子倒得满满当当，一饮而尽。"好多了，实在好多了。你在羁押期，恕我不能请你一起喝。"他塞上瓶塞，把瓶子推开，但还在伸手可及的地方。"哦，是的，正如你说的，我们得证明一些东西，比如可以是我们得到的一份自白书。老朋友，太糟糕了，是吧？"

我的整根脊椎上似乎有一根细小冰冷的手指划过，仿佛一条冰冷的虫子在蠕动着。

"那为什么还要我的口供？"

他咧嘴笑了。"我们喜欢一清二楚的记录。伦诺克斯将被带回接受审讯，能收集到的信息我们一概都要。与其说我们想从你这儿获得信息，不如说我们想让你从这个麻烦中脱身——如果你合作的话。"

我瞪着他。他摆弄着桌上的文件，身子在椅子上动来动去。他看了一眼酒瓶，费了很大的意志力才忍住没伸手去抓。"也许你想知道整个故事，"他突然发出一声怪异的奸笑，"好吧，聪明的小子，就算是证明我没忽悠你。"

我将身子前倾到他的办公桌前，他以为我要伸手去拿他的酒瓶，一把拿走酒瓶，放回抽屉里。其实我只是想把烟蒂丢到他的烟灰缸里。我重新往后靠到椅背上，又点了一支烟。他迅速地说了起来。

"伦诺克斯在马萨特兰下了飞机，那儿是航空枢纽交汇处，一个约有三万五千人口的小镇。他消失了两三个小时，然后出现了一个高个黑发男子，深色皮肤，脸上有很多看起来像刀疤的痕迹，他以西尔瓦诺·罗德里格斯的名字订了一张前往托雷翁的机票，他的西班牙语很好，但并不像他的名字那么地道，按一个墨西哥人的通常身高，他显得太高了，肤色还那么深。飞行员传来一份有关他的报告。托雷翁的警察办事速度太慢，墨西哥警察做事慢吞吞的，一点都不着急，他们最擅长的是开枪打人。到他们开始行动的时候，他已经租了一架飞机，赶去一个叫奥塔托克兰的小山城，那是一个有湖的小型避暑胜地。这架包机的飞行员曾在得克萨斯州接受过战斗机飞行员的训练，英语讲得很好。伦诺克斯装作听不懂他说的话。"

"如果是伦诺克斯的话。"我插话道。

"朋友，稍安毋躁。他就是伦诺克斯。就那样，他在奥塔托克兰下了飞机，在那儿的一家酒店登记入住，这一次用的是马里奥·德·塞尔瓦这个名字。他带着枪，一把七点六五毫米口径的毛瑟手枪，当然，这在墨西哥没什么大不了的。但包机飞行员认为这家伙有点可疑，就向当地执法机构报告了。因此伦诺克斯受到了监视，他们与墨西哥城有关方面进行了一些调查，然后他们就介入此案了。"

格伦茨拿起一把尺子端详着，除了可以不看我，这个动作毫无意义。

我说："嗯，你的包机飞行员是个聪明的家伙，对他的客户也真够意思的。这个故事太差劲了。"

他突然抬头看着我，干巴巴地说："我们要的是一个迅速的审判，二级谋杀罪名的认定，我们会接受这样的结论。有一些方面我们宁愿不介入，毕竟涉案家庭是非常有影响力的。"

"你是指哈兰·波特？"

他点了下头："在我看来，这整个想法都是错的。斯普林格可以就此大做文章，这案子里囊括了一切：性、绯闻、金钱、美丽而不忠的妻子、负伤的战争英雄丈夫——我估计他脸上的疤痕就是那么来的——天哪，可以做连着几个星期的头版头条，全国所有的小报都会争相报道，不会放过任何一个细节。所以我们要将这件事快速蒸发。"他耸耸肩，"好吧，如果上头想那样做，那就由他了。可以开始录口供了吗？"他转向录音机，那机器已经嗡嗡地响了好一会儿了，前面的指示灯亮着。

"关掉它吧。"我说。

他转回身子，露出了凶神恶煞的表情。"你喜欢蹲监狱？"

"这并不算太糟糕，你不会遇到最出色的人，但谁想要遇到那种人？理智些吧，格伦茨。你想让我变成小人。也许我很固执，甚至有点多情，但我也很实际。假设你要雇佣一名私家侦探——没错，没错，我知道你会多么讨厌这样的想法——但就假设这是你唯一的办法，你会要一个出卖朋友的人吗？"

他对我瞪着仇视的眼睛。

"还有几点，难道你不觉得伦诺克斯的潜逃战术有点太容易被识破了吗？如果他想被抓，他没有必要给自己制造那么多麻烦。如果他不想被抓，他绝不会傻到在墨西哥装扮成墨西哥人。"

"什么意思？"格伦茨开始向我咆哮起来。

"意思是你可能胡编乱造了些情节来搪塞我，根本没有什么染了头发的罗德里格斯，也没有任何一个叫马里奥·德·塞尔瓦的人到奥塔托克兰。你对伦诺克斯行踪的了解不比对黑胡子海盗埋宝藏的地方了解得更多。"

他又拿出酒瓶，给自己倒了一杯，和刚才一样一口气喝了下去。他慢慢放松了一些，坐在椅子上转过身去，关了录音机。

"我很想审讯你，"他说话的声音很刺耳，"你是我喜欢对付的那种聪明人。机灵鬼，这项罪名会一直跟着你的，走路、吃饭、睡觉，随时跟着。下次你若再越雷池一步，我们会以这项罪名置你于死地的。现在我得做点让我倒胃口的事。"

他的手在办公桌上摸索着，把面朝下的文件挪到面前，翻过来签了字。看一个人签字的手势能判断他是在签自己的大名，但他运笔有点特别。然后他站起来，大步沿着桌子绕过来，猛地把小得可怜的办公室的门推开，大声喊斯布兰克林。

胖子走进来，格伦茨把文件给了他。

"我刚刚签署了你的释放令，"他说，"我是公务人员，有时会有一些迫不得已的职责。你想不想知道我为什么签字？"

我站了起来。"如果你想告诉我的话。"

"伦诺克斯的案子结了，先生，不会再有什么伦诺克斯的案子了，今天下午他在酒店留下一份完整的自白书后，开枪自杀了。在奥塔托克兰，就是我刚才告诉你的那个地方。"

我眼神茫然地站在那里，眼角的余光看到格伦茨慢慢往后退去，好像认为我可能会出手打他，有那么一会儿，我的表情一定显得挺吓人的。然后，他回到办公桌前，斯布兰克林抓住我的胳膊。

"来吧，走，"他说话哼哼唧唧，"男人晚上偶尔也有想回家的时候。"

我和他一起出去，关上门，我关得悄无声息，仿佛那个房间刚死了人。

10

我掏出我的物品清单复印件，交了上去，然后签字收下原件，把所有东西领回，放回口袋里。办理登记手续的办公桌那头有个人耷拉着身子站着，当我转身要走时，他站直跟我说话。他大约六英尺四英寸高，瘦得像根电线丝。

“要搭车回家吗？”

在暗淡的灯光下，他看起来长相显老、精力不济、愤世嫉俗，但不像是个骗子。“多少钱？”

“免费。我是《日报》社的朗尼·摩根，我下班了。”

“哦，负责跑警局采新闻的。”我说。

“就这一个星期。我平时是跑市政厅的。”我们走出大楼，在停车场找到他的车。我抬头看着天空，有星星，但灯光太刺眼。这是一个凉爽惬意的夜晚，我深深呼吸着夜的气息。然后我坐上他的车，他开车带我离开了那个地方。

“我住得很远，在月桂谷，”我说，“随便哪个地方让我下车都行。”

“他们把你送进去，”他说，“却不管你怎么回家。我对这个案子很感兴趣，感兴趣到令人觉得可恶的程度。”

"看来是没什么案子了，"我说，"泰瑞·伦诺克斯今天下午开枪自杀了。他们是这么说的，他们确实就是这么说的。"

"太省事了，"朗尼·摩根眼睛盯着前面的挡风玻璃说，他的车静静地沿着安静的街道缓缓行驶，"这有利于他们搭墙。"

"搭什么墙？"

"有人在给伦诺克斯的案子搭建一堵围墙，马洛，你是聪明人，应该一眼就能看出来，不是吗？不会出现人们预期的轰动。地方检察官今晚离开本市去华盛顿开什么会了。这可是多年难遇的大型宣传机会，他居然不好好利用，为什么？"

"你问我没用，我一直被关在冷冰冰的牢房里。"

"因为有人让他觉得这么做是值得的，这就是原因。我指的不是诸如一捆钞票这样毫无掩饰的东西，有人承诺给他一些对他来说很重要的东西，而只有一个跟这个案子有关的人能做到这一点，这个人就是女孩的父亲。"

我把后脑勺靠在车的一角。"不太可能，"我说，"报界呢？哈兰·波特拥有几家报纸，可竞争对手呢？"

他觉得好笑，看了我一眼，然后继续专心开车。"你当过新闻记者吗？"

"没有。"

"报纸是富人的财产，他们决定出版什么。有钱人都是一个圈子，竞争当然有——发行量、消息渠道、独家报道方面的竞争很激烈，前提是不损害老板的名望、特权和地位。否则，盖子就罩下来了。朋友，伦诺克斯的案子就被罩上了一个盖子。朋友，关于伦诺克斯案的宣传做得好的话，可以卖出大量的报纸，所有吸引眼球的因素都包括了，全国各地的专栏作家会为了他的审讯纷至沓来，只可惜不会有审讯了，审讯还没开始伦诺克斯就已经死了。正如我说的——对于哈兰·波特和他的家人来说——实在太省事了。”

我直起身子，冷冷地盯着他。

“你认为整件事是一个预先设好的局？”

他神情讥讽地噘着嘴。“或许有人帮伦诺克斯自杀，制造出拒捕的感觉。墨西哥警察扣扳机的手指总是痒得很，如果你想小赌一把，那就赌没有人数过弹孔的数目。”

“我认为你错了，”我说，“我很了解泰瑞·伦诺克斯，他早就不在乎了。如果他们将他活着带回来，他就会按他们的意思做，他会以过失杀人罪认罪。”

朗尼·摩根连连摇头。我知道他要说什么，他也确实这么说了。“没有可能。如果他开枪杀她，或砸她的脑袋，也许可以；但是作案手段太残忍了，她的脸被打成了一团肉酱，二级谋杀是他能得到的最轻的判决，即使这样都会引起轩然大波。”

我说：“或许你是对的。”

他又看了我一眼。“你说你了解这家伙。你能接受这个结局吗？”

“我累了，今晚没心情想问题。”

沉默了许久后，朗尼·摩根平静地说：“如果我是一个真正的聪明人，而不是一个受雇于人的新闻记者，我会认为他也许根本没有杀她。”

“是一种可能。”

他往嘴里塞了一支香烟，在仪表板上刮了火柴点上。他默默抽着烟，瘦削的脸上双眉紧锁。到了月桂谷，我告诉他在路的什么地方转弯，在什么地方转到我那条路。他的车缓慢地爬上坡道，停在我家门前的红木台阶下。

我下了车。"谢谢你送我，摩根。进来喝一杯吗？"

"改天吧，我觉得你现在想一个人静静。"

"我已经独处了很长时间了，太他妈的长了。"

"你有一个朋友要道别，"他说，"你肯为他坐牢，那他一定是你的好朋友。"

"谁说我是为他坐牢？"

他微微一笑。"朋友，我不能刊发文章并不意味着我不知道。再见，后会有期。"

我关上车门，他掉转车头，往下坡的方向驶去。车的尾灯在拐角处消失后，我爬上台阶，捡起报纸，回到了空荡荡的房子里。我把所有的灯打开，把所有的窗户都打开。屋里很闷。

我煮了些咖啡喝，从咖啡罐里取出五张一百美元，它们卷得紧紧的，紧贴着咖啡罐的一侧。我手里端着咖啡杯来回踱步，打开电视，关掉电视，坐下，站起来，再坐下。我翻阅了堆放在门前台阶上的报纸。伦诺克斯的案子一开始是大新闻，但第二天早上已经退居第二版新闻了。报上有一张西尔维娅的照片，但没有泰瑞的，有一张我的快照，我都不知道是什么时候被拍的。"洛杉矶私家侦探拘留受审。"报上还登了一张伦诺克斯在恩西诺的家的大照片，房子是仿英式风格的建筑，有很多尖顶，洗窗户都得花上一百美元。房子坐落于一个小山丘上，周边面积有两英亩^①之大，这么大的占地面积在洛杉矶地区算

---

① 1 英亩约为 4046 平方米。

是大庄园了。还有一张客房的照片，是主体建筑的微缩版，掩映在树丛里。两张照片明显都是远距离拍摄，然后放大裁剪过的。报道中提到的"死亡之屋"没有配照片。

这些东西我在监狱的时候都看过，但现在我用不同的视角再看了一下报道，内容不外乎是一个美丽的富家女孩遭人谋杀、新闻界完全被隔绝在该事件之外，就这么多。看来他们家很早就开始发挥影响力了。做犯罪新闻的记者对此一定咬牙切齿，但愤怒无非是徒劳。这样讲得通。如果在她被杀当晚，泰瑞在帕萨迪纳跟他岳父谈过话，那么在警察接到报警前，他家早已有十几个守卫出动了。

但是有些情况根本说不通——她被打成那个样子。我怎么也不相信这是泰瑞干的。

我关了灯，坐在一扇打开的窗户旁。外面的灌木丛中，一只知更鸟一阵啼叫，在结束一天的时光前自鸣得意了一番。

我的脖子痒痒的，所以我剃了胡须，洗完澡，上床平躺着静静倾听，仿佛遥远的黑暗中，我也许会听到一个声音，一个能把一切梳理清楚的平静耐心的声音。可是我听不到，我知道我不会听到。没有人会向我解释伦诺克斯案子的情况，解释没有必要，因为凶手已经认罪，并且他已经死了，连庭审都不会有了。

正如《日报》的朗尼·摩根所说——太省事了。如果泰瑞·伦诺克斯杀害了他的妻子，那样很好，不必对他进行审讯，将所有不愉快的细节公布出来。如果他没有杀她，那也没关系。死人是世界上最好的替罪羊，他永远不会开口反驳。

11

　　早上我重新刮了脸，穿戴整齐，跟往常一样开车去市中心，把车停在老地方，如果停车场服务员碰巧知道我是重要的公众人物，那他掩饰得很到位，像完全不知道似的。我上楼走过走廊，取出钥匙打开办公室的门。一个皮肤黝黑、长相斯文的男人正注视着我。

　　"你是马洛?"

　　"有何贵干?"

　　"别走开，"他说，"有人要见你。"他直起了靠着墙的背，从容地踏着懒懒的步伐走开了。

　　我走进办公室，拿起信件，办公桌上还有更多，晚上的清洁女工已经把它们整理在桌子上了。我打开窗户后，把信封一一撕开，把我不想看的扔出去，结果差不多全都扔了。我打开了另一扇门的门铃，拿着烟斗填好烟丝点上，然后坐等别人来呐喊求助。

　　我超然客观地考虑有关泰瑞·伦诺克斯的一切，他已经渐渐淡去，一头白发、疤痕累累的脸、柔弱的魅力和他特有的傲骨之气都已淡去。我不评判他，不分析他，就像我从来没有问他怎么受伤的、怎么会和像西尔维娅这样的人结婚之类的问题。他就像一个你在船上邂近的人，渐渐变得很熟，却从来没有真正了解过他到底是谁。他的离去就像一个在码头与你道别的人，跟你说让我们保持联系，而你知道你不会，他也不会，很有可能你永远都不会再见到这个人了。即使见到了，他也会变成一个完全不同的人，休闲车厢里的又一个扶轮社[①]成员。生意如何？呵呵，不是太糟糕。你看起来气色不错。你也一样。我胖了很多。大家不都一样吗？还记得在弗兰肯（或随便哪个地方）的那趟旅行吗？哦，当然，那是一次很棒的旅行，不是吗？

去他妈的很棒的旅行。你无聊透了，你只跟这个家伙交谈，因为周围没有其他人能引起你的兴趣。也许这就像我和泰瑞·伦诺克斯。不，不完全是。我对他略知一二。我在他身上投入了时间和金钱，还有三天冰冷的牢狱生活，更不要提下巴和脖子上吃到的重拳，每次吞咽的时候还会隐隐作痛。现在他死了，我甚至无法把五百美元还给他，这让我感到难过。让你感到难过的总是一些小事。

门铃和电话铃同时响起，我先接了电话，因为门铃只是意味着有人走进了我的小候客室。

"是马洛先生吗？恩迪科特先生要和您通话，请稍等。"

接着电话那头传来他的声音："我是休厄尔·恩迪科特。"好像他不知道他那讨厌的秘书已经向我报过他的名字。

"早上好，恩迪科特先生。"

"很高兴听说他们把你放了。我觉得你不做任何反抗可能是正确的办法。"

---

① 扶轮社全称扶轮国际社（Rotary International），是世界上第一个志愿者服务组织，它是美国也是世界上最有影响的组织之一。这个 1905 年在芝加哥成立的组织旨在服务社区，整个组织由各个地方会社组成。扶轮社在自己的成员中募款，对本地以及全世界的社区进行服务。

"这不是什么办法，只是一种固执的态度。"

"我想你不会再听到任何关于这个案子的信息了。但是，如果你听到什么，并且要人帮忙，你可以和我联系。"

"我为什么要人帮忙？那人已经死了，他们要耗费大量时间证明他曾经接近过我，然后他们必须证明我知情，再然后，他们必须证明他犯罪或者是逃犯。"

他清了清嗓子。"也许——"他谨慎地说，"没人告诉你他留下了一份完整的自白书吧。"

"我听说了，恩迪科特先生。我在跟一个律师讲话，我得提醒你那份自白书的真实性和准确性有待证明，跟一个律师讲这样的话是不是太过分了呢？"

"恐怕我没时间和你谈法律方面的问题，"他厉声说，"我要飞往墨西哥执行一项令人忧伤的任务。你大概可以猜到是什么吧？"

"嗯。这取决于你代表谁，你没有告诉我，记得吗？"

"我记得很清楚。好吧，再见，马洛。我答应为你提供帮助的承诺不变，但是再让我给你一个小小的建议，别信誓旦旦地说自己是清白的，你处在一个易受攻击的行业内。"

他挂断了电话，我小心翼翼地把电话放回，手搁在电话上，皱着眉头坐了一会儿。然后，我拂去脸上的愁容，起身打开候客室的门。

一个男子坐在窗边翻杂志，他穿一件蓝灰色西装，上面镶有不太能看出的淡蓝色格子。他交叉的双脚上穿着一双黑色鹿皮系带靴子，鞋子上有两个小气孔，几乎和平底便鞋一样舒适，每次走上一个街区也不会把你的袜子磨坏。他的白色手帕折叠得方方正正，手帕后面露出一截墨镜。他长着浓密的深色鬈发，肤色晒得很深。他抬起一双鸟儿一般明亮的眼睛，细细的八字胡下露出了微笑。他亮白色的衬衫衣领上系了一个暗栗色领结。

他把杂志放到一边。"这些低俗的小报尽是些无聊的东西，"他说，"我在读一篇有关科斯特洛的文章。嗨，他们对科斯特洛了解的程度和我对特洛伊城的海伦了解的程度差不多。"

"我能为你做什么？"

他从容不迫地打量了我一番。"骑着红色滑板车的人猿泰山。"他说。

"什么？"

"你，马洛，一个骑着红色滑板车的人猿泰山，他们打得你不轻吧？"

"这儿一点，那儿一点。这跟你有什么关系？"

"奥尔布赖特和格里高里谈话以后还动手打你？"

"不，在那之后没有。"

他点了点头。"你真够厉害，居然让奥尔布赖特对那个笨蛋开火。"

"我问你的问题是，这跟你有什么关系？对了，我不认识奥尔布赖特局长，也没让他做过什么。他有什么理由帮我？"

他阴沉着脸看着我，慢慢站起来，动作像黑豹一般优雅。他走到房间另一头，往我的办公室里张望，突然扭过头朝我看了一眼，就走了进去，仿佛他曾是这个地方的主人似的。我跟在他后面进去，关上门。他神情愉悦地站在我的办公桌边环顾四周。

"你这儿规模真小，"他说，"太小了。"

我走到办公桌后面，等他继续说。

"你一个月赚多少钱，马洛？"

我没理他，只管点烟斗。

"应该不会超过七十五元吧。"他说。

我把一根烧焦的火柴扔到烟灰缸，嘴里吐着烟圈。

"你是个胆小鬼，马洛，一个微不足道的骗子，你太渺小了，得用放大镜才看得到你。"

我什么也没说。

"你的感情真廉价，你浑身透着廉价的气味。你和一个人混在一起，一起喝了几杯酒，插科打诨聊了几句，他缺钱的时候你塞给他一点钱，然后你就获取了他的信任。你就像一些读弗兰克·梅里威尔[①]故事的小孩，没有胆量，没有脑子，没有人脉，没有见识，你摆出一副虚假的姿态，指望别人为你流泪。骑着红色滑板车的人猿泰山，"他露出略带倦意的微笑，"在我眼里，你一文不值。"

他在办公桌对面，身子往前倚着，用手背轻拍我的脸，一副毫不在乎的表情，充满轻蔑，但他并没有伤害我的意思，那一丝微笑依然挂在他的脸上。然后，看我没有反应，他慢慢坐下，一个胳膊肘撑在桌上，用棕色的手托着棕色的下巴。小鸟般明亮的眼睛盯着我，眼里除了光亮，其他什么都没有。

"知道我是谁吗，便宜货？"

"你叫梅内德斯，别人都叫你曼迪。你在拉斯维加斯大道一带活动，对吗？"

"哦？我是怎么能做大的呢？"

---

① 美国作家吉尔伯特·帕藤（1866—1945）系列小说中创造的英雄人物。

"我不知道。你可能是在墨西哥妓院做拉皮条起家的。"

他从口袋里掏出一个金烟盒，用纯金打火机点了一支棕色的香烟，他吐出呛人的烟雾，点点头，把黄金烟盒放在桌上，用指尖抚摸着。

"我是一个大坏蛋，马洛。我赚了很多钱，我得赚大把的钱来压榨我要压榨的人，为的是能赚更多的钱来压榨我要压榨的人。我在贝沙湾有一个住处，花了我九万元，装修花的钱更多。在东部，我有一个金发碧眼的漂亮老婆和两个上私立学校的孩子。我老婆拥有价值十五万的宝石和价值七万五的皮草和服装。我有一个管家、两名女佣、一位厨师、一个司机，还没把跟在我后面的猴崽子算上。无论走到哪儿，我都是社交宠儿。一切都是最好的：最好的食物、最好的酒、最好的服装、最好的酒店套房。我在佛罗里达州也有住处，在那儿我有一艘可以远洋航行的游艇和五名船员。我有一辆宾利、两辆凯迪拉克、一辆克莱斯勒旅行车，还为我的儿子准备了一辆名爵，过几年我女儿也会有一辆。你有什么？"

"不多，"我说，"今年我有一栋房子住——一个人住。"

"没有女人？"

"就我一个人。另外还有你在这里看到的东西，外加一千两百美元的银行存款和几千元债券。这算是回答了你的问题吗？"

"你接一个活最多赚过多少？"

"八百五十元。"

"天哪，一个人怎么会那么不值钱？"

"别再演戏了，快说你想干吗？"

他把抽了一半的烟掐灭，立刻又点了一支。他靠在椅子上，嘴唇冲着我噘起。

"我们三个人在同一个散兵坑里吃喝,"他说,"天气寒冷像地狱,遍地是雪。我们吃的是罐头,冰冷的食物。周围有零星的炮轰,还有更猛的迫击炮。我们冻得发紫,是真的发紫,我、兰迪·斯塔尔和泰瑞·伦诺克斯三个。一个迫击炮弹砰的一声落在我们中间,不知什么原因,它没炸开。那些德国佬很会玩花招,他们的幽默感让人难以理解。有时候你以为那是一颗哑弹,但三秒钟后就证明你判断错了。我和兰迪还没来得及松腿,泰瑞已经抓起炮弹飞快冲出散兵坑,兄弟,那是真的快,像一个出色的控球手,他把炮弹抛开,自己扑倒在地。炮弹在空中炸了,大部分在他头顶上空炸开,但有一块弹片弹在他脸颊上。就在那时德国鬼子发起了攻击,等我们醒来,他已经不在那儿了。"

梅内德斯说罢,盯着我看,乌黑的眼珠闪着光。

"谢谢你告诉我。"我说。

"马洛,你人不错,开得起玩笑。兰迪和我仔细谈过,我们认为泰瑞·伦诺克斯经历的事足以让任何人发疯。有很长一段时间,我们以为他死了,但其实他还活着。德国佬把他抓了,他们整了他大约一年半的时间,把他伤得太重。我们花了不少钱调查,又花了不少钱找他,不过战后我们在黑市赚了不少,钱不是问题。泰瑞为了救我们的命,自己换来了半张新面孔、一头白发和严重的神经焦虑。到东部后,他开始酗酒,到处遭拘捕,他几乎是废了。他有心事,但我们从来不知道是什么。后来,我们听说他娶了这个贵妇,一下子飞黄腾达了。和她离婚后,他又一落千丈,接着和她再婚,然后她就死了。兰迪和我什么忙也没帮上,除了替他在拉斯维加斯安排了那份短期工作，他不让我们帮忙。当他遇到大麻烦的时候，不来找我们，居然去找一个像你这样能被警察摆布的便宜货。后来他把命都丢了，连跟我们道别的机会都没有，也没有给我们一个报答他的机会。我在墨西哥有人脉，能帮他永远隐姓埋名，我本可以把他很快弄出国，比出老千的人出牌速度还快。他却去向你诉苦，这让我觉得很不是滋味。一个便宜货，一个被警察摆布的家伙。"

"警察可以摆布任何人。你觉得我能怎么做？"

"别掺和。"梅内德斯绷着脸说。

"掺和什么？"

"利用伦诺克斯的案子赚钱或出风头。一切都结束了，事情已经画上句号。泰瑞死了，我们不希望他再被打扰，这家伙吃了太多苦头。"

"一个多愁善感的流氓，"我说，"感动死我了。"

"小心你的嘴，便宜货，小心你的嘴。曼迪·梅内德斯从来不跟人争，他说了算。想发财就另谋财路，明白我的意思了吗？"

他站起来，谈话就此结束。他拿起手套，那是一副雪白的猪皮手套，看起来好像从来没有戴过。在梅内德斯先生考究的衣服里装着的是个脾性暴烈的家伙。

"我压根没想过出名，"我说，"也没有人给我一分钱。他们为什么要给我钱？"

"别开玩笑了，马洛，你在冷冰冰的牢里待了三天，并不是因为你是一个好心人，你是拿到好处的。我不说是谁，但我心里有数。我想到的这个人获得的好处更多。伦诺克斯的案子结束了，永远结束了，即使——"他突然打住，用手套轻轻拍打桌子边。

"即使泰瑞没有杀她。"我说。

他显出一丝惊讶，不过就像周末婚戒上的黄金含量一样微不足道。"在这一点上我同意你的看法，便宜货，但说不通。如果说得通——既然泰瑞希望如此——那结束就结束了吧。"

我什么也没说。过了一会儿，他慢慢地咧嘴一笑。"骑着红色滑板车的人猿泰山，"他慢吞吞地说，"一个硬汉，一个让我进来任凭我对他为所欲为的人，一个花几个小钱就可以雇到、可以任人摆布的家伙。没钱，没家庭，没前途，什么都没有。再见，便宜货。"

我绷着下巴坐着不动，盯着桌角上金灿灿的黄金烟盒。我觉得老了，累了。我慢慢起身，伸手拿烟盒。

"你忘了这个。"我说着绕过桌子走过去。

"这种东西我有五六个。"他冷冷一笑。

我走到他旁边，把烟盒递过去。他漫不经心地伸手来拿。"这个来五六下怎么样？"我一边问他，一边用尽力气朝他腹部打去。

他呻吟了一声弯下腰，烟盒掉在地上。他后退几步靠住墙，双手一阵阵来回抽搐。他用力呼吸，冷汗直冒。他努力挣扎着慢慢直起腰，我们双目对视。我伸手用一根手指摸摸他下巴，他没有动。最后，他棕色的脸上勉强挤出一丝笑容。

"我没想到你有这能耐。"他说。

"下一次带上枪——否则别叫我便宜货。"

"我有专人帮我扛枪。"

"把他带上，你会需要他的。"

"马洛，把你惹火了，你还挺厉害的。"

我用脚把金烟盒拨到一边，弯腰把它捡起来交给他。他一手接过放进口袋。

"我不明白,"我说,"为什么你肯花这些时间来这儿数落我,让你觉得枯燥乏味;所有硬汉都是枯燥乏味的,就像打牌的时候手里抓着一组王牌,你什么都有,也什么都没有,你只能坐在那里看着自己。难怪泰瑞没去找你帮忙,这感觉就像问一个妓女借钱一样。"

他用两根手指轻轻按着肚子:"你这么说会后悔的,便宜货。你的玩笑话说过头了。"

他走到门口,打开门。靠在门对面墙角的保镖站直身子,转过来。梅内德斯甩甩头,保镖走进办公室,站在那里面无表情地盯着我。

"好好看看他,切克,"梅内德斯说,"把他认清楚,心里有个准备,指不定哪天你和他要切磋一下。"

"看清楚了,头儿,"这个长相干净、肤色黝黑、寡言少语的家伙嘴唇不动,话音从唇缝里挤出来,他们这种人都爱这么说话,"对付他不在话下。"

"不要让他击中你的肚子,"梅内德斯带着一丝苦笑说,"他的右勾拳可不是开玩笑的。"

保镖对我嗤之以鼻:"他没机会靠近我。"

"好吧,再见了,便宜货。"梅内德斯说完就出去了。

"后会有期,"保镖冷冷地对我说,"我叫切克·阿戈斯蒂诺。我想你会记得我的。"

"像一张脏兮兮的报纸,"我说,"提醒我不要踩到你的脸。"

他下巴的肌肉鼓了起来,然后,他突然转身跟着老板出去了。

气动铰链把门慢慢合上。我静静地听,但没有听到他们在走廊上的脚步声，他们的脚步轻得像猫。为了确认他们已经离开，一分钟后，我又打开门向外张望了一下，走廊上空无一人。

我回到办公桌前坐下，花了一点时间琢磨为什么梅内德斯这么一个在当地颇有地位的流氓头子会舍得花时间亲自来我办公室，警告我不要多管闲事，就在此前几分钟，我刚刚接到休厄尔·恩迪科特的电话警告，虽表述不同，但意思都差不多。

我想不明白，觉得最好还是查一下。我拿起电话，打了个传呼电话给在拉斯维加斯的水龟俱乐部，菲利普·马洛联络兰迪·斯塔尔先生。没联系上，斯塔尔先生出城了。我是否可以跟其他人谈？我不会，甚至连和斯塔尔谈我都没多大兴趣，一时心血来潮罢了。他离我太远，对我构不成威胁。

之后的三天没有事发生。没人揍我，没人用枪指着我，没人打来电话警告我少管闲事，没人雇我去寻找走失的女儿、误入歧途的妻子、丢失的珍珠项链或遗失的遗嘱。我只是坐在那里，对着墙壁，无所事事。伦诺克斯案子的结束就像它的出现一样突然。有一个简短的庭审，我没有被传唤，庭审的时间颇为蹊跷，没有预先通告，也没有陪审团。法医给出了他的判决，即西尔维娅·波特·韦斯特赖姆·迪·乔治·伦诺克斯的死因是其丈夫泰瑞·威廉·伦诺克斯蓄意谋杀，伦诺克斯已在法医执法管辖区域之外死亡。想必他们会宣读一份自白书并记录在案，想必宣誓的效力足以让法医感到满意。

尸体获准安葬，飞机将其运到北部，葬在家族墓群里。记者没有受到邀请，没有任何人接受采访，更不用说哈兰·波特先生了，他从来不接受采访。身价上亿美元的人有特别的生活方式，身前有一群仆人、保镖、秘书、律师和顺从的高管做掩护。想来他们也要吃饭、睡觉、理发、穿衣，但你永远无法确定。你看到或听到的有关他们的消息全都是被一群高薪公关加工处理过的，其中保留了有价值的特征，简洁、敏锐，就像一根消了毒的针。它不一定是真实的，但要与大众已知的事实相一致，而大家知道的事实少得可怜。

第三天的傍晚，电话铃响了，打来电话的是一个自称叫霍华德·斯宾塞的男人，并称自己是纽约一家出版社的代表，到加州出短差，他说有问题想与我探讨，并问我是否能在第二天上午十一点到丽思卡尔顿比弗利山庄酒店和他见一面。

我问他想讨论什么问题。

"一个相当微妙的问题，"他说，"但绝对属于道德范围之内的。如果我们谈不拢，我会付你小时费的，这是自然的。"

"谢谢你，斯宾塞先生，不必那么客气。是哪位认识我的人把我推荐给你的吗？"

"一个了解你的人——包括知道你最近与法律人士的冲突，马洛先生。我可以说正是这一点引起了我的兴趣。不过，我的事与那个悲剧毫不相干。就这样了——嗯，不在电话里说了，让我们见面边喝边聊。"

"你确定你想和一个蹲过大牢的人搅和在一起？"

他哈哈大笑，那笑声和他说话的声音都让人觉得愉快，他的言谈就像过去纽约人还没学会说弗拉特布什地方话时的风格。

"在我看来，马洛先生，这是我想见你的理由。让我再补充一下，不是你所说的蹲大牢的事实，而是，我想说，你似乎三缄其口，即使在重重压力下，都坚守沉默的事实。"

他是个话里带着很多逗号的人，像一本厚厚的小说，反正在电话里是这样的。

"好吧，斯宾塞先生，明天上午我会去那里。"

他向我表示感谢后挂断了电话。我不知道谁会把我介绍出去。我想可能是休厄尔·恩迪科特，于是打电话给他想弄个究竟，但他已经出城一个星期了，还没回来。其实，这没什么大不了的，在我这一行，你偶尔会遇到一个满意的客户。我需要工作，因为我需要钱——或者说我认为自己缺钱，直到那天晚上回到家，我发现了一封夹有一张"麦迪逊肖像"① 的信时，我终于不这么认为了。

---

① 詹姆斯·麦迪逊是美国第四任总统，也是美国宪法的奠基人，面额为五千美元的联邦储备券的正面使用了他的肖像。

12

这封信躺在房子台阶口的红白相间的鸟屋信箱里，如果有信，信箱顶上连着悬臂的啄木鸟会高高抬起，即便这样，我可能都不会往信箱里看，因为我在这儿从来没有收到过信件。但最近啄木鸟的喙尖掉了，从木头断面来看是新近被弄坏的，不知哪个顽皮的小孩用原子枪打的。

信封上标有西班牙语"航空信"的字样，贴着好几张墨西哥邮票，还写了一些字，要不是最近墨西哥频繁在我的脑海里盘旋，我也许都不知道上面写着什么。我看不清邮戳，是手工加盖的，印泥已经被磨得模糊不清了。信很厚。我走上台阶，在客厅坐下读信。这个傍晚显得特别安静，也许一封死人的来信会带来一股死一般的沉寂。

信的开头没有日期，也没有开场白：

在一个叫奥塔托克兰的临湖山城里，我正在一家不太干净的旅馆里，现在坐在二楼房间的窗口，窗户下面就有一个邮筒。服务员进来送咖啡的时候，我已经吩咐他一会儿帮我寄信，我要他把信举高，让我看到后再把信投进邮筒。按我吩咐做好后，他会得到一百比索现金，对他来说可是一大笔钱了。

为什么要费那么大周折？有一个皮肤黝黑、穿着尖头皮鞋和一件脏兮兮的衬衫的家伙在门口盯着。他在等着什么，我不知道，但他不让我出去。只要信能寄出，其他都不重要。我希望你收下这笔钱，因为我并不需要它，落入当地宪兵手中一定会被他们中饱私囊。这钱并不是为了买什么，算是表达我给你带来那么多麻烦的歉意，也是对一个相当正派的人所表达的敬意吧。像往常一样，我所做的一切都是错的，不过所幸我手上有枪。我有一种预感，你可能已经在某个问题上有了结论。我本可以杀她，也许我确实做了，但我绝不可能做出其他行为，那种残忍的暴行我做不出。所以有些事真让人愤懑。但这已经不重要了，一点都不重要，现在最重要的是避免不必要、毫无意义的丑闻。她的父亲和姐姐从来没有伤害过我。他们有他们的生活要过，我带着厌倦来到这里过我的生活。不是西尔维娅把我变成了一个流浪汉，我本来就已经是了。关于她为什么嫁给我，我无法给你一个明确的答案，我想那只是一时兴起的结果吧。至少她死的时候依然年轻美丽。俗话说情欲会使男人变老，却能让女人永葆青春。俗话有很多无稽之谈，俗话说富人总是能保护自己，他们的世界里总是阳光灿烂的夏天。我和他们在一起生活过，他们其实只是一群无聊寂寞的人。

我已经写好了一份自白书。我觉得有些不舒服，还很害怕。你在书中读到过这样的情形，但你没有在现实中经历过。当它发生在你身上，当你剩下的只有口袋里的一把枪，当你走投无路被困在异国他乡的一个肮脏的小旅馆里，你只有一条出路——相信我，朋友，这里面没有任何渲染或夸张的成分，这绝对是肮脏、悲惨、阴暗、可怕到极点的时刻。

所以，把这件事和我都一并忘了吧。不过，先到维克多酒吧替我喝一杯螺丝锥子。下一次你煮咖啡的时候，为我倒一杯，里面放些波旁威士忌，为我点一支烟，放在咖啡杯旁。然后就把整件事都忘了吧。泰瑞·伦诺克斯已经完了，该说再见了。

有人敲门，我想应该是服务员送咖啡来了。如果不是，也许会有枪击。大致说来，我喜欢墨西哥人，但我不喜欢他们的监狱。再见。

泰瑞

这就是信的全部内容。我把信重新折好，放回信封。敲门的应该是送咖啡的服务员，不然我永远不会收到这封信，不会收到里面的"麦迪逊肖像"。"麦迪逊肖像"是一张五千美元的钞票。

这张又绿又挺括的钞票就躺在我面前的桌面上，我以前从来没有见过这样的钞票，就连许多在银行工作的人也没见过。像兰迪·斯塔尔和梅内德斯这样的人很可能在携带巨额资金时为了方便会用它。如果你到银行要求取一张，他们可能拿不出来，得帮你从美联储调取，这可能需要几天的时间。在整个美国大约只有一千张这样的纸币在流通。我这张周围闪着迷人的光泽，它创造了一片属于它自己的阳光。

我坐在那里，凝视了它很久。最后，我把它收在我的信件夹里，到厨房去煮咖啡。不管是不是感情用事，我照他信中的要求做了。我倒了两杯咖啡，在他那杯里加了一些波旁威士忌，放在那天早上我送他去机场前他坐的位置。我为他点了一支烟，搁在咖啡杯旁的烟灰缸里。我看着蒸汽从咖啡里徐徐升起，香烟上袅袅升起一丝丝烟雾。外面的黄钟花丛中，一只鸟儿正轻声地啁啾自语，不时扑腾着翅膀。

后来，咖啡不再冒热气，香烟也不再冒烟，只剩下烟灰缸边缘的一个烟蒂，我把它扔进水槽下的垃圾筒里，把咖啡倒了，洗了杯子，然后放好。

就这样了。对于这些事来说，五千美元显得太多了。

过了一会儿，我去看了一场夜场电影。没什么意思，我几乎没看出什么情节，只听到一堆噪声，看到一张张大脸。我又回到家，拿出国际象棋下了一会儿西班牙开局①，索然无味，同样没什么意思。于是，我去睡觉了。

但我没有睡着。凌晨三点，我在房间里走来走去，听哈恰图良②在拖拉机厂干活，他所谓的小提琴协奏曲，在我看来不过是风扇松了皮带的声音，就那么回事。

对我来说，不眠之夜就像肥胖的邮递员一样稀罕。如果不是有约在身，要去丽思卡尔顿比弗利山庄酒店见霍华德·斯宾塞先生，我会干掉一瓶酒，让自己昏昏睡去。下次我看见彬彬有礼的人醉醺醺地躺在劳斯莱斯银色幽灵车里，我会毫不犹豫地撒腿就跑。没有什么陷阱会比你为自己设下的陷阱更致命。

---

① 西班牙开局（Ruy Lopez）是国际象棋中经典的阵形之一，早在 15 世纪末由西班牙棋手创立而命名。
② 阿拉姆·伊利奇·哈恰图良（Aram Ilyich Khachaturian，1903—1978），苏联作曲家、指挥家。

13

　　十一点的时候，我坐在从餐厅辅楼往里走右边第三个卡座，背对着墙，这样我可以看到所有进出的人。这是一个晴朗早晨，没有雾，也没有云。游泳池的水波反射出炫目的阳光，泳池的一头就在酒吧的玻璃幕墙外，另一头一直延伸至餐厅。一个身穿白色鲨鱼皮泳衣的性感女孩正在顺着梯子爬上高空跳台，我注视着她被晒成亚麻色的大腿和泳衣之间的一圈白色皮肤，心波荡漾。然后，她被屋顶深悬的屋檐挡住，从我的视线中消失了。过了一会儿，我看到她在空中转体一圈，半俯冲下水，水花高高溅起，在阳光中显得很耀眼，在空中形成一道和这个女孩一样漂亮的彩虹。接着，她爬上梯子，摘下她的白色泳帽，晃了一下脑袋，散开染色的头发，扭着屁股走到一张白色小桌旁，在一个穿着白色休闲长裤、戴着墨镜的壮小伙旁坐下，他的皮肤被晒成均匀的棕褐色，一定是看管泳池的雇工。他伸手拍了拍她的大腿，她张开了仿佛消防桶一样的嘴巴笑了起来，我一下子对她失去了兴趣。虽然我听不到笑声，就凭她张开嘴，露出牙齿，脸上出现一个大窟窿就足以判断了。

　　酒吧空空荡荡。往前数三个卡座，有几个潮人在互相卖弄二十世纪福克斯电影公司的电影段子。有一部电话放在他们的桌子中间，每隔两三分钟，他们就玩一次游戏比赛，看谁能给扎努克①打电话提供热门主意。他们年轻、黝黑、充满热情和活力。在电话交谈中，他们的肌肉不停地运动，和我背一个胖子爬四层楼梯的运动量差不多。有一个愁眉苦脸的家伙坐在吧台高脚凳上与酒保聊天，酒保一边擦酒杯，一边听他说，脸上挂着装出来的微笑，是那种强忍住尖叫的尴尬笑容。客人是个中年人，穿着讲究，已经喝得醉醺醺了。他想说话，即使不是真的想说话，也还是停不下来。他儒雅友善，我听他说话，喝醉了口齿还挺清楚，但你知道他是个好酒贪杯之人，一起床就酒不离口，直到晚上睡着才会把酒瓶松开。他的余生怕是改不了这习惯了，这就是他的生活。你永远都不会知道他怎么会变成这样，即使他告诉你，也不见得是事实，往好了说，这只不过是他所知道的事实的扭曲记忆。在这个世界上，每一个安静的酒吧里都有这么一个伤心之人。

我看了看表，这位位高权重的出版商已经迟到二十分钟了。我再等半个小时就走。让客户定规矩向来是吃亏的。如果他能对你呼来喝去，他会认为其他人也可以，他雇用你可不是为了这个。现在，我并不是特别需要干这份活，不会让一个从东部来的傻瓜把我当马车夫使唤。像高管这样的人会在八十五楼的镶板装饰的办公室里工作，里面有一排按钮和一个内部通话装置，还有一名身穿哈蒂·卡内基②女性职业装、睁着一双满含希望的美丽的大眼睛的秘书。这种人告诉你九

---

① 扎努克（Richard D. Zanuck，1934—2012）是 20 世纪福克斯公司制片人，被誉为好莱坞传奇电影制片人。1989 年他的《为戴茜小姐开车》摘取了奥斯卡最佳影片大奖。
② 哈蒂·卡内基（Hattie Carnegie，1880—1956）是纽约著名服装设计师。

点准时到，而他自己却喝上一杯双份吉布森酒，两个小时后才飘然走来。如果你不带着愉快的微笑静静坐在那儿等他，他会因自己的权力遭受冒犯而大发雷霆，要在阿卡普尔科 ① 休假五个星期才能气消，然后又恢复到高高在上的状态。

酒吧的老服务员从我身边走过，不经意地瞥了眼我桌上的淡威士忌加水。我摇摇头，他晃晃长着浓密白发的脑袋，正在那时，一个梦境般美好的佳人走了进来。那一瞬间，我仿佛觉得酒吧一下子安静得没有一点声音，潮人不再互相卖弄，高脚凳上醉汉语无伦次的说话声也戛然而止，就像乐队指挥轻拍了一下乐谱架，举起手臂，悬在空中时的情形。

她很苗条，身材高挑，穿着一件白色亚麻定制服装，脖子上围着一条波尔卡黑白圆点图案围巾。她头发是浅金色，如同童话中的公主一般，上面罩着一顶小帽子，浅金发丝像巢中的小鸟乖乖蜷在帽子里。她有一双浅蓝色的眼睛，罕见的矢车菊般的蓝色，长长的睫毛淡得几乎看不见。她走到对面的一张桌子，脱下白色长手套，老服务员帮她把桌子拉出来，没有一个服务员会如此殷勤地为我端桌子。她坐下来，把手套压在挎包的背带下，微笑着对他表示感谢，这笑容如此温柔，如此纯净，看得他浑身绵软。她用很低的声音和他说了几句后，他弓着身子匆匆走开了。有人一下子有了真正的人生使命。

我目不转睛地注视着她。她觉察到我的目光，微微抬起眼角，我已经不在那里了。但无论我在哪里，我都屏息凝神着。

如今到处都是金发碧眼的人，以至于这个词时下已经成了一个

---

① 阿卡普尔科（Acapulco），墨西哥南部的一个海港。

滑稽的词。所有金发女郎都有自己的特点，或许金属感很强的那些除外，那种金色就像漂白过的非洲祖鲁人，脾气像人行道一般平顺。有叽叽喳喳说着话的金发小女孩；有向你投来极具杀伤力的冰蓝目光的高挑美丽的金发女子；有仰视你的金发女子，身上散发着可人香气，光芒四射，依偎在你怀里，当你把她带回家时她又总是很累很累，她摆出无助的姿态，还犯头疼的毛病，你真想狠狠地揍她一顿，不过让你庆幸的是，你及早知道了她头疼的事，没有在她身上浪费太多时间、金钱和希望。头疼会永远存在，这是一件永不磨损的武器，与刺客的长剑或卢克雷齐娅①的毒药罐一样致命。

有一类金发女子温柔、心甘情愿、嗜酒，关于衣服，只要是貂皮做的，其他都不重要；关于去哪里，只要有星光屋顶和足够的烈香槟，其他都不重要。还有一种身形小巧、活泼自信的金发女子，跟你呼朋唤友，什么都要自己付钱，充满阳光，通情达理，精通柔道，可以一边使出过肩摔将一个卡车司机摔倒，一边看《星期六评论》，最多看漏社论中的一个句子。另外还有面容憔悴的金发女子，患有贫血，虽然不至于致命，但是也治不好；她有气无力，茕茕孑立，说话轻声轻气；你丝毫不能碰她，因为首先你根本不想这么做，其次，她不是在读《荒原》、但丁的原作，就是在读卡夫卡、克尔凯郭尔，或者在学普罗旺斯语，她热爱音乐，当纽约爱乐乐团演奏欣德米特②的作品时，她会告诉你六把低音提琴中哪一把慢了四分之一拍。听说托斯卡尼尼也做得到，在这方面全世界找不出第三个人了。

---

① 卢克雷齐娅·博尔贾（Lucrezia Borgia，1480—1519），费拉拉、摩德纳和雷吉奥公爵夫人（Duchess of Ferrara，Modena and Reggio），罗马教皇亚历山大六世私生女，瓦伦蒂诺大公爵的妹妹。曾经谣传卢克雷齐娅拥有一个空的戒指，她用它在饮料中下毒。
② 保尔·欣德米特（Paul Hindemith，1895—1963），德国作曲家、音乐理论家。

最后还有一类艳丽花瓶型的金发女子，她能拖垮三个流氓头目，然后嫁给几个百万富翁，每回捞到一百万，最后得到一栋位于法国安提贝海角的浅玫瑰色别墅、一辆配备导航和自动驾驶仪的阿尔法-罗密欧豪华轿车，还有一大群贵族老友，就像老公爵对他的管家道晚安那样，她对他们看似热情，却心不在焉。

对面这个如梦似幻的美人不属于以上任何一类，甚至根本不属于那个世界。她是无法归类的，如山中流水一般幽远清澈，如水色一样难以捉摸。当我仍出神地盯着她的时候，一个声音在我胳膊肘旁响起。

"我迟到得有些离谱，对此我深表歉意。都怪这个。我叫霍华德·斯宾塞，你一定是马洛。"

我转过头看他。他是个中年人，圆胖身材，衣服穿着欠考虑，不过胡子剃得很干净，头发稀疏，全部往后梳得光溜溜的，遮住两耳之间宽宽的光脑壳。他穿着一件奢华的双排扣马甲，这样的服装除了在来旅游的波士顿人身上能看到，在加州很少见。他戴着无框眼镜，手正在拍着一个破旧的公文包，他说的"这个"显然就是它了。

"三份新鲜出炉的完整的手稿。小说。如果我们还没来得及退稿就把它们弄丢了，那将是件令人尴尬的事。"老服务员把一个高高的绿色的东西放在梦美人面前，后退了几步。他示意老服务员过来。"我爱喝橙汁杜松子酒，其实是一种不伦不类的饮料。你要来一杯吗？"

我点点头，老服务员静静地走开。

我指着公文包说："你怎么知道要退稿？"

"如果是好东西，一些纽约的经纪人早就收了，这些作家就不会亲自把稿子送到我酒店了。"

"那你为什么还要收？"

"一方面为了不伤感情，另一方面，哪怕是千分之一的可能，所有出版商都不愿错过一部好作品。但大部分情况是，你在鸡尾酒会上被介绍给各种各样的人，其中有些写了小说，醉意让你变得对人慷慨仁慈、充满关爱，于是你说你想看看稿子。就这样，稿子就以令人发指的速度送到你的酒店，怎么说你也得看看，装装样子吧。但我觉得你对出版商和他们的问题并不会感兴趣。"

服务员送来饮料。斯宾塞抓起他那杯喝了一大口，他没看对面的金发美人，注意力全集中在我身上。他是个出色的联络人。

"如果这是工作的一部分，"我说，"我可以偶尔读上一本书。"

"我们有个重要的作家住在这附近，"他漫不经心地说，"也许你读过他的东西，他叫罗杰·韦德。"

"哦。"

"我明白你的意思，"他苦笑道，"你不喜欢历史传奇，但卖得很火。"

"我没什么意思，斯宾塞先生。我看过他的一本书，我认为写得很烂，我这么说有问题吗？"

他咧开嘴笑了："哦，不，很多人的观点和你一样，但关键在于他的书不做宣传都畅销。考虑现在的成本，每个出版商都得找一两个这样的作家合作。"

我看着对面的金发美人。她已经喝完饮料，是酸橙汽水之类的东西，正在看一个小得几乎看不见的手表。酒吧里人多了起来，但还不吵。那两个潮人仍在挥舞着手，吧台高脚凳上的孤独酒客身边多了几个朋友。我把视线拉回到霍华德·斯宾塞。

"与你的问题有关吗？"我问道，"我是说这个叫韦德的家伙。"

他点点头，盯着我又仔细地审视了一番。"说说你的情况，马洛先生。我的意思是，如果你不觉得这个要求让你感到为难的话。"

"你想知道什么情况？我是一个有执照的私家侦探，在这一行干了有一段时间了。我是一个独来独往的人，未婚，已届中年，不富有。我不止一次进过监狱，我不做离婚的案子。我喜欢酒、女人、象棋等。警察不太喜欢我，但我认识几个和我合得来的。我在这儿土生土长，出生在加州圣罗莎，父母双亡，没有兄弟姐妹。万一我在一个黑漆漆的巷子里被人打死——任何干我这行的人都可能遇到这样的事，如今干其他行业也一样会遇到，甚至不工作的人也可能碰到，如果这事发生，没有人会觉得自己的生活无法继续下去。"

"明白了，"他说，"但是你说了那么多，没有说出我想知道的。"

我喝完了橙汁杜松子酒，我不喜欢这种口味。我冲他笑了笑："我忘了一件事，斯宾塞先生，我的口袋里有一张'麦迪逊肖像'。"

"麦迪逊总统的肖像？我不太明白……"

"一张五千美元的钞票，"我说，"我总是随身带着，它是我的幸运符。"

"天哪，"他压低了嗓音说，"这不是相当危险吗？"

"不记得是谁说过，超出某个程度，所有的危险都是一样的。"

"我想应该是沃尔特·白芝浩[1]说的，他说的是高空作业的人。"然后，他咧开嘴笑了起来，"但我是个出版商。马洛，你没事的。我

---

[1] 沃尔特·白芝浩（Walter Bagehot，1826—1877），英国著名经济学家、政治社会学家和公法学家。

想在你身上碰碰运气，再不说，你会让我滚蛋，对吗？”

我也笑了笑。他叫来服务员，又点了两杯酒。

“情况是这样的，”他谨慎地说，“我们和罗杰·韦德之间有些大麻烦，他有一本书无法完成。他已经失去自制力，这背后有些蹊跷，他看上去快崩溃了。他疯狂地喝酒，脾气变得暴躁，每过一段时间，他就会连着失踪好几天。不久前他把妻子推下楼，导致她五根肋骨骨折，住进了医院，他们不存在通常家庭中的矛盾，一点都没有。这家伙就是一喝醉就发酒疯。”斯宾塞往后靠到椅子上，愁绪满怀地看着我。“我们必须要完成那本书，一定要，在某种意义上，这将会影响我的工作。但我们要的不止是书，我们要拯救一个才华横溢的作家，他有能力写出比他以往创作的更出色的作品。有件事很不对劲，我这次来，他甚至拒绝见我。我知道这听起来似乎应该去找精神病医生来解决，但韦德太太不同意，她相信他神志完全正常，但似乎有什么事让他焦虑得要命，例如敲诈勒索。韦德夫妇已经结婚五年了，可能是过去什么事纠缠着他不放，甚至可能是——只是一个胡乱的猜测——一起开车肇事逃逸事件，有人掌握了确凿的证据。我们不知道具体是什么，我们想知道，而且我们愿意花重金解决这个问题。如果调查结果是病理问题，那好，就只能那样了。如果不是，就必须找出答案。同时，韦德太太必须受到保护，下次他可能会动手杀了她。世事难料。”

第二轮酒来了，我那杯放着没动，看着他一口气吞下半杯。我点了一支烟，依然盯着他。

“你需要的不是侦探，”我说，“你要的是一个魔术师。我到底能做什么？如果我碰巧在恰当的时间出现在那儿，并且如果他不是太难对付，我或许可以把他打晕，扶他上床。但前提是我必须在场，这是百分之一的概率。你应该明白。"

"他的身材和你差不多，"斯宾塞说，"但他的体能状况大不如你，再说你可以一直在场。"

"几乎不可能。再说醉鬼都很狡猾，他肯定会趁我不在的时候做出疯狂的事。我可不是一个在求职市场上找工作的男护士。"

"男护士没有一点用，罗杰·韦德那种人也不会接受男护士。他是一个才华横溢的家伙，只是因为受到刺激而失去了自控能力。他写垃圾给笨蛋看，赚了太多钱；但对于一个作家来说，唯一的救赎是写作。如果他有才华，总会显现出来的。"

"好吧，我相信他，"我不耐烦地说，"他是很出色，不过也是相当危险的人物。他有一个做贼心虚的秘密，试图用酒精麻痹自己，把它忘记。这不是我善于处理的问题，斯宾塞先生。"

"我明白，"他看了一眼手表，焦虑地皱起眉头，整张脸都扭成了一团，显得比刚才苍老瘦小了，"嗯，你可别怪我，我总得试一下。"

他伸手去拿鼓鼓囊囊的公文包。我看着对面的金发美人，她准备离开。白发服务员正拿着账单来和她结账，她付给他一些钱，看到她迷人的微笑，他那神情仿佛是在与上帝握手。她轻轻触碰了一下嘴唇，然后戴上白色长手套，服务员为她把桌子拉开，腾出半个房间的距离，她从容地离开座位，迈着闲逸的步子出去了。

我瞟了一眼斯宾塞，他正盯着放在桌边的空酒杯皱眉头，公文包放在他的膝盖上。

"听着，"我说，"如果你要我去的话，我可以去会会此人，估量一下他的情况。我要和他妻子谈谈，但我估计他会把我扔出家门的。"

另一个声音说："不，马洛先生，我认为他不会这么做。相反，我觉得他会喜欢你的。"

我抬头看到了一双紫罗兰色的眼睛，她站在餐桌那一头。我站起来，侧身靠在卡座隔墙上，这是在你无法逃走只得无奈地站着时的尴尬模样。

"请不要站起来，"她说话的声音柔得仿佛夏天的云彩，"我知道欠你一个道歉，但在我介绍自己前，先找个机会观察一下你对我来说很重要。我是艾琳·韦德。"

斯宾塞没好气地说："他不感兴趣，艾琳。"

她微微一笑。"我不这么认为。"

我镇定了一下，脚下都失去平衡了，张着嘴，像一个可爱的女毕业生似的用嘴呼吸。她的美实在让人垂涎，靠近了看，美得让人全身酥麻。

"我并没有说我不感兴趣，韦德太太。我想说的是，我恐怕帮不了什么忙，让我去尝试可能是个十分荒唐的错误，甚至可能造成伤害。"

此时她变得非常严肃，笑容消失了。"现在做决定还为时过早。你不能根据人的行为来判断一个人。如果你想正确地判断，就一定要看清他们的本性。"

我茫然地点了点头，因为这正是我曾经判断泰瑞·伦诺克斯的方式。摆在面前的事实告诉我他劣迹斑斑，只在散兵坑有过短暂的荣耀——如果梅内德斯说的都是真的——但不管怎样，那些事实并不能反映全部情况。他是一个让人不可能讨厌的人。在你一生遇到的人当中，有多少人配得上让你这么说？

"你了解了他们，才会知道他们的本性。"她轻声补充道。"再见，马洛先生。如果你改变主意……"说着她迅速打开挎包，拿出一张名片递给我，"谢谢你能来。"

她向斯宾塞点点头就离开了。我目送她走出酒吧，沿着玻璃墙围起的边廊走向餐厅，她始终保持着优美的姿态。我看着她在通往大堂的拱道处转弯，在她转弯的时候，我看到了她白色亚麻裙子的最后一丝飘荡，然后我松了一口气坐回卡座，一把拿起橙汁杜松子酒。

斯宾塞在盯着我看，眼神中有一丝严峻。

"干得好，"我说，"但你本该偶尔看她一两眼。像她那样的可人儿坐在对面二十分钟，你不可能不注意到她。"

"我是不是很蠢？"虽然他不想笑，还是试图露出了笑容。他不喜欢我刚才看她的眼神。"人们对私家侦探有些奇怪的想法，特别是当你想到在你家里有一个——"

"不要设想在你家有这么一个人，"我说，"反正先想个别的故事。你不该让我相信会有人——不管是酒醉或是清醒——把这倾国倾城的美人抛下楼，摔断她的五根肋骨。你可以把故事编得更好些。"

他的脸涨得通红，双手紧握着公文包。"你认为我在编故事？"

"有什么区别？你已经演了一出了。也许你自己也对这位夫人心动吧。"

他突然站了起来。"我不喜欢你说话的口气，"他说，"我不确定我是否喜欢你，劳驾你把这件事忘了。我想这些付给你应该够了吧。"

他扔了一张二十美元在桌上，然后又加了一点给服务员的小费。他站起来，瞪了我一会儿，他的眼睛很亮，脸上的红晕尚未褪去。"我已经结婚了，有四个孩子。"他突然说。

"恭喜你。"

他清了一下嗓子，转身离去，走得非常快。我的目光在他身上停留了一会儿，然后我喝完杯中剩下的酒，掏出一盒烟，抖出一支，塞进嘴里点上。老服务员走过来看看桌上的钱。

"还需要其他的吗，先生？"

"不用了，这些钱都归你了。"

他不紧不慢地拿起钱，说："这是一张二十美元，先生，那位先生弄错了。"

"他识字。我说了，这钱都是你的。"

"不胜感谢，先生，如果你确定——"

"非常确定。"

他迅速点了头就走开了，看上去仍旧半信半疑的。酒吧渐渐坐满了人，两个身材性感柔美的少女唱着歌挥舞着手从旁边走过，她们认识旁边卡座里坐着的两个自命不凡的家伙。空气中开始充溢着"亲爱的"与红色的指甲。

我抽了半支烟，不知为什么绷着脸，然后起身离开，又回转身拿起忘在桌上的烟盒，后背不知被什么重重地撞了一下，这正是我需要的。我转过身子，看到了一个眉开眼笑、哗众取宠的家伙穿着打满褶子的牛津法兰绒走过的侧影。他像万人迷那样伸开双臂，像业绩出色的销售员那样脸上漾着上下各露六颗牙的笑容。

我抓住他伸出的手臂，把他拽过来。"怎么了，小子？走道不够宽，没地方给你大展风采？"

他把手臂挣脱开，恶狠狠地说："老兄，别自以为是了。我会让你的下巴散架。"

"哈哈，"我说，"你可以为洋基队打中锋，用一根面包棍击出一个全垒打。"

他握紧了肉乎乎的拳头。

"宝贝，想想修过的指甲。"我对他说。

他控制住自己的情绪。"自作聪明的家伙，我看你是疯了，"他不屑地说，"下次吧，等我脑子没那么多东西要想的时候。"

"难道还能比现在更少吗？"

"赶快出去，滚，"他咆哮道，"再胡言乱语的话，你就等着装假牙套吧。"

我冲他笑了笑。"来啊，小子，但最好说话客气点。"

突然，他的表情变了，哈哈大笑起来。"老兄，你上过画报？"

"只有钉在邮局的那种。"

"在警方的嫌疑犯相册里见过你。"他说着，转身离去，依然嘴角上扬。

这件事显得非常愚蠢，但它让我摆脱了刚才的感觉。我沿着边廊穿过酒店大堂，来到酒店正门，我停下来戴上墨镜。上了车我才想起来看艾琳·韦德给我的名片，这是一张印制的名片，但不算正式名片，上面有地址和电话。罗杰·斯登·韦德太太，闲逸谷路一二四七号，电话：闲逸谷 5-6524。

我对闲逸谷很熟悉，当年那儿在入口处设有门房和私人警力，在湖上建赌场，还有五十元的欢乐女生，我知道现在已经大变样了。赌场停业后，这块土地变成了暗中交易的集中营，也使那里成为地块划分商梦寐以求的地方；湖和湖岸线一带的土地归一个俱乐部所有，如果他们不让你进俱乐部，你就不能在那儿玩水嬉戏。这是世间唯一仅存的一种专属权，它不仅仅意味着昂贵。

我在闲逸谷就如同在香蕉船甜点上摆了一颗珍珠洋葱，很不协调。

那天傍晚时分，我接到了霍华德·斯宾塞打来的电话。他已经气消，想向我表示歉意，说他对当时的情形处理得不当，并希望我能再考虑一下。

"如果是他的要求，我会去看看他，否则没得商量。"

"我明白。会有一笔丰厚的报酬——"

"我说，斯宾塞先生，"我觉得不耐烦，"你雇不了命运。如果韦德太太害怕那家伙，她可以搬出去，那是她的问题。没有人能一天二十四个小时保护她免受自己丈夫的伤害，全世界找不到如此全面的保护。但你想要的不止于此，你想知道这家伙为什么、如何以及何时出的事，然后想办法解决问题，让他不再犯——至少保证他能完成这本书。而这完全取决于他，如果他真想写这本该死的书，他会先写完，再喝酒。你想要的太多了。"

"所有这些都是牵连在一起的，"他说，"这都是同一个问题。但我想我明白你的意思，对你这一行来说太难了。好吧，再见，我今晚飞回纽约。"

"一路顺风。"

他向我表示感谢后挂了电话，我忘了告诉他，我把他的二十美元给了服务员，我想回个电话告诉他，想到他已经够可怜的，我也就作罢了。

我锁好办公室，往维克多酒吧的方向走，去喝一杯螺丝锥子，因为泰瑞在信里要我这么做。但我改变了主意。我不够感伤，于是改道去了洛瑞酒吧，点了一杯马提尼、一份牛肋骨和约克郡布丁。

回到家，我打开电视看拳赛。拳手都不怎么样，不过是一群本该为舞蹈教练亚瑟·穆雷[①]工作的舞者；他们只会打刺拳，上下摆动身体，虚晃拳头让对方失去平衡，他们出拳的力度都不足以将祖母从瞌睡中唤醒。观众中发出一阵阵嘘声，裁判不停击掌示意他们进攻，但他们继续摇晃着身子，闪来闪去，并不断出左手直拳。我换到另一个频道，是一个探案剧，故事发生在一个衣柜里，演员一脸倦容，那些脸都太过眼熟，没有亮点。演员的台词是那种曼格兰广告公司都不用的东西。剧中的侦探有一个黑人男仆——这个人物的存在是为了起到一点喜剧效果，但根本不需要，因为他自己就充满了喜感。广告片很差劲，连在带刺铁丝网和啤酒瓶堆里长大的山羊看了都会作呕。

我关了电视，抽了一支卷得很紧实的香烟，这烟对喉咙很温和，是用精选的烟草做的，我忘了注意是什么牌子。我正准备上床睡觉时，凶杀组的格林警司打来电话。

"你也许想知道，几天前他们把你的朋友伦诺克斯埋葬在他丧命的那个墨西哥小镇。一位家庭的代表律师去那儿处理了这件事。马洛，这次你真的很走运，下次千万别帮朋友逃出国。"

"他身上有几个弹孔？"

"什么意思？"他放大了嗓门，接着沉默了片刻，他显得过于谨慎地说，"大概一个吧，打爆一个人的脑袋通常一颗子弹足矣。律师带回一组指纹，以及所有在他的口袋里的东西。你还有什么想知道的吗？"

---

① 亚瑟·穆雷（Arthur Murray, 1895—1991），美国著名的舞蹈教练，他创办了以自己名字命名的舞蹈工作室。

"有，但你不会告诉我，我想知道是谁杀了伦诺克斯的妻子。"

"天哪，难道格伦茨没告诉你，他留下了一份完整的自白书？而且已经在报上公布了，你不读报了吗？"

"警司，谢谢你的来电，非常感谢。"

"听着，马洛，"他厉声说，"不管你对这个案子有什么稀奇古怪的想法，最好管住你的嘴，否则你会引火上身。案子已经了结，盖棺定论，并搁置封存了。你真他妈的走运，在这个州事后从犯要判五年。另外我要告诉你，我当警察已经很长时间，有一点我非常清楚，那就是导致你入狱的并不一定因为你做了什么，而是在法庭上看起来是什么。晚安。"

电话在我耳边挂断，我把话筒放回机座，心想一个问心有愧的诚实警察的举止总是表现得很强硬，不诚实的警察也一样，几乎任何人都这样，包括我在内。

14

第二天早晨，我正在擦耳垂上的爽身粉的时候，门铃响了。我走到门口开门，我的眼睛与一双蓝紫色的眼睛相遇。这次她穿了棕色亚麻衣服，配了一条多香果色的围巾，没戴耳环和帽子。她脸色有点苍白，但并不像有人把她扔下楼的样子。她犹豫地朝我露出一丝微笑。

"马洛先生，我知道我不应该来这里打扰你，你可能还没有吃早饭；但我不想去你的办公室，我也不喜欢在电话里谈私事。"

"没关系，韦德太太，请进。要来一杯咖啡吗？"

她走进会客厅，在长沙发上坐下，眼神茫然。她两腿并拢坐着，把包放稳在腿上，显得相当拘谨。我打开窗户，拉起百叶窗，取走她面前茶几上脏兮兮的烟灰缸。

"清咖啡，不加糖，谢谢。"

我到厨房，在绿色金属托盘上铺了一张纸巾，感觉像赛璐珞衣领一样俗气，我把纸巾揉掉，取出一张与三角小餐巾配套的带边饰的衬垫，和大部分家具一样，这些用品是房子里原来就配好一起出租的。我拿出两个沙漠玫瑰咖啡杯，倒上咖啡，端到会客厅。

她抿了一小口。"真不错，"她说，"你煮的咖啡很棒。"

"上一次有人和我一起喝咖啡是在我去坐牢前不久，"我说，"韦德太太，我想你应该知道我被关了几天监狱。"

她点点头。"当然，你涉嫌帮助他潜逃，对吗？"

"他们没这么说。他们在他房间的便笺本上发现了我的电话号码。他们问了我一些问题，我没有回答——主要因为他们提问的方式让我反感，但我想你对此不会感兴趣。"

她把杯子轻轻放下，往后靠在椅子上，朝我笑了一下。我递给她一支烟。

"我不抽烟，谢谢。我当然感兴趣，我们的一位邻居认识伦诺克斯一家。他一定是疯了，听他们说他根本不像那样的人。"

我在牛头犬式烟斗①里塞了烟丝点上。"我想是的，"我说，"他一定是疯了。他在战争中受过重伤。但他已经死了，这一切都结束了。你来这里不是为了谈这件事的吧？"

她慢慢地摇摇头。"马洛先生，他是你的朋友，你一定有你自己的观点，而且我觉得你是一个态度坚定的人。"

我把斗里的烟丝压实，重新点上。我不紧不慢地隔着烟斗注视着她。

"韦德太太，"最后我开口说，"我的观点算不了什么。这种事每天都在发生，最不可能犯罪的人犯下了最不可能犯的罪。慈爱的老太太毒死了全家；品行端正的孩子实施了多起持枪抢劫和枪击事件；二十年没有任何不良记录的银行经理居然长期贪污公款；广受欢迎的、成功的、应该很幸福的小说家喝得烂醉，把他们的妻子打得住

①　牛头犬式烟斗（Bulldog pipe）取名自其粗犷的外形，是供户外使用的斗型。牛头犬式的特别之处在于它菱形的斗钵和斗柄，在其斗钵的最宽处，常有几条刻痕围绕。

院。对于我们最要好的朋友的行为动机，我们都知之甚少。"

我以为这话会惹恼她，没想到她只是紧闭着嘴唇，眯起眼睛。

"霍华德·斯宾塞不应该把那些事告诉你，"她说，"都怪我自己。当时我不知道要离他远些。自那以后我明白了，你永远休想阻止一个喝醉的男人。也许你比我更清楚这一点。"

"你当然无法用言语阻止他，"我说，"如果你运气好，抑或是你有力气，有时候你可以防止他伤害自己或别人。不过这也要碰运气。"

她静静地伸手端起咖啡杯和碟子，这双手和她身体的其他部位一样可人，指甲修剪得很美，涂了亮亮的淡色指甲油。

"霍华德有没有告诉你，他这次来没有见到我丈夫？"

"说了。"

她喝完咖啡，把杯子小心翼翼地放回杯碟上，拨弄了几下勺子后继续说，眼睛没有看我。

"他没告诉你原因，因为他不知道。我很喜欢霍华德，但他是个爱管事的人，什么都想管。他认为自己的执行能力很强。"

我什么也不说，等着她的话。又是一阵沉默。她瞥了我一眼，又迅速把目光转开，用柔和的声音说："我丈夫已经失踪三天了，我不知道他在哪里。我来是想请你找他，带他回家。唉，之前也发生过。有一次他自己开着车去波特兰，在旅馆里生病，不得不找医生帮他解酒。他跑那么远，居然没出事，简直是个奇迹，他三天没吃东西。还有一次，他到长滩洗蒸气浴，就是瑞典的一种传统的清肠排毒法。最近的一次是在一家小型私人疗养院，名声可能不太好。到现在还不到三个星期。他不肯告诉我那地方的名字和地址，只是说他在接受治疗，没有问题；但他看上去非常苍白虚弱。我瞥见一眼送他回来的男人，是个高个年轻人，穿着上面有大量缀饰的牛仔装，是那种只有在舞台上或彩色音乐剧中才会看到的服装。他让罗杰在车道上下车，然后立刻倒车开走了。"

"也许是一个度假牧场，"我说，"有些没大有出息的牛仔把他们挣的每一分钱都花在那种花哨的服饰上。女人们对他们痴狂，他们在那儿的目的就是这个。"

她打开包，拿出一张折起来的纸，说："马洛先生，我带了一张五百美元的支票给你，你愿意将它作为预付金先收下吗？"

她把折起的支票放在桌上，我看了一眼，没有去碰它。"有必要吗？"我问道，"你说他已经失踪三天了，想让一个人完全醒酒和进食，需要三四天的时间，他不会像前几次一样回来吗？还是这一次有什么不同吗？"

"马洛先生，他已经经受不起了，这会要了他的命的。他发病的时间间隔越来越短，我非常担心，不仅担心，我害怕极了，我觉得情况有点反常。我们已经结婚五年，罗杰一直喝酒，但不是一个精神错乱的酒鬼。一定是出了什么问题，我要找到他。昨晚我只睡了不到一个小时。"

"知道他为什么酗酒吗？"

那双紫色的眼睛坚定地看着我，今天上午她显得有点虚弱，当然还不至于孤弱无助。她咬着下唇，摇摇头。"除非是因为我，"她最后说，声音轻得仿佛耳语一般，"男人会对妻子日久生厌。"

"韦德太太，我只是个业余的心理学家。干我这一行的人必须对心理学略懂一二，我倒认为他更像是对自己写的东西生厌了。"

"完全有可能，"她平静地说，"我想所有作家都有这样烦闷的时候。他确实好像无法完成一本正在写的书，但他不缺钱，不用为了交房租之类的事非完成不可。我认为这不是主要原因。"

"他清醒的时候是个怎样的人？"

她展颜微笑。"嗯，那时的他是个态度温和、举止斯文的人。我的看法可能有偏爱的成分。"

"喝醉以后呢？"

"太可怕了。机敏，冷酷，残忍。他认为自己才智尽显，其实只是令人讨厌。"

"你还漏了暴力。"

她抬起黄褐色的眉毛。"只有一次，马洛先生，那事已经被过度放大了。我从来没有告诉过霍华德·斯宾塞，是罗杰自己跟他说的。"

我站起来，在房间里来回踱着步子。这将是炎热的一天，现在已经感觉到热了。我合上一扇百叶窗帘遮挡阳光，接着我就不和她绕弯子了。

"昨天下午我在《世界名人录》里把他查了一下。他今年四十二岁，你是他唯一的一段婚姻，没有孩子。祖上是新英格兰人，他在安多弗和普林斯顿大学读书。他有参战记录，记录优良。他写过十二部关于性和剑战之类的历史小说，每一本居然都登上了畅销书排行榜，他一定赚了很多钱。如果他对妻子生厌，他应该是那种会直说并提出离婚的类型；如果他有别的女人，你也许会知道。总之他没有必要用喝醉来证明自己心情不好。你们结婚五年，那么他是三十七岁结婚的，我想到了那个年纪，关于女人，能了解的他都了解得差不多了。我说差不多，是因为没有人能彻底了解。"

我停下来，看了她一眼。她对我笑笑，看来我没有伤害到她的感情，于是我接着往下说。

"霍华德·斯宾塞认为——至于理由是什么，我不清楚——罗杰·韦德的问题在你们结婚前很久就已经出现，现在这事又开始纠缠他，使他遭受他无法承受的打击。斯宾塞觉得可能是有人勒索他。你知道吗？"

她微微摇了摇头："如果你是问我是否知道罗杰有没有付大笔钱给别人——不，我不知道。我从来不过问他的账目情况，就算他送走一大笔钱，我也不一定知情。"

"那没关系。我不认识韦德先生，很难设想他会如何对付勒索他的人。如果他脾气暴躁，可能会拧断那人的脖子。如果这个秘密——不管是什么——可能会有损他的社会地位或职业地位，在极端的情况下甚至把执法人员都引来了，他可能会愿意花这个钱——至少暂时会。但我们从中也得不出什么结果。你想找到他，你很担心，而且不只是担心。那么我该怎么找他呢？我不要你的钱，韦德太太。至少不是现在。"

她把手伸进包里又拿出几张黄黄的纸，看起来像拷贝纸，是折着的，其中一张看上去皱巴巴的。她把纸捋平，递给我。

"一张是我在他的办公桌上发现的，"她说，"当时很晚了，其实也可以说是凌晨，我知道他在喝酒，也知道他还没上楼。大约两点钟，我下去看他是不是有事——昏倒在地上或沙发上之类的算是很正常的了，结果发现他不见了。另一张在废纸篓，它悬在纸篓边上，没有完全掉进去。"

我先看了第一张纸，没被揉皱的那张。上面仅有一小段用打字机打的段落，内容是：

我不在乎爱上自己，已经没有人能让我燃起爱火。

签名：罗杰（弗朗西斯·斯科特·菲茨杰拉德）韦德。

附言：因此我从没完成《最后的大亨》。

"韦德太太，你看得懂吗？"

"只是摆弄腔调。他一直是斯科特·菲茨杰拉德的忠实崇拜者，他说菲茨杰拉德是继吸毒成瘾的柯勒律治之后最出色的酒鬼作家。马洛先生，你有没有注意到，行文清晰流畅，没有一点错误。"

"我注意到了。大多数人喝醉后连自己的名字都写不好。"我打开了皱巴巴的那张纸，内容也是打字机打的，同样没有任何错误或混乱之处。这张纸上的内容是："V医生，我不喜欢你，但目前你是我需要的人。"

我还在看的时候，她说道："我不知道V医生是谁，我们不认识姓氏以V打头的医生。我猜罗杰上一次去的就是他那个地方。"

"牛仔把他送回家的那次？你的丈夫没有提到任何名字吗——或者地名？"

她摇摇头："没有，我查了电话号簿，有几十个姓氏是以V开头的各科医生。另外，这也可能不是姓氏的打头字母。"

"甚至有可能不是医生，"我说，"这就牵涉到钱的问题了，一个合法的医生会收支票，但江湖郎中则不会，因为怕变成证据；而且像这样的家伙收费不会便宜，在他那儿的吃住费用都会很高，更不用说针钱了。"

她一脸茫然，问："针钱？"

"所有的黑诊所都给他们的客户使用麻醉剂，因为这是对付他们最简单的办法。让他们昏睡十到十二个小时，等他们醒过来的时候，他们就是没事的人了。但无证滥用麻醉剂会被关进联邦监狱，代价很高。"

"我明白了，罗杰可能带了几百块钱。他办公桌里一直放着那么多钱，我不知道为什么，我以为这只是他的一个怪习惯。现在那儿一分钱都没了。"

"好吧，"我说，"我会想办法找到 V 医生。我现在还没有头绪，但我会尽我所能。韦德太太，支票请你收好。"

"为什么？难道你不该——"

"谢谢，这个以后再说。我宁愿向韦德先生要支票。不管怎样，他是不会喜欢我要做的事的。"

"但如果他病重无助——"

"他本可以给自己的医生打电话，或者让你联系，但他没有这样做，这就说明他不想这样。"

她把支票放回包里，站起来，显得失落惆怅。"我们的医生拒绝为他治疗。"她痛苦地说。

"韦德太太，医生数以百计，每个医生治疗他一次，其中大多数医生会治疗他一段时间。如今医疗业的竞争很激烈。"

"我明白了。当然，也许你说得没错。"她慢慢往门口走去，我陪她过去打开门。

"你自己可以联系医生。为什么不联系？"

她正视着我，眼睛很亮，仿佛还有泪光。她实在秀色可餐，千真万确。

"因为我爱我的丈夫，马洛先生，我会尽一切可能帮助他。但我知道他是什么样的人，如果每次他喝多了我就请医生，我会很快失去一个丈夫，你不能像对待一个喉咙痛的孩子那样对待一个成年人。"

"但如果他是酒鬼，你就可以这么做，而且必须这么做。"

她和我站得很近，我能闻到她身上的香水味，抑或是我认为自己闻到了。不是用喷雾瓶喷上去的那种香水味，也许这只是夏天的味道。

"如果他过去做过什么可耻的事，"她说，一个字一个字地把话从嘴里拽出来，仿佛每个字都满含苦味，"甚至可能是违法的，对我来说都无关紧要。但我不会让人从我这儿查出什么的。"

"但是如果霍华德·斯宾塞雇我来查就可以吗？"

她嘴角慢慢扬起一丝微笑。"你宁可去坐牢也不肯出卖朋友，你真以为我会期待你给霍华德别的答案吗？"

"谢谢夸奖，但那并不是我坐牢的原因。"

她沉默了片刻后点点头，和我道别，沿着红木台阶往下走。我看着她上了车——一辆车身细长的灰色捷豹，看上去很新。她把车开到道路尽头，并在掉头圆盘处掉头。车下坡经过时，她朝我挥了挥戴着手套的手，然后小车飞快转过拐角就无影无踪了。

房子正面一处墙角有一个红色夹竹桃灌木丛。我听到里面有鸟儿振翅的声音，还有一只小知更鸟发出了焦急的叽叽声，我发现它在最高的一根枝头，使劲拍打着翅膀，仿佛站不稳似的。墙角的柏树丛中传来一声刺耳的啁啾，是警告的声音，叽叽声立刻停止，胖乎乎的小鸟安静了。

我走进屋子，关上门。那小鸟继续它的飞行课。鸟也需要学习。

15

　　不管你认为自己有多聪明，你都必定有一个起点：姓名、地址、邻里、背景、生活环境，以及某一个参考信息。我有的只是一张皱巴巴的黄色纸片，上面写着："V医生，我不喜欢你，但目前你是我需要的人。"有这个，我可以把目标缩小到太平洋以内，花一个月的时间查遍半打县医疗协会的名单列表，得出的结果是一个又大又圆的零汤团。在我们这儿江湖郎中像小白鼠一样迅速繁殖。市政厅周围一百英里①内有八个县，每一个县的每一个小镇里都有医生，其中有些是名副其实的医生，另一些只是邮件预订机械师，他们的执照仅限于割玉米或在你脊背跳上跳下。在正宗的医生中，有的有钱，有的穷，有的遵守职业道德，有的则遵守不起。有钱的初发性震颤性谵妄②病人对于很多在维生素和抗生素行业中已经落伍的老头可谓是天降财神。但是，没有线索就无从查起。我没有线索，艾琳·韦德也没有，或者有但她不知道。即使我找到符合条件、姓名中有相应的首字母的人，

---

① 1英里约为1.6公里。
② 震颤性谵妄（D.T.s, Delirium Tremens）又称撤酒性谵妄或戒酒性谵妄，是一种急性脑综合征，多发生于酒依赖患者突然断酒或突然减量。

就罗杰·韦德而言，他也可能是虚构出来的。那个句子也许只是他酒醉时在脑子里一闪而过的东西，正如他提斯科特·菲茨杰拉德也许仅仅是告别的一种另类表达。

在这种情况下小人物只能试图向大人物讨教。于是我打电话给卡恩机构的一个朋友，这是一个坐落于比弗利山的华丽机构，专门从事富人的保护工作——保护指的是一切与法律沾边的事务。我认识的人叫乔治·彼得斯，他说他可以给我十分钟的时间，让我长话短说。

在一栋糖果粉色的四层大楼里，他们占了二楼的半个层面，大楼的电梯门由电子眼全自动操控，走廊凉快安静，停车场的每个车位上都有名字，大堂旁的药剂师连着不停地装安眠药瓶，装得手腕抽筋。

门的外侧为浅灰色，上面有凸起的金属字，像崭新的刀一样光洁锋利，"卡恩机构，杰拉尔德·卡恩主席"；下面一排小字，"入口"。别人很可能会把这里当成一个投资信托公司。

里面是一个又小又丑的接待室，但这种丑是精心设计出来的，而且是花了不少钱的。家具为鲜红色和深绿色，墙壁是哑光暗绿色，挂在墙上的画镶在一个比墙壁的绿色深三倍色调的绿色画框里，画的是几个红衣人骑着大马匹正在奋力跨越高高的栅栏。有两面无框的镜子，镜子带着点淡淡的令人作呕的玫瑰红。抛光的白桃花心木桌上放着几本最新一期的杂志，每一本都放在一个昂贵的透明塑料套子里。再混乱的颜色搭配都不会让布置这个房间的人感到奇怪，他很可能穿辣椒红的衬衫、深紫红色裤子、斑马纹鞋子、朱红色内裤上用亮橘色印着他姓名的缩写。

这些都只是装饰门面用的。卡恩机构的客户每天至少要付一百美元，他们希望在自己的家里接受服务，不想坐在接待室里。卡恩是宪兵队的一名前任上校，长得很壮，皮肤粉白，身体结实得像木板。他曾叫我去那儿工作，但我还没山穷水尽到要接那份工作的地步。想成为一个混蛋有一百九十种方式，卡恩无一不晓。

一扇毛玻璃隔间滑门拉开了，前台接待探出头看着我，她脸上挂着生硬的笑容，眼神精明得都能数出你屁股口袋里的钱包有多少钱。

"早上好，有什么可以帮你？"

"我要见乔治·彼得斯，我叫马洛。"

她把一本绿色的皮本子放在桌上。"马洛先生，你和他约过吗？在预约名单中没找到你的名字。"

"我有私事找他，刚和他通过电话。"

"好，马洛先生，请问你的姓氏怎么拼？另外请告诉我名字。"

我一一告诉她，她写在一个狭长的表格上，然后把纸边塞进打卡钟。

"这个给谁看？"我问她。

"我们这儿非常关注细节，"她冷冷地说，"卡恩上校说，再小的琐事都可能会变得至关重要。"

我说："或者也可能恰恰相反。"但她没听明白。她完成登记程序后抬起头说："我去通知彼得斯先生。"

我对她表示满意。过了一会儿，隔间的一扇门开了，彼得斯招呼我走进一条蓝灰色走廊，两侧排开的是一间间小办公室，如同牢房一般。他的办公室天花板上做了隔音，里面有一张灰色的钢制办公桌和配套的两把椅子，一个灰色的架子上放着一台灰色录音机，还有与墙壁和地面颜色相同的一部电话和一套钢笔用品。墙上挂了两个相框，一张是卡恩身穿制服、头戴雪花钢盔的照片；另一张是普通装束的卡恩坐在办公桌前，表情高深莫测。墙上还有一个画框，里面放着一段机构训条，铅灰色的字印在灰色背景上：

> 卡恩员工随时随地以绅士的标准规范着装和言行。此规则没有例外。

彼得斯两个大步就从房间一头走到另一头，把一幅照片往旁边一推，后面的灰色墙里嵌着一个灰色的麦克风接收器。他把它拉出来，拔下一根电线接头，再放回原位，接着把照片重新推回刚才的位置。

"现在我没事干，"他说，"只是那个混蛋出去帮一个演员处理酒驾处罚的事了，所有麦克风的开关都在他办公室，他把所有的接头都连上了。一天早上我建议他在接待室的透光镜后面装一个红外缩微胶片摄像头，他不太喜欢这个主意，也许因为这是别人的主意。"

他在一把灰色的硬椅子上坐下。我注视着他，他是个笨拙的长腿，脸显得消瘦，发际线已经渐渐后移，皮肤看起来久经风霜，仿佛经常在户外饱经日晒雨淋。他眼眶深陷，上嘴唇几乎和他的鼻子一样长。当他张嘴笑的时候，他的下半边脸就不见了，从鼻孔到宽大的嘴巴下面变成了两个巨大的沟。

"你怎么会接受？"我问他。

"坐下，老兄。静静地呼吸，放低你的声音，别忘了一名卡恩员工和一个收入微薄的私家侦探之间的区别，就如同托斯卡尼尼和街头手风琴师的猴子之间的区别，"他停顿了一下，咧嘴一笑，"我接受是因为我不在乎。这里有利可图。一旦哪天卡恩表现得好像我是战争期间他管的英格兰最高安全监狱里的服刑犯的话，我会拿了支票就走人。你遇到什么麻烦了？我听说你前一阵子不太好过。"

"那件事没什么要抱怨的。我想看看你这儿的铁窗档案。我知道你有，艾迪·道斯离开这里后告诉过我。"

他点点头："艾迪显得太过敏感，对于卡恩机构来说不合适。你说的档案是绝密文件，无论什么情况，任何机密资料都不能透露给外人。我马上去拿。"

他走出去，我盯着灰色的废纸篓、灰色油地毡和办公桌垫灰色的皮角。彼得斯手里拿着一个灰色硬面档案夹回来，他把它放下，打开。

"天哪，你这儿就没有一件不是灰色的东西吗？"

"老朋友，这是学院色，象征这个机构的精神。有啊，我有不是灰色的东西。"

他拉开办公桌抽屉，拿出一支约八英寸长的雪茄。

"一支乌普曼 ① 三十号，"他说，"是一个英格兰来的老绅士送给我的。他在加州住了四十年，仍爱把收音机说成'无线电'。清醒的时候，他就是一个老克勒，身上散发着肤浅的魅力，但我能接受，因为大多数人连肤浅的魅力都没有，包括卡恩，他和钢铁搅炼炉的内衬差不多。喝醉的时候，这位老客户有一个奇怪的习惯，他会找自己没有任何存款的银行开支票。他总是有办法平息事端，再加上我的帮助，他至今还没坐过牢。他送了我这支雪茄，不如我们俩一起抽，就像几个印第安酋长策划大屠杀时的样子？"

"我不会抽雪茄。"

---

① 乌普曼（H. Upmann），世界著名的雪茄品牌，于 1844 年诞生于古巴，由德国银行家 Herman Upmann 创办。

彼得斯扫兴地看着这支大雪茄。"我也一样，"他说，"我想过把它送给卡恩，但这不是一个人抽的雪茄，即使这个人是卡恩。"他皱皱眉头："你有没有觉得，我谈卡恩谈得太多了？我一定是闹情绪了。"他把雪茄放回抽屉里，看着翻开的档案。"我们想从这里面获得什么呢？"

"我正在找一个有钱的酒鬼，他有奢侈的嗜好，不计血本。到目前为止，他还没有到开空头支票的地步，反正我还没有听说。他有暴力倾向，他的妻子很担心他，认为他可能躲在某个醒酒机构，但她不能肯定。我们唯一的线索是一张纸上提到的 V 医生，只有缩写字母。我要找的这个人已经失踪三天了。"

彼得斯若有所思地凝视着我。"不算很久，"他说，"有什么可担心的？"

"如果我先找到他，我有钱赚。"

他又看了我几眼，摇摇头："我可没有报酬，不过没关系，再说吧。"他开始翻看档案。"不太容易，"他说，"这些人行踪不定。单就一个字母算不了什么线索。"他从档案夹里抽出一页，翻过几页后，又抽出另一张，最后抽出第三张。"一共三个人，"他说，"阿莫斯·瓦利，整骨医生，在阿尔塔迪纳①有个很大的诊所，提供夜间电话出诊服务，收费五十块钱，不知他现在还干不干。他有两名注册护士，两三年前他被州立缉毒处的人找过麻烦，被迫把处方簿上交了。这个人的信息没有更新。"

我记下名字和此人在阿尔塔迪纳的地址。

———————————

① 阿尔塔迪纳（Altadena），美国加州西南部的城市社区。

"然后是莱斯特·弗卡尼奇，耳鼻喉科医生，在好莱坞大道上的斯托克韦尔大楼。他是个出色的医生，以门诊为主，好像专攻慢性鼻窦感染，行医记录很干净。你到他那儿说得了窦性头痛，他就帮你洗窦腔。当然，首先他必须用奴佛卡因① 给患者做麻醉处理；但如果他看你顺眼，就不见得要用奴佛卡因了。懂我的意思吗？"

"当然。"我把这个人也记下了。

"好，"彼得斯继续看着档案说，"显然，他的麻烦来自供货，难怪我们的弗卡尼奇医生常常坐着自己的飞机到恩塞纳达② 外海钓鱼。"

"我认为如果他自己带毒品，维持不了多久。"我说。

彼得斯想了想后摇摇头："我不同意你的看法。如果他不是太贪心，他可以永远这样干下去。对他来说，唯一真正的危险是不满的顾客——对不起，我指的是病人——但他可能知道如何对付。他已在同一间办公室行医十五年。"

"你到底是从哪里弄到这些资料的？"我问他。

"我们是一个机构，我的朋友，不像你这样孤军奋战。有些资料是从客户那儿得到的，有些是我们从内部人士那儿弄来的。卡恩不怕花钱，只要他愿意，他是一个很善于交际的人。"

"他一定喜欢我们这段谈话。"

"管他呢。最后一位是一个叫菲林格的人，归档他材料的工作人员已经走了很久了。好像有一次在塞普尔韦达峡谷，一个女诗人在菲林格的牧场自杀。他为作家和那些想要隐居及寻求宜人氛围的人提供类

---

① 奴佛卡因（novocain）是常用的局麻药之一，临床上常用于局部浸润麻醉、神经阻滞麻醉。
② 恩塞纳达（Ensenada），墨西哥海边小镇，是墨西哥巴哈加利福尼亚半岛（Baja California）上的第三大城市。

似于艺术家庄园的场所，价格适中。听起来他是按规矩办事的人。他自称医生，但不行医，可能是一个博士。坦率地说，我不知道为什么他的档案会归在这里，除非与那起自杀有关，"他拿起一张贴在白纸上的剪报，"没错，吗啡使用过量，没有信息显示菲林格对此事知情。"

"我对菲林格感兴趣，"我说，"很感兴趣。"

彼得斯合上档案，啪的一声放下。"你就当作没见过这个。"他说着，起身走出办公室，他回来的时候，我正起身准备离开。我正要谢他，但他摇摇头让我打住。

他说："看来，你要找的人会去的地方有数以百计的可能性。"

我说我知道。

"对了，我听说一些关于你朋友伦诺克斯的消息，也许你会感兴趣。我们的一位同事说，五六年前，他在纽约遇到一个家伙，和他的相貌特征完全相符，但他说那人不叫伦诺克斯，他姓马斯顿。当然他可能弄错了。那人整天醉醺醺的，所以很难确定。"

我说："我不认为是同一个人。他为什么要改名换姓？他有征战记录，这是可以查到的。"

"我不知道，我们的同事现在在西雅图。如果你觉得有必要，等他回来你可以跟他谈谈。他叫阿施特菲尔特。"

"乔治，谢谢你的帮忙，这是相当长的十分钟。"

"说不定哪天我也会有求于你。"

我说："卡恩机构从来不需要从任何人处获取任何东西。"

他用拇指做了个粗鲁的手势。我从铁灰色的斗室中出来，穿过接待室。现在接待室看起来还挺好，在小牢房似的房间待过，这里的鲜艳色彩可以接受。

16

出了高速公路，在塞普尔韦达峡谷的底部有两根黄色的方形门柱，一扇有五根铁栅栏的大门敞开着，门口上方用铁丝挂着一个标牌：私家道路，闲人免进。空气温暖宁静，充满桉树的气味。

我拐进去，顺着一条砾石路，绕着山脊爬上一个缓坡，越过一个山脊，在另一头下坡至一个浅谷。山谷里很热，比高速公路的温度高十到十五度。现在我能看到砾石路的尽头，那儿有个环路，中间的圆草坪用刷了石灰的石头围边。我左边是一个空的游泳池，没有什么比一个空的游泳池看起来更空空荡荡的了。泳池的三边原来铺过草皮，现在稀稀拉拉还有一些，上面摆着红杉木躺椅，椅垫已经严重褪色了，原本有很多种颜色：蓝色，绿色，黄色，橙色，铁锈红色。垫子的包边有些地方掉了线，扣子绷开，垫子的内里从开口处鼓出来。泳池的另一边有一个高高的铁丝网围起来的网球场。悬在空泳池上方的跳水板像弯曲的膝盖，显得疲惫不堪，上面铺的垫子成了一块块碎布垂下来，上面的金属零件都已锈迹斑斑。

我开到环路处，在一幢红杉木房子前停下，房子圆木屋顶，前廊很宽。门口有两扇纱门，又大又黑的苍蝇停在上面打着瞌睡。终年常绿但又总是灰蒙蒙的加州橡树林中有一条条小径，林子里有乡村小屋零星散在山坡一侧，有的几乎完全隐蔽在树影中。我能看到的那些小屋显得荒凉凄冷，门都是关着的，窗户都用厚棉布之类的窗帘遮盖住了。你几乎可以感觉到那些窗台上厚厚的灰尘。

我把车熄了火，坐在车里，双手放在方向盘上，静静倾听，听不到任何声音。这个地方死一般寂静，静得如同死去的法老。只有纱门里的门开着，昏暗的屋子里有东西在晃动。这时，我听到一声轻微但清晰的口哨声，一个男人的身影出现在纱门里，他把门推开，漫步走下了台阶。他的形象颇为亮眼。

他戴着一顶扁扁的黑色牛仔帽，帽子上的编织绳扣在下巴上。他穿着一件白色丝绸衬衫，干净得纤尘不染，领口敞开着，腕筒束得很紧，上面是蓬松的泡泡袖。他脖子上围着黑色流苏围巾，打了个很随意的结，一头短，另一头几乎垂到他的腰际。他穿一条黑色包臀裤子，颜色黑得像炭，两侧的走线是金色的，一直延伸到裤脚开衩处，两边的开衩上各有一排金色纽扣，配了一根黑色宽腰带。他的脚上穿一双漆皮跳舞鞋。

他在台阶最后一级停住脚步，看着我，仍旧吹着口哨，动作轻盈得像一根鞭子。在丝一般的长睫毛下有一双烟灰色的眼睛，如此大而空洞是我从未见过的。他的五官精致完美，体型纤细，却不显得柔弱，鼻子挺拔，但没什么肉，噘起的嘴很漂亮，下巴上长着一个酒窝，小耳朵优雅地贴着脑袋。他的皮肤惨白，好像从没晒过太阳似的。

他左手放在髋骨上，右手在空中画出一道优美的曲线。

"你好，"他说，"天气好极了，不是吗？"

"我觉得这里可真够热的。"

"我喜欢热天气。"这句话说得平淡，坚决的语气不容讨论。对于我的喜好，他是不屑一顾的。他在台阶上坐下，不知从哪里拿出一把长锉刀，开始锉起指甲来。"你是银行的？"他头也不抬地问道。

"我找菲林格医生。"

他停下手中的锉刀，看着远处热烘烘的空气。"他是谁？"他很是不以为然。

"他是这儿的业主。你说话真够惜字如金啊，装作不知道。"

他的锉刀又在指甲上磨动起来。"你弄错了，亲爱的。这地方归银行所有，他们把这个抵押品没收了，或者可能代管之类的。细节我忘了。"

他抬头看看我，一副根本无所谓细节的样子。我从奥兹车里出来，倚着被晒得滚烫的车门，很快就把身子挪开，站到有风的地方。

"是哪家银行？"

"你不知道，你就不是那里的人，你不是那里的人，你和这里就没有关系。赶快走吧，亲爱的。滚，动作快一点。"

"我必须找到菲林格医生。"

"这个场所现在不营业，亲爱的。标牌上写着呢，这是私人道路，不知哪个用人忘了锁门。"

"你是这儿的看管？"

"算是吧。别再问东问西了，亲爱的，我的脾气可说不准啊。"

"你发火会怎样？和地鼠跳一曲探戈？"

他突然站了起来，动作很优雅。他微微一笑，笑容很空洞。"看来我得把你扔回你那又小又老的敞篷车里了。"他说。

"等一下。现在我在哪里能找到菲林格医生？"

他把锉刀放进衬衫口袋，右手多了另一个东西。一眨眼的工夫，他的拳头上已经套好亮闪闪的铜指虎了。他颧骨上的皮肤绷紧了，烟灰色的眼睛深处蹿出了火焰。

他慢步向我靠近，我向后退了几步，和他保持距离。他继续吹口哨，但哨音变得尖锐刺耳。

"我们没必要打架，"我对他说，"我们没有什么好打的。说不准会扯破你这条漂亮的裤子。"

他的动作快如闪电，一跃身就向我冲过来，迅速甩出左手。我以为他要抢刺拳，把头躲开了，但他的目标是我的右手腕，如他所愿，抓了个正着。他紧紧抓住我的手腕，猛地一拉，我脚下失去平衡，就在这时，戴着铜指虎的手送来一记直勾拳，要是那玩意儿在我后脑勺上来一下，我就成病人了。如果我抽身，他的拳头会落到我脸颊侧面或者手臂靠肩膀的地方，不是这条手臂废了，就是我的脸上开花。在这种情形下，只有一件事能做。

我往后拽，顺势从后面拴住他的左脚，一把抓住他的上衣，只听见它被撕裂的声音。不知什么东西击中了我的颈背，不是金属。我扭转到左边，他侧身跃起，在我还没有站稳的时候，他已经像猫一样轻轻落地站好。他咧着嘴笑，这一切令他很高兴，他热爱他的工作。他飞快向我袭来。

不知从哪里传来浑厚的喊声："厄尔！马上住手！马上，听到了吗？"

牛仔停下了，他脸上露出一种病态的笑容。他手上的动作很快，铜指虎一下子就进了他裤子的宽腰带里不见了。

我回头看到一个身穿夏威夷衬衫的结实的大块头沿着一条小径匆匆朝我们走来，边走边挥舞着两条手臂，走得气喘吁吁的。

"厄尔，你疯了吗？"

"医生，别这么说。"厄尔轻声柔气地说。然后他微笑着转身走开，坐到房子前的台阶上。他取下平顶帽，掏出一把梳子，开始梳理浓密的黑发，脸上的表情漫不经心，不一会儿，他又开始轻轻吹起口哨来。

穿花哨衬衫的大块头站着看我，我也站在那里看他。

"这里发生了什么事？"他咆哮道，"先生，你是谁？"

"我叫马洛，我找菲林格医生。这位叫厄尔的小伙子想和我玩一把，我觉得是这里太热的缘故。"

"我就是菲林格医生，"他掷地有声地说，随后转过头说，"厄尔，进屋去。"

厄尔慢慢站起来，大大的烟灰色眼睛若有所思地仔细打量着菲林格医生，眼中神情匮乏。然后，他一步步走上台阶，拉开纱门。一群苍蝇愤怒地嗡嗡叫个不停，门一关上，它们又重新停到了纱门上。

"马洛？"菲林格医生把注意力转向我，"我有什么可以为你效劳，马洛先生？"

"厄尔说你这儿已经停业了。"

"没错，我只是在等一些法律手续，办完就搬走。这儿就剩下我和厄尔两人。"

"太遗憾了，"我一脸失望地说，"我还以为有一个姓韦德的男人住在你这里。"

他扬起的眉毛会让富勒刷子公司①的人颇感兴趣。"韦德？我认识的人可能里面有姓这个的——这是一个再普通不过的姓氏——他怎么会住在我这里呢？"

"来接受治疗。"

他皱起了眉头，一个人能有这样的眉毛，他就真的可以皱出个样子来。"先生，我是医生，但已经不行医了，你认为他来治疗什么呢？"

"这家伙是个酒鬼，他时不时会精神失常，然后突然失踪。有时他自己能回家，有时他被送回家，有时要费一番工夫才能找到他。"我拿出一张名片递给他。

他兴味索然地看了一下。

"厄尔是怎么回事？"我问道，"他以为自己是瓦伦蒂诺②还是什么？"

他的眉毛又动了起来，着实让我着迷。眉毛的一段蜷缩起来，竟有一英寸之多。他耸了耸肥硕的肩膀。

"马洛先生，厄尔没有恶意。他——偶尔——有一点像在做梦似的，怎么说呢，他活在游戏的世界里。"

"医生，这是你的说法。在我看来，他玩得很粗暴。"

"啧啧，马洛先生，你太夸张了。厄尔喜欢打扮自己，在这方面他还像个孩子。"

"你是说他是个疯子，"我说，"这个地方算是个疗养院吗？或者

---

① 富勒（Fuller Brush），美国著名清洁用品生产商。
② 鲁道夫·瓦伦蒂诺（Rudolph Valentino, 1895—1926），美国著名男演员，是默片时代最为风靡的银幕大情人。

曾经是?"

"当然不是,停业前这里是一个艺术家庄园。我提供吃住、健身和娱乐设施,另外最重要的是隐居的清静氛围。收费适中,也许你知道,艺术家中少有富人。当然,我所说的艺术家包括作家、音乐家等等。当时对我而言,这是一份颇有收获的事业——要是没停业的话。"

他说这话的时候显得很伤心,两条眉梢垂下来,和嘴角的曲线彼此呼应,如果这眉毛再长一点就掉到嘴巴里去了。

"这我知道,"我说,"档案里有,记录里还有不久前在你这里发生的自杀事件。和麻醉剂有关,是吗?"

他一扫刚才的颓丧,厉声问道:"什么档案?"

"医生,我们有一个铁窗档案,铁窗指的是当人震颤性谵妄发作时无法逃离的地方,也就是小型私人疗养院或类似你这样的地方,用来治疗酗酒者、吸毒者和轻度躁狂症患者。"

"这样的地方要经过法律批准。"菲林格医生厉声说。

"是啊,理论上是该如此,可有时候他们会忘了这一点。"

他挺起身子,站得很直,显出威严的样子,说:"马洛先生,你这话太侮辱人了,我不明白为什么我的名字会在你提到的那种名单里。我不得不请你离开。"

"让我们回到韦德的问题上,他会不会用化名在这里登记?"

"这里除了我和厄尔,没有别人,就两个人。对不起,失陪了!"

"我想到处看看。"

有时候,你把人激怒,他们会说出出格的话,但菲林格医生不会。他保持庄严的姿态,眉毛一直随着他的意思动。我朝房子那边望去,里面传来音乐声、舞曲音乐,隐约还有打响指的声音。

"我敢打赌,他在里面跳舞,"我说,"是探戈,我敢打赌,他一个人在那儿跳舞。小屁孩。"

"马洛先生,你可以走了吗?还是要我叫厄尔来帮我把你从我的地盘上撵出去?"

"好,我会走的。别动气,医生。档案中只有三个以V开头的人名,你似乎是其中最有可能的一个,这是我们能找到的唯一线索——V医生,他离开前草草地留在一张纸上的信息:V医生。"

"可能有几十个。"菲林格医生语气平缓地说道。

"哦,当然。但在我们的铁窗档案中可没那么多。医生,谢谢你给我时间交谈。厄尔让我感到不安。"

我转身走到车旁,上了车。我关上车门的时候,菲林格医生来到我车旁了。他把脸凑了过来,神情愉快。

"马洛先生,我们不需要吵架。我明白,干你这一行的不得不经常表现得咄咄逼人。厄尔究竟有什么令你不安?"

"他显然是个骗子。当你发现有一件事掺假,其他的你也会质疑。这家伙患有躁狂抑郁症吧?眼下他正在发作。"

他默默地盯着我,神情严肃而庄重。"马洛先生,许多有趣的、有才华的人在我这儿住过,不是所有的人都会像你这样头脑冷静。才华横溢的人往往是神经质,但即便我有兴趣治疗和照顾疯子和酒鬼,我也没有从事这种工作的设备。我只有厄尔一个员工,而他绝对不是会照顾病患的类型。"

"那除了会跳气球舞①之类的,你觉得他属于哪种类型呢,

---

① 气球舞(bubble dance),20世纪30年代在美国兴起的色情舞蹈,着装单薄或裸体的舞者用一个巨型气球掩饰身体,并做出各种姿势。

医生？"

他靠在车门上，压低了嗓音悄声说："马洛先生，厄尔的父母是我的好朋友，他们已经过世了，他总得有人照顾。厄尔必须过静谧的生活，远离城市的喧嚣和诱惑。他的精神状态不稳定，但是他基本不伤人。你刚才已经看到，我管他毫不费力。"

"你得有很大的勇气才行啊。"我说。

他叹了口气，眉毛轻轻舞动着，如同犯疑心病的昆虫的触角。"为此，我付出了很多，"他说道，"相当大的付出。我以为厄尔能协助我在这里工作。他的网球打得很漂亮，游泳和潜水有冠军的水平，还能整夜跳舞。他几乎一直都很温和，但不时会发生意外。"他挥手的幅度很大，仿佛是要把最痛苦的记忆挥到脑后。"到最后，不是放弃厄尔，就是放弃我这个地方。"

他双手掌心朝上，向外摊开，然后把掌心翻下去，垂落到身子两侧。他的眼眶湿润了，眼里满是泪水。

"我把它卖了，"他说，"这个宁静的小山谷将变成房地产开发项目，这里将会有人行道、路灯、玩滑板车听收音机的孩子，甚至还会有——"他绝望地长叹了口气，"电视。"他手臂左右挥动着说："我希望他们能留下这些树，但我担心他们不肯。沿着山脊将取而代之的是电视天线，但我相信，那时我和厄尔已经远离这里了。"

"再见，医生。我真为你感到难过。"

他伸出手，潮潮的，但很结实。"马洛先生，你的同情和理解让我欣慰。很遗憾，你要找的斯莱德先生，我帮不上忙。"

"是韦德。"我说。

"对不起，是韦德。再见，祝你好运，先生。"

我发动车子，沿着沙砾路原路返回。我感到忧伤，但并不像菲林格医生所希望的那么忧伤。

　　我驶出大门，开出很长一段路，绕过高速公路的弯道，把车停在看不见入口的地方。我下了车，沿着石子路往回走到能从铁丝网围栏外看到大门的地方。我站在一棵桉树下等着。

　　大约五分钟过去了，这时一辆车沿着私家路开出来，车轮所过之处，掀得砂石上下翻腾，车在我视线范围外的地方停下了。我向后退到灌木丛中，耳中传来嘎吱的响声，接着是一个笨重门闩的声音和咔嗒作响的链条声。汽车引擎发动了，车子又回到了刚才的路上。

　　汽车的声音消失后，我回到奥兹车里，掉头朝着城里的方向行驶。车经过菲林格医生私家路的入口时，我看见大门已经锁得紧紧的，上面有铁链和挂锁。今日谢绝访客！

17

我驱车二十多英里回城里吃午饭。吃饭的时候，我越想越觉得整件事荒唐得很。像我这样查是找不到人的，你会遇到像厄尔和菲林格医生这样有趣的人，可是你没有见到你要找的人。在一场游戏中，你耗费了轮胎、汽油、言语和精力，却没有一点回报。你甚至都没能在轮盘赌的黑二十八上押最小限注。就这三个以 V 开头的人名，我要找到这个人的可能性也如同在掷骰子游戏里让"希腊人"尼克 ① 输掉一样微乎其微。

总之第一个判断常常是错的，一个死胡同，看似很有希望的线索，在你面前炸开，却没有一点声响。但他是个脑子很好用的人，不该把韦德误说成斯莱德，他不会那么健忘，如果是忘了，他就应该忘得不留痕迹。

也许是，也许不是，毕竟我们见面时间不长。喝咖啡的时候，我琢磨着弗卡尼奇和瓦利医生，去还是不去？找他们要耗费我大半个下午。回头我打电话到闲逸谷的韦德公馆，说不定我会被告知主人已经

---

① "希腊人"尼克（"Nick the Greek" Dandolos, 1883—1966），是美国著名职业赌客尼克·丹杜勒斯的绰号。

回到住所，一切都安好。

去弗卡尼奇医生那儿倒不费事，直行五六个街区就到了；但瓦利医生住得实在远，在阿尔塔迪纳山里，这一路将是漫长、炎热、无聊的。去还是不去？

最后的决定是去，因为有三个充分的理由。其一，对于灰色地带的行业和其中的从业人员总有需要你去了解的地方。其二，可以为彼得斯帮我弄出来的档案再收集些信息，也算是感谢和善意的回报。其三，我没有别的什么事可做。

我付了钱，把车停在原处，沿街的北面步行到斯托克韦尔大楼。这是一栋老古董建筑，入口处有一个雪茄柜台，还有一部手动操作的电梯，摇摇晃晃，永远稳不住。六楼的走廊很窄，门上都装了磨砂玻璃。这里比我的办公楼更旧更脏，楼里挤满了发展得不怎么样的医生、牙医、基督教科学行医者，有你只希望对方聘请的那种差劲律师，还有勉强维持生计的牙医和医疗人员。技术不是太好，环境不是太干净，效率不是太高，三美元，请付给护士；这些倦怠、灰心丧气的医生，对自己有多大能耐心知肚明，也知道哪些病人会来，知道能从他们身上压榨出多少钱。谢绝赊账。医生在，医生不在。卡钦斯基夫人，你这颗臼齿松动得厉害，如果你想用这种丙烯酸酯补牙剂，效果和镶金牙一模一样，十四美元的价格就可以帮你补。如果你需要奴佛卡因麻醉，加收两美元。医生在，医生不在。三美元，请付给护士。

在这种大楼里，总会有几个家伙能赚大钱，但是外人看不出来，破旧的背景对于他们而言是一种保护色，他们隐匿其中。这里面包括暗地进行保释保证金交易的奸诈律师（保释保证金实际征收上来的仅百分之二左右）①，用同一套设备给各种病人看各种疾病的堕胎医生，以及冒充泌尿科、皮肤科或任何就医率频繁并可以经常使用局部麻醉剂的科室医生的毒品贩子。

莱斯特·弗卡尼奇医生有一个布置粗糙的小候诊室，里面坐着十二个人，都身体不适，他们个个普通得可以淹没在人群中，毫无特点。反正，你是区分不了一个没犯毒瘾的瘾君子和一个素食主义的记账员的。我要等三刻钟。病人经过两道门进去。如果有足够的空间，一个动作麻利的耳鼻喉医生能同时对付四名患者。

最后轮到我进去了。我在一张棕色皮椅上坐下，旁边放着一张桌子，铺着白毛巾，上面放了一组工具，靠墙的消毒柜正冒着气泡。弗卡尼奇医生迈着轻快的步子走进来，他穿着白色工作服，额头上束着一面圆镜。他在我面前的凳子上坐下。

"窦性头痛，是吗？非常严重？"他看着护士交给他的一个文件夹。

我说情况很糟糕，头脑发昏，尤其在早上刚起床的时候。他一本正经地点着头。

"症状很典型。"他说着，把一个玻璃盖子罩在一个看似钢笔的东西上。

---

① 保释保证是诉讼保证的一种，在诉讼中担保被保释人在规定的时间出庭，否则，所有保证金即由法院没收。在美国有一种特殊的职业，"保释金代理人"。被逮捕或羁押的被告人须向法庭缴纳一笔保释金方能保释外出，为了减轻被告人的经济压力，保释金代理人会向法庭提供一份有金额上限的总担保书（bail bond），这个过程通常有银行等金融机构在中间充当融资提供方，法庭可凭这份担保书保释被告人。被告人则向保释金代理人支付保释金额的 10%—15% 作为服务费。如被告在保释期间潜逃，法庭根据担保书向代理人追索这笔保释金，保释金代理人要自己去追捕被告人，或雇佣外部人士代为追捕。但是法庭不追讨保释金的情况屡见不鲜，保释金代理人通过暗中非法交易解决问题，他们也因此能免除追捕逃犯的麻烦。

他把那东西塞进我嘴里。"请闭上嘴唇，但不要合上牙齿。"他一边说，一边伸手关了灯。房间没有窗户，换气扇不知在什么地方咕噜作响。

弗卡尼奇医生拿出玻璃管，重新把灯打开。他认真地看着我。

"马洛先生，根本没有堵塞，你头痛不是窦管问题引起的。我看你从来没有窦性毛病，你过去做过鼻中隔手术。"

"是的，大夫。打球的时候被踢了一脚。"

他点点头。"有一小块骨头应该切除的，不过基本不会影响呼吸。"

他坐在凳子上，身体往后仰，抱着膝盖。"你想让我为你做什么？"他问。他的脸很瘦，面色苍白得乏味，看起来就像一只患结核病的白鼠。

"我想和你谈谈我的一个朋友，他身体状况很糟。他是个作家，很有钱，但有不良神经症状，需要帮助。他一连几天不停酗酒。他需要一些额外的东西帮他。他的医生不愿再合作了。"

"你所谓的合作究竟是什么意思？"弗卡尼奇医生问道。

"这家伙需要的就是偶尔打一针镇静一下，我想也许我们可以一起想办法，钱不是问题。"

"对不起，马洛先生，这问题我解决不了，"他站起来，"要我说，这是个相当糟糕的办法。如果你朋友愿意，他可以来咨询我，但他得患有需要治疗的病。马洛先生，诊费十元。"

"大夫，别装蒜了。你在名单上。"

弗卡尼奇医生靠着墙，点了一支烟，等我往下说。他吐着烟圈，看烟雾散开。我没有再多说，递给他一张名片。他看了一眼。

"什么名单？"他问。

“铁窗名单。我想你可能已经知道我的朋友是谁了，他叫韦德。我想你可能把他藏在某个白色的小房间里。这家伙离开家失踪了。”

“你这个混蛋，”弗卡尼奇医生冲着我说，“我根本不屑参与四天戒酒疗程这种事，他们什么也治不了。我没有什么白色小房间，也不认识你提到的朋友——即使确实存在这么一个人。你的诊费是十美元——现金——马上付，或者你想让我报警，告你向我索取麻醉药品？”

“太好了，”我说，“就这么办。”

“滚出去，你这个卑鄙的骗子。”

我从椅子上站起来。“大夫，我想我弄错了。这个家伙最近一次违誓酗酒躲在一个姓名以 V 开头的医生那儿。完全是秘密治疗。他们深夜把他带走，等他震颤症状消失，再以相同的方式把他送回来，没等他走进屋就匆匆离开了。所以，他这次又逃出去，很久没回来，我们自然要查档案寻找线索。我们找出三个姓氏以 V 开头的医生。”

“有意思，”他阴冷地笑着说，等着我回答他的问题，“你们选择的根据是什么？”

我盯着他，他右手在左手上臂内侧轻轻地上下移动，脸上布满了冷汗。

“对不起，大夫，我们的行动都是高度保密的。”

“失陪一会儿。我还有一位病人……”

他话没说完就走了。他走开的时候，一个护士从门口探头进来，瞥了我一眼就又退出去了。

随后，弗卡尼奇医生迈着轻松的步子又回来了，他面带微笑，神情愉快轻松，眼睛闪着亮光。

"怎么？你还在这里？"他显得很惊讶，或者故意为之，"我还以为我们的小访问已经结束了。"

"我这就走，我以为你要我等一下。"

他咯咯笑了起来："你知道吗，马洛先生？我们生活在一个大好的时代，只要花五百美元，我就可以让你断几根骨头，住进医院。有意思，不是吗？"

"太有意思了，"我说，"你注射过东西了吧，大夫？一眨眼的工夫，你精神焕发了！"

我迈开步子往门口走。"再见，朋友①！"他语气轻松地说，"别忘了十块钱，付给护士。"

我离开时，他转向对讲机，对着它说话。候诊室里仍旧是那十二个人，抑或是和刚才没什么区别的另外十二个人，他们都在身体不适中等待。护士正在忙。

"请付十美元，马洛先生。这儿要求当场支付现金。"

我迈过一堆拥挤地摆放着的脚，向门口走去。护士从椅子上跳起来，绕过桌子向我跑来。我拉开门。

"你收不到钱会怎样？"我问她。

"有你好看。"她气愤地说。

"好。你只是在尽工作的职责，我也一样。去看看我留下的名片，你就知道我是干什么的了。"

我继续往外走。候诊室的病人用异样的目光看着我，对待医生可不该这样。

---

① 原文中使用西班牙语的内容在译文中皆以楷体标注。

18

阿莫斯·瓦利医生的情形大不相同。他有一栋很大的老房子，周围是一个很大的老花园，花园里有硕大的老橡树。房子是结实的框架结构建筑，阳台的挑檐上有精致的蔓叶花纹装饰，白色的门廊栏杆是一根根波形纹饰环绕的立柱，像老式的三角钢琴的琴腿。有几个体弱的老人坐在门廊的长椅上，身上裹着长毯。

入口大门是双开门，上面有彩绘玻璃镶板。里面的大厅宽敞凉爽，拼花地板擦得很亮，地上一块地毯都没有。夏季的阿尔塔迪纳是个炎热的地方，它背靠着山，风从山顶上飘过，吹不到这里，八十年前人们就知道该怎么建适合这种气候条件的房子了。

一个衣着洁净的护士接过我的名片，我等了一会儿，阿莫斯·瓦利医生终于放下身段来见我了。他身材魁梧，头顶光秃，脸上带着愉快的笑容，白色长外套一尘不染，脚踩着胶底鞋，走路悄无声息。

"有事吗，马洛先生？"他的嗓音浑厚柔和，能够舒缓痛苦，抚平焦躁的情绪：医生在这里，没有什么可担心的，一切都会好起来。他懂得在病人病床前的礼仪，厚厚的一层层，似蜜一般甜。他令人愉快——并且像防弹钢板一样坚韧。

"大夫，我在找一个姓韦德的人，一个有钱的酒鬼，他离家出走了。根据他以往的情况来看，他应该躲在某个有本事治他的隐蔽地方。我唯一的线索是一位 V 医生。你是我找的第三个 V 医生，我越来越泄气了。"

他露出了善意的微笑："才第三个，马洛先生？在洛杉矶附近姓氏以 V 开头的医生一定有不下一百个。"

"没错，但其中有带铁窗房间的就为数不多了。我注意到你这儿楼上有几间，在房子的侧面。"

"都是老人，"瓦利医生忧伤地说，满满的尽是忧伤，"马洛先生，都是孤独和抑郁寡欢的老人。有时候——"他做了一个手势，手向外侧画了一道弧线，稍作停顿后，轻轻落下，就像一片枯叶飘落到地上。"我这里不治疗酗酒病人，"他明确地补充道，"请原谅我失陪了——"

"对不起，大夫，你恰好在我们的名单上，可能是个误会。几年前你和缉毒的人发生过冲突。"

"有这回事吗？"他一脸疑惑的表情，不一会儿就云开雾散了，"啊，是的，我很不明智地雇了一位糟糕的助手，只干了很短的时间，他完全辜负了我对他的信任。是的，确有此事。"

"我了解到的可不是这么回事，"我说，"我想我听说的有差错。"

"马洛先生，你听说了什么？"他的脸上依然堆满笑，话音柔和。

"听说你被迫交出了你的麻醉药处方簿。"

这话让他有了一点反应，他并没有怒目而视，但脸上微笑的魅力顿时剥落了好几层，蓝色的眼睛里终于闪出一丝冰冷的光。"如此不切实际的信息从何而来？"

"来自一家具有构建这类档案能力的大型侦探机构。"

"纯属一群靠敲诈勒索过活的便宜货，毫无疑问。"

"他们可不便宜，大夫。他们的基本费用是一百美元一天，管理这家机构的是宪兵队前上校。大夫，他的费用还要高得多，他对小钱没兴趣。"

"我应该给他提供一些个人建议，"瓦利医生的语气中带着一丝厌恶，"他叫什么名字？"瓦利医生的神情不再晴空万里，渐渐变成了寒冷的黄昏。

"大夫，这是保密的。不必多虑，无非是些例行工作罢了。你对韦德这个姓一点印象都没有吗？"

"我相信你知道该怎么出去，马洛先生。"

他身后一部小电梯的门打开了，一个护士推着轮椅从电梯里出来，椅子上坐着一个已到垂暮之年的老头，他闭着双眼，皮肤发青，全身裹得紧紧的。护士默默地推着他穿过光亮的地板，从一扇边门出去。瓦利医生轻声说：

"老人，生病的老人，孤寂的老人。别再回来了，马洛先生，你会把我惹恼，我恼火起来可就不客气了，可以说是非常不客气。"

"对我来说没问题，大夫。谢谢你给我时间。你这个小小的临终之家挺不错的。"

"你说什么？"他向我迈了一步，脸上剩余的几层糖衣全剥下了，柔和的线条顷刻间变成了坚硬的皱纹。

"怎么了？"我问他，"看得出我要找的人不在这里，我不会来这里找任何还有力气反击的人。生病的老人，孤寂的老人。大夫，是你自己说的。没人要的老人，但是有钱，还有饥渴的继承人。在这些人中，也许大多数被法庭判定为无行为能力了。"

"你把我惹火了。"瓦利医生说。

"少量的食物，少量的镇静剂，可靠的护理。送他们去晒太阳，再把他们送回床上。一些窗户装上栏杆，以防任何一点反抗的火苗。大夫，他们每一个人都爱你，临死的时候抓着你的手，看到你眼中的悲伤，真心的悲伤。"

"当然是真心的！"他发出低沉沙哑的咆哮声，他的双手已经握成了拳头。我本不该再说下去，但他开始让我觉得恶心了。

"当然啦，"我说，"没有人愿意失去一个乐意掏钱的客户，尤其是一个你甚至不必花工夫讨好的客户。"

"总得有人去做，"他说，"总得有人来照顾这些忧伤的老人，马洛先生。"

"总得有人来清理污水坑，我渐渐觉得这倒是一份干净诚实的工作。再见，瓦利医生。当我的工作让我觉得肮脏的时候，我会想到你的，这样我就会感到无限振奋。"

"你这肮脏的寄生虫，"话音从瓦利医生大白牙的齿缝间钻出来，"我真该打断你的脊梁。我干的是一份高尚职业中的一个高尚领域。"

"是啊，"我不耐烦地看着他，"我知道这工作很高尚，只是带着死亡的气味。"

他没出手打我，于是我独自走出去。我从敞开的两扇大门处回头看去，他一动不动。他有一项工作要做，就是要重新戴上一层糖衣面具。

19

我开车回好莱坞，心中的滋味如同一截被嚼烂的绳子。这个时候吃东西太早，天气也太热了。我打开办公室的风扇，空气没有因此变得凉快，只是通风了一些；外面的林荫大道上是车辆无休止的喧闹。我脑袋里的思绪就像捕蝇纸上的苍蝇黏成一团。

三发子弹，无一命中。我做的唯一的事就是看了太多医生。

我给韦德家打电话。一个墨西哥口音的声音在电话那头回复说韦德太太不在家。我要韦德先生听电话，那声音说韦德先生也不在家。我留了姓名，他似乎毫不费力就记下了。他自称是这家的男仆。

我拨通了乔治·彼得斯在卡恩机构办公室的电话，也许他还知道其他医生。他不在，我留了一个胡编的姓名和一个真实的电话号码。一个小时像一只生病的蟑螂似的缓慢地向前爬。我只是无名沙漠中的一粒小沙子，是一个刚好把子弹用完的双枪牛仔。三发子弹，无一命中。我讨厌成三的数目。你拜访 A 先生，一无所获；你拜访 B 先生，一无所获；你拜访 C 先生，依然一无所获。一个星期后，你发现应该是 D 先生，只是起先你不知道他的存在，而当你发现的时候，客户已经改变主意，终止调查了。

弗卡尼奇和瓦利医生可以从名单中划去。瓦利从事的业务油水够多了，没必要收酗酒的病人。弗卡尼奇是个痞子，在他自己的诊所里玩高空走钢丝，铤而走险；他的助手肯定知情，至少某些患者一定知道。如果想让他完蛋，只要让一个脾气暴躁的人打一个电话就够了。无论在喝醉还是清醒的状态下，韦德都不会到他那儿去。也许他算不上绝顶聪明——众多成功人士离思想巨人都相距甚远——但他不至于笨到和弗卡尼奇医生搅和到一起。

　　唯一的可能是菲林格医生，他有足够的空间，而且足够隐蔽，或许他还很有耐心；但塞普尔韦达峡谷离闲逸谷很远，他们在何处相遇？又是怎么认识的？如果菲林格是那处房产的主人，如今有了买主，那他只能算是半个有钱人。我突然有了个主意，给一家产权公司的熟人打电话，查一下房屋的归属情况。没人接，产权公司这天休息。

　　这天我也不开业，开车到魔沼城林荫大道的鲁迪德州烧烤店，我把名字告诉领班，坐在吧台凳上等待惬意时刻的到来：面前放一杯柠檬威士忌，耳边缭绕着马列克·韦伯的华尔兹乐曲。过了一会儿，我穿过天鹅绒围绳，到里面吃了一块索尔兹伯里牛排，这是鲁迪"举世闻名"的招牌菜，其实不过是一块放在厚木炭上的牛肉饼，旁边用焦黄色的土豆泥围边，配上炸洋葱圈，还有混合沙拉，这种沙拉男人在餐馆会乖乖吃掉，但如果他们的妻子在家里给他们吃，他们就要大喊大叫了。

　　用完餐，我开车回家。我打开前门的时候，电话铃响了。

　　"马洛先生，我是艾琳·韦德。你让我给你回电。"

　　"就是想了解一下你那边的情况。我一整天都在看医生，可惜一个朋友都没交到。"

"很抱歉，他仍然没有露面。我无法控制自己的焦虑。看来你没有什么信息要告诉我。"她的声音低沉沮丧。

"韦德太太，这是一个人口密集的大城市。"

"到今天晚上就整整四天了。"

"没错，但这不算太久。"

"对我来说已经很久了，"她沉默了片刻后说，"我想了很多，试图想起一些事。一定有些什么，某种暗示或记忆。罗杰很健谈，话题涉猎的范围很广。"

"韦德太太，菲林格这个姓氏你有印象吗？"

"恐怕没有印象。和这事有关吗？"

"你说过，有一次韦德先生被一个身穿牛仔装的高个儿小伙送回家。韦德太太，如果你再看到他，能认出来吗？"

"如果和当时的情形相同的话，"她迟疑地说，"我想应该可以。不过我只瞥到他一眼。他是菲林格？"

"不，韦德太太。菲林格是个身材魁梧的中年男子，他在塞普尔韦达峡谷经营一个——或者更准确地说——曾经经营过一个度假休闲牧场，有一个打扮花哨、名叫厄尔的小伙子为他工作。菲林格自称医生。"

"太好了，"她情绪高涨地说，"你不觉得你已经找对方向了吗？"

"我可能一跟头栽下去，比一只淹死的小猫更惨。我弄清楚后会打电话给你。我只是想确认罗杰有没有回家，另外，你也没有想起任何确切的信息是吗？"

"我恐怕帮不上什么忙，"她遗憾地说，"随时可以给我电话，无论多晚都没关系。"

我说我会的,然后就挂了电话。这次我带了一把枪和一个三芯手电筒,枪是结实的零点三二英寸口径小短枪,装了平头子弹。菲林格医生的助手厄尔除了铜指虎,可能还有其他玩意儿。如果有,他定会拿出来摆弄的。

我又开上高速公路,以我能达到的最快速度行驶。这是一个没有月亮的夜晚,等我到达菲林格医生所在地的入口处时,天应该黑了。黑暗正是我所需要的。

大门仍旧上着锁链,我开车从门口经过,在公路上继续开出很远一段距离后停下。树丛下还透着一些光,但不会持续太长时间。我爬过大门,走到山坡一侧找一条步行上山的路径。我依稀听到山谷里传来鹌鹑的叫声,哀号的鸽子在悲叹苦难的生命。没有可以步行上山的路,总之我没找到,因此我回到刚才的路上,沿着碎石路的边缘走。先经过桉树林,接着是橡树林,我越过山脊,能看到远处有零星的灯光。我花了三刻钟的时间,从游泳池和网球场后面绕到道路尽头一处我能俯瞰到主体建筑的地方,里面亮着灯,还能听到阵阵乐声从那儿传来。再往稍远处的树林里,有一个小屋也透出灯光。树林里黑压压的小木屋星罗棋布,到处都是。我沿着一条小径走,突然主屋后面亮起了聚光灯,我迅速停下脚步,聚光灯并没有探照什么,灯光向下直射,在后门廊和门廊外的地面上形成了一个大光圈。然后,一扇门砰的一声打开,厄尔从里面走出来。这下,我确定自己找对位置了。

厄尔今晚打扮成牛仔的样子,上次带罗杰·韦德回家的也是个牛仔。厄尔穿一件深色衬衫,有白色缝饰,脖子上松松地系着一条圆点图案围巾,腰里系了一条缀有很多银饰的宽皮带,配一对压花手枪皮套，里面装着象牙柄手枪。他的马裤做工精致，脚上的马靴有十字形白色缝线，光亮如新。他脑袋后面悬着一项白色宽檐帽，一根看似银色编织绳的东西垂落到衬衫上，两头没系起。

他独自一人站在白色聚光灯下，绕着身子甩绳圈，脚步跟着绳圈的节奏跨进跨出。他是一个没有观众的演员，身材修长、长相英俊的牛仔独自一人演着一场戏，享受着整场表演的每一分钟。双枪厄尔，科奇斯县的可怕人物。有一种休闲牧场对马特别热衷，连电话接线小姐都需要穿着马靴上班，他属于那地方。

突然，他听到了一些声响，或许假装如此。绳子掉到地上，他双手迅速从枪套摸出两把枪，手臂举平时，拇指已勾在击锤上，他窥视暗处。我不敢动，那两把该死的枪可能装了子弹，不过聚光灯照得他睁不开眼，他什么也没看见。他把枪放回枪套，捡起绳子，松松收起后回屋去了。灯灭了，我迅速离开。

我绕着树林穿行到斜坡上亮着灯光的小屋附近，屋里没有声音传出。我走到一扇纱窗边往里看去，灯光是一个床头柜上的台灯发出的。一个男人仰面躺在床上，身体松弛，两条手臂伸在被子外面，露出睡衣的袖子，他睁大眼睛盯着天花板。他看起来身材魁梧，半边脸背着光，但我看得出他脸色苍白，需要刮胡子，胡子的长度和失踪的时间基本吻合。他摊开的手指一动不动地垂在床沿外，他看起来好像几个小时没有动弹过了。

我听到屋子那一边的小路传来脚步声。纱门嘎吱一响，菲林格医生出现在门口，他手里拿着一大玻璃杯饮料，像是番茄汁。他打开一个落地灯，身上的夏威夷衬衫泛出了亮黄的光。床上的人连看都不看他一眼。

菲林格医生把杯子放在床头柜上，拉了一把椅子过去坐下。他伸手摸那人的一个手腕，把了一下脉。"韦德先生，你现在感觉怎么样？"他的声音亲切友善。

床上的人没有作答，也没看他一眼，继续盯着天花板。

"行了，行了，韦德先生，别闹情绪了。你的脉搏比正常稍快了一点，你身体虚弱，不过……"

"泰姬，"床上的男人突然说，"告诉那人，如果他知道我的状况，这个王八蛋不必费心来问我。"他的嗓音清晰动听，但语气是愤怒激烈的。

"泰姬是谁？"菲林格医生耐心地问。

"我的代言人，她就在那上面的角落里。"

菲林格医生抬起头。"我只看到一只小蜘蛛，"他说，"别演戏了，韦德先生，没必要和我要花招。"

"家隅蛛，一种常见的跳蛛，老兄。我喜欢蜘蛛。它们从来不穿夏威夷衬衫。"

菲林格医生润了一下嘴唇："韦德先生，我没有时间开玩笑。"

"泰姬可不是玩笑。"韦德慢慢转过头，仿佛脑袋重得很，他轻蔑地瞪大眼睛看着菲林格医生。"泰姬是个相当严肃的话题。她会悄悄靠近你，在你不注意的时候，她悄无声息地迅速一跳，要不了多久，她就近在咫尺了。她最后纵身一跃，你就被吸干了，医生，干得不能再干。泰姬不会吃你，她只吸你身体里的汁液，吸到只剩下你的皮囊。大夫，如果你打算继续穿这件衬衫，我想这事马上发生也不奇怪。"

菲林格医生往后靠在椅背上。"我需要五千美元，"他平静地说，

"多久能给我？"

"你拿了六百五十块钱，"韦德恶狠狠地说，"零头也没要你找。待在这个妓院到底要花多少钱啊？"

"小数目，"菲林格医生说，"我跟你说过我的收费已经涨价了。"

"你没说已经涨到威尔逊山顶了。"

"不要搪塞我，韦德，"菲林格医生语气生硬地说，"你没机会跟我要花样。而且，你还泄露了我的秘密。"

"我根本不知道你有什么秘密。"

菲林格医生缓慢地拍打椅子的扶手。"你半夜把我叫起来，"他说，"你当时已陷入绝望，你说如果我不来，你会自杀。我不想去，你知道为什么。在这个州我没有行医执照。我正在想办法处理掉这个房产，免得失去一切。我要照顾厄尔，他快到毛病发作的时候了。当时我告诉你费用很高，你依然坚持，于是我才去把你接来。我要五千美元。"

"我喝了酒完全醉了，"韦德说，"你不能那样和人谈条件。你得到的报酬已经相当丰厚了。"

"另外，"菲林格医生慢条斯理地说，"你和你的妻子提过我的名字，你跟她说过我来接你的事。"

韦德显得很惊讶。"我没有做过这种事，"他说，"我连看都没有看到她，她睡着了。"

"那就是其他什么时候说的。有个私家侦探已经来这里打听过你了。除非他得到信息，不然他不可能知道要往这里查。我暂时把他搪塞过去了，但他可能会回来，所以你必须回家，韦德先生。但我先要拿到五千美元。"

"看来你不够聪明啊，大夫。如果我妻子知道我在哪里，她何必找侦探？她可以自己来——倘若她真在乎的话。她可以带上我们家的仆人坎迪一起来。没等你那个忧郁小子决定今天要演哪部电影时，坎迪就已经把他切成碎片了。"

"韦德，你有一张恶毒的嘴巴，还有一个恶毒的脑袋。"

"大夫，我还有恶毒的五千美元，你可以试着来拿啊。"

"你给我开一张支票，"菲林格医生坚决地说，"就现在，马上。然后你换好衣服，厄尔会送你回家。"

"支票？"韦德几乎要笑出声来了，"当然，我会给你一张支票，没问题。你怎么兑现呢？"

菲林格医生静静地微笑着。"韦德先生，你以为你可以中止支付？你不会，我敢保证你不会。"

"你这肥头肥脑的骗子！"韦德朝他大声吼道。

菲林格医生摇摇头。"在有些事情上是的，但不完全是。和大多数人一样，我有多面性。厄尔会开车送你回家。"

"不行，那小子让我起鸡皮疙瘩。"韦德说。

菲林格医生缓缓站起来，伸手拍拍床上那人的肩膀。"对我来说，厄尔不会伤害别人，韦德先生，我有控制他的办法。"

"举个例子。"另一个声音说道。厄尔穿成罗伊·罗杰斯① 的样子从门口进来。菲林格医生转过身，面带微笑。

"让那精神病离我远点！"韦德喊道，第一次露出恐惧的神情。

---

① 罗伊·罗杰斯（Roy Rogers），活跃于 20 世纪四五十年代的好莱坞演员兼歌手。在电影中，牛仔、歌手、英雄形象是他的标签，作为一个唱着歌的牛仔英雄，他吸引了大批狂热的年轻人，被冠以"牛仔之王"的绰号。

厄尔两手抓着那条装饰过的皮带，面无表情，齿间发出轻柔的口哨声。他不紧不慢地走进房间。

"你不该这么说。"菲林格医生赶紧说，接着他转身对厄尔说道："好吧，厄尔，我自己来应付韦德先生，我会帮他换衣服。你趁这时间把车开到这儿来，尽可能靠小屋近一些。韦德先生非常虚弱。"

"他还会更虚弱，"厄尔仿佛吹口哨似的说道，"让开，胖子。"

"听着，厄尔……"他伸手一把抓住帅小伙的手臂，"你不想回卡马里洛吧？只要我一句话……"

他没有把话说完，厄尔猛地把手臂抽出来，抬起闪着金属光芒的右手，套着凶器的拳头向菲林格医生的下巴挥去，他仿佛被子弹击穿了心脏似的倒到地上，小屋都为之震动。我毫不迟疑地奔过去。

我一到门口猛地把门拉开。厄尔旋身过来，身体略微前倾，盯着我，没认出我是谁。他嘴里发出咕噜咕噜的声音，飞也似的向我袭来。

我迅速拔出手枪示意，但这对他根本不起作用。他自己的枪或许没上子弹，又或许他已经完全忘记了它们的存在，反正他有铜指虎就够了。他没有停止向我袭来的节奏。

我朝床上方敞开的窗子开了一枪。小房间把枪声放大了好几倍。厄尔猛然停住，他扭转头，看着纱窗上的弹孔，再回头盯着我。他的脸渐渐恢复了生气，咧嘴笑了。

"发生了什么？"他欢快地问道。

"摘下铜指虎。"我盯着他的眼睛说。

他吃惊地低头看自己的手，脱下拳刺，随手扔到角落里。

"卸下枪带，"我说，"解开带扣，不要碰枪。"

"枪没上子弹,"他微笑着说,"该死的,它们根本不是真枪,只不过是舞台道具罢了。"

"卸下枪带,快点。"

他看着零点三二英寸短管手枪说:"那是真枪?嗯,一定是的。看这纱窗,是啊,看这纱窗。"

床上的人已经不在床上了。他在厄尔身后,敏捷地伸手拔出一把锃亮的枪。从厄尔脸上的表情来看,他对此很不开心。

"别靠近他,"我气愤地说,"从哪儿拿的放回哪儿去。"

"他说得没错,"韦德说,"是玩具手枪。"他后退几步,把亮闪闪的手枪放在桌上。"天哪,我虚弱得像一只断了的胳膊。"

"卸下枪带。"我第三次重复道。你要是缠上厄尔这样的人,采取行动就得一干到底,力求简单,不要改变主意。

最后,他按我的意思做了,显得很友好。然后,他拿着皮带走到桌旁,拿起桌上的那把枪,放回枪套,又重新把枪带系上了。我没有阻止他。这时他才看见菲林格医生靠墙瘫倒在地,他发出了关切的声音,快步走到房间另一头的盥洗室,拿来一玻璃罐子的水。他把水泼在菲林格医生的脑袋上,菲林格医生喷出口水,翻了个身,发出一阵呻吟。随后,他用手捂着下巴,慢慢站起身。厄尔上前扶他。

"对不起,医生,我一定是没看清是谁,拳头就飞出去了。"

"没关系,没伤到什么,"菲林格说着,挥手让他走开,"厄尔,把车开过来。另外别忘了大门挂锁的钥匙。"

"把车开过来,没问题,我马上去。大门的挂锁钥匙,明白了。马上去,医生。"

他吹着口哨走出房间。

韦德坐在床边，似乎正在发抖。"你就是他说的那个侦探?"他问道，"你是怎么找到我的?"

　　"我只是向身边知道这种事的人打听了一下，"我说，"如果你想回家，你得穿好衣服。"

　　菲林格医生靠着墙正在揉下巴。"我会帮助他，"他说话的声音沙哑，"我做的一切都是帮助别人，得到的却尽是粗鲁的回报。"

　　"我明白你的感受。"我说。

　　我走出去，让他们继续在里面收拾。

20

　　他们出来时，车已经停在附近，但厄尔不见了。他停好车，关了车灯，没和我说一句话就走回大屋去了。他仍然吹着口哨，摸索着一首依稀记得的曲调。

　　韦德小心地爬进后座，我上车在他身旁坐下。菲林格医生亲自开车。即使他下巴伤得很重，头疼得厉害，他并没有表现出来，也没提及。我们驶过山脊，朝山下砾石路的尽头开去。厄尔已经到下面打开门锁，把大门拉开了。我把停车的位置告诉菲林格，他开到那附近停下车。韦德上了我的车，一言不发地坐着，眼神茫然。菲林格下车，绕过来走到韦德旁边，低声对他说："韦德先生，我的五千美元呢？你承诺我的支票呢？"

　　韦德身子往下滑，把头靠在椅背上："我会考虑的。"

　　"你承诺过了。我需要这笔钱。"

　　"菲林格，你这叫作胁迫，对我发出人身威胁。我现在有人保护了。"

　　"我喂你吃，帮你洗澡，"菲林格依然坚持道，"我半夜赶过来保护你，我帮你治疗——至少这段时间是有效的。"

"不值五千块，"韦德冷笑道，"你已经从我这儿捞到不少钱了。"

菲林格不肯作罢。"韦德先生，我在古巴有一单生意。你是个有钱人，应该帮助那些有需要的人。我要照顾厄尔，为了抓住这次机会，我需要这笔钱。我会如数归还的。"

我开始觉得浑身不自在，想抽烟，但又怕引起韦德身体不适。

"你会还钱才怪，"韦德不耐烦地说，"你活不到那一天，总有一天这个忧郁小子会趁你熟睡要了你的命。"

菲林格向后退了几步。我看不清他的表情，但他的声音变得冷酷起来。"比这种死法更不幸的还多着呢，"他说，"我觉得其中就有一种是你的死法。"

他走回自己的车，上了车，驾车从大门进去，随后就消失了。我倒车掉头后往城里的方向开，开了一两英里后，韦德喃喃道："我凭什么要给那个愚蠢的胖子五千块钱？"

"完全没有道理。"

"那为什么我没有给他钱就觉得自己是个混蛋呢？"

"完全没有道理。"

他把头转到正好能看着我的位置。"他待我如同婴儿，"韦德说，"他基本不会把我一个人留下，因为他怕厄尔会进来袭击我。他拿走了我口袋里的每一分钱。"

"也许是你让他拿的。"

"你在帮他说话？"

"当我没说，"我说，"这只是我的一项任务。"

接下去的几英里路我们一直保持沉默，经过一个偏僻郊区的外围时，韦德又开口了。

"也许我会把钱给他，他破产了。房产的赎回权被撤销了，他得不到分文。一切都是为了那个精神病人。他何必要这样呢？"

"我不清楚。"

"我是作家，"韦德说，"理应了解人的行为动机，我却对任何人都没有丝毫了解。"

我翻过一段山路，一段上坡路后，山谷的灯光尽显眼前。我们的车下坡往西北方向通往文图拉的高速公路驶去。过了一会儿，我们穿行到恩西诺。我在一个红色交通信号灯前停下，抬头朝山上高处的灯光望去，那里是豪宅聚集的地方，伦诺克斯一家曾在其中的一栋住过。我们继续赶路。

"快到岔道口了，"韦德说，"你应该知道吧？"

"我知道。"

"对了，你还没告诉我你叫什么。"

"菲利普·马洛。"

"好名字，"他突然变了语调，说，"等一下，你就是和伦诺克斯厮混的那个家伙？"

"没错。"

他在黑暗的车里直直地盯着我。我们经过了恩西诺主干道的最后一片楼群。

"我认识她，"韦德说，"不熟，他嘛，我从来没有见过。他们这事真够奇怪的。警察对你动粗了吧？"

我没有回答他。

"也许你不想谈这件事。"他说。

"可能吧。你怎么会对此感兴趣？"

"天哪，我是一个作家，这一定是个精彩的故事。"

"今晚就算了，你一定很虚弱。"

"好吧，马洛，好吧。你不喜欢我，我明白。"

我们到了岔道口，我把车转向矮山的方向，闲逸谷就在矮山之间。

"我没有喜欢你，也没有不喜欢你，"我说，"我不认识你，你的妻子要我找到你，带你回家。送你到家后，我的任务就完成了。至于她为什么找我帮忙，我并不清楚。我说了，这只是一项任务。"

我们绕过一座小山的侧面，驶上了一条较为宽敞平坦的路。他说他家在右侧一英里开外的地方，并告诉我门牌号，这我早已知道。像他这样的身体状况，他算是相当健谈了。

"她付你多少钱？"他问。

"我们还没谈。"

"不管多少都不够，我欠你很多感谢。朋友，你干得非常出色。我不值得你费那么多心。"

"这只是你今晚的感受。"

他笑了。"你知道吗，马洛？我有点喜欢你了，你有点混蛋——就像我一样。"

我们到达了他家。这是一栋两层楼的砖瓦房子，门前有一个小柱廊，一长条草坪从门口延伸到白色围栏内侧的一排茂密的灌木丛边。门廊上有个灯亮着。我驶入私人车道，在车库边停下。

"你自己能行吗？"

"当然，"他下了车，"你不进来喝点什么吗？"

"谢谢，今晚不行。我在这儿等你进屋再走。"

他站在那里，吃力地喘着气。"好吧。"他的话音短促。

他转身小心地迈着步子沿石板小路往前门走去。他扶着一根白色柱子歇了一会儿后，试着开门。门打开了，他进去后门没关上，屋里的光线洒到青绿的草坪上。突然有一阵骚动声。倒车灯照亮车后的路面，我把车从车道上倒出去。这时，有人喊了一声。

我张望了一下，看见艾琳·韦德站在敞开的门口。我继续开车，她跑了起来，我只得停车。我关了车灯，下了车。她走上前时，我说：

"我本该打电话给你的，但我不敢离开他。"

"没关系。遇到什么麻烦了吗？"

"唔——比按门铃麻烦些。"

"请进屋吧，把详细的情况告诉我。"

"他应该上床休息了，明天他就能完全恢复。"

"坎迪会负责照顾他上床睡觉，"她说，"今晚他不会喝酒，如果这是你所担心的。"

"我从来没想过。晚安，韦德太太。"

"你一定累了。不想喝一杯吗？"

我点了一支烟，仿佛已经连着几个星期没尝到烟草的滋味似的，一个劲把烟往肺里吸。

"我能吸一口吗？"

"当然可以，我以为你不抽烟。"

"我很少吸烟。"她凑近我，我把烟递给她。她吸了一口就咳嗽了，笑着把烟递还给我。"你看，绝对业余。"

"你认识西尔维娅·伦诺克斯，"我说，"这是你要雇我的原因吗?"

"我认识谁?"她一脸困惑的表情。

"西尔维娅·伦诺克斯。"我拿回香烟，抽得很快。

"哦，"她大吃一惊说，"那个——遭谋杀的女孩? 不，我不认识她，但我知道她是谁。我没告诉过你吗?"

"抱歉，我忘了你跟我说过什么。"

她仍然静静地站在那里，离我很近。她穿着一件白色衣服，身材显得高挑纤细。门口透出的灯光轻抚着她头发的边缘，焕发出柔和的光芒。

"你为什么要问我那事和我想——用你的话说——雇你有什么关系?"我没有立即回答，她接着说道："罗杰是不是告诉你他认识她?"

"我报上自己的姓名时，他就说起了那个案子，他没有立刻把我和那件事联系到一起，过了一会儿才想到的。他的话太多了，大半我都记不得了。"

"明白了。马洛先生，如果你不进屋的话，我得进去看看我丈夫有什么需要。"

"这事我就不帮忙了。"我说。

我伸手抓住她，拉她过来，让她的头微微向后仰，使劲吻了她的唇。她没有反抗，也没有回应，只是静静地抽身出来，站在那儿看着我。

"你不该这样做，"她说，"这是犯错。你是这么好的人。"

"没错，犯了严重的错误，"我表示赞同，"我当了一整天善良、忠实、听话的狗，你诱使我投入有生以来最愚蠢的行动中。真见鬼，一切都像预先写好的剧本，你是知情的，对吗？我敢肯定你知道他的行踪——至少知道菲林格医生的名字。你就是想让我和他打交道，和他纠缠上，这样我就会产生一种要照顾他的责任感。还是我疯了？"

"当然是你疯了，"她冷冷地说，"这是我听到过的最离谱的胡言乱语。"她转身准备离开。

"等一下，"我说，"那个吻不会留下疤痕，可你觉得会。别跟我说我人有多好，我宁愿当一个无赖。"

她回头看我："为什么？"

"如果我不对泰瑞·伦诺克斯那么好，他应该还活着。"

"是吗？"她平静地说，"你怎么能这么肯定？晚安，马洛先生，非常感谢你所做的一切。"

她沿着草地的边缘走回去，我看着她进了屋。门关上了，门廊的灯熄了。我对着空气挥挥手，开车离去。

21

　　第二天早上，我起得很晚，因为前一天晚上刚赚了一把。我多喝了一杯咖啡，多抽了一支烟，多吃了一片加拿大培根，并且第三百次发誓永远不再使用电动剃须刀。就这样，这一天恢复了常态。十点左右我到办公室，捡起零星的几封信件，撕开信封，随意将它们摊在桌子上。灰尘污秽的气味夜里积聚在静止的空气中、房间的角落里和百叶窗片上，我把窗打开通风。一只死去的蛾子瘫倒在办公桌一角。窗台上，一只折了翅膀的蜜蜂正沿着窗框爬行，疲乏的嗡嗡声显得很遥远，仿佛它知道叫也无济于事，它注定是这样了，执行了太多的飞行任务，再也飞不回蜂巢了。

　　我知道这会是一个令人抓狂的日子，每个人都经历过。在这种日子里，滚进来的全是些癫狂分子、满脑子胡思乱想的野狗、找不到坚果的松鼠、总会有一个齿轮装不回去的机械师。

　　第一个客户是个金黄头发的大块头无赖，名叫库西宁，是个芬兰名字。他的肥臀往客户的椅子上一堆，长满老茧的两只大手在我的办公桌上一放，他说他是挖土机操作工，住在卡尔弗城，隔壁那该死的女人想毒死他的狗。每天早上他放狗到后院溜达前，不得不一根栅栏接一根栅栏地搜，查看是否有从隔壁扔到番薯藤上的肉丸子。到目前为止，他已经发现九个了，肉丸里掺了一种绿色粉末，他知道那东西是砒霜除草剂。

"把她抓个现行要多少钱？"他眼睛一眨不眨地盯着我，像水缸里的鱼似的。

"你为什么不自己抓？"

"我得靠工作养活自己，先生。为了到这儿咨询，我一个小时要损失四块二毛五的工资。"

"试试让警察帮忙？"

"我找过警察，他们可能要到明年的什么时候才会受理，现在他们正忙着巴结米高梅公司。"

"那就试试动物保护协会？摇尾客①？"

"那是什么？"

我跟他解释了摇尾客，他根本不感兴趣。动物保护协会他是知道的，去他妈的动物保护协会，在他们眼里没有比马小的动物。

"门上的标牌写着你是侦探，"他粗暴地说，"行了，你他妈的给我出去调查，如果你抓住她，我付你五十块钱。"

"对不起，"我说，"我忙不过来。再说，花几个星期躲在你家后院的地鼠洞里可不是我的业务范围——你出五十元也没用。"

他愤怒地站起来。"耍大牌啊，"他说，"不缺钱，是吧？也懒得救一条小狗的性命。见你的鬼去吧，大牌。"

"库西宁先生，我自己也有麻烦事要处理。"

---

① 摇尾客（Tailwaggers）是由美国的爱狗人士自发组成的非营利性组织，提供犬类训练等培训课程，并定期举办犬类竞赛。

"如果我抓到她，我会扭断她的脖子。"他说。我相信他说得出做得到，他想拧断象腿都不在话下。"所以我得找别人抓她。就因为有车经过的时候小淘气会叫。苦瓜脸的老娘们。"

他往门口走去。"你确定她想毒死的是狗吗？"我在他背后问。

"当然，我敢肯定，"他走到一半突然迅速转过身，"伙计，你再说一遍。"

我只是摇摇头，不想和他打起来，他会把我的办公桌掀起来砸我头上的。他哼了一声径直出去，差点就把门一起带走了。

下一位是个女的，年纪不大，也不年轻，不太整洁，也不算邋遢，明显很穷，衣着破旧，牢骚满腹，愚蠢糊涂。与她合住的女孩——在她的社会圈子里，工作的女性都称作女孩——拿了她钱包里的钱。一会儿拿一块钱，一会儿拿四毛，加起来数目可不少。她估算被偷了近二十元。她经不起这样的损失，搬家也搬不起，私家侦探也请不起。她认为我应该愿意打个电话吓唬吓唬她的室友，但不提及任何姓名。

她花了二十多分钟向我讲述这个情况，一边说一边不停地揉捏她的包。

"你认识的任何人都能帮你做这件事。"我说。

"是啊，但你是侦探。"

"可我没有威胁陌生人的执照。"

"我会告诉她我来见过你，我不必告诉她我是因为她来找你的，只要说你正在查这件事就行了。"

"如果我是你，我不会这么做。如果你提到我的名字，她也许会打电话给我。那样的话，我会把事实告诉她。"

她站起来，用力把破烂的皮包甩到胸前。"你可真不是个君子。"她尖声说。

"哪里规定我必须是君子？"

她喃喃自语地走了。

午饭后，我见到了第三个客户辛普森·W.艾德维斯先生。他给了我一张名片，是一家缝纫机经销机构的经理，身材矮小，一脸倦容，大约四十八到五十岁的样子。他小手小脚，穿一件棕色西服，袖子太长，白色硬领上系了一条镶着黑钻的紫色领带。他安静地浅坐在椅子的边沿，一双忧伤的黑眼睛看着我。他的头发也是黑色的，浓密毛糙，不见一根白发，唇上的胡须修剪过，略带红色。要是不看他的手背，你会以为他才三十五岁。

"叫我辛普吧，"他说，"大家都这么叫我。我可尝到苦头了！我是犹太人，娶的老婆不是犹太人，二十四岁，年轻漂亮。她曾出走过几次。"

他拿出一张照片递给我看，也许对他来说她很漂亮，但在我看来，她只是个大块头，一个邋邋遢遢的肥婆，长着一张薄嘴。

"艾德维斯先生，你遇上什么麻烦了？我不受理离婚案。"我想把照片还给他，他挥挥手。"我向来对客户很尊重，"我补充道，"不过是在他没对我说谎时。"

他笑了。"我用不着说谎。不是离婚的事，我只想让梅布尔回来，但我首先要找到她，也许她觉得这是个游戏。"

他颇有耐心地跟我讲述她的情况，没有一丝怨恨。她酗酒，爱玩，根据他的标准，她不是一个好妻子，但可能是因为他成长在过于严格的环境中。他说，她的胸怀有房子那么大，他爱她。他不妄想自己是女人眼中的梦中情人，只是一个有稳定工作、会把薪水带回家的丈夫。他们有一个联名的银行账户，她把所有的钱都提走了，对此他已有心理准备。他很清楚她是和谁离开的，如果他猜得没错，那个男人会花光她的钱，然后对她撒手不管。

"这人姓克里根，"他说，"门罗·克里根。我并不是要挑天主教徒的毛病，犹太人中也有很多坏人。这个克里根是个理发师，我也不是要挑理发师的毛病，但他们中有很多是流浪汉和赌马的人，不太可靠。"

"她身无分文的时候会给你写信吗？"

"她羞愧得无地自容，可能会伤害自己。"

"艾德维斯先生，这是一宗寻人的案子，你应该去报警。"

"不，我不是要挑警察的毛病，但我不想报警，因为梅布尔会感到羞辱。"

在这个世界上，似乎尽是艾德维斯先生不想挑毛病的人。他放了些钱在办公桌上。

"两百元，"他说，"预付金，我想以我的方式来处理。"

"还会发生的。"我说。

"没错，"他耸耸肩，轻轻地摊开双手，"不过她二十四岁，我都快五十了。还有什么比这个差异更大的？过段时间她就会安定下来，问题是我们没有孩子，她不能生孩子。犹太人喜欢拥有家庭儿女，梅布尔知道这一点，她觉得丢脸。"

"艾德维斯先生，你是个非常宽容的人。"

"嗯，我不是基督徒，"他说，"我也不是要挑基督徒的毛病，你明白的。我是个言出必行的人，我不只是说说而已，还会付诸行动。

哦，我差点忘了最重要的事。"

他拿出一张照片明信片放在桌上，连同钱一起推到我面前："她从檀香山寄来的。在檀香山花钱很快。我有个叔叔在那儿做珠宝生意，现在退休了，住在西雅图。"

我重新拿起照片，对他说："这个案子我只能转给别人去查，另外我需要这张照片的复印件。"

"马洛先生，我来这里之前就估计你会这么说，所以我已经准备了。"他拿出一个信封，里面有五份复印件。"我也有克里根的照片，但只是一张快照。"他把手伸进另一个口袋，拿出另一个信封给我。我看了看照片上的克里根，那种圆滑奸诈的面孔完全在我的意料之中。克里根的照片一式三份。

辛普森·W.艾德维斯先生又给了我另一张名片，上面有他的姓名、住址和电话号码。他说但愿不会花费太多，但如果我需要更多费用，他会立刻回复，他希望尽早得到我的消息。

"如果她还在檀香山，两百元应该够了，"我说，"现在我需要的是一份两个人的详细体征描述，要写入电报，包括身高、体重、年龄、肤色、是否有明显的疤痕或其他便于识别的记号、她的穿着、随身携带了哪些衣物、她从账户里取走资金的数目。如果你经历过这事，艾德维斯先生，你应该知道我要哪些信息。"

"我对这个克里根有一种奇怪的感觉，他让我感到不安。"

我又花了半小时一点一点地把信息问出来，一一记下。然后，他静静地站起来，静静地和我握手，向我鞠躬，然后静静地离开了办公室。

"告诉梅布尔，一切安好。"他边说边走出去。

这个案子就是一个常规操作，我给檀香山的一个侦探机构发了电报，随后寄出一封航空信件，里面有照片和电报中未涉及的其他信息。他们查到她在一家豪华酒店当客房女服务员的助手，帮忙擦洗浴缸和浴室地板之类的。不出艾德维斯先生所料，克里根趁她睡着的时候卷了她所有的钱财逃之夭夭，把酒店账单也留给她了，只剩下她手上那枚不花些力气取不下来的戒指克里根没能拿走。她把戒指典当后付清了酒店的费用，剩余的钱不够她回家的路费。于是艾德维斯坐飞机去接她。

他实在太好了，她配不上他。我给他寄了张二十美元的账单和一个长途电报的费用清单。檀香山的侦探机构把两百元收走了。有"麦迪逊肖像"在我办公室的保险柜里，少收些费用我也不介意。

一个私家侦探的一天就这么过去了，既不是很典型的一天，也没有什么太大的不同。天知道是什么让一个人留在这一行里继续干，你发不了财，也没有多大乐趣。有时候，你会挨打、挨子弹或是遇到牢狱之灾；不走运的话连命都没了。每隔一个月你就想放弃，趁自己走路尚且稳健的时候换份明智的工作。这时门铃响了，你打开对着候客室的内门，门口站着一张新面孔，带着新的问题、新的悲伤，还有一笔小钱。

"某某先生，请进，有什么能帮你？"

来者必定有缘由。

三天后，在临近傍晚的时候，艾琳·韦德打来电话，邀请我第二天晚上去她家小酌。他们请了几个朋友办了个鸡尾酒会，罗杰想见见我，并好好谢我。她还问我是否能寄一份账单给她。

"你不欠我什么，韦德太太。我做的那点事已经得到报酬了。"

"我当时拘束得像维多利亚时代的人，一定显得很傻吧，"她说，"如今，一个吻似乎并不代表什么。你会来的，对吗？"

"我想会的，不过这是违背我的理智的。"

"罗杰恢复得相当不错。他开始工作了。"

"很好。"

"今天你的声音听起来很严肃，我觉得你对待生活的态度实在很严肃。"

"偶尔会这样。有什么问题吗？"

她笑得很温柔，说完再见就挂了电话。我很严肃地坐了一会儿，然后试图想些有趣的事让自己好好地大笑一场，可是不管用，于是我从保险柜里拿出泰瑞·伦诺克斯的告别信，重新看了一遍。我这才想起还没有去维克多酒吧喝那杯他要我为他喝的螺丝锥子鸡尾酒，这个时间酒吧比较安静，如果他还在，一定喜欢在这个时候跟我去那里。想到他，我心中就泛起一阵淡淡的哀伤，伴着一丝纠结的苦涩。到维克多酒吧门前的时候，我还打算继续往前走，差一点走过头，幸好意识到了。他给了我太多钱，虽然他欺骗了我，但他为此付了大价钱。

22

维克多酒吧安静极了，走进门口的一瞬间几乎能听到温度下降的声音。吧台凳上坐着一个女人，身穿一套定制的黑色衣服，在那个时节，衣服的料子无非是腈纶之类的化纤面料。她面前放着一杯浅绿色的酒，独自一人夹着长长的碧玉烟嘴抽着烟。她的神情微妙凝重，时而显得神经质，时而充满饥渴的欲望，时而又表现出疯狂节食的结果。

我在相隔她两个凳子的地方坐下，酒保朝我点点头，但没有笑。

"一杯螺丝锥子，"我说，"不加比特酒。"

他把小餐巾放在我面前，视线没有从我这儿移开。"你知道吗？"他愉快地说，"有一天晚上我听到你和你朋友的聊天，我就弄了一瓶罗斯青柠酒。后来你们就没再来，我今晚刚开。"

"我朋友去外地了，"我说，"可以的话，给我加大杯，双份的，谢谢。"

酒保走开了。那个黑衣女子迅速瞥了我一眼，然后低下头盯着她的酒杯。"这里很少有人喝这个。"她说话的声音很低，低得我起先并没有意识到她是在跟我说话。然后，她又朝我的方向看过来，她的眼睛又黑又大，我没见过比她指甲更红的红色了。她看起来不像会随便和人搭讪的女人，她的语调中也没有一丝挑逗的味道。"我是指螺丝锥子。"

"一个朋友让我喜欢上它的。"我说。

"他一定是英格兰人。"

"为什么？"

"青柠汁，那是绝对英国的，就像那难吃的鱼酱油煮的鱼，就像是厨师滴进去的血。称他们青柠佬就是这个原因，我指的是英国人，不是鱼。"

"我以为这是一种热带饮料，炎热天气才有的东西，马来半岛之类的地方。"

"也许你说得没错。"她又把视线转开。

酒保把酒放在我面前。加了青柠汁的螺丝锥子呈现出淡淡的黄绿色，朦朦胧胧的感觉。我尝了一口，甜和酸涩的味道同时刺激着味蕾。黑衣女子看着我，向我举杯，我们各喝了一口，这时，我才意识到她和我喝的是相同的酒。

接下来就是一些惯常的事了。我没什么动作，只是坐在那里，稍过片刻，我说："他不是英国人，也许战争期间他去过那里。我们过去时常来这里，来得很早，就像现在这个时间，趁还没有人声鼎沸。"

"这个时间很惬意，"她说，"几乎只有这个时候酒吧是惬意的。"她喝完了杯中酒，说道："说不定我认识你的朋友，他叫什么名字？"

我没有立刻回答她，先点了一支烟，看她轻轻把烟蒂从碧玉烟嘴中弄出来，换了一支进去。我伸手递上打火机。"伦诺克斯。"我说。

她谢谢我借火给她，用搜索的目光看了我一眼，随后点点头：

"嗯，我和他很熟，也许有点太熟了。"

酒保过来看了看我的酒杯。"再来两杯一样的，"我说，"送到卡座那儿。"

我从酒吧凳上下来，站着等她。她可能会让我碰一鼻子灰，也可能不会，我并不那么在意。在这个性别意识特别强的国家，男人和女人偶尔也可以见面聊天，不见得要上床。我们大概就属于这种情况，她可能觉得我有所企图，如果是这样，让她见鬼去吧。

她犹豫了片刻，拿起一双黑手套和一个镶着金边和金扣的黑色麂皮包，走到一个转角处的卡座，一言不发地坐了下来。我在小桌的对面坐下。

"我姓马洛。"

"我叫琳达·罗林，"她平静地说，"马洛先生，你有点多愁善感啊！"

"就因为我到这儿来喝一杯螺丝锥子？那你呢？"

"或许我喜欢的是那种味道。"

"或许我也是，但这未免太巧了。"

她向我淡淡地微笑。她带着翡翠耳环和翡翠胸针，从切割工艺来看——平面带斜切边——翡翠应该是真的。即使在酒吧昏暗的灯光下，它们也有微光从内透出来。

"原来这个人就是你。"她说。

酒吧服务员送来酒放到桌上，他走开后，我说："我认识泰瑞·伦诺克斯，我喜欢他，偶尔和他一起喝酒。这是无心插柳，一段偶然的友谊。我从没去过他家，我在停车场见过他太太一次，但不认识她。"

“你们的关系不止于此吧？”

她伸手去拿酒杯。她带着一枚周围镶钻的翡翠戒指，旁边细细的铂金戒指表明她已经结婚。我估计她三十五六岁的样子。

“也许吧，”我说，“这家伙让我费了不少心，现在还不省心。你呢？”

她倚在一个胳膊肘上，抬头看着我，面无表情。“我说了，我和他太熟了，熟到根本不在乎他发生了什么事。他有个阔太太，让他享受奢侈的生活，她要的回报只是不被人管。”

“似乎合情合理。”我说。

“马洛先生，你别挖苦人了。有些女人是这样，她们控制不住。其实他一开始就知道，如果他觉得自尊心受伤害，大门随时为他开着，他没有必要杀她。”

“我同意你的看法。”

她直起身子，眼睛直直地盯着我，噘起嘴唇。“接着他就逃了，如果我听到的消息可靠，是你帮了他。我想你对此一定引以为傲。”

“不，”我说，“我只是为了赚钱。”

“马洛先生，那可一点也不好玩。坦白说，我不知道自己为什么坐在这里跟你喝酒。”

“这是很容易改变的，罗林太太，”我伸手拿起我的酒杯一饮而尽，“我以为你可以告诉我一些我所不知道的关于泰瑞的事。我没兴趣推测为什么泰瑞·伦诺克斯要把他妻子的脸打得血肉模糊。”

“这么说太残忍了。”她气愤地说。

“你不喜欢这样的字眼？我也不喜欢。如果我相信他做过这种事，我就不会在这里喝螺丝锥子了。”

她瞪大了眼睛，过了一会儿，她慢慢地说："他自杀身亡，留下一份完整的自白书。你还想要什么？"

"他有枪，"我说，"在墨西哥，这一点就足以成为神经过敏的警察向他射子弹的借口，很多美国警察就是用这种手法杀人——有的嫌门开得不够快，就隔着门板开枪。至于自白书，我还没看到。"

"肯定是墨西哥警方伪造的。"她尖刻地说。

"他们根本不知道怎么伪造，何况是在奥塔托克兰那种小地方。自白书很可能是真的，但它并不能证明他杀害妻子，至少我不这么认为，只能证明他找不到任何出路。在那样的状况下，某些人——你可以说他软弱、不够坚强、感情用事——可能会决定避免其他人受到可怕的舆论攻击。"

"不切实际，"她说，"一个人不会为了一个小小的丑闻自杀或故意葬送自己的生命。西尔维娅已经死了，至于她的姐姐和父亲——他们会照顾好自己。马洛先生，钱够多总有办法保护好自己。"

"好吧，我对动机的分析不正确，也许我彻底错了。一分钟前我让你生气，现在你要我离开吗？——这样你可以一个人喝你的螺丝锥子。"

她突然微笑起来。"对不起，我开始觉得你是个真诚的人。刚才我以为你想为自己辩解，而不光是为泰瑞。不知为什么，我现在不这么想了。"

"我不想辩解。我做了一件愚蠢的事，并为此吃了不少苦头，某种程度上是这样。我不否认他的自白书救了我，如果他们将他带回审讯，我想他们也会给我安上一个罪名，最轻也会让我付一笔远远超出我经济承受能力的罚款。"

"更不用说你的执照了。"她冷冷地说。

"也许。曾经有一段时间，任何一个宿醉的警察都可以逮捕我，现在有些不同了，州执照的授权需要先通过听证会，那些人不吃市警局那一套。"

她啜了口酒，慢慢地说："如果考虑各方面的因素，你不觉得这是最好的结局吗？没有审讯，没有耸人听闻的新闻头条，没有一味为了卖报而无视事实、公道和无辜人员感受的恶意中伤。"

"难道我刚才不是这么说的吗？你说那是不切实际。"

她往后靠，把头倚在卡座靠背弧形的衬垫上。"我说的不切实际是泰瑞·伦诺克斯竟然会为了达到这样的结果自杀。对于各方来说，没有审讯都是最好的，这点很实际。"

"我要再来一杯，"说着，我挥手示意服务员，"我觉得颈背上冷飕飕的。罗林夫人，你是不是碰巧和波特家有亲戚关系？"

"西尔维娅·伦诺克斯是我妹妹，"她平静地说，"我以为你知道。"

服务生走过来，我匆匆跟他点了饮料。罗林夫人摇摇头说她不喝了，服务生走开后，我说："波特老头……对不起，是哈兰·波特先生——对这个案子的保密工作做得那么好，我能了解到泰瑞的妻子还有个姐姐，真是够幸运的。"

"你言过其实了，马洛先生，我父亲可没那么大的能量，他也不是那么冷酷无情的人。我承认他对个人隐私的观点确实很保守，他从来不接受采访，包括他自己的报纸。他向来不让人拍照，从不发表演讲，他外出大多坐自己的车，乘自己的飞机，用他自己的飞行员；但他很有人情味，他喜欢泰瑞，他认为泰瑞是个人前人后都一样的真君子，而不是从客人到达到品第一杯鸡尾酒这十五分钟内装出来的君子。"

"最后他还是出问题了，确实出问题了。"

服务生快步走来，端上我的第三杯螺丝锥子。我尝了口味道，然后静静坐在那里，一根手指放在酒杯圆形底座边缘。

"马洛先生，泰瑞的死对他是个很大的打击。你对此又要嗤之以鼻了，千万别这样。爸爸知道一些人会觉得整件事处理得未免太干净了，他倒宁愿泰瑞只是失踪而已。如果泰瑞找他帮忙，我想他一定会尽力的。"

"哦，罗林夫人，我不这么认为，惨遭谋杀的是他的亲生女儿。"

她做了一个恼怒的手势，冷冷地看着我说道："恕我直言，爸爸早就和我妹妹断绝父女关系了，两人见了面，他也几乎不跟她说话。如果他说出自己的想法——当然他从来不曾这么做，也不会这么做——我敢肯定他会和你一样对泰瑞杀人表示怀疑。但泰瑞一死，真相还有什么关系呢？他们可以在一次飞机失事、火灾或高速公路事故中死去，如果她一定要死，这是她结束生命最好的时机。再过十年，她会变成一个被性欲纠缠的丑老太婆，就像你在好莱坞派对上看到的那些不堪入目的女人，或者是几年前看到的那样，一窝国际人渣。"

不知怎么的，我突然怒火中烧。我站起来，看着卡座对面，旁边的卡座还空着，再往后坐着一个家伙，独自静静地看着报。我一屁股坐下，把我的酒杯推到旁边，身子前倾倚着桌子，刻意压低声音。

"拜托，罗林夫人，你到底想告诉我什么？想让我觉得哈兰·波特是那么亲切友善，根本不会想到用自己的影响力给有政治野心的地方检察官施压，终止谋杀案的调查，使这起案子实际根本没有被调查？还是他不相信泰瑞有罪，却不让任何人出力查找真凶？还是他没有利用他的报纸、他的银行账户以及九百名前赴后继揣摩他想法的下属所带来的政治影响力？抑或是他没有刻意安排地方检察官办公室或市警局的人，反而安排一个听话的律师赶去墨西哥确认泰瑞是开枪自杀，而不是被玩枪求刺激的印第安人干掉？罗林太太，你家老爷子身价上亿，我不知道他怎么发的家，但我非常清楚要不是他建立了一个非常有影响力的组织，他不可能有今天。他可不会心慈手软，他是个强硬的人。如今，要赚那种钱，你一定得融入那种游戏规则，还要会和一些狡猾的人做生意，也许你可以不见他们，不和他们握手，但他们就站在边缘和你做生意。"

"你是个蠢货，"她气愤地说，"我对你已经忍无可忍了。"

"哦，当然。我说不出你爱听的话。让我告诉你一件事，在西尔维娅被杀当晚，泰瑞跟你家老爷子谈过话，泰瑞说了些什么，你家老爷子跟他又说了些什么？'老弟，滚到墨西哥去，用枪把自己了结了，家丑不可外扬。我知道我女儿放荡，十几个醉醺醺的混蛋中的任何一个都有可能兽性大发，把她漂亮的脸蛋打烂。不过，老弟，那不是有意为之，等那家伙清醒过来，他会后悔的。我们待你不薄，现在是你回报的时候了。我们要确保波特家族的名声继续如山丁香般香远益清。她和你结婚，是因为她需要一个装点门面的幌子，现在她死了，更需要一个幌子，而你就是这个幌子。如果你能消失，不再出现，那样最好。如果你被发现，你就得死，那我们就只能在太平间见了。'"

"你真的认为……"黑衣女子问，语气干涩冰冷，"我父亲会说那样的话？"

我身子往后靠，毫不客气地笑了起来。"如果有必要，我们倒是可以把这段对话的措辞润色一下。"

　　她收拾好东西，在卡座上挪了挪位置。"我警告你，"她慢慢地一字一句地说，"一句非常简单的警告。如果你觉得我父亲是那样的人，如果你到处散播你刚才对我说的那些想法，那么在这个城市里，无论你干现在这行，还是任何其他行业，你的职业生涯都会非常短暂，而且戛然而止。"

　　"厉害，罗林女士，真厉害。我在法律界见识过，在流氓堆里见识过，在上层社会也见识过。表述不同，但都是一个意思——放手停止。我来这里喝一杯螺丝锥子，因为有一个人要我这么做。现在看看我，我简直都快一只脚踏到墓地里了。"

　　她站起来，稍微点点头。"三杯螺丝锥子，双份的。也许你醉了。"

　　我在桌上放了远远超过消费金额的钞票，起身站在她旁边。"罗林夫人，你喝了一杯半，为什么喝那么多？是有人要求你喝，还是你自己的意思？你的嘴也没闲着。"

　　"谁知道呢，马洛先生？谁知道？有谁真的知道什么吗？吧台那儿有个人在盯着我们，是你认识的人吗？"

　　我转过头看，她居然注意到了，这让我很吃惊。一个瘦瘦的黑衣人坐在离门最近的凳子上。

　　"他叫切克·阿戈斯蒂诺，"我说，"是为一个名叫梅内德斯的赌徒扛枪的保镖。我们不如去给他点颜色看看。"

　　"你肯定是喝多了。"她说着，急忙迈开步子走了，我跟在她后面。坐在吧台凳上的人转过身，视线对着他的前方。我走到他身旁，跨步到他身后，迅速把手伸到他腋下。也许我确实有点醉了。

他气冲冲地转过身，从凳子上滑下来。"小子，小心点。"他咆哮道。我眼角的余光看到她还没跨出门口，回头瞥了一眼。

"阿戈斯蒂诺先生，没带枪吗？你真是太粗心了，天快黑了，你要是遇到一个难缠的小个子可怎么办？"

"滚蛋！"他恶狠狠地说。

"哇，你从《纽约客》上学了这句话。"

他口中还在絮絮叨叨，人倒是没动。我没理他，跟着罗林夫人出去，来到门外遮阳棚下。一位灰白头发的司机站在那儿和停车场的小伙说着话。他摸摸自己的帽子，走开了，过了一会儿开了一辆漂亮的凯迪拉克豪华轿车回来。他打开车门，罗林太太上了车，他关上车门，仿佛是在盖一个珠宝盒的盖子。他绕到车另一侧的驾驶座。

她放下车窗看着我，露出一丝微笑："晚安，马洛先生。刚才很愉快——对吗？"

"我们吵得很凶。"

"你说的是你自己——你是在跟自己吵吧？"

"经常如此。晚安，罗林太太。你不住在这附近吗？"

"不，我住在闲逸谷，在湖的那一头。我的丈夫是医生。"

"你可认识一个姓韦德的人？"

她皱起了眉头。"是的，我认识韦德夫妇。为什么问这个？"

"我为什么问？因为在闲逸谷，他们是我唯一的熟人。"

"明白了。好了，晚安，马洛先生。"

她靠在座椅上，凯迪拉克斯文地低声轰鸣了几声，很快消失在拉斯维加斯大道的车流中。

我转身差点和切克·阿戈斯蒂诺撞个正着。

"那个甜妞是谁?"他冷笑道,"下次你想耍小聪明,离我远点。"

"不是想认识你的人。"我说。

"好吧,自作聪明的家伙。我记下车牌号了,曼迪喜欢知道这种细枝末节的事。"

一辆车的车门砰的一声打开,一个大约七英尺高、四英尺宽的人从车里蹦出来,他看了一眼阿戈斯蒂诺,接着上前跨出一大步,一手掐住他的喉咙。

"我跟你们这些无赖说过多少次,别在我吃饭的地方闲荡!"他吼道。

他晃了晃阿戈斯蒂诺,一把把他推到人行道旁的墙壁上。切克倒在地上咳个不停。

"下次再这样,"大个子嚷嚷道,"我一定毙了你。朋友,相信我,他们来为你收尸的时候,你手里会拿着枪的。"

切克摇摇头,什么也没说。大个子轻佻地瞥了我一眼,咧开嘴笑着说:"美好的夜晚。"说罢,他迈着悠闲的步子走向维克多酒吧。

我看切克直起身子站稳,稍微镇定了一些。"你那哥们是谁?"我问他。

"大块头威利·马贡,"他声音沙哑地说,"警察缉捕队的一个蠢货。他以为自己很厉害。"

"你的意思是他没那么厉害?"我客气地问他。

他用茫然的眼神看了看我,然后走开了。我把车从停车场开出来,往家的方向驶去。在好莱坞什么事都可能发生,没什么不可能的。

23

　　一辆低转速的捷豹在我前面绕过山丘，减慢了速度，以免把闲逸谷入口半英里处的一条没有铺好的石子路搞得漫天尘沙，散得我满车都是。他们似乎有意让那条路维持这个样子，让那些周末爱在高速公路上飙车的人知难而退。我瞥见一条色彩艳丽的围巾和一副太阳眼镜，有人向我漫不经心地挥挥手，就像邻居间打招呼。接着，路面扬起尘土，灌木丛和晒干的草地上原本就有白蒙蒙的一层，现在又罩了一层上去。然后，我绕过突岩，路面逐渐变得平整顺畅了，这是有人保养的路段。橡树朝道路聚拢，仿佛它们很好奇，想看看路过的是什么人；玫瑰红脑袋的麻雀跳来跳去，啄着只有麻雀才认为值得啄的东西。

　　随后出现了几棵三叶杨，但没有桉树。再然后是一片茂密的卡罗来纳白杨，遮掩着一栋白房子。接着，有个女孩牵着马沿着路肩走，她穿着牛仔裤和一件颜色花哨的衬衫，嘴里嚼着一根小树枝。这匹马看起来很热，但没有流汗，女孩对着它低声哼唱。一面石墙里有个园丁正用电动割草机修剪一大片起伏不平的草地，草地的尽头是一栋威廉斯堡殖民时期留存至今的古豪宅的门廊。不知哪个地方，有人正在大钢琴上练习左手指法。

随着车轮的滚动，这些景象一一疾驰而过。湖面泛起粼光，显得又热又亮，我开始看门柱上的号码。韦德家的房子我只见过一次，并且是在夜里，这房子在夜色中显得更大一些。私家车道上停满了车，所以我把车停在马路边，下车步行进去。一个身穿白衣的墨西哥管家为我开门，他是个身材修长、打扮整洁、相貌颇好的墨西哥人，他的衣服雅致合身。每周五十元收入、没有被艰辛的工作耗尽精力的墨西哥人就像他这样。

他用西班牙语说："下午好，先生。"他咧着嘴微笑，仿佛顺利完成了一件差事。"请问您是？"

"马洛，"我说，"你想抢谁的镜头，坎迪？我们在电话里说过话，还记得吗？"

他仍旧咧着嘴笑，我就进去了。这就是一场老套的鸡尾酒会，大家都大声说话，没人听，每个人拿着酒杯不肯放下，一双双眼睛里闪着光。每个人的酒量不一，喝下的酒有多有少，因此有的脸颊泛红，有的脸颊发白，但都冒着汗。这时，艾琳·韦德出现在我身旁。她一身淡蓝色衣服，魅力不减，手里拿着酒杯，看起来不过是个道具罢了。

"很高兴你能来，"她很认真地说，"罗杰希望在书房见你，他讨厌鸡尾酒会。他在工作。"

"这么吵也能工作？"

"他似乎从来不会被吵闹声打扰。坎迪会帮你拿一杯酒过去，或者如果你愿意，也可以自己去吧台……"

"我自己来，"我说，"那天晚上很抱歉。"

她笑了。"我想你已经道过歉了。没什么。"

"没什么才怪。"

她久久地保持笑容，点点头，转身走开了。在几扇巨大的落地窗旁的角落里，我看到了吧台，是那种可以移动的吧台。我尽量不撞到任何人，走到一半，有个声音说："哦，马洛先生。"

我回过头，看到罗林夫人坐在沙发上，旁边坐着一个举止拘束的男人，戴着一副无框眼镜，下巴上有一块黑色，像是山羊胡子。她手里端着一杯饮料，一脸无聊的表情。他静静地坐着，双臂交叉，绷着脸。

我走过去。她微笑着伸出手，看着我说："这位是我丈夫，罗林医生。爱德华，这位是菲利普·马洛先生。"

山羊胡子瞥了我一眼，漠然地点了点头，除此之外，他一动没动，似乎是在为更重要的事保留精力。

"爱德华很累，"琳达·罗林说，"爱德华经常很累。"

"医生往往是这样的，"我说，"罗林太太，需要我为你拿一杯喝的吗？还有你呢，医生？"

"她已经喝得够多了，"那人说，没看我们俩一眼，"我不喝酒。我越看喝酒的人，就越庆幸自己不喝。"

"回来，小希宝。"罗林太太梦呓般地说。

他应声转过身。我离开那里，往吧台走去。有丈夫相伴，琳达·罗林像变了个人似的。她语气尖锐，表情中带着一丝不屑。即使在她生气的时候也不曾对我这样。

坎迪在吧台后面。他问我想喝什么。

"现在不用，谢谢。韦德先生想见我。"

"他很忙，先生。非常忙。"

我觉得我不会喜欢坎迪。我盯着他看，他补充说："不过我去看一下。马上回来，先生。"

他灵巧地穿过喧闹的人群，很快就回来了。"好了，朋友，我们走吧。"他乐呵呵地说。

我跟着他穿过房间，走了很长一段路。他打开了一扇门，我进去后，他随即把门关上，噪声一下子黯然远去。这是一个拐角的房间，宽大、凉爽、安静，落地窗外玫瑰绽放，一扇窗的一侧装了一台空调。我可以看到湖，可以看到韦德平躺在一张长长的浅色真皮沙发上。一张硕大的淡色木桌上放着一台打字机，旁边有一堆黄色的纸。

"谢谢你赏脸，马洛，"他懒洋洋地说，"请随便坐。你喝一两杯了吗？"

"还没。"我坐下看着他。他仍然显得有点苍白憔悴。"工作进展如何？"

"很好，只是我很容易累。要从四天的酒醉中恢复是何等痛苦，不过酒醉恢复后我能创作出最好的作品。做我这种工作，很容易精神紧绷，那样思维就会僵化，出来的东西就好不了。出色的东西是兴之所至一气呵成写出来的，你读过或听过的任何与之相反的都是一堆乱七八糟的大杂烩。"

"这也许要取决于作家是谁，"我说，"福楼拜的作品写得可不轻松，可出来的东西是出色的。"

"好吧，"韦德说着坐起来，"原来你读过福楼拜，你因此成了一个知识分子、评论家、文学界里的学者。"他揉了揉额头说："我在戒酒。我讨厌这个过程，我讨厌每个手里拿着酒杯的人。我得出去，朝那群讨厌鬼微笑。该死的，每个人都知道我是个酒鬼，所以他们都想知道我在逃避什么。有个弗洛伊德学派的混蛋把这种窥探心理变成了平常事，现在每个十岁大的孩子都会这么做。如果我有个十岁的孩子，可惜上帝剥夺了我的这个权利，小家伙就会问我：'爸爸，你喝醉是为了逃避什么？'"

"据我所知，这一切都是最近的事。"我说。

"越来越糟了，不过我向来嗜酒成性。当你还年轻，即使生活艰苦，你依然可以承受很多惩罚。当你年近四十的时候，就不是那么容易恢复了。"

我靠在椅背上，点了一支香烟。"你找我有什么事？"

"马洛，你觉得我在逃避什么？"

"不知道，我没有足够的信息。再说，每个人都在逃避一些东西。"

"但并不是每个人都酗酒。你在逃避什么？你的青春，还是负罪心理，抑或是你意识到自己只不过是一个无足轻重的行业中的无足轻重的一个？"

"我明白了，"我说，"你需要找个目标让你数落。朋友，继续啊。觉得受伤的时候，我会告诉你的。"

他咧嘴一笑，捋了捋厚厚的鬈发，然后用食指戳着自己的胸口说："马洛，你现在看到的就是一个无足轻重的行业中的无足轻重的一个。所有的作家都是小混混，我是小混混中的小混混。我写了十二部畅销书，如果能把桌上那一堆乱七八糟的东西弄完，也许就是我的第十三部作品。没有一本是有价值的。在只有千万富翁住得起的住宅区，我有一栋迷人的房子，有一个爱我的迷人的妻子，有一个欣赏我的慷慨的出版商，而我爱自己胜过一切，我是一个唯我独尊的混蛋，一个文学娼妓或是老鸨——随你怎么说——而且是个十足的寄生虫。你还能为我做什么？"

"嗯，能做什么？"

"你为什么不生气？"

"没什么可生气的。我正在听你自暴自弃，是挺无聊的，但没有伤害到我的感受。"

他放声笑了起来。"我喜欢你，"他说，"我们喝一杯。"

"朋友，不要在这里喝，也不要你我单独喝，我不想看你喝第一杯。没有人能阻止你，我认为也没有人想阻止你，可我也没必要陪你喝。"

他站起来。"我们不必在这里喝，我们到外面，看看那些当你赚足了钱能住到他们那个圈子时会打交道的人。"

"听着，"我说，"省省吧，别再讲下去了，他们和其他人没什么两样。"

"是啊，"他语气短促地说，"但他们应该与众不同，否则他们还有什么用？他们属于上层社会的精英，却比那些喝着廉价威士忌的卡车司机好不了多少，甚至还不如。"

"别再说了，"我重复道，"你想喝醉，随你便，但别把气出在别人身上。他们喝醉也不必躲到菲林格医生那里，更不会大脑失控把自己的妻子推下楼。"

"是的，"他说，突然平静下来，若有所思，"朋友，你通过测试了。来这里住一段时间怎么样？你光是待在这里就能给我很大的帮助。"

"我真不知道怎么帮。"

"但我知道，你只要在这里就行了。一千块一个月有兴趣吗？我喝醉的时候很危险，我不希望自己变成危险人物，我不想喝醉。"

"我无法阻止你。"

"先试三个月吧。我可以把这本该死的书完成，然后出一阵远门，在瑞士山里找个地方隐居，彻底把酒戒了。"

"是为了书？你非赚这钱不可吗？"

"不，我只是必须要完成已经开始的工作，完成不了，我就完蛋了。我把你当朋友才这么要求的，你为伦诺克斯做的远不止于此。"

我站起来，走到他面前，狠狠地瞪了他一眼。"先生，我害得伦诺克斯连命都没了，我害得他连命都没了。"

"呸，不要在我面前装傻，马洛，"他用手掌侧边抵着喉咙，"对装疯卖傻，我的承受能力最多到这里。"

"装傻？"我问，"只是出于善意吧？"

他后退了几步，撞到沙发边缘，但身体没有失去平衡。

"去你的，"他平心静气地说，"当然啦，谈不成没关系，我不怪你。有些事我想知道，非知道不可。你不知道是什么，我自己也不太确定。但我能肯定事有蹊跷，我必须弄清楚。"

"和谁有关？你太太吗？"

他的上下嘴唇抿来抿去。"我想是跟我有关，"他说，"我们去喝点东西吧。"

他走到门口，把门推开，我们就出去了。

如果他是想让我感到不自在的话，那他做得绝对一流。

24

　　他一打开门，客厅的喧闹声立刻扑面而来，似乎比刚才更吵了，增加了足足两杯酒的程度。韦德到处和人打招呼，大家见到他似乎很高兴。但在那一刻，他们即使看到匹兹堡·菲尔①和他定制的冰锥，也会很高兴的。人生不过是一出大型杂耍表演。

　　在去吧台的时候，我们迎面遇到罗林医生和他的妻子。医生站起来，上前一步到韦德面前，一脸厌恶仇恨的神情。

　　"大夫，很高兴见到你，"韦德友好地说，"嗨，琳达，你最近去哪儿了？不，我想这是个愚蠢的问题。我……"

　　"韦德先生，"罗林医生的声音里带着一丝颤抖，"我有话要对你说，很简单，我希望是非常明确的，离我太太远点儿。"

　　韦德好奇地看着他。"大夫，你看起来很累。你没酒，我帮你拿一杯。"

　　"韦德先生，你很清楚，我是不喝酒的。我来这里只有一个目的，我已经说得够明白了。"

---

① 匹兹堡·菲尔（Pittsburgh Phil），美国职业杀手哈里·施特劳斯（Harry Strauss，1909—1941）的别名，碎冰锥是他的作案工具之一。

"嗯，我想我明白你的意思，"韦德说话的态度依然很友好，"既然你是我家的客人，我也没什么好说的，只是我觉得可能有点误会。"

附近的谈话声轻了下来，男男女女都竖起耳朵仔细听。这可是轰动的话题。罗林医生从兜里掏出一副手套，把它们弄平整，拿住一个手套的指尖，对着韦德的脸使劲甩去。

韦德没眨一下眼。"天亮了去喝杯咖啡，顺便手枪决斗？"他淡定地问。

我看看琳达·罗林。她气得满脸通红，慢慢站起来，面朝医生。

"天哪，亲爱的，你做得太过分了。能别再搞得像个该死的傻瓜吗，亲爱的？还是你宁可等人扇你耳光了才满意？"

罗林旋过身子，对着她举起手套。韦德走到他面前："沉住气，大夫。在我们这一带，只会在私下打老婆。"

"如果你说的是你自己，我早就知道了，"罗林冷笑道，"我不需要你来教训我的行为。"

"我只教有前途的学生，"韦德说，"很遗憾你这么快就要走了。"他提高嗓门说："坎迪！罗林医生马上要走了！"他转过身用手指着门对罗林说："大夫，懂西班牙语吗？我说的是门在那里。"

罗林一动不动地瞪着他。"我警告过你了，韦德先生，"他冷冰冰地说，"很多人都听到了，我不会再警告第二次。"

"用不着，"韦德回答得很干脆，"但如果你这样做，选一个中立区域，多给我一点行动的自由。很抱歉，琳达，只可惜你嫁了他。"他轻轻揉了揉脸颊上刚才被手套甩到的地方。琳达·罗林苦笑着耸耸肩。

"我们这就走，"罗林说，"走，琳达。"

她又坐下来，伸手去拿酒杯，默不作声，向她丈夫投去轻蔑的目光。"要走的是你，"她说，"别忘了你有很多电话要打。"

"你跟我一起走。"他怒不可遏地说。

她转身背对着他，他突然伸手抓住她的胳膊。韦德抓住他的肩膀，把他拽到一边。

"沉住气，医生。不可能什么事都顺你的意。"

"把你的手松开！"

"没问题。放松点，"韦德说，"大夫，我有个好主意。你为什么不去找个好医生看看？"

有人大声笑了起来。罗林全身紧绷，就像蓄势待发的动物。韦德觉察到了，他利索地转身撤开，让罗林医生一个人难堪去。如果他去追韦德，会显得更愚蠢。除了离开，他别无选择。于是他走了，他大跨步穿过房间，两眼直直地盯着他的正前方，坎迪已经等着开门送客了。他出去后，坎迪把门关上，表情木然地回到吧台。我过去要了些苏格兰威士忌。我没看到韦德去了哪里，反正他不见了。我也没看到艾琳。我转过身背对着客厅，喝着威士忌，任他们喧闹去吧。

一个泥黄色头发、额头上系了根束带的小女孩突然出现在我身边，把一个酒杯放在吧台上，细声细气说着话。坎迪点点头，又给了她一杯。

小女孩转身问我说："你对共产主义感兴趣吗？"她两眼无神，小小的红舌头在嘴唇上舔来舔去，仿佛在找巧克力屑。"我认为每个人都应该会感兴趣，"她接着说，"可是你问这里的任何一个人的时候，他们只想对你乱抓乱摸。"

我点点头，视线越过我酒杯的上方看她微微上翘的小鼻子和被太阳晒粗糙的皮肤。

"如果动作斯文的话，我并不是很介意。"她一边对我说，一边伸手去拿刚端上来的酒杯。她露出白齿，一口气喝了半杯。

"别指望我斯文。"我说。

"你叫什么名字？"

"马洛。"

"名字最后有'e'吗？"

"有。"

"啊，马洛，"她拖长了声音说，"多么伤感而优美的名字。"她把杯子放下的时候几乎已经是空的了，她闭上眼睛，头向后仰，张开手臂，差点打到我的眼睛。她情感充沛地朗诵起克里斯托弗·马洛①的诗句：

> 这岂非当年激千帆竞渡，
>
> 焚毁云霄古城伊利昂的绝世红颜吗？
>
> 甜美的海伦，赐我一吻使我永生。

她睁开眼睛，拿起酒杯，冲我眨了眨眼睛。"朋友，你当时写得非常棒。最近写诗了吗？"

"没怎么写。"

"如果你愿意，可以吻我。"她带着一丝羞涩说。

一个身穿山东绸外套和敞领衬衫的家伙来到她身后，在她头顶上

---

① 克里斯托弗·马洛（1564—1593），英国诗人、剧作家，文中所引诗文出自其剧本《浮士德博士的悲剧》。

朝我笑了笑。他一头红色短发，脸就像一个萎陷的肺叶，我没见过比他更丑的。他拍拍小女孩的头。

"好了，小可爱。该回家了。"

她转身对他发起了猛烈的攻击。"你的意思是你又要去给那些该死的秋海棠浇水吗？"她叫嚷道。

"哦，听着，小可爱——"

"把你的手拿开，你这个该死的强奸犯。"她尖叫着把酒杯中剩下的酒泼在他脸上，不过杯中所剩无几，不超过一茶匙加两块冰块的量。

"天哪，宝贝，我是你的丈夫！"他一边大声说，一边拿出一块手帕擦脸，"听明白了吗？是你丈夫。"

她抑制不住地抽泣着扑进他的怀里。我从他们身边绕过，走开了。每一个鸡尾酒会都一样，连对话都差不多。

现在，房里的客人陆续出去，沐浴在夜色中。喧闹声逐渐减弱，汽车一一发动起来，告别声如同橡皮球一样蹦来跳去。我走向落地窗，来到铺了石板的露台上，地面朝靠湖的一边呈倾斜的坡度，湖面平静得如同一只沉睡的猫。湖边有一个短木墩，上面有根白色的缆绳系着一艘划艇。在不太远的对岸，一只黑色水鸟像溜冰运动员一样慵懒地划出一条条曲线，但没有溅起一丝涟漪。

我在一张带靠垫的铝合金躺椅上躺下，舒展开身子，点了烟斗，静静地抽着，心想自己到底来做什么。只要罗杰·韦德愿意做，他似乎有足够的能力控制好自己。他对付罗林做得恰到好处，如果他在罗林尖尖的小下巴上狠狠地挥上一拳，我也不会觉得很意外，虽然从道理上来说，那么做会有点过分，但罗林比他过分得多。

如果还有所谓的道理，那就是不该在一屋子人面前威胁别人，还用手套打别人的脸，而妻子就站在旁边，这无异于当众指责她行为不端。作为一个刚刚从酒醉恢复但仍然虚弱的人，韦德表现得不错，甚至可以说相当好。当然，我没见过他酒醉，不知道他醉的时候会是什么样子，我甚至不知道他是个酒鬼。这两者有一个很大的区别：偶尔喝得酩酊大醉的人在酒醉时和清醒时还是同一个人；而酒鬼——一个真正的酒鬼，就完全像变了个人似的，你完全预测不到他会怎样，只有一点是肯定的，那就是他会变成一个你不认识的陌生人。

我身后传来轻轻的脚步声，艾琳·韦德走到露台上，在我旁边的躺椅边缘坐下。

"嗯，你是怎么想的？"她轻声问道。

"你是指那个晃手套的先生？"

"哦，不，"她皱皱眉头，然后笑了起来，"我讨厌别人闹成这样的场面。倒不是说他不是个好医生。他已经和闲逸谷中一半的男人闹过这么一出了。琳达·罗林不是个水性杨花的女人，无论是仪容、言谈、举止都不像是那样的人。真不知道为什么罗林医生认为她是那样的女人。"

"也许他是个已经戒了酒的酒鬼，"我说，"在那些人里，变得像清教徒似的奉行严格作风的人不在少数。"

"可能吧，"她望着湖说，"这是一个非常宁静的地方，人们觉得作家在这里会很快乐——如果有什么地方能让作家快乐的话。"她把视线转向我。"你没有接受罗杰的请求？"

"韦德太太，我没有理由接受，我做不了什么，这些话在此之前我已经说过。我无法确保在恰当的时间守在附近，我必须二十四小时守在这里，但我没法保证，就算我没别的事要做，这也不可能。打个比方，如果他发狂，那是一触即发的事。再者，我没有看出他有发狂的迹象。在我看来，他状态相当稳定。"

她低头盯着自己的手。"如果他能完成他的作品，我想情况会好很多。"

"在这件事上，我帮不了他。"

她抬起头，两只手放在身体两侧，撑着躺椅的边缘，整个人略微前倾。"如果他认为你可以，你就可以，这是关键。是不是到我们家做客还有报酬拿让你有所顾虑？"

"韦德太太，他需要的是一个心理医生。你认识不是江湖郎中的正规医生就行了。"

她显得很吃惊。"心理医生？为什么？"

我把烟灰从烟斗里敲出来，烟斗仍旧拿在手里坐着，凉一下再把它收起来。

"如果你想听一个非专业人士的看法，我可以说给你听。他认为自己心里藏着一个秘密，但他不清楚究竟是什么。可能是关于他自己罪恶的秘密，也可能是关于别人的。他认为自己之所以嗜酒，是因为他没弄清真相。他也许认为不管到底是什么事，一定发生在他喝醉的时候，所以他要回到喝醉时的状态去寻找——要到烂醉如泥的程度，就像他所做的那样。那是心理医生的工作。到目前为止，一切都还好。如果这个推测不对，那么他就是纯粹想喝醉，或者控制不住，有关那个秘密的说辞就只是一个借口。他无法写书，无法完成工作，那是因为他喝醉了。也就是说，他无法完成作品很可能是因为他酗酒使得自己无法正常思考。不过，事实也可能完全相反。"

"哦，不，"她说，"不可能。罗杰天赋极高。我相信他最好的作品还没写出来。"

"我说了这是非专业人士的看法。那天早上你说他也许已经不爱妻子了，但事实也可能完全相反。"

她朝屋里看去，然后转身背对着它。我也朝相同的方向看去，韦德正站在门里，望着我们。我往那边看的时候，他走到吧台后面，把手伸向一个酒瓶。

"干涉他没有用，"她说，"我从来不干涉他的事，从不。马洛先生，我想你说得对，戒酒只能靠他自己了，没有别的办法。"

烟斗凉了，我把它收起来。"我们一直在抽屉背面摸索，何不反过来看看？"

"我爱我的丈夫，"她说得很直白，"也许不是小女生的那种爱，但我爱他。一个女人的一生中只会当一回小女生。我当时的爱人已经死了，他死在战场上。说来奇怪，他姓名的首字母缩写和你的一样。现在都已经过去了——只是有时候我还是不敢相信他已经死了，他的尸体始终没有找到，不过这个情况不止他一人。"

她用搜寻的目光注视着我。"有时候——当然不是经常——当我深夜走进一个安静的鸡尾酒吧或者豪华酒店的大堂，在清晨或深夜走到邮轮的甲板上，我会觉得他也许在某个幽暗的角落等我。"她停顿了一会儿，垂下眼睛，"我真傻，自觉惭愧。我们非常相爱——是那种一生中仅有一次的疯狂的、神秘的、不可思议的爱情。"

她不再说话，坐在那里眺望湖面，黯然神伤。我又回头朝屋里看，韦德站在打开的落地窗前，手里拿着酒杯。我转回头来看了看艾琳。此刻在她眼里，我已经不存在了，我起身走进屋子。韦德端着酒杯站在那里，酒看起来很烈。他的眼神看起来也不太对劲。

"马洛，你是怎么和我太太调情的？"他扭曲着嘴说。

"如果你是指勾引，绝对没有。"

"我说的就是这个意思。那天晚上你吻了她，也许你以为自己很快就能得手，但你是在浪费时间，老兄，即使你风度再好也不可能。"

我想绕开他走到一旁，但他用结实的肩膀挡住了我的路。"老兄，不要急着走。我们喜欢你留在这里，来我们家的私家侦探实在太少了。"

"光我一个人在这里就已经嫌太多了。"我说。

他举起酒杯喝了一口后，放下酒杯，斜着眼睛看我。

"你应该多给自己一点时间增强抵抗能力，"我对他说，"你觉得这些都是空话，是吗？"

"好吧，教练，你就是所谓的性格培养师吧？你应该知道教育一个醉鬼是毫无意义的。我的朋友，醉鬼没法教育，他们是人格分裂的。这个过程的有些部分充满了乐趣。"他又喝了一口，酒杯几乎空了，"还有一部分相当可怕。但如果我可以引用那个出身卑贱、提着小黑皮包的混蛋罗林医生的经典名句，那就是，离我妻子远点，马洛。你对她垂涎三尺，大家都会；你想和她睡觉，大家都想；你想分享她的梦，闻闻她回忆的玫瑰花香，也许我也想。但是没什么可分享的，朋友——什么都没有，什么都没有，什么都没有，你孤零零一个人在黑暗中。"

他喝完酒，把酒杯倒过来。

"就像这样，里面什么都没有，马洛，什么都没有。我最清楚不过了。"

他把酒杯放在吧台边上，动作僵硬地走到楼梯口。他往楼梯上大约走了十几步，抓着楼梯扶手，停下脚步，靠着栏杆。他低头看着我，酸溜溜地笑了起来。

"马洛，请原谅我刚才那番老掉牙的嘲讽。你是个好人，我不希望你出事。"

"会出什么事？"

"也许她没有从魂牵梦萦的初恋中走出来，就是那个在挪威失踪的家伙。你不会想要失踪吧，朋友？你是我的专属私家侦探，当我迷失在塞普尔韦达峡谷野性的绚美中时，是你找到了我。"他的手掌在光滑的木扶手上打着圈，"如果你把自己弄丢了，我会伤透心的。就像那个和英国海军搅和在一起的人，他消失得无影无踪，有时候都怀疑他是否存在过。你觉得她会不会只是编造了这么个人，当作用来戏耍的玩偶？"

"我怎么知道？"

他低头看着我，两眼之间出现了深深的皱纹，嘴巴因痛苦而扭曲。

"谁知道？也许连她自己都不知道。宝贝累了，宝贝玩了太久破玩具，宝贝想说再见了。"

他继续拾级而上。我站在那里，直到坎迪走进来，开始整理吧台，把酒杯放在一个托盘上，检查酒瓶里剩下的酒，他根本没注意到我，至少我认为是这样的。过了一会儿，他说："先生，还剩了一杯酒的量，浪费了可惜。"说着，他举起一个酒瓶。

"你喝吧。"

"谢谢你，先生，我不喝。最多一杯啤酒，再多就不能喝了。我的酒量就一杯啤酒。"

"聪明人。"

"这房子里有一个酒鬼就够了，"他盯着我说，"我说的英语不错吧？"

"嗯，很不错。"

"但我是用西班牙语思考的，有时候挺费劲的。老板是我的人，老兄，他不需要任何帮助。我照顾他，明白了吗？"

"你干得不错，小混混。"

"长笛之子①。"他咬着牙用西班牙语骂了一句，拿起一个装满东西的托盘，举到肩头，手掌托着下面，就像餐厅服务员那样。

我走到门口，独自出去了，边走边琢磨着"长笛之子"在西班牙语中怎么会变成一句骂人的话，不过我没有多想，有太多的事要考虑。韦德家的问题不只是酗酒这么简单，酗酒仅仅是一种伪装。

那天晚上九点半到十点之间，我拨了韦德家的电话号码，电话铃响了八声没人接，我就挂断了，但手刚离开电话机，电话铃就响了起来。来电话的是艾琳·韦德。

"刚才有人打来电话，"她说，"我有一种预感，觉得是你。我正准备去洗个澡。"

"是我打的，不过没什么重要的事，韦德太太。我离开的时候，罗杰的思维似乎有点混乱——他确实不太对劲。我想我现在似乎感到了一丝对他的责任感。"

"他没事，"她说，"在床上睡得正香。我觉得罗林医生对他的刺

---

① 原文为 Hijo de la flauta，西班牙俚语，意为"狗娘养的"。

激比他表现出来的更严重。他肯定对你乱说话了。"

"他说他累了，想去睡觉。我觉得合情合理。"

"如果他只说了这些，是挺合理的。晚安，马洛先生，谢谢你来电。"

"我并没有说他只说了这些，我说的是他说了这话。"

有一刻停顿后，电话的那头说："每个人偶尔都会有些荒谬的想法，别把罗杰的话当真，马洛先生，毕竟他的想象力是相当丰富的，对他来说这是很自然的。他恢复了没多久，不该这么快又开始喝。我估计他还对你无理取闹了，别把这些放在心上。"

"他没有对我无理取闹，他很讲道理。你丈夫是一个能够充分审视自己、看清自己的人。这是不同寻常的天赋。大多数人耗尽一生，用尽半数的精力努力维护他们从来不曾拥有过的尊严。晚安，韦德太太。"

她挂了电话。我拿出棋盘，装了一斗烟丝，摆好棋子，把它们检查了一遍，看看有没有刮伤或松动的棋钮，然后让戈尔特查克夫和曼宁金打了一场冠军比赛，七十二步，打成平局，势不可挡的常胜将军遇到了无法动摇的目标，这是一次没有武器的战斗，一场没有血腥的战争，但是，和你在广告公司外随处可见的情形一样，这是一种对智力的煞费苦心的浪费。

25

除了我去办一些算不上业务的业务外，整整一个星期都没什么事。一天早晨，卡恩机构的乔治·彼得斯打来电话，说他碰巧经过塞普尔韦达峡谷那条路，出于好奇顺道去看了菲林格医生的那栋房子，但菲林格医生已经不在那儿了。五六个勘测队正在对那块土地进行测绘，要把它分成小块，与他交谈的那些人从没听说过菲林格医生。

"就因为一张财产信托书，可怜的傻瓜被迫停业，"彼得斯说，"我查过了，为了节省时间和费用，他们给了他一千元让他放弃产权，现在把这块地分割成住宅地产，有人将净赚一百万。这就是犯罪和生意的差异，做生意你得有资金，有时候我觉得这是唯一的区别。"

"你这话真够愤世嫉俗的，"我说，"不过高水准的犯罪同样需要资金。"

"资金从何而来，老兄？不会从那些抢劫酒铺的强盗那儿来吧。再见，改天见。"

一个星期四的晚上，十一点还差十分钟的时候，韦德打来电话。他的声音浑浊沙哑，只听见咯咯作响，但我还是能听出是谁的声音。

短促吃力的呼吸声从电话那头传来。

"马洛，我现在的情况很糟，非常糟。我快不行了。你能赶过来吗？"

"好……不过先让我跟韦德太太谈一下。"

他没有回答，电话里传来撞击声，然后是死一般的沉寂，过了一小会儿又传来咚咚的撞击声。我对着话筒大声喊了几句，没有任何回应。时间在一分一秒地过去。最后传来的是话筒放回机座的咔嗒声和电话断线的嗡嗡声。

五分钟后，我已经在路上了。只花了半个多小时我就到了，至今我还没弄明白是怎么做到的。我开车飞驰穿过小路，驶上文图拉大道，顶着迎面而来的车灯，一个左转弯，闪到几辆卡车之间，几乎让自己出尽了洋相。我以近六十英里的时速穿过恩西诺，用远光灯照着旁边停靠着的汽车外缘，以免有人突然从车里出来。只有当你不在乎的时候，才会有像我这样的运气，没有警察，没有警笛，没有红色爆闪灯。一路上我设想着韦德家可能发生的各种糟糕的情况：她与一个喝醉酒的疯子独处一室；她躺在楼梯脚下，断了脖子；她锁着门躲在房间里，有人在外面号叫，试图破门而入；她光着脚跑在月光下的路上，一个手持屠刀的黑人壮汉正在追她。

事实完全不是我想的那样。我转弯把车驶入他们家的车道，屋子灯火通明，她正站在开着的门口，嘴里叼着一支烟。我下了车，沿着石板路向她走去。她穿着宽松的长裤和敞领衬衫，平静地看着我。如果在那一刻有什么值得兴奋的事，那是我带去的。

我开口说的第一句和我接下来的行为一样不着边。"我以为你不抽烟。"

"什么？是的，我不常抽烟。"她取下嘴里的烟，看了一眼，扔到地上，用脚踩灭，"只是偶尔为之。他打电话给菲林格医生了。"

这声音遥远恬静，仿佛夜晚从水上漂来，放松得很，毫无负担。

"不是，"我说，"菲林格医生已经不住在那里了，电话是打给我的。"

"哦，真的吗？刚才我听到他打电话让人赶过来，我以为一定是菲林格医生。"

"他现在在哪里？"

"他摔倒了，"她说，"他肯定把椅子往后仰得太厉害了，不是第一次这样了。他的脑袋撞破了，流了一点血，不多。"

"嗯，那就好，"我说，"我们可不希望看到血淋淋的场景。我问你的是，他现在在哪儿。"

她严肃地看着我，然后伸手指着说："在那边的某个地方，在路边或围栏旁的灌木丛里。"

我身子前倾，盯着她说："天哪，你连看都没去看一下？"这时我肯定她是惊魂未定。我回头往草坪看去，除了围栏附近有一块深深的阴影，什么也没看到。

"是的，我没看，"她的语气出奇的平静，"你去找他吧。我已经受够了，再也受不了了。你去找他吧。"

她转身往屋里走去，大门仍旧敞开着。她走得不快，进门后继续往里走了一码左右，她突然倒在地上，躺在那里。浅色长茶几两侧各有一张长沙发，我抱起她，把她放在其中的一张沙发上，摸了摸她的脉搏，脉象似乎并不微弱，也没有不稳定。她双眼紧闭，嘴唇发青。我把她留在那里，重新回到屋外。

正如她所说的，韦德的确在那里，侧身躺在木槿花的树影下。他的脉搏跳得很快，呼吸不均匀，后脑勺黏黏的。我一边轻轻摇晃他，一边跟他说话，还在他脸上拍了几下。他嘴里咕哝了几句，但没有醒过来。我扶着他的身体让他坐起来，把他的一条胳膊搭到我肩上，转身把他背起来，伸手去抓他的一条腿。我的尝试失败了，他沉得像一块水泥。我们俩都坐到了草地上，我稍微喘了口气再试一次，最后我用消防员的抱举式把他抬起来，一步一步穿过草坪，向敞开的正门走去，这一路仿佛往返一趟暹罗那么遥远。门廊前的两级台阶仿佛有十英尺高。我摇摇晃晃走到沙发前，蹲下身子，把他放下来。我直起身子的时候，感觉脊椎像是至少有三处断裂。

艾琳·韦德不见了。那一刻我累得没有心思关心别人在哪里。我坐下看着他，等他喘过气来。随后，我看了看他的脑袋，上面沾着血，头发也因此黏糊糊的，看起来情况不太糟，但头部受伤说不准会出什么状况。

这时，艾琳·韦德来到我身边，静静地低头看着他，神情漠然。

"对不起，我昏倒了，"她说，"我不知道是怎么回事。"

"我想我们最好叫个医生。"

"我给罗林医生打了电话。他是我的医生，但他不想来。"

"那就试试别的医生啊。"

"嗯，他会来的，"她说，"他虽然不想来，但他还是会尽快赶来的。"

"坎迪在哪儿？"

"今天星期四，他休息，厨师和坎迪每周四放假。这种事在这里很平常。你能把他扶到床上吗？"

"没人帮一把可不行。最好拿条毯子来，今晚虽然暖和，但像他这种情况很容易得肺炎。"

她说她去拿毯子，当时我觉得她真好，可是我的想法并不太明智，扛他进屋弄得我筋疲力尽。

我们在他身上盖了一条船用毛毯。十五分钟后罗林医生来了，他戴着无框眼镜，衣领浆得硬挺挺的，表情仿佛是狗生病后要他来清理似的。

他检查了韦德的头。"伤口很浅，有瘀青，"他说，"无脑震荡的症状。可以这么说，他的呼吸很清楚地表明了他的状况。"

他伸手去拿帽子，提起皮包。

"别让他受凉，"他说，"可以给他洗个头，把血洗掉，动作要轻。他睡一觉就没事了。"

"大夫，我一个人没法把他抬上楼。"我说。

"那就不要搬动他了。"他冷冷地看着我，"晚安，韦德太太，你知道我不治酗酒的病人，即使我愿意治，我也不会收你丈夫这个病人。我相信你明白这一点。"

"没人要求你治疗他，"我说，"我是想请你帮我把他抬到他的卧室，这样我可以帮他脱衣服。"

"你是什么人？"罗林医生冷冰冰地问道。

"我是马洛，上个星期我来过这里，你太太向你介绍过我。"

"有意思，"他说，"你是怎么认识我太太的？"

"这有什么关系？我只是想——"

他打断了我的话："我对你想什么没兴趣。"然后转向艾琳，略微点点头，准备走了。我走到他面前，挡住了他的路。

"等一下，大夫。你一定很久没看那篇《希波克拉底誓言》①了。这个人打电话给我，我住的地方离这儿很远。我听到他的状况很糟糕，不顾一切交通法规，急忙赶到这里。我发现他露天躺在地上，就把他扛进来，请相信我，他可不像一堆羽毛那么轻。男仆不在，这里没人能帮我把韦德抬上楼。你怎么想？"

"让开，"他咬着牙说，"不然我要报警了，让他们派警察过来。作为一个专业人士——"

"作为一个专业人士，你还不如一撮脏兮兮的跳蚤灰。"我说着，把路让了出来。

他涨红了脸——慢慢地，但很明显。他憋着怒气，开门出去，然后小心翼翼地把门关上。关的时候，他又朝屋里看了我一眼，这是我见过的最猥琐的神情和最令人厌恶的脸。

我从门口转过身时，艾琳脸上泛着微笑。

"有什么好笑的！"我吼了一声。

"你看你，说起话来不顾别人的感受啊。难道你不知道罗林医生是谁吗？"

"知道——而且我还知道他是什么货色。"

她瞥了一眼手表。"坎迪现在应该回来了，"她说，"我去看看。他的房间在车库后面。"

她从一个拱门出去，我坐下看着韦德。这位大作家继续打着呼噜，他的脸上冒汗了，但我没有把他身上的毯子拿走。一两分钟后，艾琳回来了，坎迪跟在她后面。

———————————

① 医生保证遵守医生职业道德的誓言。

26

这个墨西哥人穿着黑白格子图案的运动衫和一条满是褶子的黑色宽松长裤,没系皮带,脚上穿一双黑白两色鹿皮皮鞋,干净得一尘不染。他的浓密黑发上面抹了某种发油或发乳,往后梳得光溜溜亮晶晶的。

"先生。"他说着,神情讥讽地微微鞠了一躬。

"坎迪,帮马洛先生一起把我丈夫抬上楼。他摔倒受了点伤,抱歉给你添麻烦了。"

"没关系,太太。"坎迪微笑着说。

"我得跟你道晚安了,"她对我说,"我很累。你有任何需要就找坎迪。"

她慢慢地爬上楼梯。坎迪和我望着她。

"好一个美人儿,"他悄声说,"你留下来过夜?"

"不。"

"可惜啊,她很寂寞,那么个美人儿。"

"别两眼放光了,小子。我们把这家伙弄上床吧。"

他悲悯地看着在沙发上鼾声阵阵的韦德,喃喃低语道:"真可怜,居然醉成这样。"这话听起来像是由心而发的。

"他醉得像头母猪，分量可不轻，"我说，"你抓着他的脚。"

我们抬着他，即便是两个人抬，他依然重得像个铅做的棺材。上楼后，我们沿着一个露台走，经过一扇关着的门，坎迪用下巴朝那扇门指了指。

"太太的房间，"他低声说，"你轻轻敲门，也许她会让你进去。"

我没有说什么，因为我需要他帮忙。我们抬着这个烂醉如泥的身体继续走，进了另一扇门，把他抛到床上。然后，我抓住坎迪上臂靠近肩膀的地方，掐了下去。用手指掐那儿会疼，他皱起眉头，脸色沉了下来。

"你的全名是什么，杂种？"

"把你的手拿开，"他厉声说，"别叫我杂种，我可不是偷渡客。我叫胡安·加西亚·德索托·尤·索托马约尔。我是智利人。"

"好吧，风流浪荡子。在这里就不要违反这里的规矩。谈到主人的时候，鼻子和嘴巴都放干净些。"

他猛地挣脱我的手，向后退了几步，黑眼睛里怒火中烧。他把手伸进衬衫，掏出一把细长的刀。他几乎没看一眼，刀尖朝下把刀立在掌上，然后把手抽走，刀刚悬到空中，他一把抓住刀柄。他身手很快，整个过程显得轻而易举。他把手举到肩膀的高度，向前一掷，刀嗖地飞出，颤着插进窗框的木头里。

"小心着点儿，先生！"他刻薄地嘲讽道，"别多管闲事。没有人敢惹我。"

他脚步轻盈地走到房间那一头，把刀从木头里拨出来，抛到半空，踮起脚尖一转身，从背后把刀接住，一转眼刀就消失在他衬衫里了。

"漂亮，"我说，"不过花哨了点。"

他带着一脸嘲讽的笑容，从容地向我走来。

"小心把你的胳膊肘弄断，"我说，"就像这样。"

我抓住他的右手腕，猛地一拉，让他失去重心，随后侧转到他身后，弯起前臂，从他肘关节下面往上提，再以前臂为支点，把它往下压。

"用力一按，"我说，"你的肘关节就断了。一下就够了。那样的话，你一连好几个月当不成飞刀手。再使点劲，你就永远完蛋了。把韦德先生的鞋脱下来。"

我把他放开，他咧嘴笑笑对我说："这招不错，我会记住的。"

他转向韦德，伸手去脱他的一只鞋子，然后停了下来。枕头上有一块血渍。

"是谁把老板割伤的？"

"朋友，不是我干的。他摔倒把头磕破了，只是一个很浅的口子。医生来看过了。"

坎迪慢慢舒了一口气："你看着他摔倒的？"

"在我来之前。你喜欢这个家伙，是吗？"

他没回答我。他脱了韦德的鞋子，我们一起把韦德的衣服一件件脱掉，坎迪找出一套银绿色睡衣，我们帮他换上，盖好被子，盖得严严实实。他还在冒汗，仍旧鼾声大作。坎迪伤心地低头看着他，油亮的脑袋缓缓地摇来摇去。

"得有人照顾他，"他说，"我去换衣服。"

"你去睡一会儿。我会照顾他，需要帮忙我会叫你。"

他正视着我，平静地说："你最好照顾好他，要照顾得很好。"

他走出了房间。我进浴室拿了一条湿面巾和一块厚毛巾，把韦德的身子往侧面翻了一点，厚毛巾铺在枕头上，擦掉他头上的血，我不敢用力，以免再出血。这时，我看到了一道清晰可见的大约两英寸长的浅伤口，罗林医生说得没错，伤得不重。可以给伤口缝几针，不过没必要。我找了一把剪刀，把伤口附近的头发剪去一些，在伤口上贴了一条创可贴。然后，我再把他的身子翻过来面朝天，帮他洗脸。我想那是一个错误。

他睁开眼睛，一开始眼神迷离，目光分散，过了一会儿眼睛里有神了，看见我站在床边。他的手慢慢抬起举到头上，摸到了创可贴。他的嘴里不知咕哝着些什么，然后口齿也变清楚了。

"谁打了我？是你？"他的手摸着创可贴问。

"没人打你，你摔倒了。"

"摔倒？什么时候？在哪儿？"

"在你打电话的地方。你打电话给我，我听到你摔倒的声音，在电话里听到的。"

"我打电话给你？"他慢慢地咯咯笑了起来，"随时待命，是不是，伙计？现在几点？"

"已经过了凌晨一点。"

"艾琳在哪儿？"

"去睡觉了。她受了不少折腾。"

他默默思考了一会儿，眼里充满了痛苦。"难道我……"他欲言又止。

"就我所知，你没有伤害她，如果这是你想问的。你只是到屋外徘徊，在围栏附近昏倒了。别说话了，睡吧。"

"睡觉，"他平静地、慢慢地说，就像小孩背诵课文那样，"会是什么滋味？"

"吃颗药或许有帮助。有药吗？"

"在抽屉里，床头柜。"

我打开抽屉，找到一个装着红色胶囊的塑料瓶。速可眠，用量一点五格令。罗林医生开的处方，那个讨人厌的罗林医生，是为罗杰·韦德太太开的药。

我倒出两颗，把药瓶放回原处，从床头柜上的保温壶里倒了一杯水。他说一颗就够了，他把药放到嘴里，喝了一些水，重新躺下盯着天花板。时间一分一秒地过去。我坐在椅子上看着他。他似乎没有睡意，然后他一字一句慢慢地说：

"我想起一件事。马洛，帮我一个忙，我写了一些疯狂的东西，不想让艾琳看到。还在打字机上，掀开盖子就能看到，帮我撕了它们。"

"好。就记得这些吗？"

"艾琳没事吧？你能确定吗？"

"是的，她只是累了。没事的，韦德，别再多想了。我不该问你。"

"别再多想了，这个人说，"他的声音有点昏昏欲睡，似乎是在自言自语，"别再多想了，别做梦了，别再爱了，别再恨了。晚安，亲爱的王子。我要把另一颗药吃了。"

我把药递给他，再给他一些水。他又躺回去，这一次他把头侧过来，这样他能看到我："马洛，我写了一些东西，不想让艾琳……"

"你已经说过了。等你睡了，我会去处理。"

"哦，谢谢。你在这儿真是太好了，太好了。"

他停顿了很长时间，眼皮显得越来越沉了。

"马洛，杀过人吗?"

"是的。"

"感觉很糟，对吗?"

"有些人喜欢这种感觉。"

他闭上眼睛，然后又睁开，眼神茫然。"怎么可能?"

我没有回答。他的眼皮慢慢地又合上了，就像剧院里的幕布缓缓拉上。他开始打鼾。我又等了一会儿，随后把房间的灯光调暗就出去了。

27

　　我在艾琳的房门外停下听了听，没有听到里面有任何动静，所以我没敲门。如果她想知道丈夫的状况，那是她的事。楼下的客厅灯火通明，但空无一人。我关了几盏灯，站在房子正门旁仰望楼上的阳台。客厅的中间部分是挑空的，与房子的墙壁等高，上面有裸露的横梁，它们也支撑着阳台。阳台很宽，两侧围着结实的金属栏杆，大约三英尺半高，为了搭配中间的横梁，顶端的栏杆和立柱都切割成四方形。装着两扇百叶门板的方形拱门将餐厅隔开，我猜餐厅上面是用人的房间，二楼的这部分是用墙隔开的，所以应该还有一个楼梯可以从厨房通往楼上。韦德书房楼上的一角是他的房间，我能从他敞开的房门里看到反射在天花板上的灯光，也能看到门框的顶板。

　　除了一盏落地灯，我把其余灯全关了，往书房走去。书房门关着，但里面亮着两盏灯，一盏是皮沙发旁的落地灯，另一盏是带灯罩的台灯。打字机放在台灯下的一个很沉的架子上，旁边凌乱地放着一堆黄色的纸。我在一张带衬垫的椅子上坐下，琢磨房间的格局，我想知道他是怎么把头撞破的。我坐到他的办公椅上，电话在我左边。椅子的弹簧很松，如果我身子往后仰过了头，脑袋可能会撞到桌角。我把手帕弄湿，擦了擦桌角的木头，没有血渍，什么也没有。桌上有很多东西，有一排书夹在两尊青铜大象之间，还有一个老式的方形玻璃墨水瓶。我摸了摸墨水瓶，也没有痕迹。总之书房里没什么线索，如果有人攻击他，凶器不见得在书房，而且当时没有其他人在场。我站起来，打开壁带灯，灯光照到阴暗的角落，答案一下子显而易见了。靠墙躺着一个倒下的方形金属废纸篓，废纸散落在外面。废纸篓不会走路，一定是被扔过去或者踢过去的。我用湿手帕擦了擦废纸篓的尖角，这次手帕上出现了棕红色的血迹。没什么蹊跷，韦德翻倒，头撞到废纸篓的尖角——很可能是擦撞——然后自己从地上爬起来，使劲把这该死的东西踢开。太简单了。

然后，他可能马上又喝了一杯。沙发前的茶几上放着酒，一个是空瓶子，另外一瓶喝了四分之一，旁边还有一个热水壶和一个盛着水的银碗，碗里的水原来应该是冰块。酒杯只有一个，是个大容量的。

他喝了酒后觉得好些了，迷迷糊糊依稀注意到电话听筒没有挂好，但他很可能已经不记得自己用电话做过什么了。于是他走过去，把话筒放回基座。时间差不多能对应上。电话常常会使人感到难以抗拒，在我们这个时代，对小机械有所依赖的人对电话又爱、又恨、又害怕。但他对电话始终心怀尊重，即使在他喝醉的时候也不例外。电话是一种拜物迷恋。

任何一个正常人首先都会对着话筒说声"喂"，确定电话那头没人才会把电话挂上，但是对于一个眼神迷离，并且刚摔了一跤的醉汉来说就未必了。不过，这并不重要。也许是他太太把电话挂上的，她可能听到了摔倒声和废纸篓砸在墙上的响声，于是来到书房。就在那个时候，他刚喝的那杯酒上了头，于是他跌跌撞撞走到屋外，穿过大门前的草坪，在我发现他的地方晕倒。有人正为他赶来，但此时他已不知道来的 人是谁了，也许是老好人菲林格医生。

到目前为止一切都说得通。那么，他太太会做什么呢？她应付不了他，也没法和他讲理，她甚至可能害怕尝试。所以，她会找人过来帮忙。用人不在，只能打电话。嗯，她确实给某个人打过电话，她联系了那个讨人厌的罗林医生。我认为她是在我到了以后才打的电话，尽管她没这么说。

接下来的情况就很难解释了。按常理她会去找他，确保他没有受伤。温暖的夏夜在室外的地上躺一会儿并无大碍。她搬不动他，我也是使尽全力才做到的。但你怎么也想不到，在不太清楚他在哪儿的情况下，她会站在门口抽烟。如果换作你，你会吗？我不知道他们之间曾发生过什么，不知道在那种状态下他有多危险，也不知道她有多害怕靠近他。"我已经受够了。你去找他吧。"我到的时候她是这么对我说的，说完，她走进屋里，随即就晕倒了。

这个问题让我百思不得其解，但我不得不暂时把它搁到一边。我只能假设在经历过太多次这样的情形后，她明白除了听之任之，没有其他办法，所以她会那么做。就是那样，放任不管，任由他躺在屋外的地上，等别人带着医疗设备来处理他。

我依然感到困惑。我和坎迪把他送到楼上卧室时，她告退后独自进了自己的房间。她说，她爱这个人，他是她的丈夫，他们结婚已经五年，他在清醒的时候是个很不错的人——这些都是她自己说的。一旦喝醉，他就变了个人，变得很危险，这时她只能躲得远远的。算了，别想了。但不知怎么的，我仍然被这个问题纠缠着。如果她真的吓坏了，她不会站在门口抽烟；如果她只是感到痛苦、孤寂、厌烦，她就不会晕倒。

情况不止于此。或许，还有另一个女人，她恰好刚刚发现这件事。会是琳达·罗林吗？有可能。罗林医生是这么认为的，而且公开说过。

我不再往下想，把打字机上的盖子掀开。东西在那里，几张打过字的黄色稿纸。我受人之托要把它们撕毁，以免被艾琳看到。我拿着它们坐到沙发上，决定一边喝酒一边看。书房旁有一个小盥洗室，我去把高脚杯冲洗干净，倒了一杯酒，坐下来边喝边看。纸上的内容确实语无伦次。全文如下。

28

　　距离月圆之夜还剩四天，落在墙上的一小方月光正望着我，好似一只硕大而浑浊的盲眼，那是墙的眼吧，笑话，这个比喻真是蠢透了。作家嘛，总得用点比喻才像个作家。我满脑子乱糟糟的，生奶油一般，却没那么甜腻。又一个比喻。单是想想自己这糟糕的状态就让人恶心，反正我能呕出来，很有可能就要呕了。可别逼我，给我点时间吧。我太阳穴上好像有蠕虫在爬啊爬。此时我要是躺在床上可能会好些，但床下会有只可怕的动物，窸窸窣窣地四处乱爬，猛地隆起身来，一下就撞到了床底。我发出一声惊叫，只是叫给自己听而已。那是睡梦中的叫喊，让我从噩梦中醒来。没什么可怕的，我不害怕，因为没什么可怕的。但我还是这么躺着，任凭那可怕的动物继续在床下隆起身，撞着床底，而自己却来了高潮。这是我所做过的最让自己恶心的事了。

　　我很脏。我需要刮刮胡子。我的手在抖。我在出汗。我全身难闻极了，衬衫腋下、前胸和后背全湿透了，袖子的臂弯处也是湿漉漉的。桌上的玻璃杯空着，得用两只手才能把它倒满，或许我该再倒一杯提提神。那东西的味道糟透了，根本帮不了我，折腾了半天我还是睡不着，整个世界好像都要为我饱受折磨的神经呻吟起来。韦德，这东西不错吧？再来点。

起初的两三天还不错，可后来渐渐不如人意了。你感觉很糟，于是喝上一杯，痛苦暂时缓解，但缓解痛苦的代价越来越高，效果却越来越差，最后就只剩下恶心的苦楚。于是你打电话给韦林杰。好吧，韦林杰，我就来。再没有什么韦林杰了。他可能去了古巴，说不定早死了。那个变态把他给杀了。可怜的老韦林杰，命运真会和他开玩笑，死在了变态的床上——还是这样一个变态。来吧，韦德，让我们起来出发吧，去我们没到过的地方，不要再故地重游。明白我这句话的意思吗？不明白。好吧，我这句话不收费，权当长段广告后的片刻休息。

于是，我真这么做了。我起了床，够男子汉。我走到沙发边上，跪下身，两手摊在沙发上，把脸埋在里面哭了起来。然后做起了祷告，又因此开始鄙视自己。三等的醉鬼是鄙视自己的。你这个傻货，祷哪门子告啊？好人祷告，是出于信仰。恶人祷告，是因为害怕。让祷告见鬼去吧。这是你创造的世界，你一个人创造的世界，没有任何外援——也是你自作自受。你这个蠢货，别再祷告了。快站起来喝了这一杯。现在做其他事都太晚了。

好吧，我喝。我两手把它倒在玻璃杯里，几乎没洒出一滴。如果我能忍住呕吐拿住杯子就好了，最好能掺些水。现在慢慢拿起来。慢慢来，一次别喝太多。就这样暖起来了，热起来了。要是我别再出汗就好了。杯子空了，我又把它放回桌上。

此时的月光蒙上了一层薄雾，我把杯子小心翼翼地放了回去，就像往一只高挑的花瓶里插一束玫瑰。玫瑰晃着沾满露珠的脑袋，向我点头致意。或许我是一朵玫瑰吧。兄弟，我头上也有露珠吧。现在上楼去，也许喝杯纯的好上路。不必了？好吧，就听你的。把它拿到楼上去吧，我也要上去，我会想见到它的。如果我上楼去，应该有点报偿吧。算是给自己的一点问候。我对自己充满如此美丽的爱——美好之处在于——没有敌手。

刚上了楼又下来。不喜欢待在楼上。高度让我心跳得厉害。可我还是坚持敲击打字机键盘。潜意识真是魔术师。要是它能按时工作就好了。楼上也有月光，很可能是同样的月光吧。月亮就是一个月亮，来来去去就像个送奶工，月亮送来的奶也总是一个样，总是——等下，朋友，你交叉起双脚，有点不耐烦了。现在不是研究月亮历史的时候，你要想研究整个山谷的话，历史案例可不少。

她双膝蜷缩，正侧身睡着，没有一点声响。我想她睡得太静了，睡觉时多少该有些声音。或许她并没睡着，或许只是尝试入眠。如果走近些我就会知道，或许会一头倒下去。她睁开了一只眼——是吗？她看了看我，是不是？没有。要是那样的话，她一定会坐起来问我，亲爱的，生病了吗？是的，亲爱的，我生病了。可别操心，亲爱的，因为生病的是我，不是你，你就好好睡吧，永远不要记得，别从我身边溜走，那些讨厌、阴郁、丑陋的东西都不会接近你的。

你真差劲，韦德。就用了三个形容词，你这蹩脚的作家。我的老天，难道你连意识流都不会，只能用这三个形容词吗？我又扶着栏杆从楼上下来。每走一步五脏六腑就跟着翻江倒海，费了好大劲才没让自己撕裂开来。我踏着地板，进了书房，走到沙发边，等心跳慢下来。酒瓶就在手边。这是韦德所做的安排，酒瓶总是触手可得。没人把它藏起来，也没人把它锁起来。没人会说，喝得差不多了吧，亲爱的？没人会说，你会喝坏身子的，亲爱的，像玫瑰一样侧身睡下吧。

我给坎迪的钱太多了。这是个错误。刚开始应该只给他一袋花生，后来再给他一个香蕉什么的。这种细微的变化总能让他保持期待的热情。可我一开始就给他数目不小，很快他就有一笔大钱了。这里一天的花销够他去墨西哥活上一个月，过一个月放纵的生活。他有了这么一笔钱，会拿去做什么呢？要是一个人相信自己能拿到更多的钱，他会满足吗？也许这没什么大不了的，也许我应该杀了那个亮眼睛的畜生。曾经有一个好人为我送了命，为什么不是这只穿白夹克的蟑螂呢？

别去想坎迪啦。总有办法削削那家伙的锐气。另一位我却怎么都忘不掉，已用绿色火焰刻在我的心肝上。

最好打个电话。情况有些失控，觉得他们一直在跳啊跳的。在那粉红色的东西爬到我脸上之前，赶紧叫人过来。赶紧打电话，打电话，打电话。打给"苏城的苏"①。喂，接线员，帮我接下长途。喂，长途站，请接"苏城的苏"。她的号码是多少？没有号码，只有名字，接线员。你会看到她在第十大街上走，靠树荫的一侧，在结穗的高玉米下面……好的，接线员，好了。把这

① 苏城的苏（Sioux City Sue）是 1945 年由雷·弗里德曼作词、迪克·托马斯作曲的一首热门流行歌曲。歌曲描绘了一位来自苏城名叫苏的红发蓝眼的甜美女孩。苏城位于美国爱荷华州西北部。

条记录取消吧，让我告诉你件事，我是说问个事。要是我取消长途电话的话，谁会为吉福德在伦敦办的那些漂亮的派对买单？你觉得你的工作很稳定，只是你觉得。我最好直接和吉福德谈谈。接线给他。他的随从刚把他的茶送进来。要是他接不成的话，我们会派个接得成的来。

我为什么要写这些呢？我极力不去想的又是什么呢？打电话，现在赶紧打。情况很糟，非常非常糟……

就这些了。我把稿纸折起来，放在衣袋里的皮夹后面。我走到落地窗前，敞开窗子，走到露台上。月光似乎有些失去光彩，却还是闲逸谷的夏天，夏天是永远不会失去光彩的。我站在那里，望着静止的、无色的湖面，充满了遐想与疑惑。这时我听到了一声枪响。

29

此时阳台上两个亮灯的房间都开着门——一间是艾琳的房间，一间是韦德的。艾琳的房间没人，而从韦德的屋里传出一阵争斗声，我迅速走进屋内，发现她正在床前弯着身子和他厮打。一柄枪黑凛凛地直竖在那里，被两只手紧握着——一只男人的大手，一只女人的小手，但都没有握在枪把上。罗杰坐在床上，身子用力朝前推。她穿着一件淡蓝色的外套，中间夹袄的那种，凌乱的头发飞得满脸都是。她两手握枪，猛地从他手里挣脱，尽管他当时醉醺醺的，我还是惊讶她竟有这样大的力气。他倒了下去，瞪着眼睛，喘着粗气，艾琳退后几步，正好撞到了我。

她站在那儿靠着我，把双手握着的枪紧紧贴在身上，一边喘气一边抽噎，我把手绕过她的身子放到了枪上。

她转过身，似乎只有这样才会让她意识到我的存在。她睁大了眼，瘫倒在我身上，松开了手里的枪。那是一把笨重的武器，双动机锤内置式韦伯利手枪，枪筒还散着余热。我一手扶住她，一手把枪放进衣袋，越过她的头顶望着他。没有人说一句话。

然后他睁开眼，疲惫地笑了一笑。"没伤到人，"他含糊地说，"不过是朝天花板放了一枪。"

我感觉她身子变得僵硬，接着抽身出去，眼神变得专注而清澈，我放开她。

"罗杰，"她喊了一声，声音微弱得像病人的低吟，"一定要这样吗？"

他严肃地看着她，舔舔嘴唇，什么也没说。她走过去，靠在梳妆台上，用手机械地把脸上的乱发拂回脑后。她从头到脚打了个冷战，摇着头。"罗杰，"她又低声说，"可怜的罗杰，多么可怜，多么不幸的罗杰。"

此刻罗杰的眼睛直直地盯着天花板。"我做了场噩梦，"他慢慢说，"有人拿刀把我压在床上。我不知道是谁。看模样有点像坎迪，但不可能是他。"

"当然不是，亲爱的，"她轻轻地说，离开梳妆台，坐到床边，伸出一只手抚摸他的额头，"坎迪早就去睡啦。坎迪又怎么会有刀呢？"

"他是墨西哥人啊，他们都有刀的，"罗杰用同样遥远而冷漠的声音说，"他们喜欢刀。他不喜欢我。"

"没人喜欢你。"我毫不留情面地说。

她迅速转过头："求你……求你不要这样说。他不知情。他是在做梦……"

"枪在哪儿？"我瞅着她吼道，看都不看罗杰一眼。

"在床头柜，抽屉里。"他转过头，碰到我的目光。他知道我心里清楚抽屉里根本没有什么枪。抽屉里只有一些药片和杂物，没枪。

"可能在枕头下面。"他又说，"我也记不清了。我打了一枪——"他费力地抬起一只手指了指上面，"就在那儿。"

我抬头看去。天花板上似乎的确有个洞。我换了个位置仔细瞧了瞧，没错，是子弹射出的孔，这把枪出膛的子弹可以直射进阁楼。我走回到床边，站在那儿鄙夷地看着他。

　　"你这个疯子。你是在自杀。你根本没做什么噩梦，不过是过分自怜而已。抽屉里、枕头下根本没什么枪。你起来拿了枪，又回到床上，准备结束这乱糟糟的一切。但我不相信你有这个胆。你随意开了一枪，就把你太太引过来了——正如你所愿。不过是自卑自悯罢了，伙计。没什么别的。甚至连争抢也多半是在做戏。要是你不想让她把枪夺走，她是抢不过你的。"

　　"我病了，"他说，"也许你是对的吧。但这有关系吗？"

　　"这样就有关系了。他们会把你送进精神病院，相信我，开精神病院的那帮人的同情心和佐治亚州劳改囚犯的看守差不多。"

　　艾琳突然站起身来。"够了，"她厉声说道，"你知道他生了病。"

　　"他想生病。我只是提醒他这一切可能付出的代价。"

　　"可现在时间不合适。"

　　"快回你的房间去。"

　　她的蓝眼睛闪着光："你怎么敢——"

　　"快回你的房间去。不然我就报警了。发生这样的事本就该报警的。"

　　他几乎笑了出来。"好啊，报警吧，"他说，"就像你对泰瑞·伦诺克斯一样。"

　　我没去理会他，还是看着艾琳。她看起来已经筋疲力尽，身体虚弱，但美丽动人。我的怒气一下子消失了，伸出一只手摸了摸她的胳膊。"没关系，"我说，"他不会再这样干了。回去睡吧。"

艾琳朝他远远地望了一眼，走出了房间。待她消失在门口后，我坐回床边之前她坐过的地方。

"再来几片药？"

"不必了，谢谢。睡不睡得着都没关系。我感觉好多了。"

"我分析得没错吧？是不是场疯狂的表演？"

"差不多吧，"他把头转开，"我想我是头晕眼花了。"

"要是你真想自杀，没人能阻拦你。我心里清楚，你也清楚。"

"是的，"他还是不愿看着我，"你按我说的办了吗——打字机里的那个东西？"

"嗯哼。没想到你还记得。那内容真是疯狂。但奇怪的是，字打得很漂亮。"

"我总能把字打漂亮——不管是醉是醒——至少看上去不赖。"

"别担心坎迪，"我说，"你说他不喜欢你，你说错了。我说没人喜欢你，也说错了。我是为了惹怒艾琳，故意气她。"

"为什么要气她？"

"她今晚已经晕倒过一次了。"

他轻轻摇了摇头。"艾琳从不会晕倒的。"

"那就是骗人啊。"

他也不喜欢艾琳骗他。

"你说一个好人为你送了命，这话是什么意思？"我问。

他皱了皱眉，想了一下。"胡话而已。我和你说过我是在做梦……"

"我是说你打出来的那些胡话。"

此时他看着我，在枕头上费力地想转过头去，脑袋好像有千斤重。"另一个梦啊。"

"我再试一次吧。坎迪和你之间怎样了?"

"别说了,兄弟。"他说着闭上了眼。

我起身关上门。"你不可能永远逃避,韦德。坎迪一定会来勒索你的。这很简单,他能在喜欢你的同时把你的宝贝夺走——而且完成得完美无缺。你的宝贝——女人吗?"

"你也信那个蠢货罗林?"他闭着眼说。

"不完全信。妹妹呢——死掉的那个?"

从某种意义上,这完全是不着边际的猜测,却一下击中了他。他突然睁大了眼睛,嘴唇边冒出唾沫。

"你是为了这个才来的?"他慢慢低声问我。

"你更清楚。我是应邀而来,你请我来的。"

他的头在枕头上滚来滚去。吞下的安眠药似乎没起什么作用,他还是神经紧张,满脸是汗。

"出轨的好丈夫可不止我一个。你这个混蛋,离我远点。别来管我。"

我走进浴室,拿来一条毛巾帮他把脸擦干净,朝他冷笑一声。我是终结所有恶棍的恶棍。等这个男人倒下了,我可以一脚接一脚地踢他。他很虚弱,没法抵抗也没法反击。

"总有一天我们会一起处理这事。"我说。

"我没疯。"他说。

"你只是希望自己没疯。"

"我活得生不如死。"

"哦,那当然,这还用说?有趣的是你怎么会落到这么个境地。

来，接着这个。"我从床头柜上取了一片安眠药和一杯水。他用一只胳膊支撑起身子，伸手抓杯子，却在离杯子四英寸的地方扑了个空。我把杯子放到他手里。他喝水咽下了药片，又瘫倒下去，脸上的表情一点点消失了，鼻子缩成一团，看起来和死人没什么两样。今晚他没把任何人扔下楼去，从来都不可能。

等他眼皮沉重下去后，我走出了房间。衣袋里的韦伯利枪沉甸甸的，撞在我腰上。我又一次下楼去。艾琳房间的门开着，里面没开灯，借着月光我看到她正站在门口。她喊了一句什么，似乎是谁的名字，但不是我的。我朝她走去。

"小点声，"我说，"他刚睡着。"

"我就知道你会回来的，"她轻声说道，"哪怕是十年之后。"

我仔细打量着她。我们两个人当中一定有一个发疯了。

"关上门，"她用同样轻柔的声音说，"这么多年我都在等你。"

我转身把门关上，此刻这应该是个好主意。我面对她站着，而她已经向我扑来。我抓住她，我当然必须这么做。她用身子紧紧贴住我，头发在我脸上扫来扫去，她的嘴伸向我，等我吻她。她在颤抖，张开了嘴，伸出了舌头。她放下手去，伸手一拉，穿着的袍子就解开了，像《九月清晨》①那幅画里赤身裸体的女人，却没那么娇羞。

"抱我上床。"她喘着气。

我照办了。我把手臂搂过去，碰到了她那柔软的皮肤，抱起来走了几步，来到床前放下。她的胳膊还围着我的脖子，喉咙里发出一种

---

① 《九月清晨》(*September Morn*)，法语原名 *Matinée de Septembre*，是法国画家保罗·查巴斯（Paul Émile Chabas, 1869—1937）于 1912 年创作的一幅油画，后因该画在美国引发的丑闻而出名。

口哨般的声音，接着她来回翻滚，不断呻吟。这简直是谋杀。我发现自己和发情的种马一般，眼看就要失控。受到这种女人如此这般的召唤可真不是求之即得的。

是坎迪救了我。我听到一声轻轻的吱呀声，翻身起来见门把手在动，赶紧松开她跑到门口。我打开门冲了出去，看见那个墨西哥佬正穿过大厅飞奔下楼去。跑到一半他转过身停下来，朝我不怀好意地看了一眼，然后就走掉了。

我回到门口，关上门——这次是从外面关上。只听床上的女人发出阵阵怪声，现在听来就只是怪声而已。魔咒被解除了。

我飞奔下楼，冲进书房，抓起威士忌瓶猛灌，直到再也喝不下去为止。我靠着墙大口喘气，任凭胃里火烧火燎，直到烈焰烧进脑子里。

此时离晚饭时间已过去许久，一切正常的事情都像发生在很久之前。威士忌给了我又猛又重的一击，让我一直喝到房间开始变得模糊，家具离开了原位，灯光变得像野火，或是夏日的闪电。我躺倒在皮沙发上，想把酒瓶稳稳地立在胸脯上。瓶子好像见了底，滚落下去，咚的一声掉到了地板上。

这是我清楚记得的最后一件事。

30

一束阳光把我的脚踝照得痒痒的。我睁开眼，看见一棵树在薄暮氤氲的蓝天中轻轻摇摆。我翻过身，沙发的皮面触到了我的面颊，头疼得好像被利斧劈开一般。我坐起来，发现身上盖着一条毯子。我拿开毯子，下地站起身。我看了一眼时间，差一分钟六点半。

光是站起身就花了我许多力气，耗了不小的意志力。现在我的意志力大不如前了，已经所剩无几。艰难的岁月已让我精疲力竭。

我吃力地走向浴室，摘掉领带，脱去衬衫，双手捧了些水泼在脸上和头上，浑身湿淋淋的，又拿起毛巾一阵狂擦。我重新穿好衬衫，系上领带，伸手去拿夹克，衣袋里的枪砰的一声撞在墙上。我把枪掏出来，枪把一甩，退出弹匣，子弹倒入手里，五颗完好，一颗只剩下发黑的弹壳。我想，有什么用呢，他们又不缺子弹。于是我把它们装回去，把枪带到书房，放进书桌的抽屉里。

当我抬起头，看到坎迪正站在走廊上，穿着他那件白外套，油亮的黑发向后梳着，眼里透出一股怒气。

"来点咖啡吗？"

"谢谢。"

"我熄了灯。老板没事，睡着了。我关上了他的房门。你怎么喝醉了？"

"没办法的事。"

他嘲笑道："没成功啊？被赶出来了，侦探？"

"你爱怎么想就怎么想。"

"侦探，你今天早晨一点都不够男子汉。"

"把该死的咖啡拿来。"我朝他嚷道。

"禽兽！"

我跳起来一下抓住了他的胳膊。他没有动，只是鄙夷地看着我。我笑着放开了他的胳膊。

"你说对了，坎迪。我一点都不够男子汉。"

他转身出去，随即拿来一只银托盘，上面摆着一只盛咖啡的小银壶、糖、奶精和一块折得整整齐齐的三角形餐巾。他在酒桌上把东西放妥，撤去空瓶和其他的酒具，又从地上捡起一个酒瓶。

"新鲜的，刚煮好的。"说着就出去了。

我喝了两杯清咖啡，点了一支烟。还好，感觉自己还没脱离人类。这时坎迪又回来了。

"想来些早餐吗？"他沉着脸问。

"不了，谢谢。"

"好了，出去吧。我们不希望你待在这儿。"

"'我们'是谁？"

他打开香烟盒盖，取出一支烟，点上，吸了起来，朝我傲慢地吐着烟圈。

"我照顾老板。"他说。

"你赚了不少吧？"

他皱了下眉，然后点点头。"哦，是的，收入不错。"

"那么想堵住你这张嘴需要多少钱呢？"

他又说起了西班牙语："听不懂。"

"你比谁都明白。你敲诈了他多少？打赌不超过几码。"

"几码，什么意思？"

"两百。"

他咧嘴笑了，说："你给我几码，侦探。我就不会告诉老板昨晚你从她房间出来的事。"

"那足够买一大卡车像你这样的'湿背人'① 了。"

他却不以为然道："老板生气起来可不是好惹的。好自为之吧，侦探。"

"小流氓，"我不屑地说，"你摸过的全都是小钱。喝醉酒拈花惹草的男人多得是。不管怎样她都知道。你没什么可以出卖的情报。"

他的眼里闪过一丝光。"记得别再来了，硬汉子。"

"我要走了。"

我站起来，绕过桌子。他也移了几步，始终面朝着我。我看看他的手，今天早晨显然没有带刀。我走到他面前，甩了他一个耳光。

"我用不着被一个用人叫禽兽，油球②。我来这儿有正事，我想来就来。从今往后小心你的舌头，稍不留神就让你吃枪子儿。你那漂亮

---

① 美语口语中称"湿背人"（wetback），即对生活在美国的墨西哥人的蔑称，尤指非法进入美国的墨西哥人。

② "油球"（greaseball）是美国俚语中对外国佬（尤指意大利、西班牙、葡萄牙、希腊等国血统的人）的蔑称，该词起源一说为因意大利人天生油脂分泌旺盛，看上去多油腻不洁，后扩展到对有拉丁美洲和地中海地区血统的人的蔑称。

脸蛋儿就甭想要了。"

他一点反应都没有，好像没挨过那一记耳光一样。那句"油球"一定是骂到他心里去了。但此时他呆若木鸡，一动不动地站在那儿，随后一语不发，端起咖啡盘走了出去。

"谢谢你的咖啡。"我朝他的背影说。

他没停步。等他出去后，我摸摸下巴上的胡茬，抖抖身子，决定起身。我已经受够韦德一家了。

我穿过客厅的时候，正巧艾琳从楼上下来，穿着淡蓝衬衫、白色宽松裤和露趾凉鞋。她看见我，满脸惊讶地说："我不知道您还在这儿，马洛先生。"她好像一个礼拜都没见过我，而那时我正要去喝杯茶。

"我把他的枪放在书桌里了。"我说。

"枪？"她似乎一下子想起来，"哦，昨晚有点混乱，不是吗？但我以为您已经回家去了呢。"

我走近她。她脖颈上戴着一条细细的金项链，有白底蓝珐琅镶金的华丽吊坠。蓝珐琅部分像一双没有展开的翅膀，宽宽的白珐琅背景之上，是一把金匕首插进卷轴的图案。我看不清上面的字。这是某种军徽。

"我喝醉了，"我说，"是故意喝醉的，但醉得不够体面。我有点孤独。"

"没必要这样。"她说，双眸如水，清澈透亮，没有一丝愧疚的痕迹。

"看你怎么去想了，"我说，"我现在要走了，说不准还会不会回来。我说的枪的事，你听到了吧？"

"您放在他的书桌里了，放在别的地方或许更好些。他不是真想自杀的，对吧？"

"这个问题我回答不了。但他下次可能就会了。"

她摇摇头。"我不这么认为，真的不这么认为。昨晚您帮了大忙，马洛先生。我不知道该如何感谢您才好。"

"你已经努力谢过了。"

她红了脸，接着笑起来。"昨晚我做了一个很奇怪的梦。"她慢慢地说，眼光从我肩头掠过。"我梦见屋里有一个之前认识的人，一个已经死了十年的人。"她伸手摸了摸金珐琅吊坠。"所以我今天戴了这个，是他给的。"

"我也做了个怪梦，"我说，"我就不细说了。告诉我罗杰怎样了，我能不能帮上忙？"

她垂下眼，直视着我。"您刚刚说不会再回来了。"

"我是说我也说不准，也许我还得回来，但愿不需要。这屋里很有问题，都是一只酒瓶惹的祸。"

她盯着我，皱起了眉头。"这话是什么意思？"

"我想你明白我的意思。"

她认真想了想，还在用手指轻轻抚摸那个吊坠。她徐徐叹了口气。"总是有另一个女人，"她静静地说，"早晚都会有的，但并不见得就会带来灾祸。我们又说岔话题了吧。或许我们说的根本不是同一件事。"

"有可能。"我说。她还站在楼梯上，距离地板倒数第三级台阶，手指依旧摸着吊坠。她看上去依旧像个金色的梦。"尤其当你想到'另一个女人'是琳达·罗林的时候。"

她把手从吊坠上放下来，走下一级台阶。

"罗林医生好像同意我的观点，"她淡淡地说，"他一定有打听来的消息。"

"你说过他和谷里一半的男人都演过这幕戏。"

"有吗？好吧，当时大家都习惯这样说。"她又下了一级台阶。

"我还没刮胡子呢。"我说。

她吓了一跳，接着又笑起来："哦，我可没想让您和我做爱。"

"那你想让我做什么呢？韦德太太——一开始你说服我去找人，为什么让我去呢，我有什么特别的吗？"

"您守信用，"她平静地说，"即便是在很难做到的情况下。"

"我被感动了。但我不觉得这就是原因所在。"

她走下最后一级台阶，抬头看着我说："那么究竟是什么原因呢？"

"或者这就是原因吧——多么蹩脚的理由。世上没有比这更糟糕的理由了。"

她微微皱了皱眉。"为什么呢？"

"因为我所做的——守信用——连傻瓜都不会做第二次。"

"您瞧，"她轻轻地说，"我们的交谈变得越来越神秘了。"

"你就是个非常神秘的人，韦德太太。再见吧，祝你好运。如果你真心在意罗杰的话，最好为他找个合适的大夫——而且要赶快。"

她又笑了。"哦，昨晚只是温和的发作。您没见过他闹得凶的时候。他今天下午就会起来工作。"

"他会才怪。"

"相信我，他会的。我太了解他了。"

我从牙缝里挤出最后一句极为难听的话。

"你根本不是真心想救他吧，是不是？你不过是装装样子罢了。"

"这话，"她淡定地说，"是对我极大的侮辱了。"

她从我身边走过，穿过餐厅的门。现在大屋没人了，我走到前门，开门出去。这是静谧山谷里多么美好的夏日早晨。这里远离城市，没有烟尘，矮山阻挡了来自大海的湿气。不一会儿天就会热起来，但热得恰到好处，没有沙漠上热浪的残暴，也没有城市里热气的黏腻。闲逸谷是个居住的天堂。这里有善良的居民、精致的房屋、豪华的轿车、精良的马匹、忠实的宠物狗，甚至还有可爱的孩子。

但有个姓马洛的人只想从这里逃出去，快点逃出去。

31

　　我回到家，冲了个澡，刮了胡子，换了衣服，感觉干净多了。我做了些早餐吃，收拾好餐具，又打扫了厨房和门廊，装好烟斗，给代接话机服务站打了电话，没有来电记录。何苦跑到办公室去呢？那儿不过又多了一只死飞蛾，多了一层灰而已。保险箱里锁着我的"麦迪逊肖像"。我可以下楼瞧瞧它，或者把玩下那五张放脆了的百元大钞，闻起来还是一股咖啡味。我可以这么干，但我不想去。心里不知为何突然抑郁起来，这钞票并不真正属于自己，又能用来买什么呢？一个死人又有多少忠诚可用？呸，这是我在宿醉后的迷雾里看到的人生。

　　这个早晨漫长得似乎永远不会结束。我浑身乏力，迷迷糊糊，一分一秒都好像落在了虚无里，就像落下的一枚枚火箭，呼啸着轻轻划过天际。鸟在屋外的灌木丛里叫，月桂谷大道上车来车往，川流不息。通常我是压根听不到这些声音的，但我当时喜欢沉思，急躁刻薄，又过度敏感。我决定喝点酒，让自己彻底清醒过来。

　　平日里我不习惯早上喝酒。南加州的天气太过温和，不适合早上喝酒，因为这时候喝下去，酒精不容易代谢。但这次我调了一杯冰酒，坐在一张宽大的椅子上，敞开衬衫，翻起了杂志。我读到一个疯狂的故事，主人公是一个过着双重生活的人和两个精神病医生。一个医生是人，另一个则是蜂巢里的某种昆虫。那个穿梭于两个世界中的人一会儿去看一个医生，一会儿又去看另一个。整个故事就和圆松饼一样疯狂，却又别致有趣。我的酒喝得很小心，每次只抿一小口，时刻留意着身体的反应。

电话铃响起的时候已经快中午了，听筒里传来一个声音："我是琳达·罗林，我打了你办公室的电话，代接服务站让我打到你家里试试看。我想见见你。"

"什么事？"

"还是面谈吧。我想你偶尔也会去办公室。"

"是啊，偶尔去。有钱赚吗？"

"我没想到这事。但如果你想让我付钱的话，我也愿意。我大概一小时后到你办公室。"

"好啊。"

"你是怎么一回事？"她尖刻地问道。

"喝醉了，但没喝瘫。我会去的，除非你愿意到这儿来。"

"我还是希望在办公室谈这事。"

"我这里很不错，很安静，街道尽头，没有邻居打扰。"

"你的暗示对我毫无吸引力——如果我理解你的意思的话。"

"没人能理解我，罗林女士。我是个神秘人。好吧，我会晃到办公室的。"

"非常感谢。"她挂了电话。

到办公室去的一路我走得慢悠悠的，半路上还停下去吃了个三明治。到了办公室，我打开窗子通通风，又打开蜂鸣器，当我把头探出连通门，朝接待室里看时，她已经等在那里了。她坐在上次曼迪·梅内德斯坐过的那把椅子上，好像还翻着同一本杂志。今天她穿着黄棕色华达呢套装，看起来格外优雅。她把杂志放在一边，严肃地看看我，开口说：

"你的波士顿蕨得浇浇水了。我想最好再换个盆，气根长得太凶了。"

我为她开门。让波士顿蕨见鬼去吧。她走了进来，我把门啪的一下带上，拉开客户椅请她坐下，而她则习惯性地打量了一遍办公室。我回身走到办公桌前。

"你的办公室也算不上高级啊，"她说，"难道你连个秘书都没有？"

"活得确实挺卑贱，不过我已经习惯了。"

"我想干这行不是很赚钱吧。"她说。

"不好说，看情况吧。想见识下'麦迪逊肖像'吗？"

"什么？"

"一张五千美元的钞票，是客户的预付款，在我的保险箱里。"于是我起身去取钞票。我转开保险柜上的密码锁，拉开一个上锁的抽屉，再从里面取出一只信封打开，把钞票倒出来，摆在她面前。她盯着钞票看了看，一副吃惊的模样。

"别被这办公室的寒酸样儿给骗了，"我对她说，"我曾经有个客户，这个老家伙有大约两千万家产，连你老子到他面前都得毕恭毕敬。可他的办公室比我好不到哪儿去，就天花板上多装了点隔音材料，因为他耳背。地上铺的就是油地毡，连块地毯都没有。"

她用手指夹起这张"麦迪逊肖像"，在指间展开，翻了个面，又放下来。

"你是从泰瑞那里拿的吧，是不是？"

"老天，你真是无所不知啊，罗林太太。"

她把钞票推开，皱起了眉头："他有这么一张钞票。和西尔维娅复婚以后，就一直带在身边。他管这张票子叫他的疯钱，可他死了之后，也没在他身上找到这张钱。"

"找不到也可能是有其他原因。"

"我知道。但有多少人会随身带一张五千美元的大钞到处转悠？又有几个给得起你这么多钱的人会直接拿出一张五千元钞票？"

我觉得没必要回答她的反诘，只点了点头。她仍旧情绪激动地发问。

"付给你这张钞票的人要你做什么呢，马洛先生？你会不会告诉我？在他南下蒂华纳的最后一段车程中，有足够时间交流。而前些天晚上你非常肯定地说不相信他的坦白。他有没有给你一串他妻子情人的名单，好让你从中揪出那个杀人凶手？"

我还是没回答她，但这次是出于不同的原因。

"罗杰·韦德的名字是不是凑巧也在这个名单上呢？"她讽刺地问道，"如果泰瑞没有杀掉他妻子的话，那么凶手就一定是某个粗暴又毫无责任心的男人，一个疯子或醉鬼。只有那种人才会——用你那让人作呕的话来讲——把她的脸打成一块血淋淋的海绵。你对韦德一家如此殷勤——随叫随到，喝醉了去照看他，迷路了把他找回来，无助了带他回家，是不是就出于这个原因？"

"让我纠正你说到的几点吧，罗林太太。那张精美的钞票或许是泰瑞给我的，或许不是，但他没给我什么名单，也没提过任何名字。

他什么都没让我做，除了你确定是我开车送他到蒂华纳去之外。我和韦德一家打交道，是应一个纽约出版商之托。他急着要罗杰·韦德完成他的新书，而这就需要让他保持完全清醒，看看他是不是因为碰到了什么特别的麻烦才总是喝醉。如果真是碰到了麻烦，就要找出问题，接下来就是想办法把问题解决掉。我说想办法解决掉，是因为很可能这问题根本无法解决，但可以试试看。"

"我可以用一句话告诉你他为什么总喝醉，"她不屑地说，"就因为他娶了那个贫血的金发花瓶。"

"哦，这我不知道，"我说，"我不觉得她像得了贫血。"

"真的吗？真有意思。"她眼睛亮了一亮。

我拿起我的"麦迪逊肖像"，对她说："别在这话上想入非非了，罗林女士。我没和她上床，抱歉让你失望了。"

我走到保险箱前，把钱锁入抽屉放好，又关上保险箱，转好密码锁。

"仔细一想，"她在我背后说，"我想没人会和她上床吧。"

我走了回去，坐在桌子一角，说："你这话越来越恶毒了，罗林太太。何必要这样呢？难道是对我们这位酒鬼朋友有意思不成？"

"我讨厌这样的话，"她狠狠地说，"真讨厌。我想我丈夫上演的那幕丑剧让你觉得自己有权侮辱我。没有，我才不会对罗杰·韦德有意思呢，从来没有——即便是他很清醒、表现得像个绅士的时候也没有，更别说他现在这个样子了。"

我滑坐到椅子上，伸手去拿火柴盒，眼睛却还盯着她。她看了看手表。

"你们这些有钱人总是自以为是，"我说，"你们以为自己想说什么，不管有多难听，都没关系。你可以在一个几乎不认识的男人面前，如此轻蔑地说韦德和他妻子的坏话。可要是我回敬一句，那就成了对你的侮辱。好吧，那我们就玩低级的。任何一个醉鬼最后都会和荡妇走到一块儿。韦德是个醉鬼，可你不是荡妇。这些话是你那位有教养的丈夫在鸡尾酒宴上为活跃气氛随口说的，他只是说笑，逗大家开心。于是我们就排除你的嫌疑，到别处找荡妇去了。罗林太太，我们需要走多远——才能找到这么一位让你如此认真，愿意到这儿来和我调侃的女人呢？想必是非同寻常的人物吧——不然你怎么会如此在意呢？"

她坐在那儿一声不响，只是看着我。漫长的一分钟过去了。她的嘴角发白，双手僵握在搭配套装的华达呢挎包上。

"你的时间还没浪费够，是不是？"她终于开了口，"那个出版商能想到雇你真是太明智了！泰瑞没和你提什么名字！一个都没提。但这也都无所谓，是吧，马洛先生？你的直觉不会错。能否问一下，你下一步打算做什么？"

"什么都不做。"

"为什么？浪费你的才能多可惜！拿一些去完成你那张'麦迪逊肖像'委托的任务怎样？你总能做些什么的。"

"这话别和别人讲，"我说，"你越变越老套了。韦德认识你妹妹。多谢你告诉我，虽然这话说得很隐晦，可我已经猜到了。那又怎样？他很可能只是一大串人名中的一个。让我们就此打住吧。让我们言归正传吧——你为什么想见我呢？说了乱七八糟一通反倒忘了正事，不是吗？"

她站起身，又看了一眼手表。"我楼下有车，能和我回家喝杯茶吗？"

"走吧，"我说，"我们去喝茶吧。"

"我这话听起来很可疑吗？我有位贵客想和你认识呢。"

"你老子？"

"我不这么叫他。"她平静地说。

我站起来靠在桌子上："亲爱的，有时你是那么可爱。真的，我带把枪不要紧吧？"

"你不会是怕一个老头子吧？"她朝我努努嘴。

"怎么不怕？我打赌你也怕他——怕得要命。"

她叹了口气。"是啊，我怕他，我一直都怕他。他有时特别可怕。"

"也许我该带两把枪。"我说，话一出口又希望自己没说过。

32

　　这是我见过的最难看的房子。一个三层高的灰色方盒子上盖着斜度很大的复折式屋顶，开着二三十扇双开屋顶窗，婚礼蛋糕式样的装饰物在窗子之间和四周缠绕。大门两侧有双排石柱，最绝的要数屋外的螺旋阶梯装有石质扶手，从顶上的塔楼间向外望去，湖面风景定能一览无余。

　　停车院的地面是用石头铺成的。这地方看起来真正需要的其实是一条半英里长的白杨车道、一个鹿苑、一个野生花园，外带三阶式露台，还应该在图书馆的窗外栽上几百朵玫瑰，这样一来从每个窗口向外望去，都会是满目葱茏，一直延伸到宁谧空阔的树林里。而眼前所见只有十到十五英亩大小、由碎石围墙围起的一块地，在我们这个拥挤的小地方已经算是好大一块地产了。车道两边有修剪成圆弧状的柏树树篱，各式各样的观赏树木随处可见，但它们看起来不像加州原产，都是外来品种。这座房屋的建造者是想把大西洋沿岸拖过落基山脉来吧，只可惜费了九牛二虎之力，也没能成功。

　　中年黑人司机阿莫斯在石柱门前轻轻地停下车来，跳下车来，转身为罗林太太开门。我先下车，替他拉着车门，扶太太下车。罗林太太自打在我办公楼前上车之后，就几乎没和我说过话。她看起来既疲倦又紧张。或许是这傻气十足的建筑惹得她满心抑郁，这建筑傻到足以把个嬉皮笑脸的蠢货弄抑郁，让他像只哀伤的鸽子一般咕咕叫。

"这房子是谁造的？"我问她，"他这是跟谁过不去啊？"

她终于露出了笑容。"难道你之前没见过吗？"

"我从没到过谷里这么远的地方。"

她带我走到车道的另一边，向上指给我看。"造屋子的人从这个塔楼间跳了下来，就差不多落在你现在所站的位置。他是个法国伯爵，叫拉图雷尔，和大多数法国伯爵不同，他很有钱。他的妻子叫拉莫娜·德斯伯勒，自己也不缺钱。在放无声电影那年月一个星期就能赚三万，拉图雷尔为他们两个人造了这座房子，是按布卢瓦城堡①的样子建的，这你当然了解。"

"再熟悉不过了，"我说，"我现在想起来了。这件事情还在周日新闻上报道过，因为妻子离他而去，他就自杀了，还留下一份奇怪的遗嘱，对吧？"

她点点头。"他为前妻留下几百万的车马费，其余的钱交给信托基金。他吩咐这座房子一直保持原样，不能变动一丝一毫，每晚餐桌都要摆放到位，只允许仆人和律师出入。当然，没人会去执行他的遗嘱，最终这处房产多少被分割去一些。我嫁给罗林医生的时候，父亲把它作为我的结婚礼物送给我。他一定花了不少钱，才把这堆破烂修缮到住得进人去。我讨厌这房子，一直都讨厌。"

"你不是非得住在这儿吧？"

---

① 布卢瓦城堡（Château de Blois）位于法国卢瓦尔河河谷，曾作为法兰西皇城长达一个世纪之久。

她耸耸肩，有点疲惫的样子。"至少要住上一阵子。总得有个女儿让父亲看到点安安稳稳过日子的迹象吧。不过罗林医生倒喜欢这里。"

"他会喜欢的。能在韦德家里闹出这么一幕的人，穿睡衣都该打绑腿。"

她耸起了眉毛："多谢你对这感兴趣，马洛先生。可我觉得这个话题已经聊得够多了，让我们进屋去吧，我父亲不喜欢等人。"

我们再次穿过车道，走上石阶，双扇大门悄无声息地敞开了一半，一个衣着奢华、看起来高傲无理的家伙站到一旁，示意我们进去。走廊地面镶嵌着棋盘花纹，比我屋里全部地面加起来都要宽敞，尽头处好像还装有彩色玻璃窗。如果有光线从窗子透进来的话，我或许还能看到屋里的其他陈设。我们沿走廊一路过去，又穿过几扇精工细雕的双开门，走进一间昏暗的房间，房间足有七十英尺长，里面坐着个人，静静地等在那儿，用冷漠的双眼盯着我们。

"我迟到了吗，父亲？"罗林太太赶紧问，"这位是菲利普·马洛先生，这位是哈兰·波特先生。"

那个人看了看我，下巴垂下约半英寸。

"敲铃上茶，"他说，"请坐，马洛先生。"

我坐了下来，看他。他打量着我，就像一位昆虫学家观察一只甲虫一样。没人讲话——直到送上茶来，屋里还是鸦雀无声。茶具摆在一只大大的银托盘里，放在中国式的茶几上。琳达坐到桌边，帮忙倒茶。

"倒两杯，"哈兰·波特说，"你去另一间屋子喝吧，琳达。"

"好的，父亲。茶里需要放点什么吗，马洛先生？"

"随便吧。"我说。我的声音好像从远处传来的回音一般，变得微弱而孤单。

她给老头子递上一杯茶，又给了我一杯，随后便悄无声息地站起身，走出了屋子。我一直看着她离开，然后抿了口茶，取出一支烟。

"请不要吸烟。我有哮喘病。"

我边盯着他看，边把烟放回去。我不知道拥有上亿家产是什么感觉，但他看起来好像并不快乐。他身材高大，有六英尺五英寸高，体型匀称，穿着一件不带垫衬的灰色粗花呢西服。他宽阔的肩膀完全不需要垫衬。里面是一件白衬衫，打了一条深色领带，没放装饰手帕。胸外面的衣袋里露出个眼镜盒。眼镜盒是黑色的，和皮鞋的颜色一样。头发也是黑的，没一丝白发，留着麦克阿瑟①的偏分发型，盖住脑壳——我猜这下面应该是光光的头皮了。眉毛又黑又粗，声音像从很远的地方飘过来一般。他喝着茶，却似乎很讨厌喝。

"为了节约时间，马洛先生，让我直接表明态度吧。我觉得你在干扰我做事。如果我说得没错，那么请你就此打住吧。"

"我不清楚您在做什么事，更别提干扰您了，波特先生。"

"我可不这么认为。"

他又喝了几口茶，把杯子放在一边，向后靠在他坐的大椅子上，灰色的眼睛射出锋利的光，把我割得粉碎。

"我知道你的底细，知道你靠什么为生，还有你是怎样和泰瑞·伦诺克斯认识的。有人告诉我你帮泰瑞脱逃出境，你对他的认罪心存质疑，之后你还和一个认识我那个死去的女儿的男人有联系。这

---

① 道格拉斯·麦克阿瑟（Douglas MacArthur, 1880—1964），美国著名军事家，陆军五星上将军衔。

些你怎么没有解释给我听呢，解释一下吧。"

"要是那个男人有名有姓的话，"我说，"那就报上名来。"

他略微笑了一下，却没有上当的意思。"韦德。罗杰·韦德。我想是个什么作家吧。他们告诉我是个作家，专写一些淫秽故事，我没兴趣去读。我还进一步了解到这个人是个危险的酒鬼。这也许会让你产生一种奇怪的想法。"

"也许你应该让我说说自己的想法，波特先生。这些想法其实都微不足道，但我有的仅此而已。首先，我不相信泰瑞杀掉了自己的妻子，因为手段过于残暴，我不相信他是干得出这种事的人。第二，我没有主动联系韦德。我是被安排住到他的房子里，尽力帮他保持清醒，以便完成写作任务。第三，你说他是个危险的酒鬼，可我没有发现一点迹象。第四，我和韦德的初次联系是应纽约出版商的请求，当时我根本不知道罗杰·韦德认识您女儿。第五，我并没有接这个活儿，但那时韦德太太又让我帮忙找她丈夫，韦德当时不知在什么地方疗养。我找到他，把他带回了家。"

"讲得很有条理啊。"他冷冰冰地说。

"我的条理还没完呢，波特先生。第六，您或是您指派的什么人请了一位名叫休厄尔·恩迪科特的律师把我从监狱里弄了出来。他没说谁派他来的，但没有其他可能的人选。第七，我出狱的时候，有个名叫曼迪·梅内德斯的流氓欺负我，警告我不要搅和进来，还给我讲泰瑞是如何救了他和拉斯维加斯一个名叫兰迪·斯塔尔的赌徒的命。据我所知，可能确有其事。梅内德斯假装因为泰瑞要去墨西哥没找他却找了我这个废物帮忙，很不高兴。他觉得这种事他梅内德斯只需动一动手指就能办妥，而且比我办得漂亮多了。"

"那当然，"哈兰·波特面无表情地笑了笑，"你不会觉得梅内德斯先生和斯塔尔先生是我熟人圈里的人吧？"

"我不知道，波特先生。我不知道那些像你一样赚这么多钱的人是如何做到的。另一个奉劝我对法院留有戒心的是您的女儿罗林太太。我们是在酒吧偶遇的，当时刚好都在喝螺丝锥子鸡尾酒，那是泰瑞的最爱，但这里喝的人不多。直到她自报家门，我才知道她是谁。我和她谈起过一点我对泰瑞的看法，而她暗示我如果惹气了你，我这个侦探就当不长了。我惹你生气了吗，波特先生？"

"我要是生气的话，"他冷冷地说，"你就问都不必问了。这一点你心知肚明。"

"我就是这么想的。我一直等着那帮暴徒找上门来，可他们至今还没出现，也没有警察来找事。我本可以被抓起来好好收拾一顿的。我想波特先生您想要的，不过是风平浪静罢了。我做了什么打扰您的事了？"

他咧嘴笑了，笑得很苦涩，但还是笑了。他并拢泛黄的长手指，搭起一条腿，舒服地靠在椅背上。

"话说得不错，马洛先生，我让你把话说完了。现在听我说，你说我想要的只是风平浪静，完全正确。你和韦德一家扯上关系是偶然、意外也好，凑巧也罢，就保持现状吧。我是个看重家庭的人，尽管这个时代家庭几乎变得毫无意义了。我一个女儿嫁给了一个自命不凡的波士顿人，另一个愚蠢地结了几次婚，最后和一个殷勤的穷光蛋走在了一起，过起了骄奢淫逸的生活。后来那个穷光蛋突然莫名其妙地失了控，把她给杀了。你觉得这一切如此残忍，难以接受。你错了，他用的是毛瑟自动枪，就是他带去墨西哥的那把，把人杀掉之后他试图遮盖弹伤。我承认这一切很残忍，但记住这人打过仗，受过重伤，自己受过极大的痛苦，也见过别人承受痛苦。他或许并没想要杀死她；或许两人有过争斗，因为那把枪是我女儿的。别看那枪不大，却很厉害，七点六五毫米口径，P.P.K型自动手枪。子弹完全射穿了她的脑袋，打进了印花棉布窗帘后面的墙里。子弹并没有被及时发现，事实真相也没公开。现在让我们想象一下当时的情况——"他停顿了一下，盯着我看，"你这烟是不是非吸不可？"

"抱歉，波特先生。我是下意识拿出来的，习惯成自然了。"我再次把烟放了回去。

"泰瑞杀了他的妻子。以警察有限的经验看，他动机明确，而他也是振振有词——那是她自己的枪，他想从她手里把枪夺过来，但没成功，于是她开枪自杀了。一个机智的辩护律师可以对此大做文章，他很可能会被无罪释放。如果他当时给我打电话，我还会帮他。但他用如此残暴的手段来掩盖弹痕，就没办法了。他不得不逃走，即便是逃走也没逃得一帆风顺。"

"那是肯定的，波特先生。可他到了帕萨迪纳先给你打了电话，不是吗？他告诉我的。"

他点点头。"我让他赶紧消失，而我会尽我所能帮他。我不想知道他在什么地方，这很危险，我不能藏匿罪犯。"

"听起来有理，波特先生。"

"你是在挖苦我吗？没关系。当我了解细节后，发现没什么能帮上忙的。我不能担保这样的谋杀案会有怎样的审判结果。说实话，后来得知他在墨西哥自杀，还留下一份自白，我非常高兴。"

"这一点我能够理解，波特先生。"

他朝我皱皱眉，说："当心点，年轻人。我不喜欢讽刺。你现在知道我为什么不能容忍任何人对这件事做进一步的调查了吧？也知道我为什么要动用一点儿影响力让这件事的调查和报道尽可能简单、尽可能少地引起公众注意了吧？"

"当然——如果你确信是他杀了人的话。"

"当然是他杀的。出于什么动机是另一码事，也都不重要了。我不是什么公众人物，也没打算成为公众人物。我总是费尽周折，试图避免任何形式的宣传。我有权势，但我不会滥用。洛杉矶地方法院的检察官是个有抱负的人，知道轻重，没有因为一桩声名狼藉的案子断送掉自己的职业生涯。我看到你眼睛里有一丝疑虑，马洛。大可不必。我们生活在所谓的民主社会，由大多数公民统治的民主社会。这个理想如果真能实现也算完美。公民投票，可提名全由政党机器操控，要想让政党机器有效运转则需要大笔开支。这笔费用必须有人来买单，不管是个人、财团、商会，还是其他什么，总希望有所报偿。我和其他像我一样的人想得到的是有个人隐私的体面生活。我拥有报社，却并不喜欢它们。在我看来，报社无时无刻不威胁着我们所剩无几的隐私。他们大力宣称媒体自由，可除了少数例外，指的不过是恣意发挥丑闻、犯罪案件、性丑闻、爆炸性新闻、憎恶、暗讽和滥用媒体宣传的政治经济手段之类的自由。报纸就是通过经营广告盈利的买卖，收益多少由报纸的发行量决定，而你知道发行量又由什么决定。"

我站起来，绕着椅子踱步，他冷冷地看着我。我又坐了下来。我需要一点运气。见鬼，我需要大运。"好吧，波特先生，现在打算怎么办呢？"

他并没有听我说话，只是自顾自皱眉思考。"钱这个东西有个特别的地方，"他继续说，"一旦钱多起来，就会有自己的生命，甚至还会有良知。这时候钱的力量就会变得很难控制了。人类一直以来都是贪财的动物。人口数量的激增，战争的巨大消耗，财政税收无休止的搜刮——这一切都让人变得更加贪财。普通人被搞得又累又怕，而又累又怕的人是担负不起理想的，因为他必须先养活一家人。在我们这个时代，不论是公众还是个人的道德水平都在惊人地下降。你不能指望人们有多高的道德品质，因为他们过的生活谈不上高品质。大规模生产是不可能造就高品质的。你不想要高品质，因为高品质太耗时。于是你换成了新款，这不过是一种人为制造过时的商业骗局而已。为了来年的产品有好销量，大规模生产必须让今年售出的产品在一年后看上去老土过时。于是我们就有了世界上最光洁照人的厨房和浴室。而在这干净漂亮的厨房里，美国的家庭主妇却做不出一顿可以入口的饭菜，那清洁透亮的浴室大多成了除臭剂、清洁剂、安眠药和所谓美容行业产品的收容所。我们的产品包装是全世界最精美的，可里面装的大多是垃圾。"

他拿出一条白色大手帕，按了按太阳穴。我坐在那儿惊讶地张着嘴，想知道是什么支撑这家伙生活下去。他好像什么都讨厌。

"这里对我来说太过温暖了，"他说，"我适应了凉爽的气候。我的话听起来开始有点像一篇忘了主题东拉西扯的社论了。"

"你的意思我能明白，波特先生。您不喜欢当今世道，所以就用手中的权力为自己开辟出一角私密的生存空间，尽可能过得像半个世纪前大规模生产还没出现时的人。您拥有上亿美元的家产，却只给您带来了烦恼。"

他把手帕对角拉紧，又揉作一团，塞进了口袋。

"然后呢?"他不耐烦地问。

"没有然后了。您根本不在乎谁杀了你的女儿,波特先生。您老早就和她断绝关系了。即便杀她的不是泰瑞·伦诺克斯,真正的凶手仍逍遥法外,您也毫不在乎。您不希望他被捕,因为那样就会让丑闻又一次被揭开,又会有法庭宣判,而他的证词会把您的个人隐私炸飞到九霄云外。当然,除非他够意思,在审讯前选择自杀,最好死在塔希提、危地马拉,或是撒哈拉沙漠里,因为这样政府就不愿出钱派人过去调查事情发生的前因后果。"

他突然笑起来,一个大大的、粗犷的微笑,笑里带有些许友善。

"你想从我这儿得到什么呢,马洛?"

"如果您是指钱的话,我分文不要。我不是不请自来,是有人带我过来的。我已经说了我结识罗杰·韦德的经过。但他确实认识您女儿,而且也确实有暴力记录,尽管我还没见到端倪。昨晚那家伙企图开枪自杀。他内心备受折磨,有强烈的愧疚感。要是我来抓头号嫌疑人的话,或许就是他。我知道他只是许多嫌疑人中的一个,可我碰巧只认识他一个。"

他站起来,显得十分高大,也十分强悍。他走过来站在我面前。

"一个电话,马洛先生,就能吊销你的营业执照。别跟我兜圈子。我不喜欢这一套。"

"两个电话,我一觉醒来就发现自己趴进了下水沟——丢了后脑勺。"

他狠狠地笑了。"我不是这么办事的。我猜按你那一行的思路想,结果自然是这样。我在你身上花了太多时间了。我来按铃叫管家送你出去。"

"不必了，"我站起身来，"我过来挨了一顿训。多谢你花时间。"

他伸出了手。"谢谢你过来。我觉得你是个老实人。别逞英雄，年轻人。没好处。"

我和他握了握手，他的手劲大得像一只水管扳手。他朝我善意地微笑着。他是老大，大赢家，一切都在掌握之中。

"说不定哪天我会给你带来点生意呢，"他说，"别想着我会买通政客或执法官员。我不需要这么做。再见，马洛先生。再次感谢你的光临。"

他站在那儿，看我走出房间。我正用手去推大门，琳达·罗林从角落里一下跳了出来。

"怎么样？"她轻声问我，"和父亲聊得怎么样？"

"还行。他向我解释了文明，我是指他眼中的文明。他打算让文明再持续一段时间，但它最好要小心，别打扰到他的私人生活。否则他会给上帝打个电话，取消之前的约定。"

"你没救了。"她说。

"我没救了？小姐，好好看看你的老子吧。和他比起来，我就是一个蓝眼睛的小婴儿，手里拿着一个崭新的拨浪鼓。"

我走出去，阿莫斯已经在凯迪拉克边上等候了。他开车把我送回好莱坞大道。我给了他一美元小费，他没有收。我想买 T.S. 艾略特的诗集给他，他说自己已经有了。

33

一星期过去了，我没有得到一点韦德家的消息。天热得黏糊糊，酸气刺鼻的烟尘已经向西飘散到了比弗利山。从穆赫兰道顶上向下看去，烟尘像一场大雾般笼罩着整个城市。当你身处这烟尘之中，它的味道就会钻入你的鼻子、嘴巴，刺痛你的眼睛。人人叫苦不迭。在帕萨迪纳，谨小慎微的百万富翁在比弗利山遭到电影人潮蹂躏之后，隐匿至此，市政参议员也为此愤怒呼吁。一切都是这烟尘惹的祸：如果金丝雀不唱了，送奶工来迟了，京巴狗儿长跳蚤了，穿浆洗领子衣服的老傻瓜在去教堂的路上心脏病发作了，都怪这烟尘。可我住的那地方，通常早晚空气清新，时而一整天都清爽干净，没人知道这是为什么。

就在这么干干净净的一天——这天恰好是个星期四——罗杰·韦德给我打来了电话。"你好啊，我是韦德。"听上去他精神不错。

"很好，你呢?"

"清醒着呢，我想是吧。在赚辛苦钱。我们需要谈一谈，我想我欠你一笔钱。"

"没有。"

"好吧，今天一起吃午饭怎样？一点左右来这儿可以吗？"

"行吧。坎迪怎么样？"

"坎迪？"他听起来疑惑不解，那晚他一定是晕过去了，"哦，那天晚上他帮你把我抬到床上的。"

"是啊，他是个得力的小帮手——在某些方面。韦德太太怎么样？"

"她也很好。她今天到城里买东西去了。"

我挂了电话，坐在转椅里摇来摇去。我应该问问他书写得怎样了。或许你应该随时问问作家，他的书写得怎样了，或许他早就被这个问题问烦了。

不一会儿我又接到一个电话，对方声音很陌生。

"我是罗伊·阿什特菲尔特。乔治·彼得斯让我打电话给你，马洛。"

"哦，好的，谢谢。你就是在纽约认识泰瑞·伦诺克斯的那个人吧。那时他自称马斯顿。"

"没错，他很能喝酒。确实是同一个人，不会搞错的。来这儿之后，有天晚上我在查森餐厅看到他们夫妇。我当时和客户在一起。那个客户认识他们俩，但我恐怕不能向你透露客户的名字。"

"我理解。我想现在这也不那么重要了。他叫什么？"

"等一下，让我想想看。对了，保罗，保罗·马斯顿。还有一件事情你可能感兴趣。他当时戴着一枚英军徽章，是他们的退伍荣誉勋章。"

"我知道了。他后来怎样了？"

"我不清楚，我到西部来了。我再次见他也是在这儿——娶了哈兰·波特的一个疯女儿。这些你都清楚。"

"他俩现在都死了。但谢谢你告诉我这些。"

"不客气，很高兴帮忙。这些对你有所帮助吗？"

"一点都不，"我撒谎道，"我从没打探过他的底细。他曾告诉过我自己是在孤儿院长大的。你不会搞错了吧？"

"兄弟，就那头白发、那满脸疤痕会搞错？不可能。我不敢说我看人脸过目不忘，但这张脸我是记下了。"

"他有没有看见你？"

"就算是看见了，也装作没看见。在那种情况下没指望他会认出我来。不管怎样他都不太可能记得我了，就像我说的，他在纽约总喝得烂醉。"

我又谢了谢他，他说不客气，然后就挂了电话。

我想了一会儿。外面街道上车辆的嘈杂成了我思考不和谐的伴奏。声音太吵了。到了夏天，天热起来，就显得更吵了。我起身关上了下半扇窗，给凶杀组的格林探长打电话。他语气很亲切。

简短的招呼后，我说："嗨，我听到关于泰瑞·伦诺克斯的一些事情，让我感到困惑。我有个熟人以前在纽约认识他，当时他用的是另一个名字。你查过他的参战记录没有？"

"你从不吸取教训，"格林厉声说，"你还没学会少管闲事吗？那个案子已经结束了，完结了，石沉大海了。明白了吧？"

"上星期我和哈兰·波特在闲逸谷他女儿家里聊了一下午，想了解细节吗？"

"去干什么？"他没好气地问，"好像我相信你似的。"

"谈了些事。我是被请去的，他恰巧还挺喜欢我。他告诉我他女儿是被七点六五毫米口径 P.P.K 型毛瑟手枪打死的。你听说了吧？"

"继续说。"

"他女儿自己的枪，老兄。或许会让事情有点变化吧。别误会，我没去调查什么隐情。这是件私事。他的伤是哪儿来的？"

格林沉默了。电话里传来关门声，接着他低声说："可能是在边境南面的一场械斗中。"

"去你的，格林，你有他的指纹，按常规把它送到华盛顿，你就能收到回函报告。我要的只是他的服役记录。"

"谁说他有？"

"曼迪·梅内德斯就是一个。伦诺克斯好像救过他一条命，伤就是这么来的。他被德国人抓了去，脸就变成后来那个样子了。"

"梅内德斯，呃？你居然信那兔崽子？你自己脑子进水了吧。伦诺克斯没有参战记录。没用过任何化名，也没任何记录。满意了吧？"

"既然你这么说，"我说，"好吧，可我明白梅内德斯为什么要跑到这儿来，编故事给我听，还警告我别多管闲事，还告诉我伦诺克斯跟他和拉斯维加斯赌徒兰迪·斯塔尔是一伙儿人。他们不喜欢看到别人胡闹。不管怎样，伦诺克斯已经死了。"

"谁知道一个流氓的脑袋里想的是什么？"格林愤愤地问，"为什么？也许伦诺克斯在娶了老婆、有了身份地位之前和他们是一伙儿。他曾在赌城拉斯维加斯斯塔尔的店里当过业务经理。他就是在那儿遇见那个女孩的。身穿晚宴外套，面带微笑，点头哈腰，边取悦客人，边留意赌徒。我猜他干那一行很得心应手。"

"他有魅力，"我说，"可干警察这行不顶用。多谢，探长。格里高里警监近来可好？"

"退休假。你没看报纸吗？"

"不看犯罪新闻，探长。太龌龊了。"

我想说再见，但他打断了我："钞票先生找你做什么？"

"我们只是一起喝了杯茶。一次社交拜访。他说他或许会给我揽来些生意，还暗示我——仅仅是暗示而已，没真这么说——哪个警察看我不顺眼，下场一定很悲惨。"

"警局不归他管。"格林说。

"他承认这一点。他说自己不会买通政府专员或地方检察官。他们都好像在他打盹时候乖乖蜷伏在他腿上一样。"

"见鬼去吧。"格林说着，砰地挂了电话。

当个警察真不容易。你永远不知道自己是不是摸到了老虎屁股。

34

　　行驶在正午的热浪中，从高速路延伸到山弯的碎石路上汽车一直跳动着，两旁晒焦了的泥土里长着星星点点的矮树丛，此刻已罩上了白如面粉的花岗石沙尘。泥土和杂草混合在一起的味道几乎让人反胃。一丝微弱的风掠过，还带着火辣辣的热气。我脱去外套，挽起袖子，可车门被晒得搁不上手臂。几棵橡树下拴着一匹马，正疲倦地打着盹儿。一个棕色皮肤的墨西哥人坐在地上，吃着放在报纸上的什么东西。一团风滚草懒懒地从路面滚过，停在一块露出地面的花岗石上，刚刚还在那儿休息的一只蜥蜴变魔术般消失得无影无踪了。

　　此时我行驶在另一处乡间的环山柏油路上。五分钟后我拐进了韦德家的车道，停好车，走过石板路，按响了门铃。韦德亲自来开门，他穿着棕白格短袖衬衫、浅蓝色斜纹棉布裤和家居拖鞋，看上去晒黑了些，可气色不错。他手上有墨水渍，鼻子一侧沾着烟灰。

　　他把我领进书房，自己在书桌后面坐定。桌上放着厚厚一摞黄色打印稿。我把外套搭在椅子上，坐进沙发。

　　"多谢光临，马洛。喝一杯吗？"

　　我能感觉到自己脸上露出了被酒鬼请喝一杯时该有的表情，他咧嘴笑了。

"我喝可乐。"他说。

"你改得倒快,"我说,"我现在也不想喝酒,陪你一起喝可乐。"

他用脚压下一个按钮。不一会儿坎迪来了,他看上去不怎么友好,穿着一件蓝衬衫,围着橘色围巾,没穿白外套,下身是优雅的高腰华达呢裤和黑白双色鞋。

韦德让他去拿可乐。坎迪狠狠瞪了我一眼,离开了。

"在写书呢?"我指了指那一摞纸说。

"嗯。写得很烂。"

"我不信。写了多少了?"

"大概三分之二了——像样的真没多少。你知道作家怎么判断自己江郎才尽了吗?"

"对作家没一点了解。"我装了只烟斗。

"当他开始从以前写过的东西里找灵感的时候——绝对错不了。我这儿有五百页打印书稿,十万多字了——我的书都比较长。读者喜欢长故事,这些傻瓜觉得书的页数越多,里面藏的宝贝就越多。我不敢再读自己写的书,内容连一半都记不得。我就是害怕看到自己的作品。"

"你看上去气色不错,"我说,"和那天晚上一比,我都不敢相信。你的胆量比自己想象的大得多。"

"我现在需要的不仅仅是胆量,不是许个愿就能得到的东西。我需要自我信仰。我是个失去信仰的被宠坏了的作家。我有漂亮的家,漂亮的妻子,漂亮的畅销纪录。可我其实只想喝个烂醉,忘记一切。"

他双手托着下巴,眼睛盯着书桌的另一头。

"艾琳说我企图开枪自杀。有这么严重吗?"

"你不记得了?"

他摇摇头。"一点儿都不记得了,只记得我摔下来伤到了头。过了一会儿我就躺在了床上。你也在场。艾琳打电话给你了吗?"

"嗯。她没告诉你吗?"

"这个礼拜她都没怎么和我说过话。我猜她是受够了——都快到这个地步了,"他把一只手横在靠近下巴的脖子上,"罗林的那出表演没帮上什么忙。"

"韦德太太说那不代表什么。"

"哦,她当然会这样说,不是吗?这恰好就是事实,但我不觉得她相信自己那番鬼话。这家伙不过是嫉妒心强罢了。你拉他妻子到角落喝一两杯,说笑几句,和她吻别,他立马就会认为你和他妻子乱搞。原因之一就是他自己都不和她同床。"

"闲逸谷有一点让我迷恋,"我说,"那就是人人都过着舒适的平常生活。"

他皱起了眉头,这时候门开了,坎迪拿来两瓶可乐和玻璃杯,把可乐倒好,拿起一杯放在我面前,没看我一眼。

"半小时之后开饭,"韦德说,"怎么没穿白外套?"

"我今天休息,"坎迪面无表情地说,"我不是厨子,老板。"

"来点冷切肉和三明治加啤酒就行,"韦德说,"厨子今天放假,坎迪,我请了朋友过来吃午饭。"

"你还把他当朋友?"坎迪嘲笑道,"最好还是问问你太太吧。"

韦德仰靠在椅背上,朝他笑笑。"说话注意点,小子。你在这里混熟了啊。我可没经常麻烦你帮忙吧?"

坎迪低头看着地面。过了一会儿，他抬起头，咧嘴笑笑："好的，老板。我去把白外套穿上，准备午饭的活儿我也能行。"

他轻轻地转身出去。韦德看着门关上之后，耸耸肩看着我。

"我们之前称他们仆人，现在称他们家庭帮手，过不了多久我们就得把早餐给他们端上床头了。我给他的钱太多了，把他给惯坏了。"

"工资——还是有外快？"

"比如说呢？"他严肃地问道。

我站起来，递给他几张折好的黄纸，说："你最好读读看，你让我撕掉的，显然你不记得了。在你的打字机里，盖子下面。"

他打开黄纸，仰靠在椅背上读起来。玻璃杯里的可乐在他面前的桌上嘶嘶作响，他没注意。他读得很慢，边读边皱着眉头。读完后他又把纸折好，一根指头沿折痕压过。

"艾琳看过这个吗？"他小心地说。

"我不知道。也许吧。"

"太疯狂了，不是吗？"

"我喜欢——特别是写一个好人为你送命的那段。"

他又打开纸，狠狠地把它撕成一根根长条，扔进了废纸篓。

"我猜醉鬼什么都写得出来，什么都说得出来，什么都做得出来，"他慢慢地说，"这对我而言毫无意义。坎迪没敲诈我，他喜欢我。"

"也许你还是再喝醉一次的好，那样你就可能记起这其中的意思了。你可能记起许多事情。这些我们也已经一起经历过了——在枪走火的当晚。你听上去十分清醒，我想是那安眠药把你蒙蔽住了，可现在你倒假装不记得写过我刚刚给你的东西。韦德，你的书写不出来不奇怪，奇怪的是你居然还活着。"

他侧身打开书桌的一个抽屉，一只手从里面摸出一本三层的支票簿。他翻开本子去拿笔。

"我欠你一千美元。"他平静地说。他写了张支票，又写好存根，然后撕下支票，绕过桌子把支票放在我面前。"这样可以了吧？"

我向后靠在椅背上，抬头看着他，没碰那张支票，也没有回答他的问题。他的脸绷得很紧，变得扭曲，眼神深邃而空洞。

"我想你以为是我杀了她，让伦诺克斯当了替罪羊，"他徐徐说道，"她是个荡妇，可你总不会因为一个女人是荡妇就把她的头打烂吧。坎迪知道我有时会去那儿，可奇怪的是我觉得他不会告诉你。我也许错了，但我觉得他不会说。"

"他说不说都无所谓，"我说，"哈兰·波特的朋友不会信他的。还有，她不是被那尊铜雕像打死的，她是被自己的枪射穿脑袋死掉的。"

"她也许有枪吧，"他模糊地说，"可我不知道她是被枪杀的。这事没有公开报道。"

"你是不知道还是记不得了？"我问他，"是的，确实没有报道过。"

"你想拿我怎么样，马洛？"他的声音还是很模糊，几近温柔，"你要我怎么做？告诉我妻子吗？告诉警察？那有什么好处？"

"你说一个好人为你送了命。"

"我的意思是说，如果当时真有调查，我可能会成为嫌疑人之一——只是可能的嫌犯之一，而这可能在许多方面对我造成致命的打击。"

"我来这儿不是为了指控你参与一场谋杀案的，韦德。困扰你的问题是你自己都不能确定。你有过对妻子施暴的记录，你喝酒时会醉晕过去。你说不会因为一个女人是荡妇就打烂她的脑袋，这话根本说不通——因为这正是某些人的所作所为。而在我看来，你比归罪的那个人更可能胜任这个任务。"

他走到敞开的落地窗前，向外眺望湖面上泛起的灼热的阳光。他没有回答我。几分钟过去了，传来轻轻的敲门声，坎迪推着一个送茶车进来，上面铺着薄薄的白罩布，摆着银饰盘子，一壶咖啡和两瓶啤酒。韦德仍旧站着一动不动，一语不发。

"打开啤酒吗，老板？"坎迪在韦德背后问道。

"给我拿瓶威士忌来。"韦德没有转身。

"抱歉，老板。没有威士忌。"

韦德转身朝他大吼起来，可坎迪仍旧坚持。他低头发现了酒桌上的支票，扭着头看起来。然后他抬起头看我，牙缝里发出嘶嘶声，又看着韦德。

"我走了。今天我休息。"

他转身走了。韦德笑了。

"那我自己来。"他愤愤地说，然后出去了。

我掀开一只罩盖，看到几块切得整齐的三角形三明治。我拿起一块，倒了些啤酒，站着吃了三明治。韦德带了一瓶酒和一只玻璃杯回来。他坐在沙发上，倒满一杯喝下去。外面传来汽车离开的声响，可能是坎迪从仆人车道开出去了。我又拿了一块三明治。

"坐下，放松点吧，"韦德说，"我们有一下午的时间呢。"他已经变得容光焕发，声音兴奋得有点发颤。"马洛，你不喜欢我吧？"

"这个问题你已经问过，我也已经回答过了。"

"知道吗？你真是个冷酷无情的混蛋。为了找到你想要的东西，什么事都做得出来。你甚至趁我喝得酩酊大醉的时候，同我妻子在隔壁房间乱搞。"

"那个飞刀手和你讲什么你都相信啊？"

他又在杯里倒了些威士忌，把杯子举向阳光。"不，不全信。这威士忌颜色真漂亮啊，不是吗？溺死在金色洪流里——也不是什么坏事。'午夜时分，一切终了，毫无痛苦。'接下去呢？哦，抱歉，你不会知道。太文绉绉了。你是个探子吧？能不能告诉我你来这儿有什么任务？"

他又喝了些威士忌，朝我咧嘴笑笑。接着他发现那张躺在桌上的支票，伸手拿过去，端着酒杯读起来。

"好像是给一个姓马洛的人的。不知道是为什么，出于什么目的。好像是我签的字。我真傻，我是个容易上当的人。"

"别装了，"我厉声说，"你妻子呢？"

他很有礼貌地抬起头："我妻子会在适当的时候回来。不过到那时我早已经喝晕过去，她可以与你尽兴了。整座屋子都是你们的天下。"

"枪在哪儿？"我突然问道。

他一脸迷茫。我告诉他我把枪放在他的书桌里了。"现在不在那儿了，我确定，"他说，"你想搜就请便吧。可别偷钞票。"

我来到书桌前，仔细翻找了一遍，但没有找到枪。这就出问题了，很有可能是艾琳把它藏了起来。

"听着，韦德，我刚才问你妻子在哪儿。我想她应该回家。不是为了我好，朋友，而是为了你好。必须有人替你留个心，如果这个人非是我的话，就算我倒了八辈子霉。"

他眼神涣散，手里还拿着那张支票。他放下玻璃杯，把支票撕成两半，接着撕了又撕，碎片全落到了地板上。

"显然你是嫌钱少了，"他说，"你收费不低啊。一千美元加上我妻子都不够。抱歉，我不能再高了，除了这个'高'。"他拍拍酒瓶。

"我走了。"我说。

"走什么啊？你想让我记起来，那好——我的记忆都在这酒瓶里。在这儿等着吧，朋友。等我喝得差不多了，我会把杀死的女人一个个讲给你听。"

"好吧，韦德。我再等一会儿——但不在这儿。你需要我的话，就抡起椅子往墙上砸。"

我走了出去，没关房门。穿过宽敞的客厅，来到露台上，拉了一张躺椅到屋檐阴凉处，整个人平躺下来。湖对岸山间萦绕着一层蓝色的薄雾，海风被矮山滤过，向西吹去，带走了空气里的尘霾，也带走了太阳的炙热。闲逸谷正享受着属于自己的完美夏日。这一切都好像早有安排。天堂在此，准入有限。这里只容纳最友善的居民，绝对找不出一个中欧人。只留精华，顶层阶级，顶好顶好的人——就像罗林夫妇和韦德夫妇那样的人，金子般纯净的人。

35

 我在那儿躺了半个小时，考虑着下一步该怎么办。脑子里一个声音说让他喝醉，酒后吐真言，兴许还能问出个名堂。我觉得在自家书房里他出不了什么大事，顶多再摔倒一次，但现在离摔倒还早着呢——那家伙很有酒量。况且一个醉鬼不会把自己伤得很重，也许他又会喝得愧疚感丛生，乖乖地回去睡觉。

 另一个声音想要我从这里逃走，置身事外，而我向来不会听从这个声音。要是我听从过的话，那么我现在就该待在自己出生的那个小镇上，到五金店里找份工作，和店老板的女儿结婚，有五个孩子，星期天早晨读报纸上的趣事给他们听，在他们犯错时打他们的脑袋，和妻子为该给他们多少零花钱、该听什么广播、看什么电视节目吵个没完。我甚至可能成为富人——小镇上的富人，有八居室的大房子，车库里停两辆车，每个星期天能吃上鸡肉，客厅茶几上摆着《读者文摘》，有个留一头永久烫的太太，和一麻袋波特兰水泥般的脑袋。这些还是你拿去吧，朋友。我选择留在这个肮脏变态的大城市。

 我起身走回书房。他坐在那里，眼神空洞，眉头半锁，无聊沉闷。威士忌酒瓶空了一大半。他看着我，像一匹隔着围栏朝外望的马。

"你想要什么？"

"什么都不要。你还好吗？"

"别烦我。有个小人儿在我肩头正给我讲故事呢。"

我又从茶具车上拿走一块三明治和一杯啤酒。我靠着他的书桌，边嚼三明治边喝啤酒。

"你知道吗？"他突然问，声音好像一下子清晰了许多，"我曾经有个男秘书，口授东西让他听写来着，后来把他辞了。他坐在这儿等着我创作，真烦人。我犯了个错误，应该把他留下。这样一来，就会有流言传出去说我是同性恋。那些写不出东西专写书评的聪明家伙，很了解大众口味，能替我造势。他们都是怪胎，没一个例外。可正是这些怪胎成了我们这个时代艺术的裁决者，老兄。如今变态成了掌权者。"

"是吗？这种人一直都在，不是吗？"

他没再看我，只管一直讲。可他听见了我说的这句话。

"当然，几千年来都在，特别是在艺术的黄金时代。雅典、罗马、文艺复兴、伊丽莎白女王、法国浪漫主义时期——都盛产怪胎。读过《金枝》①没有？没有。对你来说太长了，已经是缩减本了，应该读读看。它告诉你我们的性习惯都不过是习俗而已——就像穿礼服要打黑领带一样。而我是个专写性的作家，写的是有女人的那种，不写同性恋。"

---

① 《金枝》（*The Golden Bough*），英国学者詹姆斯·乔治·弗雷泽（James George Frazer，1854—1941）的人类学名著，是阐述民俗、巫术和宗教起源的奠基之作。第一版于1890年出版，包含两卷内容，1915年第三版扩充至12卷，后又于1922年出版了缩减版一卷本。

他抬头看看我，冷笑道："你知道吗？我是个骗子。我故事里的男主人公身高八英尺，女主人公抬着腿躺在床上，屁股都磨出了茧子。蕾丝与裙摆，利剑与马车，高雅与轻浮，决斗激战与英勇献身——一切都是谎言。他们用香水是因为他们不用香皂，牙从来不刷，全都烂光了，指甲带着馊肉汁的气味。法兰西贵族在凡尔赛宫大理石走廊的墙边撒尿，当你从漂亮的侯爵夫人身上剥下层层内衣后，你注意到的第一件事就是她需要好好洗澡了——我就该这样写。"

"那你为什么不写呢？"

他轻声笑道："当然可以，然后在康普顿有五居室的房子住，如果我有那运气的话。"他伸手拍拍酒瓶，"你很孤独，伙计，你需要人陪。"

他站起来，稳稳地走出房间。我等在那儿，什么都没想。一艘快艇划过湖面朝这边飞速驶来。等它进入视线，我看到船身桅座跃出水面，后面拖着一块冲浪板，上面站着个身材魁梧的小伙儿，被太阳晒得黝黑。我走到落地窗边，看快艇掉头。因为速度太快，快艇险些翻掉，冲浪板上的小伙儿单腿跳动，努力保持平衡，却被一下子拖进水里。快艇慢慢停下，落水的冲浪人游过去，懒懒地爬上船，随即又顺着拉绳回到冲浪板上。

韦德又拿了一瓶威士忌回来。快艇重新发动，很快消失在远处。韦德把新酒瓶放在之前的瓶子旁，坐下开始沉思。

"老天，你不会把这些全喝了吧？"

他眯着眼睛朝我看。"走吧，老兄。回家去给厨房擦擦地，或干点别的什么，别挡着我的路。"他的声音又含糊起来。像往常一样，在此之前他已经在厨房里先喝过两杯了。

"需要我的时候就喊一声。"

"我再贱也不会贱到需要你的。"

"好吧，多谢。我会在附近等到韦德太太回来的。有没有听说过一个叫保罗·马斯顿的人？"

他缓缓抬起头，努力将目光聚拢。看得出他在拼命控制自己，而且暂时成功控制住了。他变得面无表情。

"从没听过，"他非常谨慎，语速很慢，"他是谁？"

我再次去看他的时候，他已经睡着了。嘴巴张开，满头是汗，浑身散发着浓烈的威士忌酒味。他的嘴唇向后耷拉着，露出牙齿，像在做鬼脸，舌苔又厚又干。

一个威士忌酒瓶已经空了。桌上杯里的酒约有两英寸高，另一瓶酒还剩四分之三。我把空瓶放在茶具车上，推出了房间，然后回去关上落地窗，拉下百叶窗帘。那艘游艇可能会回来把他吵醒，我关上书房门。

我把茶具车推进了厨房，蓝白色调的厨房又大又亮，空无一人。我仍感觉饿，于是又吃了一块三明治，把剩下的啤酒喝掉，又倒了杯咖啡，喝下去。啤酒已经放得没了泡沫，咖啡却还热。我回到露台上，过了好久那艘游艇才回来。将近四点钟的时候，我听到那遥远的轰鸣越来越响，变得震耳欲聋。应该有游艇噪声方面的法律限制吧，也许有吧，但开游艇的那家伙才不管他哪门子的法律呢。和我见过的很多人一样，他以惹人讨厌为乐。我边想着边走到湖边上。

游艇这次成功掉头。在掉转的瞬间速度减到恰到好处，冲浪板上站着的褐色皮肤小伙儿朝外伸展平衡离心力，冲浪板几乎离开了水面，但一头还在水里。待游艇回正时，他还稳稳地站在冲浪板上，又随游艇原路返回，仅此而已。被游艇搅扰了的湖水掀起细浪，朝我脚下的湖岸打来，砸在近岸的码头上，把几艘系在那里的小船颠得一起一落。我转身回屋时，水浪还未停歇。

我走到露台的时候，听到厨房那边传来一阵铃声。当铃声又一次响起时，我才意识到只有大门才装着门铃。我过去打开了门。

艾琳·韦德站在那儿，望着屋外的方面。她转过头说："不好意思，我忘了带钥匙。"她见到是我，"哦，我还以为是罗杰或坎迪呢。"

"坎迪不在。今天是星期四。"

她进了屋，我关上门。她把一只皮包放在两张长沙发间的桌子上，把猪皮白手套脱下来，看起来很镇定，也很冷淡。

"出什么事了吗？"

"哦，他喝了点酒。没那么糟糕。在书房沙发上睡着了。"

"是他打电话找你的？"

"是的，但不是因为这事。他请我来吃午饭，可他自己一点没吃。"

"哦，"她在沙发上慢慢坐下来，"你瞧，我完全忘了今天是星期四，厨子也不在，多愚蠢。"

"坎迪临走之前弄好了午饭。我想我现在该走了，但愿我的车子没挡了你的路。"

她笑了。"没有，地方大着呢。不喝点茶吗？我打算喝一些。"

"好吧。"我不知道自己为什么要这样说。我一点都不想喝茶，可我这样说了。

她脱下亚麻外套，头上没戴帽子。"我要进去看看罗杰还好吗。"

我见她走到书房，打开门，在门口站了片刻，就关上门回来了。

"他还睡着，睡得很沉。我要上楼去一下，马上回来。"

只见她拿起外套、手套和皮包上楼去，走进自己的房间关上门。我向书房走去，想把那瓶酒拿走。他要是还睡着的话，应该用不着了。

36

因为关着落地窗，又拉着百叶窗，房间里又闷又暗。空气里弥漫着一股刺鼻的味道，屋里静得吓人。沙发离门口不足十六英尺，我还没走到一半，就知道沙发上躺着个死人。

他侧着身，面朝沙发背，一只胳膊曲在身体下面，另一只胳膊的前臂挡在眼睛上。前胸和沙发背之间有一大摊血，血泊里躺着那把韦伯利内置式手枪。他的侧脸满是血污。

我弯下身去仔细查看，只见他眼睛瞪得老大，手臂赤裸，从臂弯内侧看去，能见到脑袋上的弹孔，已经发胀变黑，还在往外渗血。

我没动他。他的手腕还有温度，可人确实已经死了。我四处搜寻，想找到匆忙记下的字条之类，但除了桌上的那摞稿子以外，什么都没找到。自杀者不见得都会留下遗书的。架子上的打字机没有盖好，里面什么也没有。除此之外一切都显得十分平常。自杀者会千方百计地做好一切准备，有人备好烈酒；有人备好丰盛的香槟晚餐；有人穿上晚礼服；也有人赤身裸体。自杀的处所各种各样，有人选择墙顶、水沟或是浴室；也有人选在水里或水上；有人在酒吧上吊；也有人在车库开煤气自杀。可这位却了结得干脆。我没听见枪响，一定是我在湖边看冲浪手掉头时开的枪，因为当时周围很吵。我不清楚为什么罗杰·韦德会在意这个，或许也没在意吧。最后一丝念想与快艇转弯的刹那刚好吻合——我觉得这样的安排有点蹊跷，可没人在乎我的感觉。

撕碎了的支票还在地板上——我没去动。已经撕成纸条的之前他写下的东西，还丢在废纸篓里——我把它们拣出来，找全后放进了衣袋。废纸篓里没有什么东西，所以拣出纸条还算容易。没必要去想那把枪放到了什么地方，可藏枪的地方太多了——可能在椅子里或沙发坐垫下面、地板上、书堆后面，任何地方都有可能。

我走出去，把门关好。我听见厨房里有一些动静，走了过去，看到艾琳系着一条蓝围裙，火上的水壶刚开始响。她把火关小，冷冷地瞥了我一眼。

"茶里想放点什么吗，马洛先生？"

"从壶里出来的原样就好。"

我倚着墙站着，手闲得无聊，于是拿出一支烟来。我把烟卷在手里揉来捏去，又掐成两截，一半扔在了地上。她看着这半截烟落下，我弯腰把它捡起来，又将两节烟段揉成了一个小球。

她煮好了茶。"我总要放点糖和奶，"她绕过身说，"奇怪的是，我喝咖啡却什么都不喜欢加。我是在英国学会了喝茶，那儿的人用奶精而不用糖。当然战争时期他们也没有奶精。"

"你在英国住过？"

"我在那儿工作过。伦敦大轰炸 ① 期间我都在那儿。在那儿我遇

_____

① 伦敦大轰炸（the Blitz）指第二次世界大战中 1940 年至 1941 年间纳粹德国对伦敦等英国城市的大规模空袭。

见了个男人——这些我都和你讲过。"

"你和罗杰是在什么地方认识的?"

"在纽约。"

"在那儿结的婚?"

她转过身,皱起了眉。"不,我们不是在纽约结的婚。问这干吗?"

"就是随便聊聊,等茶好。"

她从水槽上方的窗户向外望,从那儿可以眺望到湖面。她靠在滴水板边上,手里拨弄着一条折好的茶巾。

"必须让他停下来,"她说,"可我不知道该怎么做。也许该送他去什么机构,无论如何我都无法看着他继续这样下去了。我必须为此签一些文件,是吧?"

她边问边转过身去。

"他可以自己来,"我说,"我的意思是,在此之前他本可以自己来的。"

茶壶的计时器响了。她回到水槽旁,把水倒进另一个壶,又将新壶放到已经摆好茶杯的托盘上。我上前接过茶盘,端到客厅那两张长沙发间的小桌上。她在我对面坐下,倒了两杯茶。我拿过自己的那杯,放在面前等茶凉一凉。只见她在自己那杯里放了两块方糖和一些奶精,尝了尝。

"您最后一句话是什么意思?"她突然问道,"在此之前他本可以自己来的——去找什么机构,是这个意思吗?"

"不过是个随意的想法。我和你说过的那把枪,你有没有藏起来?你知道的,就是那天早上,他在楼上演过那场戏之后。"

"藏起来?"她又皱起了眉,"没有,我从不会做这种事。我不相信这么做有什么用,干吗要这么问?"

"你今天忘带钥匙了?"

"我和您说过我忘记了。"

"可车库钥匙没忘带,通常这样的房子是外屋钥匙为主。"

"我开车库不需要钥匙,"她一本正经地说,"车库是通过开关控制的。大门内有个继电器开关,出去的时候推上去,车库边上也有一个控制门的开关。我们经常不关车库门,要不就是坎迪出去时会关上。"

"我懂了。"

"您说的话可真怪,"她语气尖酸地说,"那天早晨也是。"

"我在这屋里经历的一些事也相当奇怪:半夜枪响;醉鬼倒在了门前草地上,医生来了却什么忙也不帮;漂亮女人搂着我的脖子蜜语相邀,错把我当旧情人;墨西哥仆人乱扔飞刀。那把枪的事真是让人遗憾——你不是真心爱你的丈夫吧,对不对?我想之前这话我也说过。"

她的反应十分平静,慢慢站起来,可那双紫罗兰色的眼睛似乎变了些颜色,也没有之前那么温柔了。她的嘴唇开始发颤。

"难道……难道出了什么事吗?"她问得相当慢,目光转向书房。

我几乎没来得及点头,就见她直奔书房,只一瞬就来到了门口,猛地把门打开,冲了进去。我正等着听到一声惨叫,结果我上当了,什么声音都没有。我觉得自己很失败,我应该挡住她,遵守传达坏消息的老传统:你要做好心理准备,先坐下来,很不幸发生了一件严重的事情……叽里呱啦。这样拐弯抹角一通之后,并不一定能给任何人带来宽慰，而往往会让事情变得更糟。

我站起来，跟着她进了书房。她正跪在沙发旁边，把他的头放在自己胸前，血污沾满了一身。她双眼半闭，没发出一点声音，跪在地上紧紧抱住他，使劲前后摇晃。

我出去找来电话和电话本，给离这儿最近的警署打电话。他们会通过无线电把消息通报给彼此。随后我又来到厨房，打开水龙头，把口袋里的黄纸条扔进电动垃圾处理机里，把另一个茶壶里剩的茶叶也倒了进去。仅几秒钟过去，一切都消失了。我关掉水龙头和处理机，回到客厅，打开大门，走了出去。

应该是有个辅警恰好在附近巡逻，大约六分钟之后就赶到了。我把他带进书房，韦德太太还跪在沙发旁。辅警立刻走上前去。

"抱歉，夫人。我理解你的心情，但请不要碰任何东西。"

她转过头，摇摇晃晃地站起来。"这是我的丈夫，他被枪杀了。"

辅警摘下帽子，放在桌上，伸手去拿电话。

"他叫罗杰·韦德，"她的声音又尖又冷，"他是位有名的小说家。"

"我知道他是谁，女士。"辅警说着拨了一串号码。她低头看看自己的衬衫："我能上楼换件衣服吗？"

"当然可以。"辅警朝她点点头，对着话筒讲了几句话后就挂上电话。转身道："你说他被枪杀了，是说别人开枪把他打死了吗？"

"我想是这个人杀了他。"她说，没有看我一眼，然后快步走出房间。

辅警看着我，掏出一个笔记本，在上面写了些什么，漫不经心地说："我还是记下你的姓名吧，还有地址。你是报警的那个人吧？"

“没错。”我把名字和地址告诉他。

“别急，奥尔斯警督马上就来。”

“伯尼·奥尔斯？”

“是啊，你认识他？”

“当然，我们认识好久了。他以前在地方法院检察官办公室干。”

“最近不在了，”辅警说，“他现在是凶杀组助理总警监，在洛杉矶警长办公室工作。你是这家的朋友吗，马洛先生？”

“听韦德太太的意思，好像不是。”

他耸耸肩，似笑非笑，说：“别紧张，马洛先生。你身上没带着枪吧？”

“今天没带。”

“我最好确认下，”他搜了搜，又朝沙发那边看了看，“这种时候不能指望做太太的讲什么道理。我们还是出去等着吧。”

37

奥尔斯是个中等身材的男人，结实魁梧，一头金色短发外加一双淡蓝色的眼睛，眉毛又白又硬。他之前特别喜欢戴帽子，以至于哪天没见他戴，都会让人感到惊奇——他的头比想象中的要大得多。他是个态度强硬的警察，生活态度比较悲观，骨子里却是个绝对正派的好人，几年前就该当上探长了。他六次测试都拿到了前三名，可警长不喜欢他，他也不喜欢警长。

他边摸着下巴，边从楼梯上走下来。闪光灯已经在书房里闪了好一阵了，人们进进出出，只有我和一个便衣警探坐在客厅里等。

奥尔斯在椅子边上坐下，晃荡着两只手，嘴里嚼着一支没点火的香烟，一脸沉思地看着我。

"还记得那时候在闲逸谷他们有自己的警卫室和私人警察吗？"

我点点头。"还有赌场。"

"是啊。你阻止不了他们。这整座山谷现在还是私有财产，就和曾经的箭镞湖和绿宝石湾一样。很久都没有在接到案子后被记者围得团团转了，一定是有人在彼得森警长耳朵边说了些什么，没让电传打字机记录下来。"

"他们真够体谅人的，"我说，"韦德太太怎样了？"

"放松得很，她肯定是吃了一些药，那儿有好多种呢——甚至还有德美罗。那可不是什么好东西。你的朋友最近不太走运啊，是不是？他们一个接一个都死啦。"

我无言以对。

"我一直对开枪自杀感兴趣，"奥尔斯漫不经心地说，"太容易造假啦。他妻子说是你杀了他，她为什么会这样说？"

"她不是这意思。"

"现场也没有其他人。她说你知道枪在哪儿，知道他喝醉了，知道前几天晚上他开过一枪，她从他手里把枪夺了下来。那一晚你也在场，但你好像没帮什么忙，是不是？"

"今天下午我搜过他的书桌，没找到枪。我告诉过她枪在什么地方，让她把枪放好。可现在她说她不相信那么做有什么用。"

"'现在'指的是什么时候？"奥尔斯粗声粗气地问。

"在她回家之后，我给分局打电话之前。"

"你搜了书桌，这是为什么？"奥尔斯抬起手，放在膝盖上。他冷冷地看着我，好像并不在意我的话。

"他喝醉了。我想还是把枪放在其他地方比较好。那天晚上他并不是真要自杀，不过是演戏而已。"

奥尔斯点点头，把嘴里嚼着的香烟拿出来，扔在烟灰缸里，又拿起一支嚼起来。

"我把烟戒了，"他说，"抽烟抽得我咳嗽厉害，可对这破玩意儿的瘾还是没断——嘴里不含一根儿就难受。你是负责在这家伙独处时看着他吗？"

"当然不是。他请我过来吃午饭。我们聊了聊，他觉得自己的作品写得不顺，情绪有点低落，打算借酒消愁。你是不是在想我应该把酒从他身边拿开？"

"我还没在想，只是尝试想象这一幕。你喝了多少？"

"我喝了啤酒。"

"你在这儿挺倒霉啊，马洛。那张支票是干什么的？就是他写好签过名又撕掉的那张？"

"他们都想让我住过来，在这儿看着他。'他们'指的是他自己、他妻子和他的出版商霍华德·斯宾塞。我猜斯宾塞在纽约，你可以问问他。但我拒绝了这活儿。之后她来找我说她丈夫喝醉失踪了，她很担心，希望我能找他回家，我就照做了。再后来我记得把他从门前草坪上扛进屋，放在床上。伯尼，说实话这些事我根本不想管，可它们就是缠上了身。"

"和伦诺克斯的案子没关系，嗯？"

"看在老天的分上，根本没有什么伦诺克斯的案子。"

"没错。"奥尔斯冷冷地说，捏了捏膝盖。有个人从大门进来，和另一个警探说了几句，然后走到奥尔斯身边。

"外面有个罗林医生，警督。他说有人打电话叫他过来。他是那位夫人的医生。"

"让他进来。"

警探出去叫来了罗林医生。他走进屋子，手里拎着整洁的黑色提包，身穿热带毛料西服，显得帅气高雅。他从我身边走过时，看都没有看我一眼。

"在楼上？"他问奥尔斯。

"是的，在她屋里，"奥尔斯站起来，"你给她开那个德美罗做什么，医生？"

罗林医生朝他皱了皱眉。"我给病人开的药都是我认为合适的，"他冷冷地说，"我不需要解释为什么。谁说我给韦德太太开了德美罗？"

"我说的。那瓶药在楼上，上面还有你的名字，她浴室里有个常备药箱。医生，也许你有所不知吧，我们城里什么药没见识过：蓝鸟、红鸟、黄衣、镇定丸之类，应有尽有。德美罗应该算这里头最糟的一种，不知听谁说过德国大刽子手戈林曾经就依赖过这种药，被捕那会儿一天要吃十八粒，军医花了三个月才帮他把量减下来。"

"我不懂你说的那些名字是什么意思。"罗林医生冷冷地说。

"你不懂？真遗憾。蓝鸟是阿米妥钠；红鸟是速可眠（安眠药）；黄衣是宁比泰；镇定丸是掺了苯丙胺的巴比妥；德美罗是一种合成麻醉剂，很容易上瘾。你就开这些药给病人，嗯？太太得了什么重病吗？"

"对一个敏感的女人来说，有个醉鬼丈夫算得上很严重的病痛了。"罗林医生说。

"你没能见到他，是吧？可惜。韦德太太在楼上，医生。耽误你的时间了，谢谢。"

"先生，你太无理了。我会去举报你的。"

"好啊，去吧，"奥尔斯说，"可在你举报我之前，先干点别的：让夫人保持清醒，我还有话要问。"

"我会根据她的情况做最好的处理。你知不知道我是谁啊？搞搞清楚，韦德先生不是我的病人。我不治酒鬼。"

"专治酒鬼太太，是吗？"奥尔斯朝他厉声说，"对，我知道你是谁，医生，我的内心正在滴血呢。我姓奥尔斯，奥尔斯警督。"

罗林医生上了楼。奥尔斯又坐下来，咧嘴朝我笑笑。

"和这种人打交道就得聪明点。"他说。

有个人从书房里出来，过来找奥尔斯。这人身子瘦长，戴着眼镜，额头很高，表情严肃。

"警督。"

"说吧。"

"伤口是接触伤，很典型的自杀，气压引起的膨胀很明显，眼睛也因气压鼓起。我觉得手枪外表不会有什么指纹了，被血浸得太厉害了。"

"如果这家伙是因为醉酒而睡过去或晕过去，有没有可能是他杀？"奥尔斯问道。

"当然可能，但没有证据。那是把双动机锤内置式韦伯利枪，通常这种枪需要用力扣扳机才能扣上击铁，而射击仅需轻轻一拉。后坐力可以解释枪落下的位置。目前我发现的线索都表明是自杀。我想血液酒精浓度会很高，如果太高的话……"他停下来，有意地耸耸肩，"我可能会怀疑自杀的可能性。"

"多谢。法医叫来了吧？"

那人点点头，走开了。奥尔斯打了个哈欠，看看手表，然后又看看我。

"你要走了吗？"

"当然，如果你批准的话。我还以为我是个嫌疑犯。"

"之后也许会需要你配合我们工作的，待在我们能找到你的地方就可以了。你当过警探，知道是怎样一个程序：有些案子需要果断行动，不然证据就没了；可这个案子正好相反。如果是他杀，谁想要置他于死地？他太太吗？她不在场。你吗？好吧，屋里就你一个人，而你又知道枪在什么地方——一切都安排得滴水不漏，顺理成章，但唯独少了作案动机——或许我们应该注意考察下你的经历。但我想如果你真想杀人的话，可能不会干得这么引人注目。"

"谢谢，伯尼。我会的。"

"用人不在，都出去了，所以一定是刚好过来串门的人。这个人必须知道韦德的枪藏在哪儿，知道他醉得睡了过去或晕了过去，必须得在游艇发出足够大噪声的当口扣下扳机，以掩盖枪响，还必须得在你回屋之前逃走。就已有线索看，我找不出这个人。唯一具备这些作案条件和时机的人却不可能用上它们——原因很简单，他正是唯一拥有这些作案条件和时机的人。"

我起身要走。"好吧，伯尼。我今晚都在家。"

"只有一点，"奥尔斯若有所思地说，"这个韦德是个畅销作家，要钱有钱，要名声有名声。我自己不看他写的那破玩意儿，他书里那些人比妓院的娼妓还差得远呢。可这只是个人品位问题，不关我一个警察的事。靠这笔钱，他在乡野的宜居天堂拥有漂亮的大房子，娶了个漂亮太太，有成群的朋友，麻烦也不会找上门。我想不通是什么让这一切会变得痛苦不堪，以至于要一枪结束自己。一定是发生了什么事。要是你清楚的话，还是准备好老实交代吧，再见。"

我走到门口，门口站着的人扭头看看奥尔斯，得到暗示后，放我出去了。我钻进自己的车里，为绕开挤满车道的各种公务车，不得不将车一侧开上了草坪。在院门口又有一位辅警仔细打量了我一番，但没说什么。我戴上墨镜，朝高速路主道开去。路上没什么车，显得很平静。傍晚夕阳的余晖落在修剪过的草坪，和草坪后那一栋栋宽敞奢华的大房子上。

一个小有名气的人倒在闲逸谷一座豪宅里的血泊中，而四周慵懒的宁谧却丝毫未受搅扰。报纸上的报道，让人感觉这事像是发生在西藏。在公路的一个转弯处，两座房子的外墙延伸至路肩，在那儿停着一辆深绿色的警车，从里面走出一位辅警，举手向我示意。我停下车，他来到车窗边。

"请出示您的驾照。"

我拿出钱包，打开递给他。

"只要驾照，按规定我不能碰您的钱包。"

我把驾照掏出来拿给他，问："出什么事了？"

他看看车里，把驾照还给我。

"没事，"他说，"只是例行检查，抱歉给您添麻烦了。"

他挥手示意我离开，然后又回到那辆停着的车上。警察就是这样，他们做一件事的时候永远不会告诉你为什么，因为这样一来，你就不会发现其实他们自己也不清楚为什么。

我开车回家，路上买了几杯冷饮，又在外面吃了晚饭。到了家我打开窗子，解开衬衫，等待有什么事情发生。我等了很久，直到九点钟伯尼·奥尔斯打来电话，让我立刻赶到警局，路上不要耽搁。

38

　　他们已经让坎迪坐在警长办公室接待厅里一张靠墙的椅子上了。他狠狠看着我从他身边走过，走进彼得森警长审案的方形大房间——大家对他二十年忠诚服务满怀感激——屋内墙壁上挂满了骏马的照片，每张照片上都能见到彼得森警长潇洒的身影。他那张雕花书桌四角是马头的造型，墨水瓶是一只经过加框打磨的马蹄，笔插在旁边装满白沙的配套马蹄笔架里。这两样摆设上钉着金牌，记录着某年某月发生的大事记。在干干净净的拘捕登记簿中央放着一袋达累姆烟草和一包棕黄色的卷烟纸。彼得森自己卷烟抽。他能在马背上单手卷烟，而且经常这么干，尤其是当他骑上白色高头大马，头戴平顶墨西哥宽檐帽，坐在缀满漂亮的墨西哥银饰的墨西哥马鞍上领导游行时，定会大显身手一番。他骑术精湛，马匹也训练有素，知道什么时候该安静，什么时候该加速，好让警长单手驾驭的同时，还能保持他那高深莫测的微笑。警长的演技也同样精湛。他的脸有鹰一般俊朗的轮廓，尽管现在下巴底下稍有松弛，可他懂得怎样调整头部姿势，好让松弛不那么明显——他在拍照上面颇费心思。他已经五十好几，从丹麦裔的父亲那里继承了一大笔财产。然而警长身上却看不出一点丹麦血统：他有着深色头发，棕色皮肤，倒像开雪茄店的印第安人，头脑也相仿。尽管如此，可从没人叫他骗子。他所在的警署有过几个骗子，既骗他又骗公众，可彼得森警长却没受到一点连累。他所做的只是骑着白马引导游行，在镜头前审问嫌犯，然后不费吹灰之力就顺利当选——配图文字是这么说的，但其实他从没审问过任何人，也根本不知道该怎么审。他只需坐在桌子旁，严厉地盯着嫌犯，朝镜头亮亮侧脸。随后闪光灯关闭，摄影师恭敬地向他道谢，一言未发的嫌犯被带走。之后警长就回家了，回到圣费尔南多谷的牧场——你总能在那儿找到他。如果找不到他本人的话，可以问问他的马。

选举来临之际，偶尔也会有一些不知趣的政客想和彼得森警长抢位子，给他取"内嵌侧影人像""烟熏火腿"之类的绰号，可这些对他没一点儿影响。彼得森警长还是照旧顺利连任，活生生地证明了一个人单凭漂亮鼻子、上镜长相、严实嘴巴外加马上英姿，就能在我们国家的官员要位上永远稳坐下去，没一点资历都无所谓。

我和奥尔斯进去的时候，摄影师们正从另一扇门鱼贯而出，彼得森警长就站在桌子后面。他戴着白色的牛仔帽，正在那儿卷烟，好像已经做好了回家的准备。见我们进去，他严肃地看了看我。

"这是谁？"他用浑厚的男中音问道。

"此人名叫菲利普·马洛，警长，"奥尔斯说，"韦德开枪自杀时屋里就他一个人在。您想拍张照吗？"

警长打量了一下我，说："我想不必了。"随即转身和一个身材魁梧、铁灰色头发、满脸倦容的手下说："赫尔南德斯警监，有事找我的话，我就在牧场。"

"明白，长官。"

彼得森用一根厨房用的火柴在拇指指甲上划着，点燃了香烟。彼得森警长从不用打火机，他是绝对的"单手自卷自点式"烟民。

他说了声再见就出去了，紧随其后的是他那眼珠深黑、面无表情的私人保镖。警长一走，门关上以后，赫尔南德斯警监就移到桌前，坐在警长无比宽大的椅子上，角落里的速记员从墙边移出一点地方，以留出记录时胳膊肘的活动空间。奥尔斯坐在桌子的另一头，看上去很愉快。

"好吧，马洛，"赫尔南德斯轻松地说，"让我们开始吧。"

"为什么没给我拍照？"

"你听到警长的话了吧。"

"听到了，可是为什么？"我不高兴地问道。

奥尔斯笑了起来："你比谁都清楚为什么。"

"你是说因为我既高挑又英俊，怕吸引别人注意？"

"算了吧，"赫尔南德斯冷冷地说，"开始你的笔录吧，从头开始。"

于是我从头开始交代：我与霍华德·斯宾塞的面谈，我如何遇见艾琳·韦德，她让我去找罗杰，我找到了他，她把我请到家里，韦德叫我做了什么，我如何发现他晕倒在木槿丛旁的，等等。速记员把这些全都记录下来，没人打断我。我说的都是实话，除了事实还是事实，但并没有说完整，我省略了自己行动的目的。

"很好，"赫尔南德斯在末了时候说，"可不太完整。"这个赫尔南德斯是个冷静而能干的危险人物。警长办公室里总要有个聪明人。"韦德在自己房间里开枪的那天夜里，你去韦德太太房间，闭着房门在里面待了一会儿——你在那里面做了什么？"

“她叫我进去，向我打听她丈夫情况如何。”

“为什么关着门？”

“韦德当时刚睡着，我不想弄出声响，还有个爱偷听的用人在屋里转悠。是韦德太太让我关的门，我不觉得这有什么大不了的。”

“你在里面待了多久？”

“我不知道，大概三分钟吧。”

“我猜你在里面待了有一两个钟头吧，”赫尔南德斯冷冷地说，“明白我的意思了吗？”

我看了看奥尔斯，他眼神迷离，正像往常一样嚼着没点燃的烟卷。

“你得到的消息有误，警督。”

“那好吧。你从房间出来后，下楼进了书房，在沙发上过了一夜。也许我该说下半夜。”

“那晚他打电话到我家的时候是十点五十分，我最后进书房的时候已经凌晨两点多了——你说是下半夜也没错。”

“把用人带进来。”赫尔南德斯说。

奥尔斯出去，把坎迪带进来。他们让坎迪坐在椅子上，赫尔南德斯问了他一些问题，比如叫什么名字之类的。接着他说：“好吧，坎迪——为方便起见，我们就这样叫你吧——你帮马洛把罗杰·韦德扶上床之后，发生了什么事？”

我已经多少猜到他会怎么回答。坎迪用平静却恶狠狠的声音讲述了他的故事，几乎没带一点口音——口音对他而言就像开关一样，可以随意控制。他的故事版本是：他当时在楼下转悠，是因为怕主人随时需要他——他一会儿到厨房给自己弄些吃的，一会儿又待在客厅里。在客厅前门椅子上坐着的时候，他看见艾琳·韦德站在自己房间门里，把身上的衣服脱光了，披上袍子，里面什么也没穿。他看见我进她的房间，关上门，在里面待了很长时间，他觉得有一两个钟头。他上楼仔细听动静，听到床垫弹簧发出吱嘎声，还听到了窃窃私语声。他把自己的意思表达得十分清楚。他说完刻薄地看了我一眼，两片嘴唇愤愤地扭到了一起。

"带他出去吧。"赫尔南德斯说。

"稍等一下，"我说，"我有问题问他。"

"在这儿问问题的人是我。"赫尔南德斯气呼呼地说。

"你不知道这是怎么一回事，警督，你不在场。他在撒谎，他自己清楚，我也清楚。"

赫尔南德斯向后靠在椅背上，拿起警长的一支笔来。他弯了弯笔杆。笔杆很长很尖，是用硬化了的马毛做的。他一松手，笔尖就弹了回来。

"问吧。"他说。

我转身面向坎迪："你看到韦德太太脱掉衣服的时候，在什么地方？"

"我坐在前门旁边一张椅子上。"他不友好地说。

"在前门和两张相对的沙发之间？"

"我已经说过了。"

"韦德太太在什么地方？"

"就在她房间里，门是开着的。"

"客厅里开着什么灯？"

"就开了一盏灯——高杆灯，大家都管它叫桥式照明灯。"

"二楼楼道里开着什么灯？"

"没开灯，灯光是从她卧室里传来的。"

"她卧室里开着什么灯？"

"不怎么亮，也许是床头灯吧。"

"没开吊顶灯吗？"

"没有。"

"她把衣服脱了之后——就站在房间门里，你这么说的——然后披上一件袍子，是什么样的袍子？"

"蓝色的袍子，那种长长的家居服，她用腰带把袍子系起来。"

"那么，如果你没有看见她脱光衣服，就不会知道她袍子里面穿了什么？"

他耸耸肩，看上去有点焦虑。"是的，可我看到她脱光了衣服。"

"你撒谎。客厅里没有一个地方能看见她站在房间门口脱衣服，更别说是在屋里了，她必须出来站到二楼走道边上脱你才看得见。可要是这样的话，她就会看见你了。"

他气愤地盯着我。我转向奥尔斯，说："你见过那房子，可赫尔南德斯警监没见过——对吧？"

奥尔斯轻轻摇摇头。赫尔南德斯皱皱眉，没说什么。

"赫尔南德斯警监，如果韦德太太在自己房间门口或房间里，客厅里甚至没有一个地方能看到她的头顶——就算他站起来——可他说他当时是坐着的。我比他高四英寸，我站在屋子正门口也不过能看见敞开的门楣。要想看到他所描述的那一幕，她得出来到二楼走道边上脱衣服才行，可她又为什么要这样做呢？她连站在自己房间门口脱衣服都不太可能吧？这没一点道理。"

赫尔南德斯只是看着我，然后又看看坎迪。"那时间问题如何解释呢？"他轻轻问我。

"那是他有意陷害我，我是说我可以证明这一点。"

赫尔南德斯朝坎迪吐了几句西班牙语，因为太快我没听懂。坎迪只是一脸愠色地瞪着他。

"把他带出去。"赫尔南德斯说。

奥尔斯晃晃大拇指，随后门开了，坎迪被带了出去。赫尔南德斯拿出一大盒烟，叼起一支来，用纯金的打火机点着。

奥尔斯回到房间内。赫尔南德斯平静地说："我刚刚对他说，如果庭审时他在证人席上说了那些话，就要因为作伪证进圣昆丁监狱坐一到三年牢，但好像没怎么吓到他。很显然，他不过让老掉牙的性欲狂想症搅得心神不宁罢了，要是他当时在场，我们非常有理由怀疑他是凶手，他是理想的目标——只是他会拿刀当武器。我之前感觉韦德的死让他很难过。你有什么问题要问吗，奥尔斯？"

奥尔斯摇摇头。赫尔南德斯看看我说："明天早上过来在你的口供上签个名——到时候我们会把它打印好。十点前我们需要拿到一份调查庭审报告，反正是预审程序。对这样的安排你有什么不喜欢的地方吗，马洛？"

"是否介意换个问话方式？你的问法让人感觉我好像喜欢这样的安排似的。"

"好吧，"他疲倦地说，"走吧。我要回家了。"

我站起来。

"当然，我从没相信过坎迪给我们提供的线索，"他说，"不过用来调节下气氛而已，但愿没有给你带来不愉快的感觉。"

"没一点感觉，警督。没一点感觉。"

他们看着我走出去，没和我说晚安。我沿着长廊走到希尔街入口，上了自己的车，开车回家。

没有感觉是千真万确的——我感觉自己如星星之间相隔的浩瀚太空般空洞而虚无。到家之后，我调了一杯酒，站在客厅敞开的窗户前，边啜酒边听月桂谷大道上车水马龙的嘈杂，看山谷间偌大城市里怒气冲天的强光。远处警笛与消防车凄惨的哀鸣此起彼伏，没有一刻真正消停下来。一天二十四小时里总有人在逃，有人在追；在千百罪行肆意的夜晚，有人垂死，有人受伤，有人被飞玻璃割伤；有人开车被撞，有人被车轮碾轧；有人被暴打、被抢劫、被勒死、被强暴、被杀害；有人挨饿、生病、无聊、孤单、悲伤、恐惧、气愤、残忍、绝望、抽泣。一座不比其他城市差的城市——它富有活力，充满骄傲；但也迷失、败落，充满虚无。

这一切都取决于你的位置和你个人的成就。我一点成就都没有，可我并不在乎。

我喝完酒，就去睡了。

39

　　庭审非常失败。法医在医学证据完成前就草草交出了结果，生怕公众对他的关注热度会慢慢减弱。其实他的担心完全多余，作家之死——即便是一个有名的作家——早就不算什么新闻了。更何况那个夏天同样惊悚的新闻也多得是：有个国王退位了，另一个则遭到了暗杀；一星期里有三架大型客机失事；芝加哥一家大通讯社的社长在私人汽车里被人开枪射成了碎片；一场监狱大火活活烧死了二十四个囚犯。洛杉矶县的法医也很不走运，他错过了生活中不少美好的东西。

　　我离开证人席的时候看到了坎迪。他的脸上挂着狡黠恶意的怪笑——我不明白他为什么笑——和往常一样，他穿得过分讲究了：可可色的华达呢西装，白色尼龙衬衫，还有深蓝色的领结。他在证人席上显得十分平静，给人印象不错。是的，老板最近经常喝醉；是的，楼上枪响的当晚，他帮忙把老板抬上床；是的，最后一天，在坎迪离开前，老板在他面前要过威士忌，但他拒绝去拿；不，他对韦德先生的文学作品一无所知，但他知道老板情绪低落，因为他不停地把稿子扔掉，又从废纸篓里捡出来；不，他从没听到过韦德先生和任何人争吵，等等。法医想套他的话，但没问出什么名堂，因为已经有人训练过坎迪了。

艾琳·韦德穿着黑白套装。她看上去很苍白，声音很低很小，连扩音器都没法捕捉到。法医对她的态度非常温柔，和她说话时好像禁不住哽咽一样。待她离开证人席后，法医起身鞠了一躬，她朝法医莞尔一笑，差点没让他被自己的唾沫给呛住。

她出去时几乎没看我一眼，最后一刻她将头移动了几英寸，极轻地点了下头，好像我是她在很久以前某地遇见过的却又记不起来的某个人。

审讯结束后我在外面的台阶上遇到了奥尔斯，他正注视着下面的车流，或者说是假装注视着。

"干得漂亮，"他头也不回地说，"祝贺。"

"你把坎迪训练得不错嘛。"

"不是我，老弟。是检察官认定风流韵事无关此案。"

"什么风流韵事？"

他看着我说："哈哈哈，我又没指你。"他的表情继而又变得冷漠，"这么多年我见得多了，都看厌了。这一次比较特殊，私密老古董，有钱人的专利。再见，倒霉鬼。等你开始穿二十块一件的衬衫，再给我打电话，我会顺路过来替你拿外套的。"

楼梯上来来往往的人潮从我们身边经过。我们只管站在那里。奥尔斯从口袋里拿出一支烟，看了看，丢在水泥地上，用脚跟碾得粉碎。

"真浪费。"我说。

"就一支香烟，伙计，又不是一条命。过一阵子你说不定会娶了那女人，嗯？"

"住嘴。"

他酸溜溜地笑了。"我一直在和对的人讲错的话，"他讽刺地说，"有异议吗？"

"没有异议，警督。"我说着继续走下楼梯。他在我背后不知说了些什么，可我没停下。

我来到鲜花街上的一家咸牛肉餐厅，正适合我此时的心情。入口处的标识牌上粗鲁地写着："男士请入。狗和女人免进。"餐厅的服务也同样高级。胡子拉碴的服务生把菜往你桌上扔不说，还擅自克扣小费。食物简单却十分美味，那里卖一种瑞典棕啤，烈得跟马提尼一样。

我回到办公室，电话响了。奥尔斯说："我要到你那里去一下，我有话和你说。"

他一定是在好莱坞分局或那附近什么地方，因为二十分钟后他就到了我的办公室。他在客户椅上坐定，跷起腿，朝我大声说：

"我刚才的话讲过头了。抱歉，忘了吧。"

"为什么要忘呢？让我们旧伤重提吧。"

"那好吧，不过要讲分寸。在一些人眼里你是个坏人，可据我所知你没做过太过分的事情。"

"那二十块一件的衬衫又是怎么一回事？"

"天哪，我只是心里难受而已，"奥尔斯说，"我想起了波特那个老头儿。他好像让秘书吩咐一位律师，叫斯普林格检察官告诉赫尔南德斯警监你是他的私交。"

"他不会做这种自找麻烦事的。"

"你见过他。他花时间和你聊过。"

"我见过他，仅此而已。我不喜欢他，也许只是嫉妒吧。他把我叫去是想给我一些建议。他既高大又强硬，其他我一概不知。我不觉得他是坏人。"

"这世上就没有什么赚一亿块钱的干净方法，"奥尔斯说，"或许这个头头自认为手很干净吧，可为赚到他那些钱总有人被推到墙上挨揍；好好的小本生意屡屡受挫，不得不低价转让，本分人丢了工作；市场上股票被操控，代理权被当成旧黄金便宜收购；吃百分之五佣金的中间人和大律师事务所只要摆平大众拥护却有损富人利益的法规，就能赚到十万酬金。大钱等于大权，而大权会被滥用——这就是制度体系，也许这已经是我们所能实现的最完美的体系了，但离理想还差得远呢。"

"你这话听起来像个赤色分子。"我只想刺激他。

"我不知道，"他轻蔑地说，"还没人调查过我。你挺满意这个自杀的判决，对吧？"

"那还能怎么判呢？"

"我猜没别的判法了。"他把那双又粗又硬的手放在桌上，看看手背上褐色的大斑块。"我老了，得了角化症，他们管这些叫黄褐斑。五十岁之前你是见不到它们的。我是个老警察了，老警察就是老无赖。这桩韦德案里的有些细节我想不通。"

"譬如说？"我向后靠去，看着他眼睛四周细密的鱼尾纹。

"警察当到一定阶段，你就能觉察到一个错误的安排，即使你对此无计可施，所以只好坐在这儿说说而已。我很纳闷他怎么没留下遗书。"

"他喝醉了，很可能只是一时疯狂的冲动。"

奥尔斯抬起浅色的眼睛，把手从桌上放了下去。"我搜了他的书桌，他给自己写信。他不停地写啊写，不论是醉是醒，他从不离开打字机。有些信很疯狂，有些很可笑，有些很悲伤。这家伙心里有事，他总是绕着圈子，却从不一语点破。他要是真想自杀的话，肯定会留下一封两页纸的长信。"

"他喝醉了。"我又说。

"对他而言，这没有关系，"奥尔斯不耐烦地说，"第二处让我纳闷的地方是，他竟会在那间房里自杀，让他妻子去发现——好吧，他喝醉了——可我还是觉得很可疑。还有一个可疑之处是，他在游艇发出的噪声刚好能淹没枪声的时候扣动了扳机——这对他而言有什么关系呢？又是个巧合，是吗？那他妻子在家里用人休假日忘带钥匙，只得按门铃进屋就更是巧合了。"

"她可以绕到屋后去的。"我说。

"是的，我明白。可我现在说的是一个情境。除了你，没人去开门，而她在证人席上说她不知道你在那儿。即便韦德活着，在书房里工作，他也听不到门铃声，因为书房装的是隔音门。家里的用人也不在。那天是星期四，她都忘记了，就像她忘记带钥匙一样。"

"你自己也忘了些事情，伯尼。当时我的车就停在车道上，所以她知道我在那儿——或有其他什么人在——在她按门铃之前。"

他咧嘴笑了笑，说："我是忘记了，不是吗？好吧，当时就是这个情境：你在湖边，游艇呼啸而过——那几个从箭镞湖来的家伙用拖车把小艇带来的——韦德在他的书房里睡着了或晕了过去，有人已经从他桌里拿出了枪，你告诉过她，所以她知道你把枪放在那里。现在假设她没有忘带钥匙，她进了屋，朝外望望，看到你在湖边，进书房瞧瞧，发现韦德睡着了。她知道枪在什么地方，于是她把枪拿出来，等到合适的时机，一枪把他杀了，把枪扔在发现的地方，又走回屋外，等上一小会儿——等游艇走远，然后按响了门铃，等你来开门。有异议吗？”

"动机何在？"

"是啊，"他酸酸地说，"这就是问题所在。她要是想摆脱那家伙，容易极了。在她面前，那家伙处于绝对的劣势：嗜酒成瘾，又有对她施暴的记录。离开他可以获得足够的赡养费和大笔财产安置费，所以找不出一点动机。不过这时间太准了——再早个五分钟，她就下不成手了，除非你帮忙。"

我想说什么，但他抬了抬手。"别多想。我没在指责谁，只是猜测而已。再晚五分钟，结果一样。她只有十分钟时间完事。"

"十分钟，"我急躁地说，"连预测都难，别说计划了。"

他靠在椅子上，叹了口气。"我明白。你得到了所有的答案，我得到了所有的答案，但我还是觉得纳闷。你跟这些人搞在一起到底在干什么？那个家伙给你开了一千美元的支票，又把它给撕了。你说是因为他生你的气，你说你根本不想要那钱，也不应该拿。也许真是这样吧——他是不是觉得你和他妻子有一腿？"

"别说了，伯尼。"

"我没问你有没有，我问他是不是这样认为？"

"答案不变。"

"好吧，那这么说吧——那个墨西哥人抓住了他什么把柄吗？"

"据我所知没有。"

"那个墨西哥人的钱太多了：银行存款超过一千五百块，有各种衣服，还有辆崭新的雪佛兰。"

"也许他是贩毒的。"我说。

奥尔斯在椅子上一撑，站了起来，低头怒视着我。

"你这个走运的小子，马洛。两次重罪都让你侥幸逃脱，你也许变得太过自信了。你帮过这些人大忙，却分文不取。听说你也帮过一个名叫伦诺克斯的家伙不少忙，可你还是分文不收。你是靠干哪行糊口的呢，伙计？是不是存下了一大笔钱，用不着工作了？"

我站起来，绕过桌子，正面朝向他。"我是个浪漫主义者，伯尼。半夜我听到有人求救，就出去瞧瞧发生了什么事——你不会因此赚到钱。你是个头脑清醒的人，于是就关起窗户，把电视音量加大；要不就一脚油门，远离这个地方，不去管别人的麻烦——因为多管闲事只会惹祸上身。我最后一次见到泰瑞·伦诺克斯，我们一起喝了一杯我在家里煮的咖啡，抽了一支烟。所以当我听说他死了，我就又去厨房煮了咖啡，给他倒了一杯，为他点上一支烟。等咖啡冷了，烟燃尽了，我就和他道别——你也不会因此赚到钱，一分钱都赚不来。你不会这么做，所以你能当个好警察，而我只能当个私人侦探。艾琳·韦德担心她丈夫，打电话给我，我出去把他找回了家。另外一次他又遇上了麻烦打电话给我，我就去把他从草坪上扛进屋，扶上床，而我也是一分钱没赚。干我这活儿没一分钱利润——除了被打肿脸，抓进去坐牢，或者被曼迪·梅内德斯那种赚快钱的小子威胁——什么都没有。赚不来钱，一分钱都赚不到。我保险箱里有一张五千块的钞票，可我从没动一分，因为这钱的来路有点问题。起初我还经常把玩，现在仍会不时地拿出来看看——仅此而已，一分可花的钱都没赚到手。"

"那说不定是假钞，"奥尔斯冷冷地说，"他们不会做这么大面值的钞票。你在这里乱说一通，到底是什么意思？"

"没什么意思。我已经告诉过你，我是个浪漫主义者。"

"我听到了。你没赚到一分钱——我也听到了。"

"但我可以随时叫一个警察去见鬼。见鬼去吧，伯尼。"

"要是我把你锁进后屋里，你就不会叫我去见鬼了，朋友。"

"让我们走着瞧。"

他走到门口，猛地拉开门。"你知道吗，小鬼？你觉得自己挺聪明，但其实很傻。你只是墙上的影子罢了。我当了二十年警察，没给自己惹上过任何麻烦。谁在耍我，谁有事瞒我，我都知道。自作聪明的人到头来捉弄的永远是他自己。别跟我来这一套，朋友，我全知道。"

他转过头，把门带上，随后就传来鞋跟落在走廊地面沉重的声音。桌上的电话再次响起时，还能依稀听到他的脚步声。电话里清晰地传出一个职业腔的声音：

"来自纽约的电话，菲利普·马洛先生。"

"我是菲利普·马洛。"

"谢谢。请稍等，马洛先生。这是你的电话。"

继而传出一个熟悉的声音。"我是霍华德·斯宾塞，马洛先生。罗杰·韦德的事情我们已经听说了，这真是个晴天霹雳。我们还没得到完整细节，可你好像也牵涉进去了。"

"事情发生的时候我在场。他喝醉酒，开枪自杀了。过了一会儿韦德太太才回家。家里的用人都不在——星期四是休息日。"

"当时就你和他在一起？"

"我不在他身边。我当时在屋外转悠，等着他妻子回家。"

"我知道了。好吧，我想会有庭审的。"

"庭审都结束了，斯宾塞先生。是自杀。几乎没什么报道。"

"真的吗？那就奇怪了。"他听上去并不像十分失望——更像是迷惑和惊讶，"他这么有名。我本想着……好吧，别管我想什么了。我最好还是坐飞机来一趟，但要等到下周才能抽出时间。我会给韦德太太去一份电报的。或许有什么事我还能帮上忙——还有那本书的事。我是说他可能已经写得差不多了，我们可以找人替他完成余下部分。我想你最终还是接了那份差事。"

"没有。虽然他特意邀请，我还是没接受。我直截了当地告诉他，我没法阻止他酗酒。"

"显然你连试都没试。"

"听着，斯宾塞先生，你对这里的情况一点儿也不了解，为什么非要乱下结论？并不是说我没有任何自责。发生这种事，现场就我一人，自责是必然的。"

"那当然，"他说，"抱歉我刚才说了那样的话。艾琳·韦德现在会在家里吗？你不知道吧？"

"我不知道，斯宾塞先生。你为什么不打电话过去问问看？"

"我想她现在应该还不想和任何人说话吧。"他慢悠悠地说。

"怎么会？她和法医聊得起劲，眼睛眨都没眨一下。"

他清清嗓子。"听上去你不怎么同情她啊。"

"罗杰·韦德死了，斯宾塞。他虽然有几分混账，或许也有几分天才——这个我不好说。他是个任性的酒鬼，对自己恨之入骨。他给我惹来了一大堆麻烦，最后又带来一大堆痛苦。我还要同哪门子情啊？"

"我说的是韦德太太。"他不耐烦地说。

"我也是。"

"来了我再给你打电话,"他突然说了一句,"再见。"

他挂断电话。我也挂了电话,然后待在原地一动不动,盯着电话机看了几分钟,随后拿起桌上的电话簿,查了一个号码。

40

我给休厄尔·恩迪科特办公室打了个电话，我被告知他在法庭上办案，要等到傍晚才有空。对方问我是否留下姓名，我没有留。

我又拨通了拉斯维加斯大道上曼迪·梅内德斯老巢的号码。今年它把名字改成了"伊尔塔帕多"，这个新名字也不错，在美国西班牙语中有宝藏的意思。在此以前它也换过其他名字。有一年就用了一串蓝色霓虹灯组成的号码，闪烁在临街朝南的一堵空白高墙上，背后是山和沿山一侧从街上无法看到的车道。大家对这个异常僻静的地方不怎么了解，除了风化组警察、犯罪团伙和那些肯出三十块在楼上安静的大房间吃上一顿、负担得起任何高达五万美元消费的家伙。一个什么都不知道的女人接了我的电话，把我转给一个墨西哥口音的领班。

"你想找梅内德斯先生？你是谁？"

"无名氏，朋友。私事。"

"稍等片刻。"

等了一会儿，一个口气生硬的家伙接起了电话，声音好像是从装甲车上的一道裂缝里钻出来似的，也许那道裂缝就在他脸上吧。

"说吧，是谁在找他？"

"一个叫马洛的。"

"马洛是谁?"

"切克·阿戈斯蒂诺?"

"不,我不是切克。来吧,暗号呢?"

"去炸烂你的脸。"

他轻声笑了。"别挂电话。"

最后传来另一个声音:"喂,贱货。你那儿怎样?"

"就你自己?"

"你说吧,贱货。我在审几出歌舞表演。"

"把你自己的喉咙割断也能算上一出。"

"那谢幕加演我怎么办?"

我笑了,他也笑了。"没惹事吧?"他问。

"你没听说吗?我交的另一个朋友自杀了。他们打算从今往后叫我'死亡之吻小子'。"

"挺有意思,是吧?"

"不,一点意思都没有。前几天下午我和哈兰·波特一起喝了茶。"

"混得不错啊。我从不喝那玩意儿。"

"他说让你对我好点儿。"

"我从没见过那家伙,也没打算见。"

"他影响力很大。我只是想打听点消息,曼迪。比如保罗·马斯顿的事。"

"从没听说过他。"

"你这结论下得太快了吧。保罗·马斯顿是泰瑞·伦诺克斯在来西部之前,在纽约用过一段时间的名字。"

"那又怎样？"

"有人在联邦调查局档案里查过他的指纹，没有记录。这就是说他从没在部队服过役。"

"那又怎样？"

"不用我给你描述了吧？要么你那散兵坑的故事纯属虚构，要么就是发生在别的什么地方。"

"我没说过那是在什么地方发生的，贱货。听我说句好话，把这事忘干净吧。你已经得到忠告了，最好听我的忠告。"

"哦，当然。我要是做了你不喜欢的事，就要背着一辆有轨电车去卡特琳娜岛啦。别来吓唬我，曼迪，我可和职业高手较过劲。你去过英国吗？"

"放聪明点吧，贱货。这个城市里谁都可能出事，像大威利·马贡这样的大块头都逃不过。看看晚报吧。"

"你要是这么说，我就去买张看看，说不定还会有我的照片呢。马贡怎么了？"

"就像我所说的——谁都会出事。事是怎么出的，我也就知道报纸上提到的那些。好像是马贡想搜查四个小子开的一辆挂着内华达州车牌的车——当时那辆车就停在他家门口，车牌上印的号码大得出奇，一看就知道是为了好玩故意做的。只有马贡不觉得好笑，他的双臂都上了石膏，下巴缝了三处，一条腿高高吊起——马贡再也凶不起来了。这事也可能出在你身上。"

"他惹你了吧，是吗？我见他在维克多酒吧前面把你家切克扔向了墙。我是不是该给警长办公室里的朋友打电话报案呢？"

"你打吧，贱货，"他慢悠悠地说，"你打吧。"

"我会说我当时刚和哈兰·波特的女儿一起喝完酒。从某种意义上说，这是确凿的证据，你说呢？你打算也把她干掉？"

"给我仔细听着点，贱货——"

"你到底去过英国吗，曼迪？你和兰迪·斯塔尔、保罗·马斯顿，或者叫泰瑞·伦诺克斯或其他什么名字，或许在英国部队服过役？在伦敦苏豪区混过，惹了事，发现部队里可以避避风头？"

"别挂电话。"

我没挂断，什么都没做，不过我听着听着，拿话筒的手酸了，我换了一只手。他的声音又回来了。

"马洛，现在给我听清楚了，你要是再翻出伦诺克斯的那桩案子，你就完蛋了。泰瑞是我的朋友，我和他有交情，你和他也有交情。我就和你说这么多——那是个突击队，是英国部队；事情发生在挪威，一个远离海岸的小岛上；他们有一百万人；一九四二年十一月；现在你能不能躺下来，让你那累坏了的脑子休息休息？"

"谢谢你了，曼迪，我会的。我也会保守你的秘密的，我不会告诉任何我不认识的人。"

"买张报纸吧，贱货。读读看，记记牢。大块头威利·马贡在自家门前挨了一顿打。小子，他从麻醉剂里醒过来之后该多惊讶啊！"

他挂断了电话。我下楼买了张报纸，报上报道的和梅内德斯讲的一点不差。旁边还配了一张大威利·马贡躺在医院病床上的照片，只能看见他的半张脸和一只眼，其余地方都被绷带裹得严严实实。他伤得很重，但没有致命。那些小子很小心，他们不希望把他打死——毕竟他是个警察，在我们这儿暴徒是不杀警察的，他们把这活儿留给未成年的小混混去干。而且拿一个像从绞肉机里爬出来的警察做活广告更好——他最终会把伤养好回去工作，但从那时起，有些东西就一去不返了——最后一丝强悍劲消失殆尽。他是个活生生的教训，告诫大家不要把流氓小子逼太狠了——要是你在风化组干，到最豪华的地方用餐，又开着凯迪拉克，就要特别当心。

我坐在那儿沉思了好一阵，随后拨通了卡恩机构的电话，找乔治·彼得斯。他不在。我留下了名字，说是有急事找他。我被告知他到五点半左右才会回来。

我去了好莱坞公共图书馆，在资料室咨询了一些问题，但没有找到我想要的答案。我又回去开上我的奥兹到市中心的总图书馆，在那儿我找到了答案——就藏在一本英国出版的红色封皮的小书里，我把需要的内容抄下来，开车回家。我又给卡恩机构打电话，彼得斯还没回来，于是我就告诉接线女孩让他回来直接把电话打到我家。

我在咖啡桌上放了张棋盘，摆出名为"斯芬克斯"的棋阵，这个棋阵出现在布莱克伯恩写的一本棋谱的最后几页上。这个英国的国际象棋奇才，或许算得上是迄今为止世界上棋法最灵活的棋手吧——尽管他并不擅长现在大家爱玩的冷战式象棋。"斯芬克斯"是一个十一种步法的棋阵，而且名副其实。一般棋阵很少会超出四五种步法，因为超过这个数字，解开棋阵的难度就几乎呈几何级数递增。对棋手而言，十一种步法的棋阵绝对是不折不扣的折磨。

当我感觉不好，就会时不时地把它摆出来，寻找一个新的解法。这是个把人安安静静逼疯的好方法——你不会崩溃到尖叫，却离尖叫只有一步之遥。

乔治·彼得斯在五点四十分给我打来了电话。我们客套寒暄了一通。

"我知道你又惹祸上身了，"他幸灾乐祸地说，"你干吗不找点稳当些的行当干呢，比如尸体防腐之类的？"

"那要很久才能学会。听着，我想成为你们机构的客户，如果价钱不是太高的话。"

"那要看你想干什么了，老朋友。你得问问卡恩。"

"那不行。"

"那好，告诉我吧。"

"伦敦到处都是像我这样的人——他们自称私人调查员——可我分不出好坏。你们公司一定和他们有联系。如果我随便挑个名字，说不定会上当。我需要一些不花多少力气就能得到的资料，而且要快，下周末之前就要。"

"你说吧。"

"我想知道有关泰瑞·伦诺克斯，或者保罗·马斯顿——管他叫哪个名字——的服役记录。他当过突击队员，一九四二年十一月在一个挪威小岛上的突袭行动中受伤被俘。我想知道他是哪支部队派去的，后来又出了什么事——这些信息在英国陆军部都能查到。这些不是什么机密情报，至少我不这么认为。我们就说可能牵涉继承问题。"

"你不用找私家侦探，资料你可以直接拿到手——给他们去一封信就行。"

"别闹了，乔治。那样我要等三个月才能得到回复吧。现在我五天之内就要得到答案。"

"你考虑得挺仔细啊，朋友。还有别的什么吗？"

"还有一件事。他们把重要记录保管在一个叫萨默赛特屋的地方。我想知道那里有没有关于他的什么信息——出生，婚姻，归化入籍，任何信息。

"为什么？"

"你问为什么是什么意思？是谁在出钱？"

"万一找不到这个名字呢？"

"那我就困住了。如果有的话，我要你的人找到的所有相关信息的复印件，我需要有证明文件的。开价多少？"

"我得问问卡恩，他也许会全部推掉——我们可不希望得到你惹来的公众关注。如果他把这活儿交给我，你同意不提我们的关系，就三百块吧。要是按美元算，那边的家伙可挣不了多少。也许会找我要十基尼①吧，还不到三十美元。再加上所有可能的开支，就算五十块吧，低于二百五十块的活儿卡恩是不会接的。"

"专业收费标准。"

"哈哈，他从没听过这个说法。"

"给我打电话吧，乔治。一起去吃晚餐吗？"

"罗曼诺夫餐厅？"

"好吧，"我低声说，"如果他们能给我留个位子的话——我想可能性不大。"

"我们可以用卡恩的位子，我刚好知道他今晚有私人饭局。他是罗曼诺夫的常客——干这行的头儿报酬都不错，卡恩可是市里的大人物。"

"嗯，那当然。我认识一个人——和他本人是私交——用小指甲就能把卡恩干掉。"

---

① 基尼（guinea），英国旧时货币单位，1 基尼等于 1.05 英镑，在十进币制前相当于 21
先令。

“混得不错啊，小子。我一直相信你有绝处脱身的本事。七点左右罗曼诺夫餐厅吧台见，告诉领班你在等卡恩上校，这样他会帮你开路，你就不会被电影编剧、电视剧演员之类的乌合之众推来挤去了。”

　　“七点见。”我说。

　　我们挂了电话，我回到棋盘前，那局“斯芬克斯”再也引不起我的兴趣了。不一会儿彼得斯给我打来了电话，说卡恩同意接我的活儿，前提是不能让他们的机构名称牵涉进我的调查问题。彼得斯说他会立马给伦敦发一份夜间电报。

41

星期五早晨，霍华德·斯宾塞给我打来了电话。他住在丽思卡尔顿比弗利山庄酒店，想请我去酒吧喝一杯。

"最好去你房间喝。"我说。

"如果你想这样的话，好吧。八二八号房间。我刚和艾琳·韦德谈过，她似乎已经认命。她读了罗杰留下的书稿，觉得可以轻而易举地收尾。这本要比他的其他作品短得多，但可以通过广告宣传来平衡一下——我猜你会认为我们这些出版商都是冷酷无情的家伙吧。艾琳一下午都会在家。她自然想见见我，我也想见见她。"

"我半小时之后赶到，斯宾塞先生。"

他的房间在酒店西侧，大而宽敞，客厅里有高高的窗户，外面有铁栏围起的狭窄的阳台。装饰着糖果条纹图案的家具和印花地毯让整个房间充满古旧气息，只是任何能放酒杯的地方都铺着厚玻璃板，各处还散着共十九只烟灰缸。宾馆房间的布置最能体现出客人的修养，而丽思卡尔顿比弗利压根也没指望客人有什么修养。

斯宾塞和我握了握手。"请坐，"他说，"喝点什么？"

"随便，不喝也行。我不一定要喝酒。"

"我想要一杯阿蒙蒂拉多。夏天的加州不是喝酒的好地方。在纽约四杯都不会醉，来了这儿一杯就醉倒了。"

"我要一杯黑麦威士忌酸酒。"

他打电话订了酒，然后坐在一张糖果条纹的椅子上，摘下无框眼镜，用手帕擦了擦，又重新戴上，仔细调整了一下，开始打量我。

"我明白你心里有事，所以你想在这儿见我，而不是酒吧。"

"我开车送你去闲逸谷，我也想见见韦德太太。"

他脸上露出一丝不自在。"我不确定她是不是想见你。"他说。

"我知道她不想见。我可以借你的名义去。"

"这样一来就把我弄得有点尴尬了，不是吗？"

"她和你讲过不想见我吗？"

"不完全是，她没明说，"他清清嗓子，"可我感觉到她把罗杰的死怪在你头上。"

"没错，她直截了当这么说了——和出事当天下午过来的辅警说的。说不定她也和调查这个案子的警长办公室凶杀组助理总警监说过，可她没和法医这么讲。"

他往后靠了靠，用一根手指慢慢地在手心随意比画着。

"你去见她有什么好处呢，马洛？这对她来说是非常可怕的经历，我想她的整个生活已经在可怕中度过一段时间了，何必害她再重温一次呢？你是想让她相信你的记忆分毫不差吗？"

"她和辅警说是我杀了他。"

"她应该不是这个意思，不然的话……"

门铃响了，他起身去开门。服务生把酒水端进来放下，动作花哨得好像在上一顿七道菜的大餐。斯宾塞签了张支票，给了他五毛钱小费，就把那家伙打发了。斯宾塞拿起他的那杯雪利径自走开了，好像不想把我点的酒递给我。我没伸手去拿。

"否则的话会怎样？"我问他。

"否则的话，她会告诉法医的，不是吗？"他对我皱起了眉头，"我想我们纯粹是在胡扯。你找我到底有什么事？"

"是你想见我。"

他冷冷地说："那只是因为我在纽约给你打电话时，你说我乱下结论。听这话你应该是想给我解释些什么。好吧，你要解释什么？"

"我想当着韦德太太的面解释。"

"我觉得这样不妥，我想你还是自己另作安排吧。我很尊敬艾琳·韦德，而且作为生意人，我还想尽可能挽救罗杰的作品。艾琳对你的态度如果真像你所说的那样，我不能把你带到她家。讲讲道理吧。"

"没关系，"我说，"把这事忘了吧。我想见她轻而易举——我只是想找个见证人陪我。"

"见证什么？"他几乎向我吼起来。

"你要么在她面前听到，要么就什么都听不到。"

"那我就什么都不听了。"

我站起来。"你的选择也许是对的，斯宾塞。你想要韦德的那本书——如果它能有救的话；你还想做个好人。这两个想法都值得称道，但都不属于我。祝你好运，再见。"

他突然起身，朝我走来。"稍等一下，马洛。我不知道你心里在想什么，但这事好像让你很难受——是不是罗杰·韦德的死另有隐情？"

"一点隐情都没有——他被一把机锤内置式韦伯利左轮手枪射穿了脑袋。你没看过庭审的报道吗？"

"当然看过，"他现在站得离我很近，看起来非常困惑，"东部报纸上有过报道，几天后洛杉矶报纸上还有一则更详细的报道：他当时独自一人在家，而你就在屋子附近；用人，也就是坎迪和厨师，都没在；艾琳进城买东西去了，回到家时一切刚刚结束；事情发生时湖上有一艘游艇，发出的噪声刚好盖过了枪声，所以连你都没听到。"

"没错，"我说，"然后游艇开走了，我从湖边回到家里。听到门铃响，我开门见到韦德太太，她说自己忘了带钥匙——罗杰当时已经死了——她从门口朝书房里望了望，以为他在沙发上睡着了，于是上楼进了自己房间，然后又去厨房煮茶。过了一会儿我再去书房查看时听不到呼吸声，才发现出事了，我立马叫来了警察。"

"我也没发现这其中有什么隐情，"斯宾塞静静地说，刚才声音里的尖厉已经消失了，"那是罗杰自己的枪，一星期前他还在自己房里开过枪，你还看到艾琳拼命从他手里把枪夺下来。他的心态，他的行为，他对自己作品的失落感——这一切都宣泄出来了。"

"她和你说那本书写得不错，他为什么要感到失落呢？"

"那只是她的感觉……你明白……也可能写得很烂，也许他自己感觉比实际情况差得多。继续说。我不是傻瓜，我知道这还没完。"

"调查这案子的是凶杀组我的一个侦探老朋友。他是个心狠手辣、聪明狡猾的老警察。他对案子的几个细节有疑问：罗杰这么个写作狂为什么没有留下遗书？他为什么要选择用这样的方式自杀，让自己的妻子去发现？他为什么要挑我听不到枪声的时候动手？她为什么会忘带钥匙，只得按铃进屋？她为什么要在用人都不在的时候把他一人留在家里？记住，她说她不知道我在那儿。如果她事先知道的话，后两条取消。"

"我的老天，"斯宾塞叫道，"你是不是想告诉我那个蠢货警察在怀疑艾琳？"

"如果他能想出作案动机的话——是的。"

"这简直是天方夜谭。为什么不怀疑你呢？你一下午都在，可她只有几分钟时间下手——而且她还忘了带家里的钥匙。"

"我有什么作案动机呢？"

他掉转身去，拿起我的那杯威士忌酸酒，一饮而尽。他小心地放下酒杯，拿出手帕擦擦被冷玻璃杯沾湿了的嘴唇和手指，然后把手帕收好，看着我。

"调查还在继续吗？"

"不好说。但有一点可以肯定，他们已经知道了他血液里的酒精浓度是否达到让人晕厥的水平——如果真是这样的话，事情也许会更麻烦。"

"所以你想和她谈谈，"他慢慢地说，"有个目击证人在场。"

"没错。"

"马洛，这对我而言只有两种可能：要么是你特别害怕，要么就是你觉得她会特别害怕。"

我点点头。

"是哪种可能？"他阴沉沉地问。

"我不害怕。"

他看看手表。"我从心里希望你是疯了。"

我们沉默地看着彼此。

42

　　我们驱车北上穿过冷水谷时，天渐渐热起来。等我们到达坡顶，开始向圣费尔南多谷飞驰时，最后一丝风也消失了，炎炎烈日烤得人透不过气。我看看一旁的斯宾塞，他穿着一件背心，好像没一点感觉——有比这热浪更让他心烦的事——他两眼直视着挡风玻璃外的前方，一语不发。山谷里罩着厚厚的烟雾，从高处看去就像是地面升腾起的薄雾——我们就在这雾里行驶。终于，沉默许久的斯宾塞开口了。

　　"我的老天，我还以为南加州天气不错呢，"他说，"他们这是在干什么——烧旧卡车轮胎吗？"

　　"到了闲逸谷就好了，"我安慰他说，"那儿有海风。"

　　"很高兴他们除了醉鬼还有别的，"他说，"就我对富人区当地住民的观察看，罗杰搬到这儿住是个悲剧性的错误。作家需要刺激——而不是他们装在酒瓶里的那种刺激，可这儿附近除了一个晒黑的大醉鬼外，什么都没有——当然我指的是上层人士。"

　　我转弯减速，驶入通往闲逸谷入口的一段扬尘路，又经过一段柏油路，不久就感受到了那来自海边的微风，从湖水尽头的山间吹来。高高的洒水器在宽阔光滑的草坪上方转动，细细的水流落在草叶上，发出嘶嘶的声响。这个时候大多数富人都不在家，可以从房屋紧闭的门窗、车道中央停着的园丁的卡车看出这一点。我们到了韦德家门口，我穿过门柱，把车停在了艾琳的美洲虎车子后面。斯宾塞下了车，步履沉重走过石板路，来到门廊上。他刚按响门铃，门立刻就开了。坎迪站在那儿，穿着白外套，阴沉着脸，黑眼睛里射出尖锐的光芒。一切都显得井井有条。

斯宾塞走进屋里。坎迪瞥了我一眼，朝我迎面把门甩上。我等了一会儿，见什么事都没发生，就按下门铃。一阵叮叮作响之后，门被一把拉开，坎迪出来朝我吼道："滚远点！找死啊。你想在肚子上挨一刀？"

"我是来见韦德太太的。"

"她一丁点儿都不想见你。"

"别挡路，乡巴佬。我来这儿有正事。"

"坎迪！"是她的声音，那声音很尖利。他又朝我狠狠瞪了一眼，才退回屋里。我走进去关上门。她站在两张相对摆放着的沙发一边，斯宾塞站在她旁边。她的穿戴非常漂亮——白色高腰长裤配白色半袖运动衫，左胸袋里露着半截紫丁香色的手帕。

"坎迪最近越来越嚣张了，"她对斯宾塞说，"很高兴见到您，霍华德，感谢您远道光临。我不知道您不是独自一人过来。"

"马洛开车送我来的，"斯宾塞说，"另外他想见见你。"

"我不知道为什么。"她冷冷地说。最后她看看我，不像是一星期不见我就会感觉生活空虚的样子。"什么事？"

"这要花一点儿时间。"我说。

她慢慢地坐下来，我坐在另一张沙发上。斯宾塞皱着眉头，摘下眼镜擦起来，这样一来他的眉头就皱得更自然了。他在沙发的另一头坐下，离我远远的。

"我想您过来正好能赶上吃午饭。"她朝斯宾塞微笑着说。

"今天就不了，谢谢。"

"不了？哦，当然如果您太忙的话……您就是想来看看手稿吧？"

"如果我可以的话。"

"当然。坎迪！哦，他走了。书稿在罗杰书房的桌子上——我去拿。"

斯宾塞站起来。"我去拿好吗？"

没等她回答，斯宾塞就迈开腿朝书房走去，在离她十英尺的地方突然停了下来，紧张地看了我一眼，接着又继续向前走。我就坐在沙发上等，她回过头来冷冷地瞪了我一眼。

"你见我到底有什么事？"她简短地问。

"这样那样的事。我看见你又戴那个吊坠了。"

"我经常戴。很久以前一个非常亲密的朋友送我的。"

"嗯，你告诉过我。是一枚英国部队的军徽，对吧？"

她拿起细链子末端的坠子。"这个是珠宝匠仿制的，比原来的徽章要小，是用黄金和珐琅做的。"

斯宾塞从房间那头走回来坐下，将一厚摞黄色的稿纸放在面前酒桌的一角。他懒懒地看着书稿，又看看艾琳。

"我能仔细瞧瞧它吗？"我问她道。

她把链子掉转过来，解下搭扣，把吊坠递给我，或者说是甩在我手里。之后她把双手交叠起来放在腿上，好奇地看着我。"你为什么对它这么感兴趣？那是一个叫'艺术家步枪'的军团，是地方防卫队。把军徽送给我之后没多久，那人就失踪了——在挪威的安道尔森尼斯，在那可怕的一九四〇年的春天。"她笑了笑，用一只手简单比画了一下，"他爱上了我。"

"整个大轰炸期间，艾琳一直在伦敦，"忽然冒出斯宾塞空洞的声音，"她走不了。"

我们都没去理会斯宾塞的话。"而且你也爱上了他。"我说。

她低头看看，再次抬起头时我们的目光交汇在了一起。"那是很久之前的事了，"她说，"后来爆发了战争，发生了许多怪事。"

"不仅仅是这些事吧，韦德太太。我猜你忘记自己吐露了多少对他的感情。'疯狂的、神秘的、不可思议的爱情一生只有一次'——这是你的原话——看来你还深爱着他。我名字首字母刚好和那个人一样，这太妙了——我想你挑中我，就该和这个有关。"

"他的名字和你的一点也不像，"她冷冷地说，"而且他已经死了，死了，死了。"

我把那个黄金珐琅吊坠递给斯宾塞，他不情愿地接过去。"我以前见过。"他喃喃自语道。

"我来说说它的设计，"我说，"看我说得对不对。坠子上有一个白珐琅的宽匕首，镶着金边；匕首尖向下，刀背一侧从向上蜷曲的浅蓝珐琅翅膀前穿过，插入一个卷轴背后；卷轴上写着'勇者胜'。"

"好像就是这样，"他说，"可这有什么意义呢？"

"她说这是'艺术家步枪'军团的徽章。她说送徽章的人曾在这支地方防卫队里，那人一九四〇年春天英军在安道尔森尼斯的挪威战役中失踪了。"

我的话引起了他俩的注意：斯宾塞紧紧盯着我，因为他知道我不是在对牛弹琴；艾琳也知道，她黄褐色的眉毛充满困惑地紧皱着，似乎真是被困惑住了，可还是摆出一副不友好的架势。

"这是枚臂章，"我说，"'艺术家步枪'之所以有这么一枚徽章，是因为他们被编入、并入或加入了——不管确切的说法是什么——特种空军连，他们原本是地方步兵防卫队。这种徽章直到一九四七年才出现，所以没有人能在一九四〇年就把它送给韦德太太。另外，一九四〇年挪威的安道尔森尼斯也没有'艺术家步枪'军团登陆。当时登陆的两个军团一个叫'舍伍德森林人'，另一个叫'莱斯特郡'——没错，是这两支地方防卫队，而不是'艺术家步枪'。我这话多余了吧？"

斯宾塞把吊坠放在咖啡桌上，把它慢慢推到艾琳面前，一句话也没说。

"你以为我不知道？"艾琳不屑一顾地反问道。

"你以为英国陆军部不知道？"我立马反问她。

"显然这里面有点误会。"斯宾塞温和地说。

我转过身，狠狠瞪了他一眼。"这是一种说法。"

"另一种说法是我在撒谎，"艾琳冷冷地说，"我从不认识一个名叫保罗·马斯顿的人，从没爱过他，他也从没爱过我。他从没给过我什么军徽的仿制品，他也从没在行动中失踪，他根本就不存在。吊坠是我在纽约一家专卖进口英国奢侈品的商店里买的——那里还卖皮制品、手工皮靴、部队和学校制服、领带、板球运动衫、徽章和各种小玩意儿之类的。这样一个解释你满意了吧，马洛先生？"

"后面一半差不多，前面一半还不够满意。毫无疑问，有人告诉你这是'艺术家步枪'的军徽，可忘记提是哪种，或者根本不知道。可你确实认识保罗·马斯顿，他确实在那个军团服过役，也确实在挪威的行动中失踪了——韦德太太，可那不是一九四〇年发生的事情，而是在一九四二年——那时他在突击队，但不在安道尔森尼斯，而在突击队发动突袭的一座远岸小岛上。"

"我看没必要在这件小事上继续这样对峙下去。"斯宾塞用一种裁判式的语气说，此时他正在翻弄面前摞着的黄色稿纸。我不清楚他这是想帮我，还是只出于同情。他拿起一沓稿纸，用手掂了掂。

"这玩意儿你打算论磅称？"我问他。

他吃了一惊，随即勉强挤出个微笑。

"艾琳在伦敦过的那段日子很艰难，"他说，"记忆难免有点混乱。"

我从口袋里掏出一张折好的纸。"那是当然，"我说，"就像嫁人嫁给谁这种事都记不清了——这是一张婚姻证明的公证复印件，原件是在卡克斯顿市政府登记处开的，结婚的日期是一九四二年八月，双方名叫保罗·爱德华·马斯顿和艾琳·维多利亚·桑普塞尔。从某种意义上讲，韦德太太没有撒谎，因为的确没有保罗·爱德华·马斯顿这么个人——这是个假名，因为部队里结婚必须获得上级批准，于是那人伪造了个身份，在部队里他用的是另一个名字。我已经掌握了他全部的服役记录——我真搞不懂，只需要打听一下就行了，可大家好像从没意识到事情就这么简单。"

此时此刻，斯宾塞变得异常安静。他身子后仰，瞪大了眼睛，没看我，而是盯着艾琳。她则用一种女人特别擅长的半恳求半引诱的目光回视他。

"可是他已经死了，霍华德。在我遇到罗杰好久之前就死了。那有什么关系呢？这一切罗杰都知道。我一直用着我婚前的名字，在这种情况下我不得不这样做。护照上用的就是这个。不久他就在战斗中牺牲了……"她停下来，慢慢吸了口气，手轻轻落下，放在膝盖上，"一切都结束了，一切都完了，一切都没了。"

"你确定罗杰知道这一切？"他慢慢地问道。

"他知道一些，"我说，"他对保罗·马斯顿这个名字有印象。我问过他一次，他脸上露出一种奇怪的表情，可他没告诉我为什么。"

她没理会我，只对斯宾塞说：

"怎么？罗杰当然知道这一切。"她朝斯宾塞耐心地微笑着，好像他在这个计略上反应有点迟钝似的——他俩耍的诡计。

"那为什么要谎报日期呢？"斯宾塞干巴巴地问，"既然那人是在一九四二年失踪的，为什么要说是一九四〇年呢？为什么要戴一枚他根本不可能给你的徽章，还要强调是他送你的呢？"

"或许我是在做梦，"她轻轻地说，"更确切地说，或许是一个噩梦。我有许多朋友在炸弹袭击中丧生。那些日子，道晚安的时候会尽量让它听上去不那么像永别，而晚安常常就成了永别。和军人说再见时更显得凄惨，在战场上送命的往往是那些友善而温柔的士兵。"

他没说什么，我也没说什么。她低头看了看摆在面前桌上的吊坠，把它拿起来，又装回链子戴到脖子上，泰然自若地向后仰靠着。

"我知道我没有任何权利来审问你，艾琳，"斯宾塞慢慢说，"让我们把这事忘掉吧。马洛对那军徽和结婚证明小题大做，害得我也一时疑惑起来。"

她轻轻地对他说："马洛先生就喜欢在无关紧要的事情上小题大做，可遇到了真正的大事——像救人一命这种大事——他就只会站在湖边上看一艘破游艇了。"

　　"你就再也没见过保罗·马斯顿？"

　　"他死都死了，我怎么再见他？"

　　"你不知道他是死是活——红十字会没有他的死亡报告，他有可能被俘虏了。"

　　她突然颤抖了一下。"一九四二年十月，"她缓缓地说，"希特勒下令将所有被俘虏的英军突击队员移交给盖世太保处置——我想大家都知道这意味着什么，在某处盖世太保地牢中遭受酷刑直至死去。"她又颤抖了一下，随即怒视着我，说道："你是个可怕的人，你想让我旧事重提，来惩罚我撒了一个小谎。要是你爱的人被那些人抓去了，你知道发生的一切，他或她的结局该会怎样？我试图重建起另一种记忆——哪怕这记忆是错的，这很奇怪吗？"

　　"我需要喝一杯，"斯宾塞说，"非常需要。我可以喝一杯吗？"

　　她拍拍手。坎迪像往常一样不知从什么地方冒了出来，他朝斯宾塞鞠了一躬。

　　"您想喝点什么，斯宾塞先生？"

　　"纯威士忌，多来点。"斯宾塞说。

　　坎迪走到墙角，把酒几挪出来，从上面拿起一瓶酒，倒了满满一杯，回来放在斯宾塞面前，准备离开。

　　"坎迪，"艾琳轻轻地说，"或许马洛先生也想喝一杯。"

　　他停下来望着她，阴沉沉的脸上露出固执的表情。

　　"不，多谢了，"我说，"我不喝。"

坎迪轻蔑地吸了下鼻子，走开了。又是一阵沉默。斯宾塞放下半杯酒，点上一支烟，对着我说话，眼睛却没看我。

"我相信韦德太太或坎迪会开车把我送回比弗利山的，或者我可以叫出租车——我想你的话已经说完了。"

我把那份结婚证明重新折好，放回衣袋里。

"你确定这是你想要的结果？"我问他。

"这是大家都想要的结果。"

"好吧，"我站起来，"我想我演了这么一出真是愚蠢。你是个大出版商，有头脑——如果干这行需要头脑的话——你也许已经猜到我来这儿不只是为吓唬吓唬人的。我重温旧事，自己掏钱调查事实，不是要找人麻烦。我调查保罗·马斯顿不是因为盖世太保杀了他，不是因为韦德太太戴错了军徽，不是因为她弄错了日期，也不是因为她在战时匆匆嫁给了他。当我开始调查他的时候，对这些事情一无所知，我只知道他的名字。你猜我是怎么知道的？"

"无非是有人告诉你的。"斯宾塞草草地说。

"没错，斯宾塞先生。战后一个人在纽约认识了他，后来还在这里的查森餐厅见到过他们夫妻俩，就是那人告诉我的。"

"马斯顿是个很普通的姓。"斯宾塞说着，又抿了一口威士忌。他晃晃脑袋，右眼皮略微垂了下来，于是我又坐下。他继续说："即使是保罗·马斯顿，这个名字也不可能是独一无二的。比如在纽约市范围内有电话登记的霍华德·斯宾塞就有十九个，其中四个就叫霍华德·斯宾塞，中间没有缩写字母。"

"对啊。那你说有几个保罗·马斯顿可能被延时引爆的炸弹炸毁半边脸，还留着伤疤和修复整容后的痕迹呢？"

斯宾塞哑然失色，呼吸一下变得沉重起来。他掏出手帕，轻轻地按了按太阳穴。

"你说又有几个保罗·马斯顿会在同一场合救过名叫曼迪·梅内德斯和兰迪·斯塔尔两个赌徒的命？他们都还活着，他们的记性都还不错。如果愿意，他们可以聊聊这事。演得有点过火了吧，斯宾塞？保罗·马斯顿和泰瑞·伦诺克斯是一个人。这一点毋庸置疑。"

我没期待有人会一跃而起，大声尖叫，事实上，也没人这样做。但此刻的沉寂几乎和尖叫一样响亮刺耳——我感觉到了，我感觉到沉重阴郁的气氛在身边弥散开来；我听见厨房里的水流声，听见屋外一叠报纸砰的一声落在车道上，而后一个男孩骑着自行车远去，留下一路跑了调的轻柔的口哨声。

我微微感到脖子后面有一丝刺痛，连忙把脖子绕开，扭转身去。坎迪站在那儿，手里拿着他的刀。他黝黑的脸上表情木然，可眼睛里却有着我之前从没见过的一种神色。

"你累了吧，朋友，"他轻轻地说，"我给你倒杯喝的吧，不要吗？"

"波旁威士忌加冰，谢谢。"我说。

"马上来，先生。"

他啪的一声把刀收起来，放在白外套一侧的口袋里，轻手轻脚地走开了。

我终于把目光投向艾琳。她坐着那儿，身子前倾，双手紧紧攥在一起。因为是低着头，所以看不到她脸上是否有表情。她讲话的声音变得清晰而空洞，跟电话里报时的机械声音一样——如果你等在听筒边，就会听到这个声音，但人们往往不会无缘无故地等着听这个报时声。它会告诉你现在几分几秒，而且会永远这样报下去，没有一丝变音。

"我曾见过他一次，霍华德，一次而已。我根本没和他说话，他也没和我说话。他的变化太大了：头发全白了，那张脸——也不是同一张脸了。而我当然还认得他，他也当然还认得我。我们彼此面面相觑，仅此而已。然后他就出了房间，第二天离开了她的房子。我是在罗林家见到他的——还有她，在一天傍晚时分。霍华德，当时你在场，罗杰也在。我想你也应该看到他了。"

"我们是介绍认识的，"斯宾塞说，"我知道他娶了谁。"

"琳达·罗林告诉我他就那样消失了，没给任何理由，也没有争吵。不久那个女人和他离了婚。再后来我听说她又找到了他，他变得穷困潦倒，两个人又结了婚——天知道是为什么。我猜他没钱，这一切对他都无所谓了。他知道我嫁给了罗杰，我们错过了彼此。"

"为什么？"斯宾塞问。

坎迪一声不响地把酒端到了我的面前。他看看斯宾塞，斯宾塞摇摇头。坎迪又悄无声息地离开了，没人注意到他。他就像中国戏剧里的道具工，负责把舞台上的东西搬来搬去，演员和观众只当他是空气。

"为什么？"她重复了一遍斯宾塞的问题，"哦，你不会理解的。我们拥有的一切已经失去了，再也无法挽回。盖世太保没能抓到他——一定是某个好心的纳粹军官没有听从希特勒处置突击队员的命令——于是他活着回来了。我以前一直骗自己，觉得还能找到他——那个满怀期待、年轻单纯的他。可我发现他和那个红头发的荡妇结了婚——真是恶心。我已经知道她和罗杰的事了，我相信保罗也知道，琳达·罗林也知道——她自己也是荡妇，可还没下贱到那个地步，她们都是一路货。你问我既然他和罗杰都投入过她的怀抱，那为何不离开罗杰，回到保罗身边？不必了，多谢。我需要更有鼓舞力的男人。罗杰我可以原谅——他喝醉了，不知道自己在做什么；他担心自己的作品；他恨自己只是个受人雇用的写手；他心性软弱，从不甘心，却又屡屡受挫——这可以理解，因为他只是个丈夫。而保罗要么不止这些，要么就一无是处，而他最终还是一无是处。"

我灌了一大口酒。斯宾塞那杯已经喝完了，他正用手指刮着沙发面，已经忘了面前的那一摞稿纸，那位已经完结了的畅销作家未完结的作品。

"我可不会说他一无是处。"我说。

她抬起双眼，茫然地看看我，又把眼睛垂了下去。

"比一无是处还差劲，"她说，声音里又多了一种讽刺的意味，"他明知道她是什么货色，还要娶她。后来看到她卑贱的本色显露出来，就把她给杀了，然后逃跑又自杀。"

"他没有杀她，"我说，"你是知道的。"

她麻利地站起身，眼神空洞地盯着我。斯宾塞发出一种怪声。

"罗杰杀了她，"我说，"这一点你也知道。"

"他告诉你了？"她轻轻地问。

"他没有明说，但他确实给了我一些暗示。他应该及时告诉我或其他什么人，隐瞒这件事让他痛不欲生。"

她微微摇了摇头。"不，马洛先生。那不是让他痛不欲生的原因，罗杰并不知道自己杀了她，他完全昏过去了。他知道出了事情，极力想把事情想清楚，却办不到，那场休克抹掉了那件事的记忆。或许他以后会记起来，或许在他生命的最后时刻他真的记起来了，不过在那之前没有，之前没有。"

斯宾塞几乎吼了起来："不会发生这种事的，艾琳。"

"不，会的，"我说，"我知道两个确凿的例子。一个是喝晕过去的酒鬼杀了他从酒吧领回来的女人。他是用那女人脖子上的围巾把她活活勒死的——那条围巾上还配有一个时髦搭扣。她跟着他回了家，之后发生的一切他都记不得，只知道她死了。警察抓到他的时候，他领带上还戴着那个时髦搭扣，他完全记不起搭扣是从什么地方来的。"

"从没想起过吗？"斯宾塞问，"或许只是当时记不起。"

"他从没承认过。他也没办法活着接受审讯了。他们用毒气处死了他。另一个案子是头部受伤所致。这人和一个有钱的变态住在一起——就是那种收集首版书籍，做时髦大餐，墙板后面藏着昂贵秘密图书馆的家伙。他们俩大吵了一架，满屋子打来打去，从这个房间打到那个房间，最终屋里一片狼藉，有钱人被打死了。那个凶手被捕的时候身上也是多处瘀伤，还断了一根手指。他唯一确定的是他当时头疼，找不到回帕萨迪纳的路。他转来转去，在同一个服务站停下问路。服务站里的人断定他是疯子，就报了警，再次经过服务站的时候，等待他的就是警察。"

"可我不相信罗杰也会这样，"斯宾塞说，"他和我一样正常。"

"他一喝醉就会失去意识。"我说。

"我在场，我亲眼看到他下的手。"艾琳平静地说。

我朝斯宾塞咧嘴笑笑——那的确是一种笑，也许不是兴高采烈的那种，可我能感觉到自己在尽力让脸上露出笑容。

"她会告诉我们这一切的，"我对他说，"就好好听着吧，她会告诉我们的，现在她已经无法控制自己了。"

"是的，没错，"她沉重地说，"有些事我们连仇敌都不愿告发，更别提自己的丈夫了。如果我站在目击证人席上公开说出这些话，你不会喜欢听的，霍华德。你那个优秀、才华横溢、备受追捧的摇钱树作家会变得一文不值。他平时看上去魅力十足，不是吗？那只是纸面上表现出来的。这个可怜的傻瓜是多么努力地让这一切变成现实啊！那个女人对他而言不过是战利品罢了。我偷偷监视过他俩，我应该为此感到羞愧。可有些话必须有人来说。我没什么感到惭愧的。我目睹了整个可怕的经过。她用来偷情的客房刚好很僻静，旁边是车库，入口的大门对着一条绿树掩映着的死巷旁道。直到有一天——像罗杰这样的人一定会这样——他不再是一个让人满意的情人了，他喝过了头，想要离开，可她赤身裸体跑了出来，一面追一面尖叫，手里挥舞着一尊小雕像，嘴里骂着最肮脏最下流的话，我都无法复述。然后她就用小雕像打他。你们都是男人，应该知道最让男人震惊的事莫过于从一个理应优雅的女人嘴里吐出阴沟公厕里的话。他喝得烂醉，他有过施暴的前例，突然又发作了——他把雕像从她手里一把夺过——后来的事情你们也能猜到了。"

"那一定流了不少血吧。"我说。

"血？"她苦笑道，"你们真该看看他回家时候的样子。那时我往自己的车那儿跑，想赶快逃走，而他就站在那儿低头看着她。然后他弯腰把她抱起来，抱进了客房。那时我知道他受了惊吓，已经半醒过来。大约一小时后他回到家里，看起来十分平静。见到我在等他，就变得大惊失色，那时他的酒已经完全醒了，但还处于晕眩状态。他的脸上、头发上和外套前襟上全都沾满了血。我把他带到书房旁的厕所里，帮他脱去衣服，洗净身上的血迹，又领他到楼上的浴室冲了澡。我安顿他睡下后，找了一只旧手提箱下楼，拾起沾满血渍的衣服，把它们全塞进了箱子。我清理干净浴盆和地板，又拿出一条湿毛巾，把他的车擦干净。我放好他的车，开出自己的那辆。我把车开到了查特沃斯水库，你们可以猜出我怎么处理那个装满带血衣服和毛巾的手提箱了吧。"

她停了下来。斯宾塞在挠着左手掌心。她匆匆瞥了他一眼，又继续说。

"我出门之后，他起来喝了许多威士忌，第二天就什么事都想不起来了。他对这件事只字未提，也没有表现出心里藏着任何事情的样子，只是宿醉而已。我也什么都没提。"

"那他应该奇怪那些衣服去哪儿了。"我说。

她点点头。"我想他最后会觉得奇怪——但他没说出来。那段时间好像什么事都赶在了一起。报纸上到处都在报道这事，接着保罗失踪了，后来死在了墨西哥。我怎么会想到居然会出这种事？罗杰是我丈夫，他做了一件卑劣的事情，可她是个卑劣的女人。他并不知道自己在做什么。后来那些突然出现的报道又一下子从报纸上消失了，一定是琳达的父亲做了些什么。罗杰当然也看了那些报纸，但他做出的评论和一个无辜的旁观者没什么两样，只是碰巧认识涉案当事人罢了。"

"那你不害怕吗？"斯宾塞平静地问她。

"我害怕得要命，霍华德。要是他想起这事，一定会把我杀了的。他是个好演员——大多数作家都是——也许他已经知道了，只是在等待时机，但我不确定。他或许——只是或许——已经永远忘记了发生的一切，而保罗死掉了。"

"如果他从没提起过你扔进水库里的那些衣服，说明他起了疑心，"我说，"另外要记住他那天在打字机里留下的东西——就是他在楼上开枪那天，我见你把枪从他手里拼命抢下来——他说一个好人为他送了命。"

"他说了这话？"她把眼睛瞪得足够大。

"他是这么写的——用打字机打出来的。我把它给毁掉了，他让我这么做的。我猜想你已经看过了。"

"我从不看他在书房里写的任何东西。"

"韦林杰带走他那次，你看了他留下的字条——你甚至连废纸篓里的东西都不放过。"

"那次不同，"她冷静地说，"我在找他可能去了哪里的线索。"

"好吧，"我说着向后仰靠过去，"还有其他什么吗？"

她慢慢地摇了摇头，陷入深深的悲伤。"我想应该没有了。在最后一刻，他自杀的那个下午，他可能想起来了——可我们永远不会知道真实情况究竟是不是这样，我们想知道吗？"

斯宾塞清了清嗓子。"这一系列事件中，马洛又扮演怎样的角色呢？是你要把他请来的。你说服我这么做来着，你知道的。"

"我非常害怕。我害怕罗杰，也替他害怕。马洛先生是保罗的朋友，也许是认识他的人里最后见他的人。保罗可能告诉过他一些情况，我必须核实清楚。要是发现他很危险，我希望把他拉拢过来——这样即便他发现了真相，罗杰或许还有救。"

突然不知什么原因，斯宾塞变得严厉起来。他身子前倾，下巴突出。

"让我把话说清楚，艾琳。这是一个已经和警察闹僵了的私人侦探——他被扔进过监狱；据说他帮助过保罗——你这么称呼他，我也这么叫吧——逃到墨西哥去。如果保罗是杀人凶手的话，这就是重罪。所以就算他发现事情的真相，能够洗脱自己罪名的话，他也只会袖手旁观，什么都不做——这就是你的打算吗？"

"我很害怕，霍华德。你不明白吗？我和一个可能精神失常的杀人凶手同居一室，大部分时间屋里只有我们两个人。"

"我明白，"斯宾塞说，语气仍旧很严厉，"可是马洛并没有答应，你还是一个人。后来罗杰开了一枪，那之后一星期里你也还是一个人。而后来罗杰自杀了，这回正巧只有马洛一人在，多方便的借口啊。"

"这是真的，"她说，"那又怎样？我能决定吗？"

"好吧，"斯宾塞说，"你是不是认为马洛可能发现了真相，因为已经响过一次枪声了，就干脆把枪递给罗杰说：'听着，老头儿，你是个杀人凶手，我知道，你妻子也知道。她是个好女人，她受够了。更别提西尔维娅·伦诺克斯的丈夫了。为什么不体面地扣下扳机，了结这一切呢，这样大家会认为你是酒喝过了头发了疯。我现在去湖边散散步，抽支烟，老头儿。祝你好运，再见。哦，枪在这儿，子弹都上好了膛，全交给你了。'"

"你越说越过分了，霍华德。我从没这样想过。"

"可你告诉辅警是马洛杀了罗杰。那又是什么意思？"

她很快地看了我一眼，眼神里几乎带着几分羞涩。"说这话是我不对。我不知道自己当时在说什么。"

"也许你认为马洛杀了他。"斯宾塞平静地说。

她眯了眯眼睛。"哦，没有，霍华德。为什么呢？他为什么要这么做呢？这个想法真可怕。"

"为什么呢？"斯宾塞想知道答案，"这个想法有什么可怕呢？警察也有同样的想法。坎迪还给他们提供了作案动机。他说罗杰打穿天花板的那晚，马洛在你房间里待了两个钟头——在罗杰吃完药睡下以后。"

她的脸一下子红到了耳朵根，呆呆地盯着他。

"而你是赤身裸体，"斯宾塞丝毫不留情面地说，"这是坎迪和他们讲的。"

"但在庭审时……"她的声音开始变得支离破碎，斯宾塞打断了她。

"警察没相信坎迪的话，所以他在庭审时没说这些。"

"哦。"她舒了口气。

"另外，"斯宾塞继续冷冷地说，"警察怀疑到了你，现在还在怀疑，只差作案动机。我看现在他们也许能找到一个了。"

她站起身来，气急败坏地说："我想你们两个最好都离开我家，越快越好。"

"你到底做了还是没做？"斯宾塞平静地问，坐在那儿没动，只是伸手去拿他的酒，却发现杯子已经空了。

"我做了还是没做什么？"

"杀死罗杰！"

她站在那儿瞪着他，脸上的红晕消失了，紧绷着的脸变得惨白，怒不可遏。

"我问的只是你在法庭上会被问到的问题。"

"我出去了，忘记带钥匙，不得不按门铃才能进屋。我回到家时他已经死了。这些都是已知的事实了。看在老天的分上，你这是怎么了？"

他掏出手帕擦了擦嘴。"艾琳，我来过这房子二十次了，从没见过大门在白天上锁。我没说你打死了他，我只是问问你。别告诉我这事情不可能，看样子这很容易办到。"

"我杀死了自己的丈夫？"她慢慢地不解地问。

"如果他是你丈夫的话，"斯宾塞用同样冷漠的口气说，"你嫁给他时还有一个丈夫。"

"谢谢你，霍华德，非常感谢。罗杰最后一本书——他的绝唱——就在你面前，拿去走人吧。我想你最好打电话给警察，把你的想法告诉他们——这样就能给我们的友谊画上一个完美的句号了，多么完美的句号啊！再见，霍华德。我很累，头很痛，我要回房间躺一躺。至于马洛先生——我想这些全是他灌输给你的——我只能告诉他，即便他没有在真正意义上杀死罗杰，也是他把罗杰逼到这一步的。"

她转身准备走了。我厉声说："韦德太太，请稍等一下，让我们把话说完。没必要这么痛苦。我们都在努力做正确的事情。那个被你丢进查特沃斯水库的手提箱……重吗？"

她回头瞪着我。"我说过，那是个旧箱子。是的，很重。"

"那你是怎么把它丢过水库周围高高的铁丝围栏的呢？"

"什么？围栏？"她做了一个无奈的手势，"我想危急关头人都会有非同寻常的力量做必须做的事情吧。不管怎样我做到了，就是这样。"

"那儿根本没有围栏。"我说。

"没有吗?"她呆呆地重复着,好像那句话没有任何意思。

"罗杰的衣服上也没有任何血迹。西尔维娅·伦诺克斯也不是在客房外被杀害的,而是死在屋里的床上。她根本没流血,因为她已经死了——被人用枪打死的——有人拿小雕像砸烂她的脸的时候,其实是在砸一个死人,而死人,韦德太太,是很少流血的。"

她朝我轻蔑地抿了抿嘴唇。"我想你当时也在场吧。"她不屑地说。

然后她离开了我们。

我们看着她走开。她慢慢地爬上楼梯,动作从容而优雅。她走进房间,门轻轻地在身后严严实实地关上了。四下归于一片宁静。

"那铁丝围栏是怎么回事?"斯宾塞模模糊糊地问我。他在那儿前后摇晃着脑袋,满脸通红,还流着汗。他想勇敢地接受这一切,可这对他而言并不容易。

"就是个幌子,"我说,"我从没走近查特沃斯水库看过那儿的情况,也许周围有围栏,也许没有吧。"

"我懂了,"他不高兴地说,"但问题是她也不知道有没有。"

"她当然不知道,因为这两个人都是她杀的。"

43

这时候我听到有什么东西在轻轻移动，原来坎迪正在沙发那头看着我，手里拿着他的弹簧刀。他按下按钮，刀片弹了出来，再按一下，刀片又回到手柄里。一丝亮光从他眼中滑过。

"非常抱歉，先生，"他说，"我错怪了您。是她杀了老板，我想我……"他停下来，又弹出了刀片。

"别这样，"我站起来伸出手去，"把刀给我，坎迪。你不过是个讨人喜欢的墨西哥用人，他们会把这事怪到你头上，然后高兴地咧嘴笑，因为他们找到了最合适的烟幕弹——你不知道我在说什么，可我知道。他们把事情搞砸了，现在即使想把问题搞清楚也难了——他们也不想搞清楚。一眨眼工夫他们就能从你嘴里逼出一份认罪自白书，而你连自己的全名叫什么都还没来得及告诉他们。星期二之后的三个礼拜内，你就要在圣昆丁监狱开始你无期徒刑的牢狱生活了。"

"我之前和您说过我不是墨西哥人，我是从瓦尔帕莱索附近的维尼亚德尔马来的智利人。"

"刀给我，坎迪。我全知道。你自由了。你存了点钱，家里可能还有八个兄弟姐妹。聪明点儿，回家去吧。这儿的工作结束了。"

"还有很多工作要做，"他平静地说，随后伸手把刀抖落在我的手里，"我这么做是为了您。"

我把刀放进衣袋。他朝二楼过道上面望去。"夫人——我们现在该怎么办？"

"不怎么办，什么都不做。夫人很累了，她一直顶着很大的压力生活，她不想被人打扰。"

"我们必须打电话报警。"斯宾塞义正词严地说。

"为什么？"

"哦，我的老天，马洛——我们必须这样做。"

"明天吧。拿上你那摞未完成的小说，我们走。"

"我们必须报警——这世上有种东西叫法律。"

"我们不必做那种事。我们连拍死一只苍蝇的证据都没有。让执法人员继续干他们的肮脏勾当把。让律师来处理吧。他们写法律，给其他律师在另一些被称为法官的律师面前分析研究，这么一来其他法官就可以说最先审案的法官搞错了，而最高法院则可以说是第二批法官搞错了。没错，这世上是有种东西叫法律——我们深陷其中，无法逃脱。法律所做的一切就是为律师招徕生意。要是律师不为他们指明行动方向，你觉得大亨和暴徒能嚣张得了多久？"

斯宾塞生气地说："你说的那些和这件事无关。这间屋里有人被杀死了——他恰好是个作家，而且是一个很成功很重要的作家，可也和这件事无关。他是人，你我都知道是谁杀了他——这世上还有种东西叫正义。"

"等明天吧。"

"如果你让她逍遥法外，你就和她一样坏了。我开始对你有点怀疑了，马洛。如果你够警觉，本来可以救他一命的。可从某种意义上讲，是你放过了她。就我所见，今天下午这一整场表演不过是……一场表演而已。"

"没错，一场让人恶心的爱情戏——你应该已经看出艾琳疯狂地爱着我。等事情平静下来，我们可能会结婚——那时候她应该已经恢复得很好了。我还没从韦德一家捞到一丁点好处呢，我都快不耐烦了。"

他摘下眼镜擦了擦，又拭去眼窝凹陷处的汗水，重新戴上眼镜，看着地板。

"很抱歉，"斯宾塞说，"今天下午我受的打击太大了——知道罗杰自杀就已经够糟了，可这件事情的另一个版本简直让我感到羞耻——单就知道这事本身。"他抬头看着我，问道，"我能相信你吗？"

"相信我做什么？"

"做正确的事——不管是什么事。"他弯下身去，收拾起那摞黄色的稿纸，夹在胳膊下面，"不，算了吧。我猜你知道自己在做什么。我是个很好的出版商，而这事超出了我的工作范围。我猜我不过是一个一本正经的老古板罢了。"

他从我身边走过，坎迪赶紧让开，快步走到门口，为他拉开门。斯宾塞朝他点点头，从他身旁走了出去。我跟在他身后，在坎迪身边停了下来，看着他乌黑发亮的眼睛。

"别耍花招，朋友。"我说。

"夫人很累，"他安静地说，"她已经回了房间，没人会去打扰她。我什么都不知道，先生。我什么都不懂，静候您的吩咐，先生。"

我从衣袋里掏出那把刀递给他，他笑了。

"没人信任我，但我信任你，坎迪。"

"同病相怜，先生。多谢。"

斯宾塞已经坐上了车，我上车发动，把车从车道倒出来，送他回比弗利山，在宾馆侧门让他下了车。

"回来的路上我一直在想，"他边下车边说，"她一定是有点精神失常。我猜他们永远都不会判她有罪。"

"他们试都不会去试一下，"我说，"可她并不知道这一点。"

他努力不让胳膊下夹着的一大摞黄色稿纸掉下来，把它们理整齐，又朝我点点头。我见他推开宾馆大门走了进去。我松开刹车，奥兹车由白色路栏边开了出去，而这是我最后一次见到霍华德·斯宾塞。

我很晚才回到家，筋疲力尽，情绪低落。又是这样一个夜晚——沉重的空气让夜晚的喧闹声变得模糊而邈远，天边高挂着一轮朦胧而冰冷的月亮。我在地板上走来走去，放上几张唱片，但几乎听不到乐声。可我似乎听到不知从哪边传来的持续的嘀嗒声，而屋里没有任何能发出嘀嗒声的东西。这个声音来自我脑袋里——我是只死亡时钟。

我想起第一次见到艾琳·韦德时的情景，然后是第二次、第三次、第四次。但从那以后她就变得虚无缥缈起来，不再那么真实了。当你知道一个人是杀人凶手之后，他就开始变得虚幻。有人因仇恨、恐惧或贪婪而杀人；有计划周密，想逃之夭夭的狡猾杀手；也有被怒火冲昏了头脑的鲁莽杀手——这些杀手全都爱上了死亡，对他们而言杀人就是一种远距离自杀。从某种意义上讲，他们都精神失常，但不是斯宾塞说的那种精神失常。

当我最终睡下时，天已经快亮了。

一阵清脆的电话铃声把我从沉睡中吵醒。我从床上翻身起来，在地上摸索着找拖鞋，这才意识到自己刚睡了不到两个钟头。我感觉自己就像是在油腻腻的连锁餐厅吃下的一顿才消化到一半的饭。眼皮还黏在一起，满嘴沙子。我用力站起身，跌跌撞撞地走到客厅，拿起电话说："稍等。"

我放下电话，走进浴室，在脸上拍了些凉水。窗外不知什么东西正发出咔嚓咔嚓的声音，我模模糊糊地看到一张毫无表情的褐色面孔——那是一周来一次的日本园丁，我叫他"铁心哈利"。他正在修剪黄钟花——依照日本园丁修剪黄钟花的方式。你问了他四遍，他才回答你一句："下星期。"然后他会在早晨六点钟过来，修剪你卧室窗外栽的黄钟花。

我把脸擦干，回到电话边。

"喂？"

"我是坎迪，先生。"

"早安，坎迪。"

"夫人死了，先生。"

死了。在任何语言里，这都是一个冷酷黑暗而又悄无声息的字眼。夫人死了。

"我希望不是你干的。"

"我想是药物，一种叫德美罗的药。我想瓶里有四五十粒。现在空了。昨晚没吃晚餐。今天一早我爬上梯子，朝窗子里望——还穿着昨天下午的那身衣服。我把门撬开，夫人死了，冷得像冰水。"

冷得像冰水。"你打电话给谁没有？"

"有，罗林医生。他报了警。警察还没到。"

"罗林医生？这个人来得太迟了吧。"

"我没把信拿给他看。"坎迪说。

"给谁的信？"

"斯宾塞先生。"

"把信交给警察，坎迪。别让信落到罗林医生手里，只给警察看就好。还有一点，坎迪，不要有丝毫隐藏，别对他们撒谎——我们在现场。说实话，这回要说实话，把真相一五一十全说出来。"

电话那端有短暂的停顿。随后他说："好，我明白了。朋友，再见。"他挂了电话。

我打电话给丽思卡尔顿比弗利山庄酒店，找霍华德·斯宾塞。

"请稍等片刻，我会为您转接前台。"

一个男人的声音说："这里是前台。能为您服务吗？"

"我要找霍华德·斯宾塞。我知道现在太早，但这事很急。"

"斯宾塞先生昨晚已经退房了。他乘八点的飞机去了纽约。"

"哦，抱歉，我不知道。"

我走到厨房里煮了咖啡——很多咖啡。浓稠、强烈、苦涩、热气腾腾、冷酷无情而又充满邪恶的咖啡——筋疲力尽之人的生命之血。

过了几个钟头，伯尼·奥尔斯打来了电话。

"好啊，智多星，"他说，"到这儿来受死吧。"

44

　　和上次去时的感觉很像，不过这次是在白天，而且地点换在赫尔南德斯警监的办公室里——警长到北边的圣塔巴巴拉主持宗教节庆周的开幕式去了。到场的有赫尔南德斯警监、伯尼·奥尔斯、法医办公室派来的代表和罗林医生——看上去活像是堕胎时被当场抓了个正着。此外还有一个姓劳福德的人，是地方检察官办公室派来的代表。此人又高又瘦，面无表情，据谣传他的兄弟好像是中央大道地区数字赌场的老板。

　　赫尔南德斯面前铺着几页手写的记录纸——粉红色的毛边纸，上面是绿墨水写的字。

　　所有人都在硬板凳上坐舒服了之后，赫尔南德斯说："这是非正式审讯，没有速记员也没有录音设备，大家可以畅所欲言。怀斯医生将代表法医，由他来决定庭审是否必要，怀斯医生你看呢？"

　　那个体态臃肿、满脸兴奋、看上去颇有能力的怀斯医生说："我认为没必要庭审，因为种种迹象表明死者死于麻醉药中毒。救护车赶到的时候，她还有十分微弱的呼吸。她陷入了重度昏迷，所有体征都消失了——这种情况一百个里也救不活一个。她皮肤冰冷，不仔细检查根本觉察不到呼吸——那个用人以为她死了。她是在大约一小时后死亡的。我知道这位女士患有支气管哮喘病，偶尔会发作得很厉害。罗林医生为她开的德美罗是紧急用药。"

"对于服下德美罗的剂量有什么数据或是推断吗，怀斯医生？"

"致命的剂量，"他淡淡地笑了一下，"因为尚不了解病人用药史、医嘱用量和患者先天承受剂量，很难快速确定。根据她个人的自白，她服下了两千三百毫克，对非瘾君子来说，是最低致死量的四到五倍。"他若有所思地看了看罗林医生。

"韦德太太不是瘾君子，"罗林医生冷冷地说，"处方开出的剂量应该是一至两片五十毫克片剂，二十四小时内最多服用三到四片。"

"可你一次给她开了五十片，"赫尔南德斯警监说，"这么大剂量的高危药品放在身边，你不觉得很危险吗？她的支气管哮喘有多严重啊，医生？"

罗林医生轻蔑地笑了笑。"跟所有哮喘一样，是间歇性的，从没严重到医学上所说的哮喘持续状态——严重到这个程度，病人可能会有窒息的危险。"

"你怎么看，怀斯医生？"

怀斯医生慢悠悠地说："如果没有那张字条，又没有其他证据证明她服下了多少药片，这可能就是一次意外用药过量——用这种药很容易发生这类情况。明天我们就会知道结果。赫尔南德斯，看在上帝的分上，你不想把字条留下吗？"

赫尔南德斯在书桌旁皱着眉头。"刚才我还觉得奇怪呢，不知道麻醉剂是哮喘病的常规用药——真是每天都在长知识。"

罗林一下红了脸。"我说过这是紧急用药，警督。医生不可能随叫随到，哮喘病复发可能来得非常突然。"

赫尔南德斯草草地看了他一眼，转向劳福德。"如果我把这封信交给报社，你们办公室会怎样？"

地方检察官办公室代表迷茫地瞥了我一眼，问道："这个家伙在这儿做什么，赫尔南德斯？"

"我邀请他来的。"

"我怎么知道他不会把在这里听到的话重复给新闻记者呢？"

"嗯，他确实是个很能说的人——你派人逮捕他那次就该发现了。"

劳福德咧嘴笑笑，随后清了清嗓子道："我看了那张所谓的自白，"他小心翼翼地说，"什么感情疲劳、悲痛欲绝、药物作用，什么大轰炸留下的创伤、秘密结婚，什么旧爱重返之类——我一个字都不信。毫无疑问，她心里有一种愧疚感，试图把这种愧疚从身体里转移出去。"

他停下来环顾四周，看到的只是一张张毫无表情的脸。"我不能代表地方检察官，但我自己的感觉是即便那女人还活着，你手头的自白也不足以作为起诉的理由。"

"你已经相信了一份自白，就不想再相信另一份与它矛盾的自白了。"赫尔南德斯挖苦道。

"赫尔南德斯，你别激动。任何执法机构都必须考虑公众关系——一旦报纸公开了那份自白，我们就会有麻烦，肯定会有。我们身边目前已经有很多虎视眈眈的改革集团，就等着这样的机会朝我们下刀。上周我们就有个壮观的陪审团开始对你们风化组警督做大约为期十天的继续调查了——现在已经紧张不安了。"

赫尔南德斯说："好吧，这宝贝是你的了。帮我把收据签了。"

说着他整理起那些粉红色的毛边纸，劳福德低头在表格里签了字。他把纸拿起来，折好放进胸前的口袋里，走了出去。

怀斯医生站了起来。他看上去强硬且和善，不动声色地说："我们对韦德家最后的庭审太仓促了，我猜这次我们根本不需要这一步了。"

他朝奥尔斯和赫尔南德斯点点头，和罗林很正式地握了握手，走了出去。罗林起身要走，却又犹豫了。

"我想我可以告诉某个利益相关人士，这件事不会继续调查下去了吧？"他生硬地说。

"抱歉耽误你给病人看病了，医生。"

"你还是没有回答我的问题，"罗林厉声说，"我警告你——"

"滚吧，兄弟。"赫尔南德斯说。

罗林医生惊慌失措，险些摔倒在地，然后他转过身去，踉跄着冲了出去。门关上了，大家沉默了有半分钟。赫尔南德斯摇摇身子，点上一支烟，然后看着我。

"完了吧？"他说。

"什么完了？"

"你在等什么？"

"案子就这么结了？完了？收场了？"

"告诉他吧，伯尼。"

"好吧，确实就这么结了，"奥尔斯说，"我原本已经将一切准备就绪，打算把她叫来问话。韦德没有自杀，他血液里的酒精浓度太高。可就像我说的，动机在哪里？她的自白细节上可能有错，但至少证明了她在监视他，她知道恩西诺那间客房的构造——那个伦诺克斯家的荡妇把她的两个男人都抢去了——客房里发生的事情正如你想象的那样。有个问题你忘了问斯宾塞,韦德是不是有一把毛瑟 P.P.K 型手枪?答案是有,他有一把小型毛瑟自动枪。我们今天已经和斯宾塞通过话了。韦德是个容易喝晕过去的醉鬼——这个可怜的倒霉混蛋要不是以为自己杀死了西尔维娅·伦诺克斯,或者真是他杀的——否则他有理由知道是他妻子干的。不管怎样,他最后都打算全盘招出。当然,他酗酒也不是一两天了,还娶了一个漂亮妻子。那个墨西哥人全都知道,那小畜生几乎什么都知道。这是个活在梦中的女人——人在此时此地,心却在彼时彼地。她就算哪天热情过,也不是为她丈夫——懂我这话的意思了吧?"

我没回答他的问题。

"你差点就把她给占了,是不是?"

我还是没回答他的问题。

奥尔斯和赫尔南德斯都酸溜溜地咧开嘴笑了。"我们这些人不是没脑子,"奥尔斯说,"我们知道她脱掉衣服的那件事里有真实成分。你把他说服了,他就放你一马;他受了打击,很迷茫;他喜欢韦德,想弄清事实;等他确定了,就会动刀——在他看来这是关乎自己的大事。他从没告发过韦德——是韦德太太干的,而她又故意搅乱事实,把韦德弄迷糊——这些都有关系,我猜最后她开始怕他了。韦德从没把她推下过楼梯——那是一次意外,她失足跌下去,韦德不过是想抓住她罢了,坎迪可以作证。"

"可是这些都无法解释她为什么想让我留下。"

"我能想到几个理由。其中一个是老把戏——每个警察都会碰到一百次的老把戏。你是那条未了结的线索——你帮伦诺克斯脱逃,和他是朋友关系,说不准还可能是他的心腹。他知道什么,又和你说了什么?他把杀掉她的那把枪拿去了,他知道枪开过火,她或许以为他是为自己这么做的——这让她觉得他知道自己用过那把枪。在他自杀之后，她确定了这一点。而你呢？你还是那条未了结的线索——她想讨好你，靠自身的魅力诱惑你，找一个成熟时机接近你。如果她需要一只替罪羊，你就是最佳人选——可以说她专门收集替罪羊。"

"你把她说得太有学问了。"我说。

奥尔斯把一支烟掐成两半，一半放在嘴里嚼了起来，另一半别在耳朵后面。

"另一个理由是她需要一个男人，一个高大强壮的男人，可以把她搂在怀里，让她继续做梦。"

"她恨我，"我说，"这个理由我不买账。"

赫尔南德斯冷冷地插进一句。"当然，你把她拒绝了。可她不会因此灰心，然后你当着斯宾塞的面把整件事摊出来责问她。"

"你们两个最近也在看精神病医生？"

"老天，"奥尔斯说，"你没听说吗？这年头我们被他们缠上了——警署里就有两位——这里再不是警察的地盘了，快变成医疗机构的分支了。他们在监狱、法庭和审讯室进进出出；他们写十五页纸长的报告，分析不良少年为什么抢劫酒铺、强暴女生或贩毒给高年级生。再过十年，像赫尔南德斯和我这样的人不会再去做引体向上和射击瞄准训练，而要改做罗夏心理测试 ① 和词语联想测试 ② 了。他们出

① 罗夏心理测试（Rorschach Test）是著名的人格测试，在临床心理学中广泛使用。罗夏心理测试由瑞士精神病学家罗夏（Hermann Rorschach）发明，测试方法是让受试者解释墨水点绘成的图形，以判断其潜意识中最真实的想法、动机、态度和性格特点。
② 词语联想测试（word association test）是最早出现的心理投射测试方法。测试时，受试者听到主试给出的词语（刺激词）后，尽可能快地回答出首先联想起的单词（反应词），通过对被试者反应时间和反应词的分析，发现其潜意识和隐藏情绪。

去办案，只需拎上小黑皮包，装上便携式测谎仪和几瓶真言吐露剂就行。真可惜我们没能抓到在大威利·马贡身上撒野的那四只野猴子，不然我们说不定能够让他们人格重塑，变成孝敬父母的好孩子。"

"我可以走人了吗？"

"你到底还有什么不信服的？"赫尔南德斯边问边弹起了橡皮筋。

"我信服。这个案子已经结了。她死了，他们都死了——一切回归安静美好的平常日子，现在该做的就是回家忘掉这一切——我就打算这么做。"

奥尔斯伸手取下别在耳朵后的半支烟，看了看，似乎在想它是怎么跑到那儿去的，而后又把它从肩头扔到背后。

"那你有什么好叫唤的？"赫尔南德斯说，"她若是个老枪手，没准能完美作案。"

"还有，"奥尔斯冷冷地说，"昨天电话可没坏。"

"哦，当然，"我说，"你们要是接到电话准会跑来，听到的只会是一个混乱的故事，承认的不过是几个愚蠢的小谎。今天早上你们拿到的，我想是一份完整的自白——你们还没让我看过，但如果那只是一张爱情告白书的话，你们就不会去打扰地方检察官了。假如当初伦诺克斯的案子办得像样点，会有人找出他的作战记录、受伤地点和其他细节——而这其中和韦德夫妇的牵连就会浮出水面——罗杰·韦德知道保罗·马斯顿是谁，我碰巧接触过的另一个私家侦探也知道。"

"有可能，"赫尔南德斯承认，"但这不是警察探案的工作方式。即便没有压力草草结案，让事情快速平息，你也不会围着一个表面证据十分确凿的旧案瞎转悠。我调查过几百起杀人案，有些简简单单、干干净净，和书上的典型案例如出一辙。绝大多数案子在这儿讲得通，在那儿却讲不通。可一旦有了作案动机、手段、时机、潜逃、自白书和紧随其后的自杀，你就不去多想了——全世界没有一个警察局有人力和时间去质疑显而易见的事情。不支持伦诺克斯是杀人凶手的唯一理由是有人认为他是个好人，不会做出这种事，而其他人同样可能做出这种事。可其他人没有潜逃，没有认罪，也没有一枪打烂自己的脑袋——但他这么做了。至于好人不好人，我想那些最终死在毒气室里、电椅上、绞架下的杀手中六七成人在邻居眼中和福乐刷子推销员一样毫无恶意——就像罗杰·韦德太太一样毫无恶意，安静平和且有教养。你想看看她在信里写了些什么？好吧，读读看吧。我要去大厅一趟。"

他站起来，拉开抽屉，把一个文件夹放在桌上。"这儿有五张复印照片，马洛。别让我抓到你偷看。"

他向门口走去，又回头对奥尔斯说："你想和我一起去找佩肖拉克谈谈吗？"

奥尔斯点点头，跟着他出去了。等办公室里只剩我一个人后，我翻开文件夹封面，看到了里面黑底白字的复印照片。我摸了摸照片的边角，数了一下，一共六份，每张都和几页纸用别针别在一起。我拿了一份，卷起来放进口袋，接着我又仔细读了读下面一份，看完后坐下来继续等。过了十来分钟，赫尔南德斯独自一人回来了。他又坐回到桌子后面，清点了一下文件夹里的复印照片，放回抽屉里。

他抬起头，面无表情地看着我。"满意了吧？"

"劳福德知道你有这些东西吗？"

"不会从我这儿知道，也不会从伯尼那儿——伯尼自己复印的。怎么了？"

"如果少了一份会怎样呢？"

他不高兴地笑笑。"不会的。即便弄丢了，也不会是警长办公室的人干的，况且地方检察官那边也有复印机。"

"警督，你不太喜欢斯普林格检察官吧？"

他一脸惊讶。"我？我谁都喜欢，连你都包括在内。从这儿滚出去吧，我还有工作要做。"

我站起来要走。他突然说："你这些天带着枪吧？"

"有时候带。"

"大威利·马贡带两把——可我不知道为什么没派上用场。"

"我猜他是认为人人都怕他了。"

"有可能。"赫尔南德斯漫不经心地说。他拿起一根橡皮筋，用两根大拇指拉开，越拉越长，最后啪的一声断了。他揉揉拇指被松掉的一头弹到的地方，说："任何人都可能被拉过头，不管他看起来有多强韧。再见。"

我走出门去，快步离开了大楼。

黑锅上过身，总成替罪羊。

45

　　回到我在卡文加大楼六层的办公室，我照例开始了晨间必玩的邮件"双杀"①：从信箱到书桌再到废纸篓——由廷克传给艾弗斯再传给钱斯。我在桌上清理出一块地方，把复印件铺展开——刚刚把它卷起来是害怕弄出皱褶。

　　我又仔细读了一遍。信写得十分详细与合理，足以满足所有人的好奇心。艾琳·韦德在嫉愤交加的当头杀掉了泰瑞的妻子，后来因确信罗杰知道自己的所作所为，待时机成熟，又杀掉了罗杰。那晚射进天花板的一枪也是她巧妙安排的一部分——可罗杰·韦德为什么对她所做的安排袖手旁观——却成了没有得到答案，也永远不可能得到答案的问题。他一定知道事情的结局会怎样，所以他干脆把自己看得一文不值，毫不在乎了。文字是他的事业，几乎所有一切他都会用文字表达出来，唯独对这件事他只字未提。

　　她写道：

---

① 双杀（double play），棒球术语，指比赛中防守球员以一系列连贯防守动作造成两名进攻球员同时出局。

上次开的德美罗，还剩四十六片，我现在打算把它们全部服下，然后躺在床上，门已经上了锁——很快我就没救了——霍华德，这些想必可以理解。我写下的是临终遗言，每个字都是真的。我没有遗憾了——如果有的话，就是没能捉奸在床，把他俩一块儿干掉。对保罗，那个你们说叫泰瑞·伦诺克斯的人，我没有遗憾。他是我曾经爱过、嫁过的一个空壳——他对我而言已经毫无意义。他从战场回来后，我只在那个下午见了他一次——一开始我没认出他，随后我认出来了，他也立马认出了我。他应该英年早逝在挪威的大雪里了——我的爱人已经交给死神了。回来之后的他早已变成了赌鬼的朋友、富家娼妇的丈夫、被宠坏毁掉的男人，之前很可能还当过骗子之类。时间能让一切变得刻薄无情、破旧卑贱、满是褶皱。霍华德，人生的悲剧所在，不是看到美好的事物过早消逝，而是看着它们老去，变得刻薄无情——而这种事是不会在我身上发生的。再见，霍华德。

我把复印件放进桌里锁好。午饭时间到了，可我没心情吃饭。我从抽屉深处翻出一瓶办公室备用酒，倒了一点，从桌边挂钩上取下电话簿，找到《日报》的号码。我拨通电话，让总机小姐接朗尼·摩根。

"摩根先生大约要到四点钟才能回来。您可以打给市政厅的新闻发布室找找看。"

我把电话打了过去，找到了他。他还清楚地记得我："听说你最近是个大忙人啊。"

"我这儿有点东西给你，如果你想要的话——我觉得你不会不想要。"

"嗯？比如说呢？"

"两起谋杀案凶手的自白书复印件。"

"你在哪儿？"

我告诉了他。他想听更多的细节，可我不愿在电话里多讲。他说他不负责犯罪新闻板块，我说他至少是个新闻人，还是本市唯一一家独立报社的编辑，他还想争辩。

"你是从哪儿搞来这玩意儿的？我怎么知道它值不值得我花时间？"

"地方检察官办公室里有原件——他们不愿公开出来，因为这会暴露他们隐藏的一些东西。"

"我会打电话给你的，我要和上级沟通一下。"

我们挂断了电话。我去小店吃了一个鸡肉沙拉三明治，喝了点咖啡。咖啡煮得过火，三明治油腻味十足，就像旧衬衫上扯下的破布条。美国人什么都吃，凡是烤过的、用几根牙签固定在一起的、旁边冒出些生菜叶（蔫了的生菜叶则更好）的任何东西都没问题。

三点半左右，朗尼·摩根过来找我了。他看上去和把我接出狱回家那天晚上别无二致——瘦长身子显得十分疲惫，面无表情。他无精打采地和我握握手，掏出一盒皱皱巴巴的香烟。

"谢尔曼先生——就是总编——说我可以过来，看看你手上有什么。"

"除非你答应我的条件，否则不能登报。"我打开上锁的抽屉，把复印件递给他。他很快地浏览了那四页纸，然后又慢慢地读了一遍。他看起来十分兴奋——兴奋得好像廉价葬礼上的殡仪师。

"把电话给我。"

我把电话从桌上推了过去。他拨了一串号码，等了片刻，说：

"我是摩根，我要找谢尔曼先生。"他又等了等，另一个女职员把电话接到了他要找的人，让他用另一部电话回电。他挂上电话，坐下把电话放在腿上，用手指按键。电话铃响了，他拿起听筒放到耳边。

"谢尔曼先生，就是它了。"

他把信慢慢读给对方听，一字一句很清楚，然后在结尾处停顿了一下。"稍等，先生。"他压低话筒，朝桌子这边看过来。"他想知道你是怎样拿到这些的。"

我伸出手去，把他手里的复印件拿了回来。"告诉他我怎么拿到的不关他的事，从哪儿拿到的又是另一回事了——从后面的印章上能看出来。"

"谢尔曼先生，这很显然是来自洛杉矶警长办公室的一份正式文件，我想真伪很容易查证，而且这是有条件的。"

他又听了几句，说道："是的，先生。就在这儿。"他把电话从桌上推了过来，"他想和你谈谈。"

对方操着粗鲁蛮横的官腔："马洛先生，你的条件是什么？记住，洛杉矶唯一会考虑触碰这件事的报纸也只有《日报》一家了。"

"谢尔曼先生，伦诺克斯那桩案子你可没怎么报道啊。"

"我知道。不过当时只是一桩纯粹的丑闻罢了，究竟是谁有罪无关紧要。而我们现在有的——如果你手上的文件真实的话——事情的性质就不同了。你的条件是什么？"

"你们用复印件的方式把完整的自白书刊登出来，否则就不要登。"

"我们需要先确认，你明白吗？"

"我不知道怎么个确认法，谢尔曼先生。如果你去问地方检察官，他要么否认，要么会把它交给市里的每家报社——他不得不这么做。如果你去问警长办公室，他们会把事情报告给地方检察官。"

"不必担心这个，马洛先生，我们自有办法。你的条件是什么？"

"我刚刚告诉你了。"

"哦，你不想要报酬吗？"

"不要钱。"

"好吧，我想你有自己的安排。我能再和摩根讲几句吗？"

我把话筒还给朗尼·摩根。

他草草地说了几句就挂了电话。"他同意了，"他对我说，"我把复印件带走，他拿去查证。他会按你说的去办——缩放到一半大小，要占到 1A 的半版左右。"

我把复印件又拿给了他。他接过去，拉拉长鼻尖道："恕我直言，我觉得你是个十足的大傻瓜。"

"我觉得也是。"

"你还可以改主意。"

"不了。记得那天晚上你开车把我从市立监狱接回家吗？你说我该和一个朋友说再见。我还没有真正和这个人说过再见呢。如果你登出了这份复印件，那就等于告别了。已经隔了很久——很久很久了。"

"好吧，朋友，"他阴险地咧嘴笑笑，"但我还是觉得你是个十足的大傻瓜，要我告诉你为什么吗？"

"告诉我吧。"

"我比你想象的要更了解你——这就是干新闻这行让人沮丧的地

方——你总是了解得太多，可这些事情又派不上用场，于是你就变得愤世嫉俗起来。一旦这份自白登上《日报》，会惹好多人不愉快：地方检察官、法医、警长办公室的那帮人、一个姓波特的有权有势的平民百姓，还有叫梅内德斯和斯塔尔的两个流氓；你最终很可能被送进医院，或者再次入狱。"

"我想不会。"

"你爱怎么想就怎么想，伙计。我只是告诉你我是怎么想的。地方检察官会不愉快，因为他在伦诺克斯案子上企图掩人耳目。尽管自杀和认罪让伦诺克斯看起来罪有应得，但仍有许多人想知道伦诺克斯这么一个无辜的人怎么会认罪，又是如何死的，是真自杀还是有人怂恿他自杀，为什么没有对这些问题展开调查，整件事情又为何如此迅速地销声匿迹等等。另外，如果他有这份自白的原件，他会觉得自己是被警长办公室那伙人给出卖的。"

"你不一定要把背面的认证章登出来。"

"我们不会。我们是警长一边的人，我们觉得他是个好人，我们不会怪他阻止不了梅内德斯那种人。只要所有形式的赌博在某些地方合法，而某些形式的赌博在所有地方合法，就没人阻止得了赌博。可我不知道你如何能平安无事地把这份材料从警长办公室偷出来，想告诉我吗？"

"不想。"

"好吧。法医会不愉快，因为他在韦德自杀案上乱搞一通，地方检察官也帮了他一把。哈兰·波特会不愉快，因为那些他动用了好些权力才了结的旧账又被重新翻了出来。梅内德斯和斯塔尔会不愉快，原因我就不清楚了。但我知道你会受到警告——这些小子看谁不顺眼，谁就要倒霉了。你就等着享受和大威利·马贡一样的待遇吧。"

"马贡很可能是工作太卖力了。"

"为什么？"摩根慢吞吞地说，"因为那些小子说到做到。如果他们好心叫你别多管闲事，你就别多事；如果你不听，他们还放过你，就显得他们软弱了——软弱的人对黑道头子、大富豪、董事会来说毫无用处——他们都是危险分子，还有克里斯·马蒂。"

"我听说他几乎掌管着内华达州。"

"你听说的一点不错，朋友。马蒂是个好人，他知道如何把内达华管理得当。雷诺和拉斯维加斯那些有钱的混混都非常小心，生怕惹到马蒂先生。一旦惹了马蒂，他们的税收就会迅速上升，和警察合作关系的密切程度则会迅速下降，于是东部地区的高层就会决定是时候做些改变了——和克里斯·马蒂处不好就等于混不下去。把他赶走，换个人来。对他们而言，把他赶走只有一个意思，就是装进木箱运走。"

"他们从没听说过我的名字。"我说。

摩根皱起了眉头，毫无意义地把一条胳膊甩来甩去。"他们不需要。马蒂在塔霍湖临内华达一侧的房产就在哈兰·波特的房产旁边，说不定他们会偶尔见面打声招呼；说不定马蒂手下从波特手下那里听说，一个叫马洛的傻瓜吃了豹子胆，管了和他毫无关系的闲事；说不定这句流言蜚语被传来传去，最后传到洛杉矶某个公寓的电话机里，一个满身肌肉的家伙得到暗示，找来三两个朋友出门活动活动筋骨——那些满身肌肉的家伙想把你打倒或砸扁，是不需要听你讲理由的——这对他们来说，不过是家常便饭，不会有一丝怜悯。就坐着等人拧断你的胳膊吧。你要把这个收回去吗？"

他拿出了那张复印件。

"你知道我要什么。"我说。

摩根慢慢站起来，把复印件放在贴身口袋里。"我可能说错了，"他说，"这事你可能比我更清楚。我不了解哈兰·波特这类人怎么看事情。"

"怒目而视，"我说，"我见过他，但他没有雇一批暴徒当手下。按他理想的生活方式，他是无法和这么一帮家伙相处的。"

"就我看来，"摩根尖利地说，"想让谋杀案的调查停下来——是打个电话，还是把目击证人干掉——不过是个方法问题。回头见——但愿还能再见。"

他悄悄地离开了办公室，像是被风吹走的。

46

　　我开车到维克多酒吧，想进去喝一杯螺丝锥子，坐着等《日报》的晚版卖到街上。可是酒吧里挤了很多人，没一点意思。我认识的那个酒保来到我身边，喊出了我的名字。

　　"加份比特酒，对吧？"

　　"不同往常，今晚加两份。"

　　"最近我没见你的朋友过来——加绿冰的那个。"

　　"我也没见。"

　　他回到吧台，端来了酒。我小口地抿，喝得很慢，因为我不想一下子喝醉——我要么喝得烂醉，要么保持清醒。过了一会儿我又要了同样的一杯。六点刚过，报童就进了酒吧。酒保嚷着让他快点出去，可他还是赶在被招待逮住扔出去之前，卖掉了几份报，我就是买家之一。我打开《日报》，赶紧去看 1A 版——他们果真办到了，全登了出来——他们反印了复印件，变成白底黑字，又将尺寸缩放到刚好占满版面的上半页。另一页上是对此发表的一篇简短尖刻的社论，还有一版上登有朗尼·摩根署名的占了半个专栏文章。

　　我喝完酒，离开酒吧，又去另一家餐厅吃了晚餐，随后开车回家。

朗尼·摩根的文章直述了伦诺克斯案和罗杰·韦德"自杀"案的事实真相——他们公布于众的事实。没有丝毫添加删减，也没有半点指责，就是一则以公事公办口吻撰写的清晰简洁的报道。社论则是另一码事，文章大胆责问——就像官员被揪住把柄时报纸常提的那些问题。

九点三十分左右，电话铃响了。伯尼·奥尔斯说他回家路上要顺路过来。

"看到《日报》了吗?"他怯怯地问，没等我回答就挂断了电话。

他过来时，抱怨楼梯不好走，说如果可以的话，他想喝一杯咖啡，我答应去煮一些。我煮咖啡的时候，他在屋里四处转悠，非常随便。

"你这个讨人厌的家伙，住在这儿很孤单啊，"他说，"山背后是什么?"

"另一条街。怎么了?"

"随便问问。你的灌木丛该剪剪了。"

我把咖啡端到客厅，他坐下小口喝起来，又点起一支我的烟，抽了一两分钟就灭掉了。"所以我慢慢不喜欢这玩意儿了，"他说，"可能是因为电视广告吧。那些产品他们越是宣传，就越让人讨厌。老天，他们一定把大众都当成了傻瓜。每次有个穿着白大褂，脖子上绕着听诊器的笨蛋拿起一支牙膏、一盒香烟、一瓶啤酒、一罐漱口水、一瓶洗发水或一小盒能让肥壮摔跤手的体味变成似山丁香般芬芳的什么玩意儿的时候，我总是提醒自己不要去买其中的任何一件。见鬼去吧，即便我喜欢这些产品，也不会去买。你看了《日报》吧，嗯?"

"我的一个朋友给我捎过信了，一个记者。"

"你有朋友？"他好奇地问，"没和你说他们是怎么搞到资料的吧？"

"没有。这种情况下他也没必要说。"

"斯普林格气疯了。今天上午拿到信的那个检察官助理劳福德说他把东西直接交给了上司，可这让人生疑。《日报》上刊登的像是用原件直接复制出来的。"

我小口喝着咖啡，一语未发。

"他活该，"奥尔斯继续说，"斯普林格应该亲自处理这事的。我个人感觉不是劳福德泄露出去的，他自己也是个政客。"他木然地盯着我。

"你来这儿做什么，伯尼？你不喜欢我。我们曾经是朋友——任何人和一个强硬的警察之间都能有的交情，可那交情有点变味了。"

他身子前倾，脸上露出了微笑——略带残忍的微笑。"没有警察会喜欢有平头百姓在他背后干警察干的活儿。韦德死掉那会儿，你要是能告诉我韦德和伦诺克斯家那荡妇有关系，我早就能把案子查清了。要是你告诉我韦德太太和这个泰瑞·伦诺克斯之间的关系，我就能完全控制住她——活着控制住她。要是从一开始你就把一切说清楚的话，韦德也许还活着，更不用说伦诺克斯了。你自认为绝顶聪明，对吧？"

"你想让我说什么？"

"没什么，太迟了。我告诉过你一个聪明家伙愚弄不了别人，只会愚弄自己。我之前跟你把话说得直截了当，看来没用。聪明的话，你现在还是离开本市吧。没人喜欢你，有一帮家伙不喜欢谁就会有所行动——我从一个托儿那里听到的。"

"我不是大人物，伯尼，我们别吵了。韦德死之前，你根本还没参与案子，他死之后这事与你、法医、检察官或者任何人好像都没什么关系。也许有些事我做错了，但真相大白了。你昨天下午可以把她抓住的——靠什么？"

"靠你应当告诉我们的那些有关她的情况。"

"我？靠我在你们背后做的警察工作？"

他突然站起来，满脸通红。"好吧，智多星。她本可以活着，我们可以把她列入嫌疑人名单。但你想看到她死，你这个混蛋，你心里明白。"

"我想让她静下来，花点时间好好反省一下自己。她怎么做是她自己的事情，我只想帮一个无辜的人洗清罪名。至于要怎样做到我一点都不在乎，现在也不在乎。你想对我采取什么行动，我会随时恭候。"

"那帮小流氓会来收拾你的，杂种。我不必为这事费心。你觉得自己不是什么大人物，他们就不会找上门来——对一个姓马洛的私探来说，这话没错——可你不是，你是被警告过不要多事，却在报上让他们难堪的人，那就不一样了——这很伤他们的自尊。"

"真可怜，"我说，"借一句你的话说，单是想想这些就让我内出血。"

他走到门口，打开门，低头看看红木楼梯，望向路对面山上的树，目光又沿着街尾的斜坡向上移去。

"这儿很美很安静，"他说，"静得刚刚好。"

他走下楼梯，开车离开了。警察永远不说再见，他们总会希望在嫌犯队列中再次见到你。

47

第二天事情一时闹得沸沸扬扬。地方检察官斯普林格在一早的记者招待会上发表了一份声明。这个面色红润、眉毛漆黑、华发早生的大块头一直是叱咤政坛的风云人物。

我已经读过那份声称是自白书的文件，自白书的作者是一位刚刚自杀了的不幸女士。这份文件可能是真的，也可能不是真的。即便是真的，也显然是她在精神错乱状态下写下的。我愿意相信报社将这份文件公开出来是一个善意的举动，尽管内容有许多荒谬和矛盾之处，为节约大家的时间，这里我就不一一列举了。如果这些话是艾琳·韦德写的——我办公室里的相关警员和我敬重的助手彼得森警长的手下将很快查证这封信是否为她本人亲笔所写——那我要告诉你们，她在写下这些东西的时候头脑并不清醒，笔都握不稳。因为仅仅几个星期前，这位不幸的女士发现自己的丈夫开枪自杀了，倒在血泊之中。大家可以想象这样一场灾祸的降临给她带来的震惊、绝望和极度孤寂！而现在她已随丈夫而去，一同坠入死亡的苦海。去搅扰死者的骨灰又能得到什么好处呢？朋友们，除了多卖出几份滞销的报纸以外，又能得到什么呢？什么都得不到，朋友们，什么好处都没有——让我们到此为止吧。就像戏剧大师威廉·莎士比亚笔下的伟大作品《哈姆雷特》中的奥菲莉娅一样，艾琳·韦德身上背负的愧疚与众不同。我的政界敌手想好好利用这个与众不同，但我的朋友和选民是不会上当受骗的。因为他们知道本办公室向来代表理智成熟的执法，代表恩威并施的正义，代表稳固保守的政府。我不清楚《日报》代表什么，而且我也不十分关心。让英明的公众做出自己的判断吧。

《日报》在早版（这是一份二十四小时出刊的报纸）刊出了这篇鬼话。一篇有总编亨利·谢尔曼署名的评论直接回击了斯普林格。

地方检察官斯普林格先生今天早晨的状态很好。他仪表堂堂，浑厚的男中音十分悦耳。为节约大家的时间，他没有提及任何事实。斯普林格先生什么时候想对这份文件的真实性做出验证，《日报》将非常愿意帮忙。我们认为斯普林格先生不会采取任何行动，重新审理这两起已经在其许可或指示下正式了结的案件，就像我们相信斯普林格先生不会在市政大厅塔楼顶上倒立一样。正如斯普林格先生极为恰切的表达所说，去搅扰死者的骨灰又能得到什么好处呢？或者，用《日报》不那么优美的话来讲，被害人已经死了，找出凶手又能得到什么呢？什么都得不到，当然，除了正义和真相。

《日报》谨代表已故的威廉·莎士比亚，感谢斯普林格先生再次提到他最喜欢的《哈姆雷特》，以及他对奥菲莉娅不那么精准的引经据典。"你必须背负着与众不同的愧疚"不是对奥菲莉娅的描述，而是出自她本人之口。这句话的意思对我们这些学识尚浅的读者来说还不甚明晰，但这也不去追究了。可这句话听上去倒很有味道，很能在这件事情上混淆视听。或许我们也能被允许从那部获得官方认可的名为《哈姆雷特》的戏剧作品中引一句话，一句从坏人嘴里说出的好话："让利斧落在罪行所在之处吧。"

中午时分朗尼·摩根打电话问我感觉如何，我说我觉得这不会对斯普林格造成任何伤害。

"也就是些书呆子才有兴趣吧，"朗尼·摩根说，"他们已经熟悉了他那一套。我是说你自己的感觉。"

"我没什么，我正坐在这儿，等着一块钱纸钞往我脸上揉呢。"

"我不是这个意思。"

"我还健在，别来吓我了。我得到了我想要的。如果伦诺克斯还活着的话，他会直接走到斯普林格面前，朝他眼睛里吐唾沫的。"

"你是为了他。可现在斯普林格知道了，他们有一百种方法去陷害一个他们不喜欢的人。我想不通你何必要去浪费时间，伦诺克斯也不是什么好家伙。"

"那跟这件事有什么关系？"

他沉默半响，然后说："抱歉，马洛。是我多嘴，祝你好运。"

我们彼此像平时一样道了声再见，就挂了电话。

下午两点左右，琳达·罗林打来了电话。"拜托，请隐去名字，"她说，"我刚从北边那个大湖飞回来。那儿有人因为昨晚《日报》上的一篇什么东西气得要死。气撒在我那个准前夫身上，当头一击——我离开那会儿，这个可怜虫还在哭呢——他坐飞机回去报告的。"

　　"准前夫是什么意思？"

　　"别傻了。这回父亲同意了——巴黎是个可以悄悄离婚的绝佳之地，所以我马上就要到那儿去了。如果你还有一点头脑，最好把之前给我看的那张雕版巨钞花点出去，走得远远的。"

　　"这和我有什么关系？"

　　"这是你问的第二个愚蠢的问题。你谁都骗不了，只在骗自己，马洛。你知道他们是怎么打老虎的吗？"

　　"我怎么会知道呢？"

　　"他们把一只山羊拴在木桩上，然后埋伏起来——那只山羊就要遭罪了。我喜欢你——我不知道为什么，但是我就是喜欢——我不希望你成为那只山羊。你付出这么大的努力，只为做正确的事——做你想做。"

　　"你真好，"我说，"但要是我自己伸出脖子，结果被砍了去，它仍旧是我的脖子。"

　　"别逞英雄了，你这个傻瓜，"她严肃地说，"就因为我们认识的一个人选择去当了替罪羊，你不必去效仿他。"

　　"要是你能在这儿多待一阵，我就请你喝一杯。"

　　"到巴黎请我喝吧——巴黎的秋天很美。"

　　"我也想这么做啊——听说春天会更美——我没去过，也不知道。"

"照你现在这样下去，你永远去不了了。"

"再见，琳达。愿你找到自己想要的。"

"再见，"她冷冷地说，"我一向能找到我想要的。可我一旦找到，就不再想要它了。"

她挂了电话。那天余下的时间过得很平淡。我吃了晚餐，把奥兹留在一家通宵服务的修车厂，去检修一下刹车板，然后改乘出租车回家。街道和往常一样空空荡荡，木制信箱里放着一张免费香皂券。我慢慢地走上楼梯——这是一个温和的夜晚，空气中飘着淡淡的雾气；山上的树静静地立着，没有一丝微风。我打开门锁，门刚推开一半，突然停了下来，停在离门框约十英寸的地方。屋里黑漆漆的，没有一丝声响。但我感觉里面的房间有人——或许是一根弹簧发出的轻微的嘎吱声；或许是我看到房间里闪过白外套的影子；或许这样一个温暖宁静的夜晚，门里的房间并不那么温暖、那么宁静；或许空气中弥散着人的气息；也或许只是我太过紧张了。

我从门廊一侧下来，俯身贴着灌木丛。什么都没发生——屋里没有灯光，也没有听见任何动静。我左侧皮带皮套里有一把手枪，枪把朝前，是短筒警用点三八英寸口径手枪。我拔出枪来，可没什么用处——周围仍寂静无声——我想自己是个十足的傻瓜。我站直身子，正抬起一只脚朝前门迈去，突然有一辆车转过街角，飞速向坡上开来，几乎悄无声息地停在我家楼梯下。那是一辆宽敞的黑色轿车，外形酷似凯迪拉克——这很像是琳达·罗林的车，只有两点不同：一是没人下车开门，二是靠我一侧的车窗紧闭着。我蹲在灌木丛边上等着，凝神静听，没听到什么，也没等来什么——不过是一辆黑色轿车停在红木楼梯下，车窗紧闭而已。即便车子发动机还在转，我也听不见。就在这时，一道粗粗的红色聚光灯突然亮起，直射到房子角落二十英尺开外的地方。接着大车十分缓慢地向后倒，直到亮光能扫射到屋子前面，照亮引擎盖和上方的空间。

警察是不会开凯迪拉克的。那些带红色聚光灯的凯迪拉克属于大富豪、市长和警察局长，或许还包括地方检察官和黑社会流氓。

聚光灯来回移动，我趴到地上，但还是被发现了——强光聚焦在我身上，仅此而已——车门还是没有打开，屋里还是一片寂静，一片漆黑。

接着一声低沉的警笛响起，持续一两秒钟就停了下来。最后屋里的灯全亮了起来，一个穿着白色礼服的男人出来，走到楼梯口，沿着墙壁和灌木丛向边上望去。

"快进来，贱货，"梅内德斯轻轻地笑着说，"你有伴了。"

我可以毫不费力地把他一枪打死，但他朝后退了一步，太晚了——就算本来能办到，现在也来不及了。车后排摇下来一扇窗——我听见窗摇开时的闷响——从车窗里伸出一支机械手枪，朝离我三十英尺外岸边的陡坡短促地开了一枪。

"来吧，贱货。"梅内德斯又在门口说，"没别的地方可去了。"

于是我直起身，走了过去，聚光灯一路跟着我。我把枪放回腰间的枪套，从红木楼梯狭窄的平台进了门，停在屋里。房间一头坐着一个男人，跷着腿，大腿上横着一把枪。他看起来瘦长强硬，皮肤干枯，像那些常年经受烈日暴晒的人们一样。他穿着一件深棕色华达呢防风夹克，拉链几乎敞开到腰部。他正看着我，眼睛和枪都没有动，平静得像一堵月光下的公寓墙。

48

　　我盯着他看了很久。突然感到身边有什么东西一闪而过，还没来得及看清，只觉得肩头一阵疼痛，整条胳膊一直麻到了手指尖。我转过身去，看到一个凶神恶煞的墨西哥壮汉。他只是看着我，没朝我笑一下，棕色的手里握着一把点四五英寸口径手枪，垂在身旁。他留着胡子，头上蓬着乌黑油亮的头发，先朝上梳起，再拢向后面；脑袋后面挂着一顶脏兮兮的宽檐帽，皮制的帽带由两侧松松地落下来，荡在胸前；上身穿着的手缝衬衫散发出一股汗臭味。世上没什么能比凶悍的墨西哥人更凶悍，正如没什么比温柔的墨西哥人更温柔、比诚实的墨西哥人更诚实、比可悲的墨西哥人更可悲一样。眼前这家伙就是个狠角色，再找不出比他更狠的人来了。

　　我揉揉胳膊，感觉有点刺痛，之前的疼痛和麻木感都还在。如果我现在拔枪出来，很可能会拿不稳掉在地上。

　　梅内德斯朝枪手一伸手，对方看都没看一眼就把枪扔了过去，被梅内德斯一把接住。此刻他就站在我面前，脸上闪着兴奋的光。"你想往哪儿打呢，贱货？"他的黑眼珠兴奋地转了转。

　　我只是看着他，对这样一个问题没法做出回答。

"我刚问你话了，贱货。"

我舔舔嘴唇，回问了一句。"阿戈斯蒂诺怎样了？我以为他是你的枪手。"

"切克变软弱了。"他轻声说。

"他一向软弱——和他老板一样。"

坐在椅子上的那人微微眨了眨眼，似笑非笑。把我胳膊拧得发麻的那个小流氓既没动也没出声——我知道他还在边上，我能闻到。

"有人撞到你的胳膊了，贱货？"

"我绊到一块肉馅玉米饼了。"

他没搭理我的话，连看都没看我一眼，就用枪筒冲我的脸直抽过来。

"别和我玩这一套，贱货。你那一招早过时了。有人警告过你了，也和你说过好话了。烦劳我亲自上门，叫一个人别多事——他就不能多事；不然的话，他就等着倒下别再起来了。"

我能感觉到一股血顺着脸颊淌下来；我能感觉到颧骨疼得发麻——这种疼痛扩散开来，让整个脑袋都痛起来。这一击下手并不重，可他打人的家伙很硬。我还能讲话，没人试图堵我的嘴。

"你怎么亲自出手，曼迪？我以为这种苦力活儿是修理大威利·马贡那帮小子才干的呢。"

"这是私事，"他轻轻地说，"我教训你有个人原因，干掉马贡那活儿完全是公事。他以为自己能对我颐指气使——给他买衣服，买汽车，给他银行保险箱里存好钱，替他付清买房子的信托费——这些风化组的雏儿都一个样儿——我甚至还出钱供他孩子上学呢。你觉得那个无赖会心怀感激吧？你猜他做了什么好事——他走进我的私人办公室，当着我手下的面打了我一顿耳光。"

"为什么？"我问他，想着能不能把他的怒气转移到别人身上。

"因为一个喷了发胶的婊子说我们用灌了铅的骰子——那个荡妇好像是他睡过的女人之一。我把她赶出了俱乐部——她带进来的每一分钱都拿走。"

"似乎可以理解，"我说，"马贡应该知道没有哪个职业赌手会玩这种骗局的，也不需要。可我怎么惹着你了？"

他想了想，又打了我一下。"你让我难堪了。干我这行，话不说两遍——厉害角色也不例外。说了就立马按你说的出去办，否则你就控制不了局面，控制不了就没法做生意了。"

"我有一种预感，事情没这么简单，"我说，"抱歉，我要用下手帕。"

我拿出一块手帕，擦了擦脸上的血，他一直拿枪对着我。

"一个值不了两个钱的探子，"梅内德斯慢慢地说，"自以为能把曼迪·梅内德斯当猴耍，让我出洋相；自以为能把我变成笑柄，看我梅内德斯的笑话。我真应该在你身上动刀子，贱货，我真该把你割成一条条生肉。"

"伦诺克斯是你的哥们儿，"我看着他的眼睛说，"他死了。他被人像一条死狗一样埋了，连个墓碑都没有。我能做的一点事，就是证明他的清白——这让你难堪了吗？他救了你的命，却丢了自己的命，这对你来说没一点意义。在你看来，有意义的事情就是当大人物——你根本不在乎别人，只在乎你自己——你不是大人物，不过是叫得响。"

他脸上的表情僵住了，抡起胳膊要打第三下，这次用力不小。他正要蓄力打上来，被我上前半步，一脚踢在了肚子上。

我没有思考，没有计划。我不知道这是不是机会，也不知道自己还有没有机会——我不过是受够了他的叫唤。我很痛，还在流血，或许此时我被打得有点晕了头。

他弓着身子，喘着粗气，枪从手里落下来。他疯狂地到处摸索，喉咙深处发出急促的喘气声。我用膝盖朝他脸上顶过去，他尖叫起来。

坐在椅子上的那人笑了，这让我十分惊讶。接着他站起来，手里的枪也随之拿了起来。

"别打死他，"他温和地说，"我们还想拿他当活饵呢。"

门厅的人影有了一些动静，奥尔斯从门外进来了，他目光空洞，面无表情，显得异常平静。他低头看看梅内德斯，梅内德斯正跪在那儿，头歪在地板上。

"软货，"奥尔斯说，"软得像稀泥。"

"他不是软货，"我说，"他受伤了，谁都会受伤——大威利·马贡是软货吗？"

奥尔斯朝我看看，另一个人也看了看我。门口站着的墨西哥硬汉一声不出。

"把你那混蛋香烟彻底戒了吧，"我朝奥尔斯吼道，"要么就抽，要么碰都别碰。我看你看得不耐烦了——我受够你了，没别的了——我受够警察了。"

他看起来很惊讶，然后咧嘴笑道：

"那是个骗局，小子，"他兴奋地说，"你很疼吗？那些恶棍把你打得鼻青脸肿？我看这都是你自找的，这一下打得有效果。"他低头看看曼迪。曼迪膝盖压在身下，好像正从一口井里往外爬，一次只挪动几英寸，大口地喘着粗气。

"他真能说啊，"奥尔斯说，"没带上三个律师把他的嘴给缝上。"

他把梅内德斯猛地从地上拉起来。曼迪的鼻子在流血，他从白礼服口袋里翻出手帕，堵在鼻子上，一声不吭。

"你上当了，甜心，"奥尔斯小心地和他说，"我不是为马贡感到难过，他是自找的。可他是个警察，你们这帮流氓别再来招惹警察——永远别来招惹我们。"

梅内德斯放下手帕，看着奥尔斯，又看看我，再看看一直坐在椅子上的那个人。他慢慢转过身，看看站在门口的墨西哥硬汉。他们的脸上不带表情，把目光都聚集在他身上。突然，曼迪不知从哪儿掏出一把刀，朝奥尔斯刺去。奥尔斯侧身躲开，轻而易举地单手勒住他的喉咙，近乎漠然地把他手上的刀敲掉了。奥尔斯分开两脚，挺直后背，稍弯下两腿，一手抓着梅内德斯的脖子，把他从地上提了起来。他拎着梅内德斯走到房间另一头，把他按到墙上，放他下来，但没松开他的喉咙。

"敢碰我一根指头，我就宰了你，"奥尔斯说，"一根指头。"说着他放开了手。

曼迪轻蔑地朝他笑了笑，看看手帕，重新折好藏起血迹，又搁到鼻子上。他低头看看刚刚用来打我的那把枪。椅子上的那人漫不经心地说："没装子弹，就算你拿到也没用。"

"这是个骗局，"曼迪对奥尔斯说，"之前你可没告诉我。"

"你叫了三个肌肉棒子当打手，"奥尔斯说，"可给你送来的却是三个内华达的辅警。你忘记把事情澄清，让拉斯维加斯的某个人不满意，那人想和你谈谈。你可以随这些辅警过去，也可以跟我回城区去，让一副手铐吊在门背后——那儿有几个小子想看你关门。"

"老天保佑内华达。"曼迪静静地说，又朝门口那个墨西哥硬汉看了一眼，随后在胸口快速画了个十字，走出了前门。墨西哥硬汉紧跟在后面，接着是另一个——皮肤干燥得像沙漠地带的人——拾起手枪和刀，也跟着走出去，关上了门。奥尔斯一动不动地等在那儿。门砰的一声关上了，随后传来车子驶入夜色的声音。

"你确定那些傻瓜是辅警？"我问奥尔斯。

他转过身，见我站在那儿似乎很惊讶。"他们有肩章。"他不耐烦地说。

"干得漂亮，伯尼，精彩极了。你觉得他能活着到拉斯维加斯吗？你这个冷血的狗崽子。"

我走进浴室，打开冷水，把浸湿了的毛巾敷在血管突突直跳的脸上。我看看镜子里的自己——脸颊被打得变了形，又青又肿；枪筒敲击颧骨留下了参差的伤口；左眼下面还有一块皮肤变了色——我要难看好几天了。

这时奥尔斯出现在镜子里，他走到我身后，嘴里咬着他那支没火的烟，在嘴唇上滚来滚去，像猫在玩弄一只半死不活的老鼠，想让它再逃一次。

"下次别再和警察斗智了，"他没好气地说，"你以为我们让你偷那份复印件就是为博人一笑？我们预感曼迪会过来找你麻烦。我们和斯塔尔明说了，告诉他我们无法叫停县里的赌博，可我们能让它变得不那么好玩，钱不那么好赚。在我们的地盘上没有哪个暴徒能把一个警察——即便是一个坏警察——收拾了，然后逍遥法外。斯塔尔要我们相信他和这事毫无瓜葛，组织对此很不高兴，会有人告诫梅内德斯。所以当曼迪打电话想找几个外地流氓过来收拾你的时候，斯塔尔就自己出钱，让认识的三个人搭自己的一辆车过去——斯塔尔是拉斯维加斯的一个警察头子。"

我转过身看着奥尔斯。"沙漠上的土狼今晚可以美餐一顿了。祝贺你，伯尼。警察的工作是多美好、多振奋人心的理想工作啊，唯一不完美的地方就是身在其中的警察。"

"你可就惨了，英雄，"他突然用一种残忍的语气冷冷地说，"你走进自家客厅来挨揍，我差点没笑出声。我是从这些事里爬出来的，小子。这是个脏活儿，而且得脏活脏干——要让这些家伙开口，必须得给他们一点权力——你伤得不重，但我们必须让他们给你几下子。"

"非常抱歉，"我说，"非常抱歉让你忍受那些痛苦。"

他把紧绷着的脸朝向我。"我恨赌徒，"他粗暴地说，"就像我恨毒贩一样。他们也传播一种病，这种病的危害绝不亚于毒品。你觉得雷诺和拉斯维加斯的那些赌场不过是给人找点无伤大雅的乐子而已？疯子，他们招待的都是小人物，妄想不劳而获的傻瓜，口袋里揣着辛苦钱进去，把一周花销输得精光的家伙。有钱的赌徒输掉四万，一笑了之，回来再赌更大的。可是伙计，真正的黑钱不是靠这些有钱的赌徒赚来的。大头就是十分、二十五分、五角的碎钱，偶尔有个一块甚至五块，慢慢积累起来的。大笔非法收入像浴室水管里的水，滴滴答答流个不停。任何人想干掉职业赌徒，我都支持，我喜欢这样。州政府以税收名义从赌博业拿钱，那就是在帮助暴徒做生意。理发师或美容院小姐直接拿去两块钱，那是给赌博财团赚的真利润。民众希望要一支诚实的警察队伍，不是吗？要他们做什么呢？保护那些有特别优惠券的家伙吗？这个州有合法的赛马场，一年四季都开放。它们合法经营，州政府为它们分赃，赛马场每收一块钱，下注者那儿就有五十块。每一张赌票上有八九场比赛，而一半是没人注意的小赛局，只要某人说句话，结果随时可以作弊。骑师赢一场比赛的方法只有一种，输掉一场比赛的方法却有二十种。每八根赛竿处就有一个管理员监视，可即使知道这些情况他们也无计可施。这就是合法的赌博，伙计，干干净净、诚实守信的行当——获得州政府批准的，所以就是正当的，对吗？我不这么认为，根本不是。因为这是赌博，这是滋生赌徒的地方，如果你想数数看的话，赌博只有一种——不正当的那种。"

"感觉好些了？"我边问他，边在伤口上涂了些白碘酒。

"我是个又老又累的破警察，满心怨恨。"

我转过身盯着他。"你是个好警察，伯尼，但你也是大错特错了。从某种意义上讲警察都是这样——他们都把问题归咎错了。如果有人在赌桌前输光了工资，就叫停赌博；如果有人喝醉了酒，就叫停酒业；如果有人开车撞死了人，就叫停汽车生产；如果有人在宾馆房间里和女孩乱搞，就叫停性交；如果有人从楼梯上跌下来，就叫停造房子。"

"啊，住嘴！"

"没问题，把我的嘴封上啊，我不过是个普通公民。别计较了，伯尼。我们有暴徒、犯罪集团和打手队，不是因为我们有老奸巨猾的政客和他们在市政厅及司法部里的跟班小丑。犯罪不是一种疾病，而是一种病症。警察就跟给脑瘤病人开阿司匹林的医生差不多，只不过警察更喜欢用警棍来治病罢了。我们是个粗暴、野蛮、富有的伟大民族，犯罪是我们为此付出的代价，组织犯罪就是我们为组织付出的代价。我们会和犯罪共处很长一段时间，组织犯罪不过是万能金钱背后的肮脏一面罢了。"

"干净的一面呢？"

"我从没见过干净的一面。或许哈兰·波特能告诉你吧。让我们去喝一杯。"

"你进门的时候，看上去气色不错。"奥尔斯说。

"曼迪抽刀扑向你的时候，你看上去更好。"

"握握手吧。"说着他伸出了手。

喝过一杯之后，他从后门离开了。头天晚上他曾顺路过来为守候行动做准备，今天就是撬开这扇门进屋的。朝外开的后门一点也不结实，年久的木头已经变干萎缩——只需把固定铰链的钉子敲下来，剩下的工作就容易了。奥尔斯要翻过山坡，回到他在后一条街上停车的地方。临走前他指给我看门框上的一个凹痕，他几乎可以同样轻而易举地打开前门，可那样会弄坏门锁，太明显了。

我看着他穿过树林，手电筒光照在前面，不一会儿就消失在坡顶了。我锁上门，又调了一杯温和的酒，回到客厅坐下。我看了看手表，时间还早，可我似乎已经回到家很久了。

我走到电话旁，拨通了接线员，告诉她罗林家的电话号码。管家问是谁打的电话，然后去看罗林太太是否在家。她在。

"我是那只山羊，没错，"我说，"可他们活捉了老虎，我受了点轻伤。"

"有空你一定要告诉我事情的经过。"她好像已经到了巴黎一样，声音听起来十分邈远。

"我可以边喝酒边讲给你听——如果你有空的话。"

"今晚？哦，我正收拾东西准备搬出去呢，我想可能不行了。"

"是的，我明白了。好吧，我只是觉得你或许想知道——多谢你的善意警告——这和你家那老头子一点关系都没有。"

"你确定吗？"

"当然。"

"哦，稍等一下。"她离开了一会儿，回来后声音温和了许多，"也许我能抽空出来喝一杯，在哪儿？"

"在哪儿都行。今晚我没车，但我可以叫出租。"

"胡说八道，我会过去接你的，但那可能需要一个小时或更久——地址呢？"

我把地址告诉她，她就挂了电话。我打开门廊上的灯，站在敞开的门口，呼吸着夜晚的空气，感觉凉快了不少。

我回到屋里，试着打电话找朗尼·摩根，可没找到他。然后我鬼使神差地把电话打到了拉斯维加斯的水龟俱乐部，找兰迪·斯塔尔先生。他很可能不愿接我的电话，但他还是接了，语气平静，十分干练，一副大人物的样子。

"很高兴接到你打来的电话，马洛。泰瑞的朋友就是我的朋友，有什么事需要我为你效劳吗？"

"曼迪已经在路上了。"

"去哪儿的路上？"

"去拉斯维加斯，和你派去跟踪他的三个傻瓜一起，开着一辆带红色聚光灯和警笛的黑色大凯迪拉克，我猜是你的车吧？"

他笑了。"像报纸上的一个家伙说的，在拉斯维加斯我们把凯迪拉克当拖车用。到底是什么事？"

"曼迪带几个小流氓到我家找麻烦，他想把我揍扁——说难听点——他看了报上一篇文章，好像以为是我的错。"

"是你的错吗？"

"我又没开报社，斯塔尔先生。"

"我也没养什么开凯迪拉克的小流氓，马洛先生。"

"他们可能是辅警。"

"这我不好说。还有别的事吗？"

"他抡起枪抽我。我朝他肚子上踢了一脚，用膝盖顶了他的鼻子——他似乎并不满足。不过我还是希望他能活着到拉斯维加斯。"

"如果他朝这边来的话，我相信他会活着到的。抱歉，我恐怕要先挂电话了。"

"稍等一下，斯塔尔。奥塔托克兰的那件事你参与了吗——还是曼迪自己干的？"

"再说一遍？"

"别开玩笑，斯塔尔。曼迪生我的气，不会只是因为他说的那点理由——就算生气也不至于在我屋子里设下埋伏，像收拾大威利·马贡一样收拾我——理由不够充分。他警告过我不要多管闲事，别再插手调查伦诺克斯的案子——可我没听他的话，因为事情碰巧是那样发展的——于是他做了我刚刚和你说的那些事，所以应该有更充分的理由。"

"我明白了，"他慢悠悠地说，语气依然平静温和，"你觉得关于泰瑞是如何死的，说法有点蹊跷？比如他没有开枪自杀，而是被别人杀了？"

"我想细节可能会有些帮助：他写下一份虚假的自白；他给我写

了一封信，这信也寄了出去——宾馆里的一个服务生或信差会替他把信悄悄带出来寄走，他当时被困在一家宾馆里出不来——信封里有一张大钞，信末说有人来敲门了——我想知道是谁进了房间。"

"为什么？"

"如果进来的是信差或服务生，泰瑞会在信里再加上一行说明；而如果进来的是警察，信就不可能寄出去了。所以到底是谁——泰瑞为什么要写下那份自白？"

"不知道，马洛。我一点都不知道。"

"抱歉打扰你了，斯塔尔先生。"

"不打扰，很高兴你打电话过来。我会问问曼迪看他知不知道。"

"好吧——如果你还能再见到他——如果他还活着的话。如果见不到——想办法把答案找到，不然别人会找到的。"

"你吗？"他的声音变得严肃起来，但仍旧很平静。

"不，斯塔尔先生。不是我，是一个吹口气就能把你从拉斯维加斯吹跑的人。相信我吧，斯塔尔先生，一定要相信我——这可不是吓唬人的。"

"我会看到曼迪活着回来的——别担心这个，马洛。"

"我还以为你什么都知道呢。晚安，斯塔尔先生。"

49

车子在门口停下，车门打开。我走了出去，站在台阶顶上朝下喊。那个中年黑人司机已经拉开门等她下车了，接着他拎着一只装着过夜物品的小箱子，跟着她上了台阶。我就在那儿等着。

她走上台阶，转身对司机说："阿莫斯，马洛先生会开车送我回宾馆的。谢谢你所做的一切，我早上再打电话给你。"

"好的，罗林太太。我能问马洛先生一个问题吗？"

"当然可以，阿莫斯。"

他把装着过夜物品的箱子放进门里，而她从我身边走过，直接进了屋，留下我们两个。

"'我已老……我已老……我将要卷起我的裤脚'，这是什么意思，马洛先生？"

"没什么大意思。只是听上去音韵不错。"

他笑了。"是《J. 阿尔弗瑞德·普鲁弗洛克的情歌》里的句子。还有一句：'女士们在屋里来来往往，谈论着米开朗基罗。'这让您想到什么了吗，先生？"

"是的——让我想到这个家伙不怎么了解女人。"

"我也有同感，先生。即便如此，我还是非常尊敬T. S. 艾略特。"

"你刚才说'即便如此'？"

"怎么了，我是这么说了，马洛先生。有什么不对的地方吗？"

"没有。不过别在百万富翁面前这么说，他会觉得你是在故意炫耀。"

他难过地笑笑。"我做梦都不会这么想。您出什么意外了吗，先生？"

"没。这是计划好的。晚安，阿莫斯。"

"晚安，先生。"

他走下台阶去，而我回到屋内。琳达·罗林正站在客厅中央，四处打量。

"阿莫斯是霍华德大学的毕业生，"她说，"对于一个这么不安全的人来说——你住的地方不怎么安全啊，不是吗？"

"没有什么地方是安全的。"

"你的脸真可怜。谁弄的？"

"曼迪·梅内德斯。"

"你怎么对付他的？"

"没怎么对付，就踢了他一两脚。他中了一个圈套，现在在去往内华达的路上，有三四个凶悍的内华达辅警做伴。忘了他吧。"

她在沙发上坐下来。

"你想喝点什么？"我问道，拿出香烟盒递给她。她说自己不想抽烟，随便喝点什么都行。

"我看来点香槟吧，"我说，"我没有冰酒桶，但酒很凉。我留了好些年了，两瓶，红带 ①——我猜应该不错，但我不是行家。"

"留着做什么呢?"她问。

"留给你的。"

她笑了笑，还盯着我的脸。"你真狡猾。"她伸出手指，轻轻地碰了碰我的脸颊。"给我留的? 不太可能吧。我们认识才不过几个月。"

"那就是留着等我们认识，我去拿酒。"我拎起她的箱子，向房间另一头走去。

"你要把它拿到哪儿去?"她厉声说。

"这是只过夜行李箱，对吗?"

"把箱子放下，到这儿来。"

我照办了。她的眼睛明亮，却显出一丝困倦。

"这倒是新鲜事，"她缓缓地说，"真是新鲜。"

"怎么个新鲜法?"

"你从没碰过我一下，没有擦肩而过，没有柔言蜜语，没有轻抚按摩，什么都没有。我觉得你是个强硬犀利又刻薄冷酷的人。"

"我想是这样吧——有时是的。"

"现在我在这儿，你打算等我们喝得差不多了，就把我抓住扔上床。对不对?"

"说实话，"我说，"我脑海深处的确荡漾过类似的想法。"

"我受宠若惊了，但假如我不想这样做呢? 我喜欢你。我非常喜欢你。但这不意味着我想和你上床。你难道不是在乱下结论吗? 仅仅是因为我碰巧随身带了一只过夜行李箱?"

---

① 红带（Cordon Rouge），红带香槟是法国玛姆庄园出品的香槟酒，于 1875 年问世，因其红色绶带标志著称。

"也可能是我弄错了。"我说。我走过去把她的箱子拿来，重新放到大门旁边。"我去拿香槟。"

"我不想伤害你的感情。但你可以把这香槟留到更好的时候再开。"

"只有两瓶，"我说，"真正的好时候需要一大箱才行。"

"哦，我明白了，"她说，突然生起气来，"我不过是个在更漂亮、更有魅力的人选出现之前的临时替补。太感谢你了——现在你伤害了我的感情，不过我想至少我知道我在这儿是安全的了。如果你认为一瓶香槟就能把我变成个荡妇的话，我想你是大错特错了。"

"我已经承认我错了。"

"我和你说我打算跟丈夫离婚，我让阿莫斯开车送我到这儿来，还带着一只过夜箱子——可这些并不代表我是个随随便便的人。"她仍旧气愤地说。

"可恶至极的过夜箱！"我吼道，"见鬼去吧，过夜箱！你再提一次，我就把这个鬼东西从前门台阶上扔下去。我请你来喝杯酒，我现在要去厨房拿酒，仅此而已。我从没想过要把你灌醉。你不想和我上床，这我完全理解，你也没理由这么做。可我们还是可以共饮一杯香槟，不是吗？不必因为何时何地喝了多少香槟以后，谁会勾引谁这些问题争吵。"

"你没必要发脾气。"她边说边红了脸。

"这不过是另一计而已，"我咆哮道，"我知道五十计，计计都讨厌——每一计都假惺惺，全都带点媚眼乱飞的意味。"

她起身走近我，手指尖轻轻滑过我脸上划伤和肿起的地方。"对不起，我是个又累又失落的女人，请对我友善一些，没人觉得我是便宜货。"

"你并不累，你也不比这儿的大多数人更失落。按道理你会和你妹妹一样，是个肤浅、放荡、被宠坏了的小孩。可奇迹发生了，你居然没变成那样。你继承了家族中所有的诚信和大部分的勇气。你不需要任何人的友善。"

我转身走出房间，穿过客厅来到厨房，从冰箱里拿出一瓶香槟，拔出木塞，迅速倒了浅浅两杯，拿起一杯就喝。来势汹汹的刺激让我眼泪上涌，可我还是喝完了那杯，又倒满。然后把一整套酒具放在托盘上，端进了客厅。

她不在那儿。那只过夜箱子也不在了。我放下托盘，打开大门。我没有听到一丝开门的声响，她也没有车——我根本没听见任何声音。

这时她的声音从我背后传来。"傻瓜，你以为我打算逃走吗？"

我关上门，转过身去。她放下了头发，光脚穿上了一双羽毛拖鞋，换上一件日落黄色印有日式图案的丝绸长袍。她慢慢地向我走来，带着一种我未曾意料到的羞涩的微笑。我端起一只玻璃杯给她。她接了过去，喝了几口香槟，又把杯子递回来。

"酒很不错。"她说。接着不带丝毫做作和矫情，她静静地扑进我的怀抱，把嘴唇贴紧我的嘴唇，张开了嘴唇和牙齿。她的舌尖触到了我的舌尖。过了好久，她才把头扬起来，双臂依旧搂着我的脖子，双眼像星星般闪亮。

"我一直都有这打算，"她说，"我只是必须要让自己不那么轻而易得——我不知道为什么，也许只是紧张吧。我并不是个放荡的女人，很可惜吗？"

"如果我觉得你是的话，在维克多酒吧吧台第一次见到你时，我就会有所暗示了。"

她慢慢摇了摇头，微笑着说："我想不会——这就是我来这儿的原因。"

"也许那晚不会，"我说，"那晚气氛不合适。"

"或许你从不会在酒吧向女人表情达意。"

"不经常——灯光太暗了。"

"可许多女人到酒吧去，只为了接收这些暗示。"

"许多女人早晨起床就有同样的想法。"

"但酒能够激发性欲——某种程度说来。"

"医生就推荐饮酒。"

"谁说什么医生了？我要香槟。"

我又吻了她几下——这是多么轻松愉快的工作。

"我想吻你那可怜的脸颊。"说着她就这样做了，"热得发烫。"她说。

"我身体其他部分却冷如冰霜。"

"才不会。我要香槟。"

"为什么？"

"再不喝就没泡沫了，而且我喜欢它的味道。"

"好吧。"

"你很爱我吗？或者如果我和你上床的话，你会愿意吗？"

"可能吧。"

"你知道你用不着和我上床，我没有非要坚持。"

"谢谢你。"

"我要香槟。"

"你有多少钱?"

"总共吗？我怎么会知道？大约八百万美元。"

"我决定和你上床了。"

"唯利是图的家伙。"她说。

"香槟的钱是我出的。"

"让香槟见鬼去吧。"她说。

50

　　一小时后，她伸出光洁的手臂，边搔弄我的耳朵边说："你会不会考虑娶我呢？"

　　"我们在一起过不了六个月。"

　　"好吧，看在上帝的分上，"她说，"就算过不了六个月。难道这不值得吗？你想要怎样的生活——全副武装躲避一切可能的风险？"

　　"我四十二了，已经独立惯了。你也被宠坏了——不算厉害——被钞票宠坏的。"

　　"我三十六。有钱不是什么可耻的事，嫁给钱也没什么可耻。大多数有钱人不配有钱，也不清楚该拿钱做什么，但这不会长久——我们会再遭遇一场战争，而等战争结束时，谁都不会有一分钱——除了骗子和投机者。剩下的人则都会被税收榨得一分不留。"

　　我抚摸着她的头发，绕了几缕在手指上。"你说得也许没错。"

　　"我们可以飞到巴黎去，享受一段美好时光。"她用胳膊肘支起上半身，低头看着我。我能看到她眼里闪着光，可我读不懂她的表情。"你是不是对婚姻有所反感呢？"

　　"一百人中有两个能婚姻美满，其余人不过是在为维系婚姻努力。

二十年后，男人除了车库里的一张工作椅，一无所有。美国女孩很棒，可美国太太们却占了太多领地，更何况……"

"我要来点香槟。"

"更何况，"我说，"对你而言这不过是个小小的意外，只有第一次离婚是一次痛苦的经历，后面的都不过是经济问题而已——对你来说不成问题。十年之后，如果你在街上与我擦肩而过，或许会想之前自己在什么鬼地方见过这人来着——如果你会注意到我的话。"

"你这个自足、自信、自满、不可改变的坏蛋。我要来点香槟。"

"这样你才会记住我。"

"还自傲。自傲得不行。现在你受了点伤，你以为我会记住你？你以为不管我和多少个男人结过婚还是睡过觉，我都会记住你？我凭什么要记住你呢？"

"抱歉，我高估自己了。我去给你拿点香槟。"

"我们在一起不也挺甜蜜挺合适吗？"她讽刺地说，"亲爱的，我是个有钱的女人，而且还会无限富有下去。如果值得一买，我可以买给你整个世界。你现在有什么？只有一座空房可回，连一只猫一条狗都没有，坐在一间又小又闷的办公室里等生意上门。就算和我离了婚，也绝不会让你回到这样的生活去。"

"你怎么阻止得了我呢？我可不是泰瑞·伦诺克斯。"

"求你了，我们别提他。也不要再提那个金冰凌，那个韦德女人，别提她那个可怜抑郁的醉鬼丈夫。你想成为世上唯一拒绝我的男人吗？那是怎样一种自尊呢？我已经给了你我能给出的最高赞美——我想让你娶我。"

"你已经给过我更高的赞美了。"

她哭了起来。"你这个傻瓜，你这个大傻瓜！"她的脸湿润了，我能感觉到她脸颊上滚落的泪珠。"即便只有六个月，或一两年吧——你会损失什么呢？不过少了点儿办公桌上落的灰、百叶窗上积的尘、空虚孤寂的生活罢了。"

"你还要来点香槟吗？"

"好吧。"

我把她拉近，她靠在我的肩头哭起来。她并不爱我，我们彼此都知道。她不是为我哭，只是此刻她正需要落几滴泪。

随后她推开我，我下了床，她走进浴室补妆。我拿来了香槟，她回来时脸上带着微笑。

"抱歉，我哭了，"她说，"六个月后，我连你的名字都记不起来。把它拿到客厅去吧，我想见见灯光。"

我照她的话做了。她还像之前一样坐在沙发上，我把香槟端在她面前。她看着玻璃杯，却没去动。

"我会自我介绍的，"我说，"我们会再去喝上一杯。"

"就像今晚？"

"再也不会像今晚了。"

她举起那杯香槟，慢慢喝了一点，转过身子，把剩下的香槟泼在我脸上。然后她又哭了起来。我掏出一块手帕擦去脸上的香槟，又替她擦去眼泪。

"我不知道自己为什么会这样做，"她说，"但看在上帝的分上，别说我是个女人，别说女人从不知道自己做事是为什么。"

我又往她杯里倒了些香槟，嘲笑起她来。她慢慢地喝着，转到另一侧，弯下身靠在我的膝上。

"我累了，"她说，"这次你得抱我上床了。"

过了一会儿她睡着了。

早晨我起来煮咖啡，她还睡着。我冲了个淋浴，刮了胡子，穿好衣服。这时她才醒来，我们一起吃了早饭。我叫了一辆出租车，把她的过夜箱子拎到了台阶下。

我们彼此道了别，我目送着出租车消失在视野中。我回到楼上，走进卧室，把床弄乱又重新铺好————一只枕头上留着一根黑色的长发——我心里好像落了一个沉沉的铅块。

法国人对此有个说法。那些混蛋对任何事情都有个说法，而且他们总是对的。

道一声再见，就等于死去一点点。

51

　　休厄尔·恩迪科特说他今天会工作到很晚，我可以在晚上七点半左右过去找他。

　　他的办公室在转角处，地上铺着蓝地毯，摆着一张看起来很古旧的红木书桌，四角雕花，显然价值不菲。装着普通玻璃门的书架上摆满了芥末黄色的法律书籍，还有几张英国著名法官的漫画，"间谍"莱斯利的作品。南面墙上孤零零地挂着一张奥利弗·温德尔·福尔摩斯法官的大幅肖像。恩迪科特的座椅有黑色皮革包面，在他身旁是一个敞开着的开合式书桌，桌上堆满了文件——没有哪位装修设计师能把这间办公室打理得更像模像样了。

　　他穿着长袖衬衫，一脸倦容——他的脸上向来带着这种倦色。他正抽着那寡淡无味的香烟，落下的烟灰掉在松开的领带上。到处都落着他那松软的黑发。

　　等我坐下来，他开始默默地打量我，说："你是我遇见过的最偏的狗崽子——别告诉我你还在追查那件破事。"

　　"有些事总让我有点担心。你去那监狱笼子看我的时候，我猜是哈兰·波特先生派你来的，这样讲现在应该没问题了吧？"

他点点头。我用手指轻轻摸了摸一侧的脸，伤口已经完全愈合，肿起的部分也消了下去。但有一击应该是伤到了神经，因为部分脸颊仍旧没有恢复知觉——我不能放着不管，不久会好起来的。

"你到奥塔托克兰去的时候，是以地方检察官手下副手的身份接受临时委托？"

"是的，但别把这事牵涉进来，马洛。这是很难得的交际机会，或许我把它看得太重了。"

"但愿现在还是吧。"

他摇了摇头。"不，已经结束了。现在波特先生法律上的事务都交给旧金山、纽约和华盛顿的事务所了。"

"我猜他对我恨之入骨——要是他仔细一想的话。"

恩迪科特笑了笑，说："可奇怪的是，他把所有一切都怪罪到他女婿罗林医生的头上了。像哈兰·波特这样的人总要怪罪别人，因为他自己是不可能犯错的。他觉得如果不是罗林给那个女人吃了这么危险的药的话，一切就都不会发生。"

"他错了。你在奥塔托克兰见到了泰瑞·伦诺克斯的尸体，对吧？"

"没错。在一家做橱柜的小店后边，那儿没有像样的停尸间，所以也做棺材。他的尸体冷冰冰的，我见到了太阳穴处的伤口——如果你对此还有什么疑问的话，我想身份鉴定上没有问题。"

"不，恩迪科特先生，我没有疑问——因为按他那情况几乎不可能——可他是化过妆的，对吧？"

"脸和手都做了暗色处理，头发染成了黑色，可伤疤还很明显。从他家里摸过的东西上采集的指纹也很容易核对出来。"

"那边的警力怎样？"

"很落后。头儿能勉强读写，但懂得怎样识别指纹。当时天气很热，你知道的，非常热。"他皱皱眉头，拿出嘴里的烟，漫不经心地丢在一只黑色玄武岩制的大收纳盒里。"他们不得不到宾馆拿冰块，"他补充道，"很多很多冰。"他又看看我。"那儿没有防腐措施，所以行动必须要快。"

"你会说西班牙语吗，恩迪科特先生？"

"只会几句，宾馆老板为我做翻译，"他笑了笑，"那家伙穿得讲究，很会讨女人欢心；人看着挺凶，可很有礼貌，帮了不少忙。事情很快就结束了。"

"我收到一封泰瑞的信，我猜波特先生会知道的。我告诉他女儿罗林太太了，还拿给她看过。信里还有一张'麦迪逊肖像'。"

"一张什么？"

"一张五千美元的钞票。"

他抬了抬眉毛，说："真的吗？好吧，他当然出得起这钱。第二次结婚的时候，他妻子给了他二十五万。反正我也想到他会打算去墨西哥生活——远离这儿发生的一切。我不清楚那些钱怎样了，我也不管那事。"

"这就是那封信，恩迪科特先生，如果你想看看的话。"

我把信拿出来递给他。他仔仔细细地读了一遍，律师无论读什么都是仔仔细细的。随后他把信放到桌上，身子后仰靠在椅背上，目光呆滞。

"有点文绉绉的，不是吗？"他静静地说，"我不明白他为什么要这样做。"

"你指的是自杀、认罪，还是写信给我？"

"当然是认罪和自杀了，"恩迪科特严肃地说，"写信给你容易理解，至少你当时和后来为他做的一切得到了应有的报酬。"

"让我迷惑不解的是那个信箱，"我说，"泰瑞说在自己房间窗外街上有个信箱，宾馆服务生会先把信举起让他看看，再投进信箱，这样他就可以确定信确实被寄出去了。"

恩迪科特眼中出现一丝睡意。"为什么呢？"他漠不关心地问，从一只方盒里又拿出一支带滤嘴的香烟，我把打火机从桌上递给他。

"在奥塔托克兰那种地方是没有信箱的。"我说。

"继续讲。"

"开始我想不通，后来我查了查那个地方——是个小村子，人口就一万到一万二左右吧。一条街只铺了部分路段，警察头儿开了一辆福特 A 型作为公务车。邮局在一家商店的角落里——是家肉店。那儿只有一家宾馆，几家小酒店，没有一条像样的路，有一个小型机场。山里有不少人打猎，所以到那儿去唯一体面的方式就是坐飞机。"

"继续讲——我知道打猎的事。"

"所以说街上有信箱，就像说那儿有赛马场、赛狗场、高尔夫球场、回力球场、带彩色喷泉和露天舞台的娱乐场一样。"

"那就是他搞错了，"恩迪科特冷冷地说，"也许是他看来像信箱的什么东西——比如垃圾箱。"

我站起来，伸手拿回信，重新折好放回衣袋。

"垃圾箱，"我说，"没错，就是它。外面刷着墨西哥的绿、白、红三色，上面还印着清晰的标志：保持城市卫生——当然是用西班牙语写的，周围还躺着七只脏兮兮的野狗。"

"别耍小聪明了，马洛。"

"抱歉透露了我的想法。另一个小问题我已经和兰迪·斯塔尔提过了——这封信是怎么寄出去的？照信上的说法，这是预先安排好的。所以有人已经和他说过信箱的情况，有人撒了谎；但还是有人把这装有五千美元的信寄了出去——这太有意思了，你不觉得吗？"

他吐了口烟，看着烟慢慢飘远。

"那你的结论是什么呢——为什么要打电话给斯塔尔，把他扯进来呢？"

"斯塔尔和一个姓梅内德斯的家伙——现在已经不在我们这里了——他们曾是泰瑞在英国部队里的战友。从某一方面看，或许应该说是从任何方面看——他们是坏人——可他们还有自尊和其他的什么。在这儿有所掩饰，原因很明显；在奥塔托克兰也有某种掩饰，但那是出于完全不同的原因。"

"你的结论是什么呢？"他又问我，语气更加尖利了。

"你的结论呢？"

他没回答我。于是我谢过他，就告辞了。

我准备开门离开时，他正皱着眉头，我相信他是真的被困惑住了。也许他在努力回忆宾馆外面的情况——那儿到底有没有一只信箱。

又一只轮子要转起来了——仅此而已。足足转了一个月，什么情况都没发生。

某个星期五早上，我见到办公室里有个陌生人在等我。他穿着讲究，像是个墨西哥人或南美人。他坐在敞开的窗前，抽着一支味道很呛人的褐色卷烟。他又高又瘦，举止优雅，留着整洁的黑色胡须和头发，比通常留的要长些，穿着一种疏纹针织面料的浅黄褐色西装，戴着绿色太阳镜。他见了我，礼貌地站起身。

"马洛先生吗？"

"有何贵干？"

他将一张折好的纸递给我。"这是拉斯维加斯的斯塔尔先生给你的资料，先生。你讲西班牙语吗？"

"可以，但讲不了太快。讲英语会好些。"

"那就用英语吧，"他说，"对我来说都一样。"

我接过纸片打开一看，上面写着："向你介绍我的一个朋友奇斯科·马约拉诺斯。我想他能解决你的问题——S。"

"让我们进去吧，马约拉诺斯先生。"我说。

我为他拉开门——他有一对无可挑剔的眉毛，从我身边经过时飘过一股香水味——但他很可能没有看上去那么无可挑剔，因为我在他两侧脸上都发现了刀疤。

52

　　他在客户椅上坐下来，翘起了腿。"听说你想了解有关伦诺克斯先生的一些事。"

　　"就最后那幕。"

　　"当时我在场，先生。我在那家宾馆里任职，"他耸耸肩，"不怎么重要的职位，当然也是临时的——我是白天的接待员。"他讲的英语很漂亮，只是带着西班牙语的韵律。西班牙语——应该是美式西班牙语——有独特的音调起伏，在美国人听来这些起伏就像海潮的涨落一般，与意义毫无关系。

　　"你看上去不像啊。"我说。

　　"人总会有困难时候。"

　　"是谁把信寄给我的？"

　　他掏出一盒烟："试试这个。"

　　我摇摇头："这个对我来说太浓烈了。我喜欢哥伦比亚烟——古巴烟能呛死人。"

　　他淡淡一笑，又为自己点上一支，开始吐烟圈。这家伙优雅过头了，让我不由心生厌恶。

"我知道信的事，先生。服务生不敢去伦诺克斯先生的房间，因为那里驻扎着警卫——就是你们说的警察或是侦探之类。于是我把信拿给了邮差——在枪响之后，你知道的。"

"你应该打开瞧瞧的——里面有一张大钱。"

"信是封了口的，"他冷冷地说，"西班牙语里有句俗语叫'尊严不像螃蟹横着爬'，先生。"

"抱歉，请继续讲下去。"

"我走进房间，关上门，把警卫锁在外面。伦诺克斯先生左手拿着一张一百比索的钞票，右手拿着一把手枪，面前的桌上就放着那封信，还有另一张纸——我没看过。我拒绝了那张钞票。"

"嫌钱太多吧？"我说，可他并没有理会这句讽刺。

"他坚持要给，所以我最后还是收下了钞票，之后又把它送给服务生了。我把信放在之前送咖啡的托盘上，藏在餐巾下面带出房间。侦探严肃地看着我，但什么也没说。楼梯下到一半我就听到了枪声。我立马把信藏起来，跑回楼上。侦探正试图把房间门踢开，我拿钥匙开了门——伦诺克斯先生死了。"

他的手指沿着桌边轻轻地划动着。"其余的事情你一定都清楚。"

"宾馆住满了吗？"

"没住满，没有。只住了六位客人。"

"美洲人？"

"两个北美人，猎手。"

"真的外国佬还是墨西哥移民？"

他用一根手指尖慢慢划过膝头的浅黄褐色布料。"我觉得其中一个很可能有西班牙血统，他讲的是西班牙边境上的方言，很粗鲁。"

"他们有没有靠近过伦诺克斯的房间？"

他猛地抬起头，但隔着那副绿眼镜，我看不出他的眼神。"他们为什么要这么做呢，先生？"

我点点头。"好吧，多谢你能过来告诉我这些，马约拉诺斯先生。请转告兰迪我非常感激，好吗？"

"这不算什么，先生，真没什么。"

"等他有了时间，请他派个知道自己在说些什么的人来找我。"

"先生？"他的声音变得柔和起来，可仍旧冷冰冰的，"你不相信我的话？"

"你们这帮家伙老在讲尊严。尊严是窃贼的伪装——有些时候是这样。别生气，坐好听我用另一种方法讲给你听。"

他傲慢地向后仰靠在椅子背上。

"请记住，这只是我的猜测，我可能讲得不对，但也可能讲对了。那两个美洲人是有目的而来的——他们坐飞机到那儿，假扮成猎手。其中有一个姓梅内德斯的赌徒，或许他用了其他什么名字登记入住，也可能没有——我不清楚。伦诺克斯知道他们在那儿，也知道为什么。他写那封信给我，是因为他良心受到谴责。他把我当傻瓜耍，可他人太好了，放不下这事。他把那张钞票——五千美元的钞票——放进信封，是因为他有很多钱，而他知道我没有。他还在信里放了一个不寻常的小暗示，或许没人会注意到。他是个总想把事情做对，可不知怎么最后做了错事的人。你说你把信交给了邮差，为什么不把它投进宾馆门口的箱子里呢？"

"箱子，先生？"

"信箱。我想你们管它叫邮差箱。"

他笑了笑。"奥塔托克兰可不是墨西哥城，先生。那个地方很落后。奥塔托克兰街上有信箱？那儿没人会知道那是做什么用的，没人会来收信。"

我说："哦，好吧，这个先跳过。马约拉诺斯先生，你根本没端什么托盘去伦诺克斯先生房间送咖啡；你也没从侦探身边经过走进房间。那两个美洲人倒是进去了——当然侦探被他们摆平了，还有其他一些人。一个美洲人从背后猛打伦诺克斯，然后拿过那把毛瑟手枪，打开其中的一个弹匣，取出子弹，又把空弹匣推了回去。接着他用这把枪对准伦诺克斯的太阳穴，扣下了扳机，这一击留下了难看的伤口，但没把他杀死。之后他被放在担架上，掩盖好悄悄抬了出去。等美国律师过来调查的时候，伦诺克斯被全身麻醉，四周围上冰块，放在一个兼做棺材的橱柜店的黑暗角落里。美国律师在那儿见到伦诺克斯，全身冰凉，不省人事，太阳穴处留着血淋淋发黑的伤口，看上去和死人一模一样。第二天棺材就装上石头下葬了，而美国律师带着指纹和一些骗人的文件回去了。你觉得这个解释怎么样啊，马约拉诺斯先生？"

他耸耸肩。"这有可能，先生。可这需要钞票和权势——如果这位梅内德斯先生和奥塔托克兰镇长、宾馆老板之类的大人物关系密切，就有可能。"

"嗯，也有可能。这想法不错，可以解释他们为什么要选奥塔托克兰这样偏远的小地方。"

他很快地笑了一下。"伦诺克斯先生可能还活着，对吗？"

"当然。为了支持那份供词，自杀必须作假，必须得能骗过那个当地方检察官的律师，但骗局一旦败露，现任检察官就会被整得很惨。这个梅内德斯没他自我感觉的那么强悍，但他会因为我多管闲事，就拿枪把抽我的脸。所以他肯定是事出有因的——如果骗局被揭穿了，梅内德斯可能成为一桩国际丑闻的焦点人物。墨西哥人和我们一样，也讨厌骗子和警察。"

"在我看来，这一切都有可能，先生。可你说我在撒谎——你说我没进伦诺克斯先生的房间拿他的信。"

"你已经在那儿了，朋友——在写那封信。"

他伸手把墨镜摘了下来——没人能改变眼睛的颜色。

"我想现在喝螺丝锥子还早了点吧。"他说。

53

　　他们在墨西哥城给他做了很好的手术，为什么不呢？他们的医生、技术工、医院、画家、建筑师，一个都不比我们的差，有时还要好一些呢。有个墨西哥警察发明了对付硝酸盐弹药的石蜡试验。他们无法将泰瑞的脸重塑得完美无缺，但至少整形的效果不错。他们甚至还动了他的鼻子，取出几块骨头，让它看起来更平坦些，不那么有北欧气息。他们无法消除他脸上所有的伤疤，所以干脆就在另一边脸上也添上了一些。在拉丁美洲国家，刀疤并不罕见。

　　"他们甚至还在这儿做了个神经移植。"说着他摸了摸原先受伤的那边脸。

　　"我猜得够准吧？"

　　"很准了。只有几个细节有出入，但并不重要。这桩交易做得很快，有些是临时的主意，我自己都不知道接下来会发生什么。他们安排我去做一些事，留下清楚的行踪。曼迪不想让我写信给你，可我没理他——他不怎么了解你，他也从没注意到信箱这个细节。"

　　"你知道是谁杀了西尔维娅？"

　　他没有直接回答我。"告发一个杀了人的女人，这事太难下手了——即使她从没对你有过多少影响。"

"世事艰难——这一切哈兰·波特都知道吧？"

他又笑了。"他可能让任何人知道这事吗？我猜没有，我猜他以为我死了。谁又会告诉他我还活着呢——除非是你。"

"我和他说不上三句话。曼迪这些日子怎么样——现在好吗？"

"他还不错，在阿卡波克。因为兰迪，他才逃过一劫，可他们没打算去招惹警察。曼迪没你想的那么坏——他也有心。"

"毒蛇也有心啊。"

"好吧，那杯螺丝锥子呢？"

我没回答他，起身走到保险箱前，转开把手，从里面取出装着"麦迪逊肖像"和五张带咖啡味的百元钞票的信封。我把这些全倒在桌上，然后拿起那五张百元钞票。

"这些我留下。我几乎把钱全花在日常开销和调查上了。那张'麦迪逊肖像'我把玩得挺开心，现在它是你的了。"

我把钞票展开，摆在他面前的桌子上。他看了看，没去碰一下。

"你留着它吧，"他说，"我有的是钱。你本可以不管这些事的。"

"我知道。她杀了丈夫，逍遥法外之后，有可能会过得更好。当然他并不重要，不过是一个有血、有脑子、有情感的人罢了。他也知道事情的真相，非常努力地试着把秘密埋在心里，好好活下去——他是个作家，你可能听说过他。"

"要知道，我做的事不由我决定，"他慢慢地说，"我不想让任何人受伤害——在这儿我连一条狗命都捡不回——没人能一下子把事情想得面面俱到。我很害怕，只能逃走——你觉得我应该怎么做呢？"

"我不知道。"

"她也不是第一次发疯，早晚有一天会杀了他的。"

"是啊，有可能。"

"放松些吧。让我们找个安静的好地方喝一杯吧。"

"现在没时间，马约拉诺斯先生。"

"我们曾经是好朋友啊。"他闷闷不乐地说。

"是吗？我忘记了——我看另外两个家伙才是吧。你要永远待在墨西哥了？"

"哦，是的。我到这儿来都不合法，一直以来都是这样。我和你说过我出生在盐湖城，其实我出生在蒙特利尔。现在我很快就加入墨西哥国籍了——这一切只需要找个好律师。我一直都喜欢墨西哥——到那儿的维克多酒吧喝杯螺丝锥子不用冒这么大的险。"

"拿上你的钱吧，马约拉诺斯先生——那上面沾的血太多了。"

"你是个穷人。"

"你怎么知道的？"

他把钞票拿起来，用细细的手指捻了捻，漫不经心地放进贴身的口袋里。他用雪白的牙咬了咬嘴唇，只有在棕色皮肤映衬下牙齿才能显得如此白亮。

"你开车送我去蒂华纳的那天早晨，我把能告诉你的都告诉你了。我给过你一次去报案告发我的机会。"

"我没怪你，因为你就是这样的人，可很长一段时间我根本没认清你——你行为举止都那么优雅，可就是有些地方不对劲。你有原则，也遵守原则，但那都是个人的，和任何道德或良知毫无关系。你是个好人，因为你天性善良。可你不管是和老实人为伴，还是和流氓暴徒为伍，都很高兴——只要那些流氓能讲一口好听的英语，有得体的餐桌礼仪就行。你是个道德失败主义者——我想这可能是战争造成的，但我想这也可能是你的天性。"

"我不明白你为什么会说这些，"他说，"我真的不明白。我想报答你，可你不让我这么做。我那时不能告诉你更多东西了——你不会同意的。"

"这是我听过的最好的一句话。"

"很高兴我能在某些方面让你喜欢。我陷入了一个很糟糕的困境，而我又碰巧认识那些知道如何解决糟糕困境的人。他们在很久之前的一次战场意外中欠了我一个人情——很可能是我一生中唯一一次如此利落地做了件正确的事。当我需要他们时，他们就会来帮我，而且是无偿服务——这世上不贴价码的可不止你一个，马洛。"

他从桌子上探过身来，啪的一声抽去一支我的香烟。他晒黑的脸上透出了不均匀的红色，把伤疤衬托得更加明显了。我见他从口袋里掏出一只时髦的瓦斯打火机，点上了烟。我又闻到一股他身上飘来的香水味。

"我的大部分都让你买去了，泰瑞，就用一个微笑、点一下头、招一下手、这儿或那儿一个安静酒吧里安静地喝几杯酒。这份友情还在的时候，一切都很不错。别了，朋友。但我不会说再见——我在这两个字有真正意义的时候和你说过再见——那是在悲伤、孤独和一切尘埃落定的时候说的。"

"我回来得太晚了，"他说，"可这些整容手术很花时间。"

"要不是我放烟把你熏出来，你根本不会出来。"

他的眼睛里突然闪出一丝泪光，他赶紧戴上了墨镜。

"这个我不确定，"他说，"我还没有拿定主意——他们不想让我透露给你任何事情——我只是还没拿定主意。"

"别担心这个，泰瑞。总有人会为你拿主意的。"

"我当时在突击队，伙计。如果你是个软货的话，他们是不会要你的。我受了重伤，和那些纳粹医生在一起可不好玩——我得到教训了。"

"这些我都知道，泰瑞。你在很多方面都是个很不错的人——我没有对你评头论足，从来没有。只不过你已不在这里了，早就消失了——你穿上漂亮衣服，喷上香水，优雅得和收费五十美元的妓女差不多。"

"这只是表演而已。"他近乎绝望地说。

"你演得很带劲，是吧？"

他嘴垂下去，苦笑了一下，又和拉丁美洲人一样，极富表现力地用力耸了耸肩。

"当然，一切都不过是表演，没有别的什么。在这儿，"他拿打火机敲敲胸脯，"什么都没有。我以前有过，马洛，很久以前我有过。好吧——我猜事情就这么结束了。"

他站起来，我也站起来。他伸出一只瘦长的手，我抓住握了握。

"别了，马约拉诺斯先生。很高兴认识你——尽管相识匆匆。"

"再见。"

他转过身，从房间走了出去，我看着他把门关上。我听着他在仿大理石走廊地面上落下的脚步声——不一会儿这声音越变越小，最终归于宁静。可我仍旧在听——听什么呢？难道是希望他会突然停下，转身回来说服我改变我的想法？但他没有这样做——这是我最后一次见他。

我也再没见过他们中的任何一个——除了那些警察。目前还没有人发明出和警察说再见的方法。